CHRIS FABRY

# *Mehr als mein Herz*

Über den Autor

*Chris Fabry* hat bereits rund 60 Bücher veröffentlicht und wurde mehrfach mit dem renommierten Christy Award ausgezeichnet. In Deutschland wurde er mit „Junikäfer flieg“ und „Sinfonie des Himmels“ bekannt. Chris Fabry ist Vater von neun Kindern und lebt mit seiner Familie in Arizona.

CHRIS FABRY

# Mehr als mein HERZ

Roman

Aus dem Englischen von Eva Weyandt

GerthMedien

FSC
www.fsc.org
MIX
Papier aus verantwortungsvollen Quellen
FSC® C014496

Verlagsgruppe Random House FSC® N001967
Das für dieses Buch verwendete FSC®-zertifizierte Papier
*Enso Classic 95* liefert Stora Enso, Finnland.

Die amerikanische Originalausgabe
erschien im Verlag Tyndale House Publishers, Inc.,
unter dem Titel „Not In The Heart“.


1. Auflage 2014
Bestell-Nr. 816935
ISBN 978-3-86591-935-9
Umschlaggestaltung: Hanni Plato
Umschlagfoto: Andrew Lever/Shutterstock (Mann),
Ron Nickel/Photolibrary (Junge in Krankenhausbett)
Satz: DTP Verlagsservice Apel, Wietze
Druck und Verarbeitung: GGP Media GmbH, Pößneck
Printed in Germany

*Für alle Suchtkranken und die, die sie lieben*

# Teil I

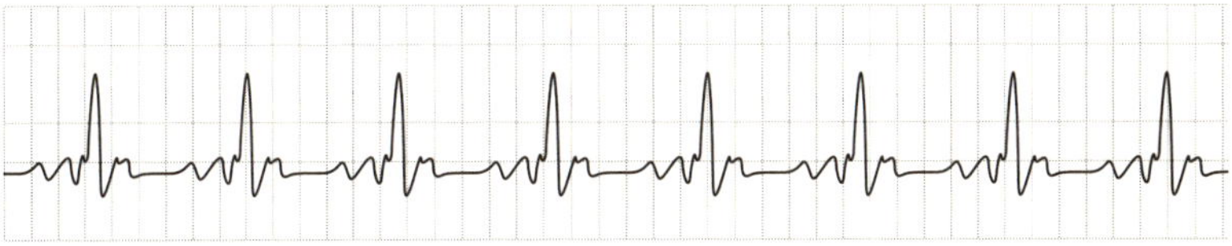

# Kapitel 1

*30 Tage vor der Hinrichtung*

Die Probleme mit meiner Frau begannen, als sie sich für Jesus entschied und ich mich für eine Katze.

Manchmal ist das so im Leben. Das ist einer der Gründe dafür, warum ich auf Sanibel Island in dem Cottage lebte, das schon immer mein großer Traum gewesen war, und sie in Tallahassee unseren kranken Sohn pflegte. Aber ganz so einfach ist es nun auch wieder nicht. Es war nicht nur ihre Hinwendung zur Religion, die mich beschäftigte, oder die Hoffnung, Probleme könnten gelöst werden, wenn man sich auf den Glauben einließ.

Besagtes Cottage war eine winzige Hütte, wie sie bei den Klimaerwärmungsfreaks in Mode zu sein schien. Ich hatte es nicht deswegen gekauft, aber ich recycle meine Bierdosen. Mein kleiner Beitrag. In letzter Zeit war es ein nicht unerheblicher Beitrag. Im Cottage gab es ein Schlafzimmer im hinteren Teil und ein kleines Bad, eine Küchenzeile und einen Wohnbereich, den ich als Büro nutzte. Murrow, der Kater, machte es sich normalerweise auf dem Fenstersims gemütlich und starrte mit etwa so viel Interesse hinaus auf den Strand, wie ich für die Zahlung meiner Hypotheken aufbrachte. Es ist nicht so, dass ich nicht zahlen möchte. Ich *kann* nicht zahlen.

Ich lag auf dem Bett und surfte im Internet, was dem Bewusstsein, dass es mir an einem Ziel und einem Job mangelte, noch zusätzlich Nahrung gab. Die Satellitenfernsehgesellschaft hatte mir vor ein paar Monaten den Saft abgedreht, darum holte ich mir online die neuesten Nachrichten über das nicht passwortgeschützte Netzwerk eines Nachbarn.

Ich hatte die Kürzungen in allen Bereichen kommen sehen. Ich wusste, es würde auch die Nachrichtenredaktionen treffen, aber ich hatte mich in dem Glauben gewiegt, dass ich bleiben könnte, auch wenn alle anderen gehen müssten. Doch ich hatte mich geirrt. Ich bekam eine Abfindung und ein Schulterklopfen. Die Preise auf dem Regal stopfte ich in einen Koffer, der jetzt auf dem Dachboden eines Cottages stand, das ich mir nicht leisten konnte.

Ich klappte meinen Laptop zu und erklärte Murrow, ich würde bald wieder zurückkommen. Als ob ihn das interessiert hätte. Barfuß verließ ich das Cottage und stieg die lange Holztreppe zum Strand hinunter. Wegen dieser Spaziergänge am Strand, bei denen ich den Kopf frei bekommen konnte, hatte ich das Cottage gekauft. Das Rauschen der Wellen, die meine Zweifel und Ängste überrollten. Der Geruch des Meeres und sein salziger Kreislauf von Leben und Tod.

Ein Elternpaar, ganz in Weiß gekleidet, ging mit seinen beiden Kindern am Strand spazieren. Wenn die Wellen heranrollten, quietschten die Kinder vor Freude.

Ich schlug die andere Richtung ein.

Mein Handy klingelte, als ich gerade an einer toten Seemöwe vorbeiging. Kein gutes Omen. „Tru, ich bin's."

Die Frau meiner Träume. Die Frau meiner Albträume. Alles, was gut und schlecht in meinem Leben war. Das „Ja, ich will", das ich nicht mehr gewollt hatte.

„Ellen. Was gibt's?"

„Wie geht es dir?" In ihrer Frage schwang ein Hauch von Mitgefühl mit, als würde sie nicht schon über Jahre hinweg ihren brodelnden Zorn mühsam im Zaum halten. Als gäbe es keine andere drängende Frage, und als würde sie nicht gerade die Bühne bereiten für den Gnadenstoß.

„Gut. Ich mache gerade einen Spaziergang am Strand."

*Ich wünschte, du wärst nicht immer noch in meinem Kopf. Ich wünschte, du hättest nicht angerufen. Ich wünschte, ich könnte die letzten zwanzig Jahre im Sand vergraben. Was hast du dir dabei gedacht, einen Typen wie mich zu heiraten? Mein Leben ist eine Sandburg, und meine Tage sind Wind und Wasser.*

„Hast du schon was gehört? Irgendwelche Angebote?“

„Keinen Plural in Bezug auf meine Jobaussichten. Nicht einmal einen Singular. Gestern hat sich der Sender aus Des Moines gemeldet. Sie haben sich für jemanden mit längeren Haaren und größeren Lungen entschieden.“

Ich hörte das trockene Lächeln in ihrer Stimme. „Es ist nur eine Frage der Zeit; das weißt du.“

„Ja, genau. Es ist immer nur eine Frage der Zeit, nicht wahr?“

Die Ironie dieser Bemerkung hing zwischen uns, und ich stellte sie mir vor in ihrem Hochzeitskleid ... und ohne. Und dann, wie wir uns zum ersten Mal in der Nachrichtenredaktion der Universität getroffen hatten, sie mit einer großen Brille und einer unmöglichen Bluse. Mit ihren Haaren, die nach Meer dufteten und sich anfühlten wie Seide. Mit ihrem scharfen Verstand, dem ansteckenden Lachen und dem Instinkt eines Bluthundes bei jeder Story, die sie verfolgte. Ich dachte, wir würden immer auf derselben Seite berichten, aber irgendwann war es so, dass ich weiter Schlagzeilen nachjagte und sie im realen Leben ankam.

„Ich habe da etwas, das dich interessieren könnte“, erklärte sie.

„Wie alt ist sie?“ Im Umgang mit Menschen, die ich liebe, verhalte ich mich nicht immer geschickt.

„Es ist keine Sie. Es ist ein Er und eine ziemlich gute Story. Eine Story, die dein Leben verändern könnte.“

„Ich stehe nicht auf Männer.“

Seufzend redete sie weiter. „Hast du von Terrell Conley gehört?“

Das war, als würde sie einen Historiker fragen, ob ihm der Name Alexis de Tocqueville etwas sagt. „Ich weiß, dass er auf die Hinrichtung wartet."

„Richtig. Nächsten Monat."

„Ich frage mich, wie seine Henkersmahlzeit wohl aussehen wird. Wie entscheiden die das überhaupt? Shrimps oder Steak oder Hummer? Makkaroni mit Käse? Wie kann man eine Mahlzeit genießen, wenn man weiß, dass das eigene Leben in wenigen Stunden zu Ende sein wird? Wie entscheidet man, welchen Film man sich ansehen will? Welchen würdest du aussuchen?"

Sie ging nicht darauf ein. „Ich kenne seine Frau Oleta. Sie wünscht sich, dass jemand die Geschichte aus seiner Sicht schreibt. Die ganze Familie möchte das."

Ich lachte. „In weniger als dreißig Tagen?"

„Sie haben etwas Geld zusammengekratzt. Nicht viel, aber es könnte vielleicht helfen."

„Wie viel ist vielleicht?"

„Ich weiß es nicht genau, aber ich dachte, du könntest Gina anrufen und fragen, ob-"

„Ich arbeite nicht mehr mit Gina und der Agentur zusammen. Sie vertritt mich nicht mehr."

„Das tut mir leid."

„Nur ein weiteres Schlagloch auf der literarischen Schnellstraße. Übrigens glaube ich nicht, dass Schreiben mein Ding ist." Diese Bemerkung war nicht wirklich ernst gemeint, sondern sollte ein Kompliment hervorlocken.

„Aber du bist sehr gut", kam dann auch prompt das Kompliment. „In letzter Zeit hast du nicht so viel Gelegenheit gehabt, aber ..."

„In den letzten Jahren sind nicht viele Politiker an mich herangetreten, die für das Präsidentenamt kandidieren, oder Sportler, die mit Dopingvorwürfen konfrontiert wurden. Das meinst du doch", erwiderte ich. „Woher kennst du diese Olata?"

„Oleta. Ich habe sie in der Kirche kennengelernt.“

Grmpf. Irgendwie wusste ich doch, dass so etwas kommen würde.

Ich blieb vor einer Sandburg stehen, die mit Hilfe mehrerer Eimer erbaut worden war. Handtücher und Liegestühle waren im Augenblick verlassen. Meerwasser war in den Burggraben gelaufen, und aus einem Bungalow, der wie ein Leuchtturm oben auf dem Felsen stand, drang fröhliches Lachen zu mir herüber. Ein Paar, das sich liebte.

„Du musst doch ungefähr wissen, um welche Summe es sich handelt.“

„Ein paar Tausend. Darüber haben wir nicht viel gesprochen. Das Wichtigste ist doch ... das ist nicht nur eine große Chance für dich, sondern auch für Adrian.“

„Jetzt verstehe ich gar nichts mehr. Was hat Adrian damit zu tun?“

„Terrells Frau ist in meiner Bibelgruppe und weiß seit Jahren über Adrians Gesundheitszustand Bescheid. Sie fragt immer nach, wie es ihm geht. Es war Terrells Idee – er möchte sein Herz spenden. Adrian die Chance auf ein neues Leben geben.“

Ich hätte ein Rad schlagen sollen. Unser achtzehnjähriger Sohn sollte die Möglichkeit bekommen, ein normales Leben zu führen? Doch ich war skeptisch, wie gute Journalisten so sind. „Ellen, das ist aussichtslos. Weißt du, wie lange so etwas dauert?“

„Das ist schon vor einer Weile angeleiert worden.“

„Warum hast du mir nichts davon erzählt?“

„Du bist nicht gerade gut erreichbar gewesen.“

„Das Gefängnissystem, die Behörden, sie werden das nie-“

„Der Gouverneur nimmt die Sache ziemlich ernst. Ich habe gehört, er arbeitet mit dem Rechtsausschuss zusammen. Es ist noch nicht genehmigt, aber die Aussichten sind nicht schlecht.“

Der Gouverneur! Meine Nackenhaare richteten sich auf.

„Ellen, in Tallahassee gibt es eine Kanzlei, die alle Gesuche und Gegengesuche einreichen wird, die es nur gibt. Ich kann mir nicht vorstellen, dass diese Sache Erfolg haben wird."

„Ja, aber im Augenblick ist das unsere einzige Hoffnung." Ihre Stimme zitterte, und zum ersten Mal nahm ich den Lärm im Hintergrund wahr.

„Wo bist du?"

Sie schluckte krampfhaft, und ich stellte mir vor, wie sie eine Träne fortwischte. Darin hat meine Frau jede Menge Übung.

„Wieder im Krankenhaus", erklärte sie. „Intensivstation."

Ich fluchte verhalten, aber nicht ins Telefon. Nicht nur wegen der vielen Krankenhausrechnungen, die uns wieder ins Haus flattern würden, sondern weil es hier um meinen Sohn ging. Ich will ehrlich sein – in erster Linie dachte ich an die Rechnungen, aber die Vorstellung, dass er wieder an Schläuche und Monitore angeschlossen war, gab mir den Rest.

„Wie geht es ihm?"

„Nicht gut. Er hängt wieder an den Geräten. Dieselbe Geschichte."

„Wie lange bist du schon da?"

„Seit gestern Abend. Er hatte Probleme beim Atmen. Und große Schmerzen. Er fragt nach dir."

Schuldgefühle. Das musste ja kommen, nicht? „Sag ihm, er soll durchhalten, okay?"

„Komm her und besuch ihn. Das würde ihm so viel bedeuten."

„Ja, das werde ich." Die Antwort kam wie aus der Pistole geschossen, obwohl ich wusste, dass ich wegen Adrians extremer Katzenallergie meine gesamte Kleidung säubern müsste. Er reagiert auf Katzenhaare so allergisch wie ich auf die Todeszelle.

Ganz in ihrer Nähe ertönte eine Durchsage, die mich an jene erste Zeit erinnerte, als meine Antipathie gegen Krankenhäuser noch nicht ganz so groß war. Jetzt kann ich mir noch nicht einmal Arztserien im Fernsehen anschauen. Meine Brust zieht sich zusammen, und der Geruch von Alkohol und Desinfektionsmittel mischt sich mit den Schreien eines kleinen Kindes, das Schmerzen hat, und der Erinnerung an einen Mann auf einer Bahre.

Adrians Herzkrankheit wurde durch Zufall entdeckt. Ellen achtete auf gesunde Ernährung, bevorzugte Naturheilmittel, Vollkorn-Seetangsandwiches und Eier von frei laufenden Hühnern, die jeden Abend, bevor sie sich in ihren Nestern schlafen legten, eine Gutenachtgeschichte vorgelesen bekamen. Natürliche Geburt mit einer Hebamme. All diese Dinge. Ihrer Ansicht nach waren Antibiotika des Teufels, und wenn unsere Kinder krank waren, schleppte sie sie nicht sofort zum Arzt. Aber dann musste sie selbst wegen einer Atemwegsinfektion, die einfach nicht besser wurde, doch einmal hin. Adrian war mit dabei, und aus Spaß legte die Ärztin das Stethoskop auch auf seine Brust.

Ellen weinte, als sie versuchte, den Ausdruck auf dem Gesicht der Ärztin zu beschreiben. Bei Adrians Geburt war sein Herzfehler nicht festgestellt worden.

Im Schnellverfahren lernten wir alles über angeborene Herzfehler, und es folgte eine Reihe von Operationen und Behandlungen, die unser Leben von Grund auf verändern sollten. Ellen hasst Krankenhäuser genauso sehr wie ich, aber für seine Kinder tut man eben, was getan werden muss.

„Terrell hat dieselbe Blutgruppe wie Adrian", erklärte Ellen. „Er ist auch ungefähr genauso groß wie er, vielleicht etwas kleiner, aber das ist ja nur gut."

„Ellen, du weißt, dass nichts daraus werden kann, nicht? Es gibt so viele Unwägbarkeiten. Und Menschen werden nicht von Ärzten hingerichtet."

„Natürlich gibt es Richtlinien, aber es spricht nichts dagegen, einem bereits verstorbenen Spender Organe zu entnehmen."

„Es wird einen Aufschrei geben von allen, die sich für das Leben einsetzen. Ich dachte, du wärst gegen die Todesstrafe."

„Das bin ich auch, aber Terrell will es so."

„Das spielt keine Rolle. In China ist es nichts Besonderes, dass Gefangenen Organe entnommen werden, aber wir leben nicht in China." Obwohl man beinahe den Eindruck gewinnen könnte, wenn man bei Walmart einkaufen geht.

„Das weiß ich doch. Aber ich weiß auch, dass mein Sohn sterben wird. Und Terrell und seine Frau möchten, dass aus ihrer Tragödie etwas Gutes entsteht. Sie wollen wissen, ob du seine Geschichte aufschreiben würdest. Ich dachte, dass..."

Sie verlor die Fassung, und sie weinen zu hören war, als würde ein einsames Gebet davontreiben und auf die verlassenen Küsten des Himmels treffen. Nicht dass ich glaube, dass es einen gibt, aber Sie wissen schon, bildlich gesprochen.

„Was dachtest du?", fragte ich.

„Vielleicht geht es hierbei nicht nur um Adrian. Vielleicht geht es bei allem, was wir in den vergangenen achtzehn Jahren durchgemacht haben, um etwas Anderes. Wenn Terrells Antrag abgelehnt wird und Adrian nicht überlebt ... vielleicht kann seine Geschichte dann wenigstens anderen Menschen helfen."

Ihre Selbstlosigkeit war mehr, als ich ertragen konnte. „Weißt du was? Irgendwelche anderen Menschen, die ein krankes Kind haben, sind mir egal. Die Gefangenen, die für ihre Verbrechen büßen, interessieren mich nicht. Und ich schere mich auch keinen Deut um die Protestler und Politiker, die hier ihre Nische gefunden haben. Mich interessiert nur, dass mein Sohn am Leben bleibt. Ist das zu viel verlangt?"

Mein emotionaler Ausbruch überraschte mich selbst, und ich bemerkte, dass die Familie in Weiß ihre Kinder von mir fort dirigierte.

Doch Ellen blieb ruhig. „Hättest du Zeit, in den kommenden dreißig Tagen an dieser Geschichte zu arbeiten? Mit dem Geld könnten wir zumindest ein paar Rechnungen bezahlen."

„Wenn sie eine Aufschiebung der Hinrichtung erreichen wollen, müssen sie sich direkt an die Presse wenden. Für ein Buch oder einen Artikel in einer Zeitschrift ist es bereits zu spät. Ihr müsst die Lokalsender für diese Geschichte interessieren und dazu bringen, dass sie darüber berichten –"

„Tru, sie wollen keine Aufschiebung. Terrell möchte Adrian sein Herz spenden. Und jemand muss seine Geschichte aufschreiben, bevor es zu spät ist. Egal wie es ausgeht, es wird eine tolle Story."

Ich dachte bereits über einen Titel nach: *Herzensangelegenheit. Plötzlicher Herztod. Herzliche Grüße aus der Todeszelle.*

Sie fuhr fort: „Sie wissen über deine Vergangenheit Bescheid. Was du erlebt hast. Dass du gegen die Todesstrafe bist und aus welchem Grund. Trotz deiner Probleme, Truman, bist du der beste Journalist, den ich kenne. Du gehst einer Sache auf den Grund wie kein anderer. Ich denke, du solltest darüber nachdenken."

*Das Herz der Geschichte.* Noch ein guter Titel. Ich merkte durchaus, dass sie mir Honig um den Bart schmierte. Es gefällt mir, wenn mir hübsche Frauen um den Bart gehen. Aber ich hasse die Komplikationen, die eine schöne Frau mit sich bringt.

„Ich schreibe keine evangelikalen Traktate."

„Warum bist du nur so starrsinnig?", zischte sie mich an. Ihre Stimme hallte nach, als hätte sie sich in eine Toilette oder ein Treppenhaus zurückgezogen. „Warum betrachtest du das hier als eine Art geistliche Verschwörung gegen dich und nicht als ein Geschenk? Das dir übrigens auf einem Silbertablett gereicht wird. Weise es nicht zurück. Du brauchst doch nicht dieselben religiösen Überzeugungen zu haben wie die Menschen, über die du schreibst. Mit Politikern oder Sportlern bist du doch auch nicht immer einer Meinung."

„Wenn ich das mache, dann gehe ich der Wahrheit auf den Grund und bringe sie zu Papier. Ohne rosa Brille. So wie ich sie sehe. Und wenn du von mir erwartest, dass ich in jedem zweiten Kapitel den dritten Vers eines frommen Liedes einfließen lasse und das Evangelium nach Terrell zitiere, dann kann ich diesen Auftrag nicht übernehmen. Dann nehmt doch lieber einen von euch Christen."

„Tru, sie wollen dich, weil du bist, der du bist, und weil du diese Geschichte auf deine Art erzählen wirst. Rede doch einfach mal mit Oleta. Lass es dir von ihr erklären. Wenn dir der Auftrag nicht gefällt, können sie sich immer noch einen anderen suchen. Aber die Zeit läuft ihnen davon."

Hinter mir versank die Sonne im Meer, und der Wind frischte auf. Ein Sturm war im Anzug, das konnte ich riechen. Vielleicht hatte ich aber auch nur vergessen, ein Deo zu benutzen.

„Ich werde darüber nachdenken."

Ich war gar nicht lange fort gewesen, doch als ich die Treppenstufen hochstieg, hörte ich, wie sich ein Fahrzeug vom Haus entfernte. Bis ich meine Haustür erreichte, waren die Scheinwerfer bereits in der Ferne verschwunden.

Murrow hockte noch immer auf dem Fensterbrett und schaute mit dem ihm eigenen überheblichen Blick auf mich herab. *Menschen sind eine solche Vergeudung von Sauerstoff,* schien er zu sagen. Vielleicht hatte er recht. Vielleicht waren wir wirklich vollkommen überflüssig und würden am besten von diesem Planeten getilgt. Aber etwas in mir drängte mich weiterzumachen, wie die Ameise, die vor mir einen Grashalm über den Bürgersteig zerrt, bis eine starke Windbö ihn davonbläst. Die Ameise holt sich einen anderen Grashalm und fängt von vorn an. Allein beim Zuschauen empfinde ich schon eine tiefe Erschöpfung.

An der Haustür klebte ein offizielles Schreiben, in dem mir mitgeteilt wurde, dass die Bank die Zwangsvollstreckung eingeleitet habe und ich das Haus räumen solle. Ich hatte bereits mehrere solcher Schreiben bekommen und heftete sie sorgfältig ab in der Hoffnung, die steigende Flut der Zwangsvollstreckungen würde an meinem kleinen Cottage vorübergehen, bis ich einen neuen Job gefunden hatte.

Ich riss das Schreiben von der Tür ab und putzte mir damit den Sand von den Füßen. Und plötzlich durchzuckte mich ein schrecklicher, gar nicht guter, ganz und gar übler Gedanke: die Zeitung. Mit jeder Androhung einer Zwangsvollstreckung wurde mein Name bei den amtlichen Mitteilungen veröffentlicht. Das bedeutete, dass auch andere erfuhren, wo ich steckte. Andere ... sprich, Leute, denen ich Geld schuldete. Böse Menschen.

Wieder rollte ein Wagen vorbei, sehr langsam. Getönte Scheiben. Mit einem leisen Schnurren des teuren Motors.

Ich eilte ins hintere Zimmer, holte alle Koffer hervor, derer ich habhaft werden konnte, und stopfte alles von Wert hinein: Bücher. Fotos von mir mit irgendwelchen Prominenten. Verschwommene Erinnerungen an Auslandsreisen, Kriegsgebiete, Interviews mit Generälen und Würdenträgern, die entweder Ruhm erlangten oder ihr Leben verloren.

Ich widerstand dem Drang, mich hinzusetzen und in Erinnerungen zu versinken. Der vorbeifahrende Wagen hatte mir klargemacht, dass ich keine Zeit verlieren durfte. Ich packte meine Tagebücher und Notizbücher zu den Fotos in die Koffer, stopfte meine Klamotten in einen anderen und verstaute ihn im Kofferraum meines Wagens. Die anderen hievte ich mir auf die Schulter und marschierte über den sandigen Pfad zum Haus der Grahams. Nette Leute. Er hatte bei der Air Force gearbeitet und war mittlerweile pensioniert. Sie waren wegen der Sonne und der Meerluft hergekommen. Jeden Tag gingen sie am Strand spazieren wie zwei treue Hunde, Pfote in Pfote.

Jack und Millie saßen auf ihrer Veranda, und ich fragte, ob ich mir ein wenig Platz in ihrer Garage borgen könnte für einige Koffer. „Ich muss verreisen. Andere Leute werden in meinem Haus leben."

„Kommen Verwandte zu Besuch?"

„Nein, die Bank will es haben."

Millie rappelte sich mühsam aus ihrem Schaukelstuhl hoch und blieb eine Weile neben ihrer Haustür stehen. „Wenn du Hilfe brauchst, Truman, kannst du dich jederzeit an uns wenden."

Jack nickte, und diese Geste trieb mir beinahe die Tränen in die Augen. „Wie viel bist du im Rückstand?", fragte er.

„Ich brauche nur ein wenig Platz in der Garage."

„Was ist mit deiner Katze?"

„Murrow kommt mit mir."

„Falls wir irgendetwas tun können ..." Jacks Stimme verklang.

„Vielen Dank. Vielen Dank euch beiden. Danke für eure Freundlichkeit."

„Wir beten jeden Tag für Adrian", fügte Millie noch hinzu.

Die Garage war tadellos aufgeräumt. Alles hing fein säuberlich an Haken an der Wand oder war ordentlich in die Regale eingeräumt. Ich hätte auch zur Air Force gehen sollen. Im hinteren Teil fand ich ein leeres Plätzchen neben einigen Gartengeräten. Ich verabschiedete mich von Millie und Jack. Auf dem Weg zu meinem Cottage drehte ich mich noch einmal um und schaute zu ihnen zurück. Sie standen wie Wächter auf ihrer Veranda, und das verblassende Licht der untergehenden Sonne warf einen goldenen Schimmer auf sie und ihr Haus.

Als Murrow der Transportbox gewahr wurde, flüchtete er sich unter das Sofa, und ich drohte ihm, ihn an das chinesische Restaurant am Ort zu verkaufen. Eine Dose Katzenfutter und meine sanfte Stimme lockten ihn schließlich in die Box, und los ging es.

Ich schrieb meiner Frau eine SMS: *Rufe deine Freundin morgen an. Kann ich Abbys Zimmer haben?*

Während ich über die Küstenstraße auf die sich am Horizont zusammenballenden Wolken zufuhr, summte das Telefon in meiner Hemdtasche. *Schlüssel unter dem Frosch. Keine Katze.* Mit der nächsten SMS kam Oletas Nummer und eine kurze Botschaft: *Du bist genau der Richtige für diese Story.*

Vielleicht hatte sie recht. Vielleicht war ich genau der Richtige für diese Aufgabe. Ein Verlierer erzählt die Geschichte eines verwandten Geistes. Auf jeden Fall hatte ich nichts Besseres zu tun. Doch während meine Hand, die ich durch das geöffnete Fenster nach draußen hielt, den Widerstand der kühlen Luft spürte, fühlte es sich eher an wie das Ende eines neuen Kapitels, nicht wie der Beginn.

# Kapitel 2

*29 Tage vor der Hinrichtung*

Ich erwachte mit dem unbestimmten Gefühl, dass ich irgendwo war, wo ich nicht sein sollte, in erster Linie deshalb, weil mich Michael Jackson und Justin Timberlake von den Wänden anstarrten. Die rosa Bettwäsche war beunruhigend, aber nicht halb so beängstigend wie das Klopfen an der Haustür und die Tatsache, dass mein Koffer noch im Wagen lag und ich mich wegen des Katzenverbots bis auf die Unterwäsche ausgezogen und meine Sachen draußen gelassen hatte.

Ich sprang aus dem Bett, lief in die Küche und spähte zum Fenster hinaus. Die einzigen Klamotten von mir, die es noch im Haus gab, lagen im Kleiderschrank in Ellens Zimmer. Alles andere hatte ich mitgenommen, der Rest war fortgegeben worden. Im Bad hing Ellens Morgenrock. Adrian hatte ihn ihr vor ein paar Jahren zu Weihnachten geschenkt. In aller Eile warf ich ihn über. Meine Männlichkeit wird durch die Farbe Rosa nicht beeinträchtigt, aber ich versuche, mich in der Öffentlichkeit nicht in Frotteekleidung zu zeigen.

„Mr Wiley?", rief eine Frau an der Haustür.

Widerstrebend ging ich zur Tür. Dabei fiel mir auf, dass Ellen unser Hochzeitsfoto vom Kaminsims genommen und auf das Klavier gestellt hatte. War das nun ein gutes Zeichen oder noch so eine tote Seemöwe?

Ich öffnete die Haustür. Feuchte Morgenluft schlug mir entgegen. In der Nacht hatte es fast ununterbrochen geregnet. Jetzt schien die Sonne, und draußen herrschte ein Klima wie in einer Sauna. Eigentlich hatte ich Murrow bei Sonnenaufgang aus dem Auto holen wollen. So viel zu guten Absichten.

Vor der Tür stand eine Frau, die ich auf Ende 30 schätzte, obwohl afroamerikanische Frauen für mich immer etwa zehn Jahre jünger aussehen, als sie tatsächlich sind. Sie war geschmackvoll gekleidet. Eleganter brauner Hosenanzug, ausladende Reifohrringe. In einem Arm hielt sie eine ledergebundene Bibel und in der anderen eine prall gefüllte Einkaufstüte. Beinahe hoffte ich, sie würde fragen, ob sie hereinkommen und sich mit mir über die Bibel unterhalten könnte, denn dann könnte ich ihr die Tür vor der Nase zuschlagen, aber ich hatte nicht den Eindruck, dass sie von den Zeugen Jehovas kam.

Verblüfft starrte sie auf meinen Morgenrock. Ihr Blick wanderte weiter zu den Sachen, die ich am Abend zuvor über dem Emaille-Frosch vor der Tür abgeworfen hatte. Ein Teil von mir wollte es erklären, doch dann beschloss ich, sie in dem Glauben zu lassen, der Frosch wäre einfach modebewusst.

„Kann ich Ihnen helfen?", fragte ich.

„Das hängt davon ab, ob Sie Truman Wiley sind oder nicht."

„Der bin ich." Ich streckte meine Hand aus.

Sie lächelte und schüttelte sie fest. „Oleta Conley. Ihre Frau sagte, ich solle heute Morgen einfach vorbeikommen. Wir sollten keine Zeit mehr verlieren." Sie schob sich an mir vorbei ins Haus, als würde es ihr gehören.

„Ja, kommen Sie doch herein. Ich koche uns einen Kaffee", sagte ich.

Ich folgte ihr in die Küche. Sie bewegte sich entschlossen, als hätte sie eine Verabredung mit dem Allmächtigen. Die Tüte stellte sie auf einem der Stühle ab. Nachdenklich wanderte ihr Blick über die Schranktüren. „Ich glaube, in diesem Schrank bewahrt Ellen den Kaffee auf", sagte sie und öffnete gleich beim ersten Mal die richtige Tür.

„Ich ziehe mir schnell mal was über, wenn Sie nichts dagegen haben. Bin gleich wieder da."

Sie hob die Hand, ohne sich umzudrehen. Als ich zurückkehrte, roch es in der Küche nach frisch gebrühtem Kaffee. Der Duft versetzte mich auf der Stelle zurück in eine glücklichere Zeit mit Ellen, als wir morgens gemeinsam Kaffee getrunken und die Zeitungen studiert hatten. Oleta hatte das Geschirr gespült, das im Spülbecken stand, und saß nun am Tisch und las in ihrer Bibel, die etwa in der Mitte aufgeschlagen war.

„Wie geht es Adrian?", fragte sie, ohne aufzublicken. „Haben Sie heute schon was gehört?"

„Noch nicht. Ich weiß aber, dass Ellen noch bei ihm im Krankenhaus ist."

„Ich bete für diesen Jungen beinahe schon so lange, wie ich für meinen Mann gebetet habe. Manchmal erscheint uns Gottes Handeln ziemlich unfair, nicht?"

Ich spähte in die Tüte und brummte eine Art Zustimmung, aber ich hatte nicht vor, mich auf ein solches Gespräch einzulassen.

„Das Material werden Sie als Hintergrundinformation brauchen", erklärte sie. „Alle Zeitungsartikel und Berichte nach dem Mord und über die Zeit, die Terrell schon im Gefängnis sitzt. Ich habe auch die Prozessprotokolle mitgebracht – zumindest die, die ich bekommen konnte. Ein Video von der Berichterstattung in den Nachrichten aus jener Zeit und eins, das bei der Verhandlung vorgelegt wurde. Ich habe erst kürzlich eine DVD davon brennen lassen. Und das ist eine Aufnahme von Terrells Lebenszeugnis. Seiner geistlichen Reise."

„Mrs Conley, nicht so schnell. Ich weiß nicht, was meine Frau Ihnen gesagt hat, aber ich habe Bedenken in Bezug auf dieses Projekt."

„Bedenken? Wenn ich ehrlich bin, habe ich auch Bedenken."

„Welche?"

„Ein Mann, der seinen Sohn nicht im Krankenhaus besucht, macht mich skeptisch. Ein Mann, der seine Frau im Stich lässt, macht mich skeptisch. Ein Mann, der sein Geld an Spielautomaten verspielt, macht mich skeptisch."

Wie beleidigend. Ich spiele nicht ... nur, wenn ich Kleingeld in der Tasche habe.

„Ein Mann, der eine Katze mit herbringt, obwohl er weiß, dass sein Sohn allergisch darauf reagiert, macht mich skeptisch."

„Ich habe sie nicht mit hereingebracht. Adrians Allergie ist der Grund, warum meine Sachen draußen über dem Frosch liegen."

„Sie haben Ihre Katze während des Wolkenbruchs im Auto gelassen?" Sie verdrehte die Augen. „Sie werden das hier vermasseln. Das weiß ich einfach."

„Wenn Sie auf der Suche nach Mr Perfekt sind, dann bin ich nicht Ihr Mann", sagte ich, schnappte mir die Tüte und hielt sie ihr hin. „Sieht so aus, als müssten Sie sich einen anderen suchen."

„Genau das war mein Gefühl, bevor ich gehört habe, was Sie in der Vergangenheit bereits alles gemacht und erlebt haben. Und Terrell scheint tödlich entschlossen zu sein, dass Sie das Buch schreiben sollen. Ich habe versucht, es ihm auszureden, doch er hört nicht auf mich. Er meinte, Gott hätte ihm gesagt, Sie wären der richtige Mann."

Ich dachte über die Ironie der Bemerkung nach, dass ihr Mann „tödlich entschlossen" sei. Mein Arm mit der Tüte erlahmte. Ich stellte sie auf den Tisch zwischen uns. „Nun, dann wird das wohl eine weitere Enttäuschung in seinem Leben sein."

„Sie weisen uns ab?"

„Ich denke, das wäre nur fair."

Sie nahm die Tüte und stellte sie auf den Boden, wohl, um freies Schussfeld zu haben. „Ich wollte nicht zu direkt werden, aber Sie scheinen das zu brauchen. Mir gefällt nicht, was in Ihrer Familie vorgeht, aber ich weiß auch, dass jede Medaille zwei Seiten hat, also bin ich bereit, Ihnen einen Vertrauensvorschuss einzuräumen."

„Sie brauchen mir gar nichts einzuräumen, Oleta. Und wenn Sie jetzt gehen würden, füttere ich meine Katze und fahre zum Krankenhaus."

„Mr Wiley, setzen Sie sich."

„Nein, das ist mein Haus."

„Das ist nicht Ihr Haus. Sie haben Ihr Haus verlassen und sich mit irgendeinem jungen Ding in Ihre Hütte am Strand zurückgezogen."

„Hat Ellen Ihnen das erzählt?"

„Warum sonst lassen Männer ihre Familien im Stich?"

„Offensichtlich sind Sie falsch informiert. Ich hatte keine andere. Ich brauchte etwas Zeit für mich, um nachzudenken."

„Und Sie haben noch nicht genug von Reisen in den Kosovo, nach Bagdad, Afghanistan oder an andere Kriegsschauplätze? Lassen Sie mich Ihnen eine Frage stellen: Wie viele Geburtstagspartys Ihrer Kinder haben Sie verpasst? Wie viele Spiele der Schulmannschaften? Klaviervorspiele? Den Abschlussball Ihrer Tochter?"

Das zeigte, dass sie gar nichts wusste – Adrian hatte nie in einer Schulmannschaft gespielt.

„Und was wollen Sie damit sagen?", fragte ich.

„Ich will damit sagen, dass Sie ein schlechter Vater gewesen sind. Ob Sie nun eine Geliebte haben oder nicht, ist bedeutungslos. Aber Sie haben die Möglichkeit, das Talent, das Sie bekommen haben, sinnvoll einzusetzen. Sie können etwas tun, das etwas bewirken wird."

„Und Sie bieten mir die Chance, innerhalb von dreißig oder weniger Tagen zu beweisen, dass Ihr Mann unschuldig ist."

„Es sind jetzt nur noch neunundzwanzig", korrigierte sie. „Und es geht nicht darum, irgendetwas zu beweisen."

Oleta erhob sich und holte sich eine Tasse aus dem Schrank. Sie goss sich Kaffee ein und setzte sich wieder.

„Ich weiß, dass Terrell das Gefängnis nur noch im Leichenwagen verlassen wird“, bemerkte sie. „Mit einem Schildchen an seinem großen Zeh. Ich habe mich damit abgefunden. Und er auch.“

„Dann gibt er also zu, dass er dieses Verbrechen begangen hat.“

„Nein. Er hat diese Frau nicht getötet.“

„Und warum wollen Sie nicht, dass ich Beweise für seine Unschuld finde?“

„Wenn Sie das können, umso besser. Ich hätte Terrell gern wieder zurück, aber ich mache mir in dieser Hinsicht keine Hoffnungen.“ Die Kaffeemaschine gurgelte und zischte. „Ich wäre ja eine Närrin, wenn ich Sie anstellen würde, damit Sie Beweise für die Unschuld meines Mannes finden, wo Ihr Sohn doch auf sein Herz wartet. Wie nennt man das – einen Interessenskonflikt?“

Ich nickte, immer noch stehend. Diese Frau war wirklich eine Bulldogge. Und auch sehr klug. Ich hasse kluge Bulldoggen.

„Mein Ziel ist nicht, diese Hinrichtung zu stoppen. Wenn Gott eingreifen möchte, dann bin ich natürlich einverstanden. Mehr als einverstanden. Aber mein Glaube ist groß genug, um zu erkennen, dass es auf diesem Weg, auf den wir geführt wurden, um mehr geht als um die Frage, ob Terrell schuldig oder unschuldig ist. Josef wurde für etwas, das er nicht getan hatte, ins Gefängnis geworfen, und am Ende hat er seine Familie und das ganze jüdische Volk gerettet.“

Ganz vage erinnerte ich mich an die Geschichte von Josefs buntem Mantel. Der nächste Schluck Kaffee holte mich in die Gegenwart zurück.

„Ich möchte, dass Terrells Geschichte erzählt wird, weil sie einem anderen Menschen vielleicht helfen kann“, erklärte sie. „Die Wahrheit hilft immer weiter. Sie könnte sogar Ihnen helfen.“

„Oh, ich verstehe. Das ist also Ihr Plan. Sie haben sich mit meiner Frau verbündet. Sozusagen Gefängnisdienst von innen nach außen. Terrell möchte meine Seele retten, bevor er in die Todeskammer geht."

Sie schüttelte langsam den Kopf. „Ellen hat nicht einmal annähernd beschrieben, wie gemein Sie sein können."

„Ich? Sie werfen mir vor, meine Frau betrogen zu haben, und jetzt bin *ich* derjenige, der gemein ist?"

Sie erhob sich, goss den Rest Kaffee ins Spülbecken und schaltete die Kaffeemaschine aus, als wäre ich dazu nicht in der Lage.

„Sieht so aus, als wären wir uns auf dem falschen Fuß begegnet", sagte sie. „Ich entschuldige mich dafür, dass ich-"

„Kein Problem. Ich verzeihe Ihnen. Hier ist Ihre Tüte und ich wünsche Ihnen noch alles Gute."

„Auf Wiedersehen, Mr Wiley", sagte sie, ging nach draußen und zog die Tür hinter sich ins Schloss.

Ich blieb in der Küche stehen und schäumte vor Wut, bis ich mein Handy im hinteren Schlafzimmer läuten hörte. Während ich mich meldete, starrte ich Michael und Justin an.

„Bist du wach?", fragte Ellen.

„Ja, ich habe deine Freundin Oleta kennengelernt."

„Was ist passiert?"

„Sagen wir, wir kamen nicht sonderlich gut miteinander klar."

Die Türglocke läutete.

„Tru, du musst ihr nachgehen."

„Nein, das tue ich nicht."

„Vermassle das nicht."

Ich ging zur Haustür. „Sieh mal, es gibt gar nicht genug Geld auf der Welt für diesen Job. Mit Menschen wie ihr kann ich nicht zusammenarbeiten."

Durch das kleine Fenster in der Tür erspähte ich braune Haare und kreisende Ohrringe.

„Sie ist wieder da; bleib dran."

„Rede mit ihr, Tru."

Ich öffnete die Tür. „Ja?" Es war nicht das höflichste *Ja* in der Geschichte des Türöffnens, aber mehr war nicht drin.

„Ich dachte, es würde Sie vielleicht interessieren, dass Ihr Wagen fort ist."

Die Einfahrt, wo ich ihn abgestellt hatte, war leer.

Oleta wandte sich zum Gehen, und ich rief ihr nach: „Haben Sie gesehen, wer ihn abgeholt hat?"

„Ein Mann mit einem Abschleppwagen."

Ich drückte mir das Telefon ans Ohr. „Ich rufe zurück."

# Kapitel 3

Ich wünschte, ich könnte sagen, dass ich in diesem Augenblick nur an Murrow gedacht habe, aber ich will nicht lügen. Eine oder zehn Sekunden vor ihm kam mir mein Laptop in den Sinn. Ich schlüpfte in meine Schuhe, die vor der Tür standen, und rannte hinaus auf die Straße. Das bedrückende Gefühl, dass ich den Wagen nicht zurückbekommen würde, wollte nicht weichen. Niemals.

Oleta saß in ihrer schon etwas betagten Limousine und wartete. Ich rannte auf den Bürgersteig und versuchte mich an die Namen unserer Nachbarn zu erinnern. Da war Todd mit dem makellosen Rasen, der Unkraut mit der Pinzette auszupfte und an jedem Wochenende seine Flagge hisste. Ich erinnerte mich auch an eine ganze Reihe anderer, aber die Aussicht, an ihre Türen zu klopfen, begeisterte mich nicht gerade.

*Hallo, hier ist Truman aus Ihrer Straße. Erinnern Sie sich noch an mich? Ich bin der Mann, der, nachdem er seinen Job verloren hat, seine Frau und Kinder verließ und wie ein Einsiedler gelebt hat. Können Sie mir vielleicht helfen?* Es gibt ein paar Dinge, zu denen kann man sich einfach nicht durchringen.

Das Auto fuhr vor und hielt an. Oleta beugte sich herüber und öffnete die Beifahrertür. Der Motor hörte sich an, als litte er gleichzeitig an Arthritis und Hexenschuss und vielleicht noch an Darmkoliken. Aber Oleta besaß wenigstens noch einen fahrbaren Untersatz, im Gegensatz zu mir.

„Wollen Sie da stehen bleiben oder steigen Sie jetzt ein?“, schnauzte sie mich an.

Ich schluckte meinen Stolz hinunter.

Das Wageninnere sah nicht viel besser aus als das Äußere. Auf dem Boden eine erkleckliche Anzahl Tüten von Burger King und McDonald's. Zwei leere Coladosen in den Haltern. Die zwischen die Sitze geschobenen Verkaufsschilder machten es richtig gemütlich.

„Haben Sie Probleme mit Ihrem Wagen?", fragte sie mit vorgetäuschter Anteilnahme. „Wurde er deshalb abgeschleppt?"

„Es handelt sich um eine Sachpfändung. Das kenne ich schon."

Sie schwieg, und ich bemerkte, dass christliche Musik durch den einen Lautsprecher kam, der noch funktionierte. Zufällig der auf meiner Seite. Irgendetwas von Gott, der in der Wüste und Wildnis seinen Segen schenkt, blablabla. Hatte Oleta extra eine Kassette eingelegt, um mich zu erreichen? Nein, ein Moderator mit tiefer Stimme informierte uns über die Zeit und die gegenwärtigen Temperaturen.

Sie nannte mir die Adresse des nächsten Abschlepphofs. „Ich habe den Wagen in diese Richtung fahren sehen, aber wenn er doch woanders hin ist, müssen Sie allein weitersuchen. Ich darf nicht zu spät zur Arbeit kommen."

„Wo arbeiten Sie?"

Sie nannte mir die Straße.

„Nein, ich meinte, was arbeiten Sie?"

„In einer Immobilienfirma. Aber früher war ich bei einem Abschlepphof angestellt. Ich weiß also, wie das funktioniert. In den vergangenen Jahren habe ich jede Arbeit angenommen, die ich kriegen konnte, um die Familie über Wasser zu halten." Sie lachte scheppernd.

„Sie und Terrell haben Kinder?"

„Wir hatten zwei Kleine, als er verhaftet wurde. Wegen ihnen hatte ich ihn davongejagt. Seine Trinkerei wurde einfach zu viel. Ich habe mir immer eine große Familie gewünscht, wissen Sie. Viele Kinder, die zum Weihnachtsessen kommen, und ..." Ihre Stimme verklang, als wir an einem Stoppschild anhielten.

„Die beiden sind jetzt erwachsen und aus dem Haus. Es ist mir nicht gelungen, sie so zu erziehen, wie ich es mir vorgestellt hatte, aber insgesamt kommen sie ganz gut zurecht."

„Das ist schon eine Leistung."

Sie beschleunigte, um die Grünphase der Ampel noch zu erwischen, und warf einen Blick auf ihre Uhr. Vor uns entdeckte ich einen Abschleppwagen, aber er hatte nicht meinen Wagen im Schlepptau.

Ich starrte zum Fenster hinaus und spürte ihren Blick auf mir. Abscheu, aber auch Mitgefühl lagen darin. Das war ungewohnt für mich. Ich mochte die Bewunderung der Leute lieber und hörte sie gern sagen: „Sind Sie nicht der Mann aus dem Fernsehen?"

Ihre Stimme, so sanft, als würde sie beten, drang über die Musik und das Geratter der Klimaanlage hinweg an mein Ohr. „Ich möchte mich dafür entschuldigen, dass ich Sie so hart angegangen bin. Dazu hatte ich kein Recht. Ich kann mir das nur so erklären, dass ich immer noch so zornig auf Terrell bin. Seine vielen schlechten Entscheidungen haben ihn dahin gebracht, wo er jetzt ist. Ich habe meinen Zorn an Ihnen ausgelassen."

„Welche Entscheidungen?"

„Ach, Sie wissen schon, die Leute, mit denen er sich abgegeben hat. Die Abhängigkeit von Alkohol und Drogen und seine Weibergeschichten. Meine Bekannten und Freunde haben mir geraten, mich von ihm scheiden zu lassen, aber dazu konnte ich mich nicht durchringen. Und in vieler Hinsicht ist mein Leben jetzt besser geworden wegen dem, was wir erlebt haben. Ich weiß nicht, ob ich jemals zu Gott gefunden hätte, wenn wir nicht all das hätten durchmachen müssen. Und er ganz bestimmt nicht, davon bin ich überzeugt."

Asphalt und Palmen und die immer höher steigende Sonne. Darauf konzentrierte ich mich, während ich ihren Glaubensangriff über mich ergehen ließ.

„Ich kenne Ihre Seite der Geschichte nicht, und ich hätte nicht so auf Sie losgehen sollen. Das war nicht gerade der beste Weg, Sie für meinen Auftrag zu gewinnen."

„Es ist schön, dass Sie das sagen."

Aber wie jeder Christ, den ich kenne, wusste sie nicht, wann sie aufhören sollte. „Ich identifiziere mich sehr stark mit Ihrer Frau. Ich sehe ihren Schmerz. Sie steht wegen Adrian kurz vor einem Zusammenbruch, das merke ich. Um ehrlich zu sein, als Sie die Tür geöffnet haben, hatte ich beinahe erwartet, einem Ungeheuer gegenüberzustehen. Ich habe Sie im Fernsehen gesehen, aber ich rechnete damit, die Mr-Hyde-Seite zu sehen zu bekommen, falls Sie verstehen, was ich meine."

„Ich kann auch durchaus ein Ungeheuer sein."

Ihr Lachen war ein gurgelndes Glucksen, das tief aus ihrem Inneren kam. „Das kann ich mir vorstellen."

„Und ich war auch nicht gerade höflich zu Ihnen", lenkte ich ein.

Sie bog nach links ab, und wir fuhren in einen Stadtteil, den ich tunlichst meide – die Schaufenster mit Brettern vernagelt, Riegel an den Fenstern. Die Leute versuchten vergeblich, sich im Schatten zu halten, während die Sonne immer höher stieg und der Asphalt auf den Straßen schon beinahe Blasen warf.

„Wurde Ihnen schon einmal ein Wagen gepfändet?", fragte sie.

„Zum Glück kann ich sagen, dass dies das erste Mal ist."

„Nun, die schlechte Nachricht ist, Sie haben Ihren fahrbaren Untersatz verloren, aber das, was sich im Auto befindet, ist noch immer Ihr Eigentum. Das können sie Ihnen nicht wegnehmen. Es erstaunt mich, dass der Wagen überhaupt abgeschleppt wurde, obwohl sich doch offensichtlich ein Tier darin befand."

„Vielleicht haben die Abschlepper das nicht gesehen. Ich hatte die Box hinter den Vordersitz gestellt und mein Hemd darüber gelegt, damit die Sonne nicht direkt auf den Kater herunterknallt. Falls ich verschlafe."

Sie kräuselte die Lippen. „Sie hätten sich einen Wecker stellen sollen."

„Ja, das wäre wohl besser gewesen."

„Nun, falls wir ihn finden, können Sie vielleicht – sehen Sie nur! Hier sind wir richtig."

Mein BMW wurde gerade in einem großen Bogen auf einen umzäunten Parkplatz gezogen. Irgendwie erinnerte mich der Anblick an eine Filmszene. Der Abschlepphof schien den Ausdruck *Schrottplatz* noch aufzuwerten. Oleta drehte, parkte ihr Auto vor dem Büro und begleitete mich hinein.

Das Mädchen am Schreibtisch kannte sie nicht, aber aus den Tiefen des Gebäudes ertönte ein Schrei: „Oleeeeeta! Was machst du denn hier, Mädchen?"

Ich beobachtete durch die Fensterscheibe, wie ein bärtiger Mann in einem verdreckten Overall den Wagen loshakte, nachdem er mit Oleta gesprochen hatte. Als ich meine Schlüssel aus der Tasche zog, schnippte Oleta mit den Fingern und warf mir einen warnenden Blick zu. „Sie bleiben, wo Sie sind."

Warten ist wider meine Natur. Meine Spezialität ist es, aktiv zu sein, ob es nun darum geht, eine Nachrichtenquelle aufzuspüren oder an Menschen vorbeizukommen, deren Aufgabe es ist, mich an einem Interview zu hindern. Ich sah zu, wie der Mann die Ketten von der Ladefläche seines Abschleppwagens löste und die vordere Tür öffnete. Kurz darauf trat er mit der mit meinem Hemd abgedeckten Transportbox ins Büro.

„Ich brauche Wasser – ich glaube, ich habe hier eine dehydrierte Katze", rief er mit breitem Südstaatenakzent.

„Welcher Idiot lässt denn bei dem Wetter seine Katze im Wagen?", fragte die Frau am Schreibtisch.

Oleta deutete auf mich. „Er. Aber urteilen Sie nicht vorschnell. Wir sind schon seit einer halben Stunde hinter Ihnen her."

Der Mann blickte mich an. „Ich schleppe niemals ein Fahrzeug ab, wenn ein Tier darin sitzt. Ich habe es nicht gesehen."

Ich nickte. „Das glaube ich Ihnen. Bekomme ich denn jetzt meinen Wagen zurück?"

Er lächelte und zeigte seine Zähne; einige waren dunkel, einige nicht mehr vorhanden. „Tut mir leid, das habe ich nicht zu entscheiden."

Oleta tippte mir auf die Schulter, und ich nahm die Box mit Murrow und holte den Laptop und meinen großen Koffer aus dem Kofferraum. Wir stiegen wieder in den Lincoln und fuhren davon. Doch sie steuerte nicht ihr Immobilienbüro an, sondern wendete, und kurz darauf standen wir vor dem Tallahassee General Hospital.

„Ich kann da nicht reingehen", sagte ich.

„Doch, das können Sie. Ihr Sohn liegt dort."

„Sie verstehen nicht."

„Nun, ich verstehe, dass ich zu spät zur Arbeit komme und Ihnen meinen Wagen nicht leihen kann. Gehen Sie und besuchen Sie Ihre Frau und Ihren Sohn."

Ich öffnete die Beifahrertür und schnappte mir Murrows Box.

„Lassen Sie den Kater bei mir", erklärte sie. „In der Nähe des Büros gibt es eine Tierhandlung. Ich werde Futter und ein Katzenklo für ihn besorgen. Sie dürfen ihn sowieso nicht mit auf die Intensivstation nehmen."

Murrow schien ziemlich verärgert zu sein. Aus irgendeinem Grund erschien es mir grausam, ihn einer Fremden mitzugeben, aber vielleicht versuchte ich auch nur, mich an etwas zu klammern, was ich kannte.

„Also gut. Das wäre eine große Hilfe. Ich komme vorbei und hole ihn ab, sobald ich mir einen Wagen besorgt habe."

„Nehmen Sie das mit." Sie reichte mir die Papiertüte und schrieb ihre Telefonnummer und Adresse darauf. „In der Zwischenzeit könnten Sie das Material sichten."

Es herrschte viel Betrieb in der Einfahrt des Krankenhauses, beinahe wie auf dem Flughafen, und eine längere Unterhaltung schien nicht angezeigt. Ich stand mit dem Rücken zu ihr und der geöffneten Tür auf dem heißen Asphalt, den Laptop in den Armen, und überlegte.

„Ellen sagte, sie wären bereit, einen Vorschuss zu zahlen."

Sie kramte in ihrer Tasche und zog einen Umschlag hervor. „Der Scheck ist auf Sie ausgestellt. Vermutlich ist es nicht so viel, wie Sie sonst bekommen, aber es ist ein Anfang."

Ich nahm den Umschlag, doch sie hielt ihn fest, bis ich gezwungen war, ihr in die Augen zu schauen. „Dieses Geld zusammenzubekommen hat lange gedauert."

Ich öffnete die Klappe und sah mir die Summe auf dem Scheck an. Sie hatte recht – es war nicht einmal ein Drittel des Vorschusses für mein letztes Buch, aber das lag auch schon ein paar Jahre zurück. Auf jeden Fall könnte ich einige der Schulden damit begleichen. Wenn man kein Einkommen hat und durch einen Sumpf von Rechnungen watet, sind alle Scheine Gold. Ich brachte es nicht über mich, sie darauf hinzuweisen, dass dies eine ungewöhnliche Vorgehensweise war. Aufträge für ein Buch wurden normalerweise über Agenten vergeben, nicht persönlich; Verträge müssen geschlossen, ein Verlag gefunden werden. Und vom Zeitpunkt des ersten Federstrichs an dauert es mindestens ein Jahr bis zur Fertigstellung.

„Wenn Sie so viel Geld gespart haben, warum haben Sie nicht früher einen Ghostwriter engagiert?"

„Es wird Ihnen schwer fallen, das zu glauben, aber Gott hat mich mit diesem Geld beschenkt. Er hatte mir aufgetragen, Geld zu sparen, aber bei unserer angespannten finanziellen Situation ging das einfach nicht. Doch er hatte einen Plan. Es ist mir einfach zugefallen, und ich wusste sofort, dass es für jemanden bestimmt war, der Terrells Geschichte aufschreiben sollte. Und wenn ich mich an Sie gewandt hätte, als es Ihnen noch gut ging, hätte ich Sie sicher nicht dafür interessieren können."

Sie ließ den Umschlag los. „Ich glaube, wir werden auf die schwierigen Zeiten in unserem Leben vorbereitet in einer Weise, die wir uns nicht einmal vorstellen können. Sie sollen hier sein, Mr Wiley. Sie sollen dieses Buch schreiben. Und ich bin davon überzeugt, dass der Allmächtige dieses Projekt in Ihre Hände gelegt hat. Darum lasse ich los."

Wirklich ein großer Glaube.

„Falls ich beschließe, den Auftrag anzunehmen, wann kann ich mich mit Terrell treffen? Es gibt doch sicher eine Besucherliste, richtig?"

Sie lächelte. „Sie stehen bereits drauf. Ich denke, Sie könnten ihn noch in dieser Woche besuchen. Der Gefängnisdirektor wird natürlich nicht gerade begeistert sein, dass Sie Reporter sind."

„Ich bin kein Reporter. Ich bin ein Freund der Familie."

„Das ist gut. Und Sie sind der Vater des Jungen, dem Terrell helfen möchte."

Ein Sicherheitsbeamter bedeutete Oleta mit einem Handzeichen, weiterzufahren.

„Sie hoffen, dass ich seine Unschuld aufdecke."

„Zweifellos werden Sie feststellen, dass er unschuldig ist, denn das ist die Wahrheit. Aber Freiheit bedeutet nicht zwangsläufig, dass die Gefängnistore weit aufschwingen. Ich erwarte kein Wunder in letzter Minute. Ich vertraue Gott, dass er tut, was das Beste ist."

„Und das wäre?"

„Dass alles zu unserem Besten zusammenwirkt."

Gehört hatte ich das schon mal, doch erlebt hatte ich mein Leben lang etwas ganz anderes. Gott, falls er tatsächlich dort oben existierte, hatte nie etwas zu meinem Besten gewirkt. Oder zum Besten meiner Frau, meines Sohnes oder meiner Tochter.

„Mr Wiley, Gott hat einen Plan. Er hat Sie aus einem besonderen Grund hierher gebracht. Er hat Sie in die Tiefe geführt und an die Grenze Ihrer selbst, damit er etwas Neues beginnen kann."

Na, wunderbar! Gott ist wirklich gut. Ich konnte mich kaum bezähmen, nicht in Hallelujarufe auszubrechen. Ich stopfte den Umschlag in die Tasche, stieg aus dem Wagen aus und beugte mich zum Fenster hinunter. „Lassen Sie Ihrem Mann eine Nachricht zukommen. Richten Sie ihm aus, er möge sich möglichst ausführliche Notizen über den Fall machen, alles aufschreiben, woran er sich noch erinnert. Einzelheiten. Dinge, die er den Menschen mitteilen möchte. Letzte Worte. Zehn Lebenslektionen aus der Todeszelle. Was auch immer."

*Gespräche mit dem elektrischen Stuhl.*

„Dann übernehmen Sie den Auftrag also?", fragte sie.

Ich nickte. „Wir sollten einen Vertrag aufsetzen."

Der Sicherheitsbeamte verlor die Geduld. Er kam auf uns zu, und sein Gang verriet uns, dass wir am besten freiwillig verschwinden sollten.

„Wir brauchen keinen Vertrag", erklärte sie. „Sie geben mir jetzt Ihr Wort, dass Sie das zu Ende bringen, bevor Terrell ..." Sie konnte den Satz nicht zu Ende sprechen.

„Abgemacht", sagte ich. „Es wird nichts an dem ändern, was geschehen wird, aber wenigstens steht seine Geschichte dann so auf dem Papier, wie er sie erzählt haben möchte. Dass sie veröffentlicht wird, kann ich nicht versprechen. Aber ich werde sie schreiben, und ich werde es gut machen. Ich werde dafür sorgen, dass sie lesbar und fesselnd ist."

Sie wischte sich eine Träne von der Wange und nickte. „Ich glaube Ihnen. Danke."

Die schwierigsten Fragen fallen einem manchmal erst im letzten Augenblick ein. Fragen, die man einem Präsidenten zuruft, der auf einen Helikopter zugeht, oder einem Gefangenen in Handschellen, der zum Streifenwagen geführt wird.

„Warum tut er das für meinen Sohn?“, fragte ich sie.

Sie blickte mich mit ihren müden Augen an, in denen Tränen glitzerten. Eine schwarze Frau mittleren Alters, die eineinhalb Höllen durchlebt hatte. „Er tut es nicht speziell für Ihren Sohn. Er tut etwas Gutes, das dem Schlechten einen Sinn geben soll. Ihr Sohn ist nur der Empfänger der Gnade Gottes.“

Ich nickte und drehte mich zum Krankenhaus um.

# Kapitel 4

Ellen Wiley saß am Bett ihres Sohnes und fühlte sich unendlich hilflos. Wieder einmal. Sie hatte schon so viel Zeit in Krankenhäusern, Arztpraxen und Untersuchungsräumen verbracht, auf Ergebnisse gewartet und Gott angefleht, diesen Wahnsinn doch endlich zu beenden. Aber das hatte er nicht getan. Er hatte sie diesem Labyrinth von Ärzten, Krankenschwestern und Pflegern überlassen. Und das Ergebnis war das ausgezehrte Gesicht ihres Sohnes, kraftlos und bleich.

Sie hatte sich ihr Leben anders vorgestellt. Wenn es nach ihr gegangen wäre, hätten sie und Truman vier Kinder bekommen, ein schönes Haus und genug Geld gehabt und ihr Leben genossen bis ins hohe Alter. Am Wochenende hätten sie ihre Enkel zu Besuch gehabt. Sie hätten lange Spaziergänge am Strand gemacht und wären in den Armen des anderen gestorben.

Die einzigen Spaziergänge, die sie jetzt machte, unternahm sie allein, zum Schwesternzimmer oder zur Cafeteria, um sich etwas zu essen zu holen, das sie dann doch nicht bei sich behalten konnte. Es war lange her, seit Truman sie in den Armen gehalten hatte. Und schon lange hatte sie nicht mehr den Wunsch verspürt, ihn in den Armen zu halten.

Den Ton des Herzmonitors hatte eine der Schwestern abgeschaltet, doch Ellen hörte das Piepen trotzdem. Es verfolgte sie im Schlaf. Sie hörte es sogar, wenn sie gar nicht im Krankenhaus waren. Ihre Tage waren bestimmt von einem ununterbrochenen Strom von Tabletten, Spritzen und Monitoren – und das alles lag absolut und unwiderruflich außerhalb ihrer Kontrolle.

Auf der Intensivstation eines Krankenhauses wie diesem hatte sie die Mutter eines Kindes kennengelernt, das an einer ähnlichen Herzerkrankung litt wie Adrian. Im Gegensatz zu Ellen, die ständig in Angst und Sorge lebte, strahlte diese Frau inneren Frieden und Ruhe aus. Im Laufe der folgenden Wochen, während die Gesichter der Ärzte zunehmend grimmiger wurden, saß Ellen mit dieser Frau zusammen, trank Unmengen Kaffee und beobachtete, wie die Familie mit unerschütterlichem Glauben den Tod ihrer Tochter durchlebte.

Ellen weinte bitterlich über den Verlust, mehr als die Mutter, und sie wunderte sich über die Reaktion dieser Familie. Als die Frau nach der Beerdigung zu ihr kam, um sich nach Adrian zu erkundigen, bat Ellen sie, ihr zu erklären, wie es sein konnte, dass sie trotz ihres Verlustes so gelassen wirkte.

An jenem Tag wurde Ellen klar, dass sie das haben wollte, was diese Frau besaß. Vorher war ihr einziger Wunsch gewesen, ihre Probleme zu überwinden und dann zurückblicken zu können auf eine schwierige Zeit. Ihre Eltern lebten nach der Devise: „Gott hilft denen, die sich selbst helfen.“ Die politische Karriere ihres Vaters war im alten Virginia legendär, und ihr geistliches Leben als Familie war nur eine Fassade der Religiosität. Sobald Ellen ihr Elternhaus verlassen und ihr Studium an der Universität von Virginia aufgenommen hatte, warf sie die Kirche samt allen Regeln, Geboten und Konventionen über Bord. Sie rebellierte nicht, sondern lebte, wie ihre Eltern es ihr vorgelebt hatten, ohne einen Glauben vorzutäuschen, den sie nicht besaß.

Nach mehreren gescheiterten Beziehungen hatte sie in Tru ihren Seelengefährten kennengelernt, und erst da hatte sie das Gefühl, dass ihr Leben vollständig war. Komplett. Mit keinem anderen ihrer Freunde hatte sie den Rausch des Miteinanders so intensiv erlebt wie mit ihm. In ihrem gemeinsamen Leben, so stellte sie sich vor, würden sie gemeinsam als Journalisten Karriere machen; sie im Bereich der Printmedien, er in der

Fernsehberichterstattung, und sie würden in Washington ein angenehmes, aber auch spannendes Leben führen. Später dann könnte sie eine Kolumne schreiben und er vielleicht eine Talkshow am Sonntagmorgen machen.

Und dann kam 1989 Abigail, ganz unerwartet, auf die Welt. Die süße Abby, ihr Kind der Liebe, Kind der Hoffnung, Kind der Krise. Eine Abtreibung hatte Ellen nie in Betracht gezogen, Truman dagegen schon. Aber vier Jahre später, als Ellen durch den Mittelgang der Kirche schritt, streute Abby ihnen Rosenblätter hin, und Ellen wusste, dass ihre Entscheidung richtig gewesen war.

Niemand hatte zu der Zeit eine Ahnung davon, dass Adrian bereits in ihrem Leib heranwuchs. Und dieses herzkranke Kind würde ihr schließlich zu etwas verhelfen, das viel größer war als ihr eigener Plan.

Jetzt, wo es so schlimm um ihn stand, betete sie manchmal, Gott möge Adrian nicht heilen, sondern ihn einfach zu sich nehmen. Seinem Leiden ein Ende setzen. Nicht ihrem, sondern seinem. Sie wusste, wo er hingehen würde, vollständig heil, vollkommen glücklich auf der anderen Seite des Vorhangs. Dieses selbstlose Gebet dauerte nur einen kurzen Augenblick, dann flehte sie Gott wieder an – um nur noch einen weiteren Tag, eine weitere Stunde.

Wenn sie an Abigail und Truman dachte, war ihr innerer Konflikt noch größer, falls das überhaupt noch möglich war. Und darin lag die Ironie. Ihr Sohn hatte zahllose Male an die Tür des Todes geklopft, nein, sich dagegen gelehnt, doch ihr innerer Alarm schlug an, wenn sie an ihre Tochter und ihren Mann dachte.

Adrian schnappte nach Luft und schlug plötzlich die Augen auf. Er blickte sie an und fuhr mit der Zunge über seine aufgesprungenen Lippen. Bevor er sich noch zu Wort melden konnte, hielt sie ihm bereits den Becher mit dem Strohhalm an die Lippen. Er hob leicht den Kopf an und trank einen

Schluck, dann sank er zurück und schloss die Augen. Sie umschloss seine kalte, feuchte Hand mit ihren warmen Händen und wünschte, sie könnte irgendetwas tun. Wenn es möglich gewesen wäre, hätte sie ihm ohne zu zögern ihr Herz gegeben.

„Ich hatte einen Traum", sagte er. Seine Stimme war kaum lauter als ein Flüstern, aber sie war geübt darin, sie zu hören.

„Ging es um Melody Swanson?", fragte Ellen lächelnd.

Adrians Augen blieben geschlossen, aber seine Mundwinkel zogen sich ein kleines Stück nach oben. „Nicht *diese* Art von Traum, Mutter."

„Worum ging es?"

Eine Pause. Luftholen. „Dad und ich waren auf einer Reise." Warten auf den nächsten Atemzug. „Eine Story, die er verfolgte, und er hat mich mitgenommen."

„Das klingt nach Spaß."

„Ja. Wir haben geredet. Viel. Er hat nicht nur Zeitung gelesen oder auf seinen Laptop gestarrt. Das war so cool."

Ellen legte ihr Kinn auf das Gitter.

„Und dann ist etwas passiert", fuhr Adrian fort. Er öffnete die Augen erneut und hob den Kopf ein kleines Stück vom Kopfkissen. „Dad ist etwas zugestoßen, und da waren all diese Menschen. Ich habe Angst bekommen."

„Das war nur ein Traum. Dein Vater liebt dich sehr, Adrian; er zeigt es nur sehr schlecht."

Ihr Sohn schüttelte schwach den Kopf. „Das sagst du immer. Wenn er nicht weiß, wie er es zeigen kann, warum versucht er nicht, es zu lernen?"

„Das wird er. Eines Tages wird er es."

„Ich glaube das nicht. Wenn er nicht mal kommt, um mich zu besuchen, wie soll er es dann je rausfinden?"

Sie tätschelte seinen Arm. Diese Sache konnte sie nicht in Ordnung bringen. Truman hatte einen Graben gezogen zwischen sich und den Kindern, die er doch liebte, wie sie wusste.

Er war einfach nicht in der Lage, die Zugbrücke seines Herzens so weit herunterzulassen, dass er drübergehen konnte.

Adrian bedeutete ihr, dass er noch etwas trinken wollte, und sie hielt ihm den Becher an die Lippen. Seine Augenlider flatterten. „Denkst du, dass ich dieses Mal hier rauskomme?"

„Ich bin ganz sicher. Melody braucht doch einen Partner für den Ball."

Er lächelte. Das war genau das, was sie brauchte. Selbst der kleinste Lebensfunke von Adrian war wie ein elektrischer Impuls für sie.

„Erzähl mir noch einmal die Geschichte", forderte Adrian sie auf.

„Welche Geschichte?"

„Du weißt schon. Wie ihr euch kennengelernt habt."

Er sehnte sich nach dem Vater, den er nicht kannte. Und darum erzählte sie ihm von ihm. Natürlich nicht alle pikanten Einzelheiten, aber so viel, dass es ihn zufriedenstellte. Wie sie Truman nach dem Ende ihrer aktuellen Beziehung in der Nachrichtenredaktion gesehen hatte. Groß und gut aussehend, mit einem Lächeln, das die Polarkappen zum Schmelzen bringen konnte. Adrian sollte erfahren, welche Lieder sie beide mochten und welche Filme sie sich anschauten, Dinge, die ihn mit ihrer Vergangenheit verankerten.

Sie hatte nie einen Hehl daraus gemacht, dass sie bereits während ihres Studiums am College zusammengezogen waren. Oder was ihre Eltern von Truman hielten. Aber manche Dinge in Bezug auf die Gegenwart behielt sie lieber für sich. Zum Beispiel die aufgelaufenen Arztrechnungen, die sie so weit zurückgeworfen hatten, dass sie sich vermutlich nie davon erholen würden. Oder die Tatsache, dass trotz der Krankenversicherung die Kosten für eine Transplantation astronomisch hoch sein würden. Oder die Wahrheit darüber, dass ihr finanzielles Debakel durch eine Gerichtsverhandlung beendet werden könnte. Ihre Eltern hatten ihr angeboten, alle Schulden zu begleichen und auch die Kosten für die Transplantation zu übernehmen, wenn sie sich von Truman scheiden ließ. Das fand sie anfangs sehr grausam. Ihre gegensätzlichen Standpunkte waren zementiert, und jetzt war es eine Frage der Stärke. Wer würde zuerst einknicken, ihre Eltern oder sie?

Sie konnte sich nicht von ihm scheiden lassen. Nicht jetzt. Sie verstand ihre Eltern, und in manchem stimmte sie mit ihrer Einschätzung überein. Schon oft hatte sie ihm selbst mit Scheidung gedroht. Aber eine Stimme tief in ihrem Inneren sagte: „Halte durch. Gib nicht auf." Glauben bedeutete für sie, dass sie auch mit Unerwartetem rechnete. Gott hatte schon Tote ins Leben zurückgerufen. Vielleicht erlebte auch Truman eines Tages den Augenblick, wo er das Leben fand. An diese Hoffnung klammerte sie sich, wie ein Kind, das die Leine eines Ballons, aus dem die Luft entwich, nicht loslassen wollte und ihn zusammengeschrumpft hinter sich herzieht.

„Warum hast du bei eurer Hochzeit ausgerechnet diesen Song ausgesucht?", flüsterte Adrian.

„‚True Companion'?" Der Text klang in ihr nach. „Dieses Marc-Cohn-Album war damals total angesagt. Alle liebten den Song ‚Walking in Memphis'. Beinahe hätte ich einen Job bei einer Zeitung in Memphis angenommen. Wenn ich nicht diesen Song so geliebt hätte, wäre mir das nie in den Sinn gekommen. Ich wollte über die Beale Street schlendern und sehen, was Elvis gesehen hatte. Das mag jetzt albern klingen, aber damals war es mir ernst damit."

„Zurück zu ‚True Companion'."

„Entschuldige. Tru war der Spitzname, den ich deinem Vater gab, und als wir ein Paar waren, verbrachten wir jede Minute miteinander. Er war mein Seelenverwandter, mein wahrer Gefährte, wie der Song es sagt."

„Hast du viel mit ihm gesimst?"

„Damals gab es noch nicht einmal E-Mail, so weit ich mich entsinne. Mobiltelefone waren ein Luxus, und selbst wenn ich eins besessen hätte, er hätte sich das keinesfalls leisten können. Wenn wir zum Essen ausgingen, dann zum Schnellimbiss. Dein Vater war arm wie eine Kirchenmaus."

„Nur ohne Kirche."

„Richtig."

Ihr Telefon vibrierte, doch sie ignorierte es; sie blickte unverwandt in Adrians müde Augen. Schon früh hatte sie sich angewöhnt, dass jeder Augenblick, in dem Adrian wach war, ihm gehörte. Sie wollte für ihn da sein, bis die Erschöpfung ihn übermannte oder die Medikamente ihren Tribut forderten. Oder beides. Und wann immer er wegdämmerte, befürchtete sie, diese Augen zum letzten Mal gesehen zu haben.

Adrian blickte zum Fenster hinaus. Er knirschte jetzt mit den Zähnen; sein Kiefer war angespannt. „Ich interessiere ihn nicht."

„Das stimmt nicht."

„Und warum besucht er mich dann nicht?"

Sie atmete tief durch. „Nun, was glaubst du?" Sie wollte erfahren, was in ihm vorging.

„Könnte sein, dass ihm seine Arbeit einfach wichtiger ist. Aber ich begreife einfach nicht, warum er nicht mal vorbeikommt. Vielleicht ist er allergisch gegen Krankenhäuser."

Sie legte die Hand auf seinen Kopf. Er reagierte immer auf ihre Berührung. Und Truman war so weit entfernt und konnte ihm nicht die Hand auf die Schulter legen.

„Natürlich interessiert er sich für dich. Aber es stimmt, dass es ihm ungewöhnlich schwer fällt, ein Krankenhaus zu betreten." Das Telefon piepste. Eine neue Nachricht. „Er liebt dich wirklich. Das weiß ich. Es ist nur so, dass seine Liebe unvollkommen ist."

„So wie seine Liebe zu dir?"

Sie lächelte. „Wir beide sind unvollkommen. Und ich möchte nicht, dass du denkst, es sei alles seine Schuld gewesen. Ich habe auch viele Fehler gemacht."

„Aber du bist geblieben. Du hast alles mit mir durchgestanden. Du bist ein Fels, Mom."

Sie ergriff seine Hand, ein blasses, schmales Ding, nur noch Haut und Knochen, und drückte sie. „Ich kann mich glücklich schätzen. Er hat viel verpasst. Aber ich glaube, er kann es nicht ertragen, dich so leiden zu sehen. Darum bleibt er fort."

Adrian schloss die Augen und öffnete sie wieder, langsam wie eine Schildkröte. „Meine Schmerzen wären leichter zu ertragen, wenn er hier wäre. Ich meine ... er könnte mir helfen, sie ein wenig zu vergessen."

Eine Träne rollte ihm über die Wange. Ellens Herz schmolz dahin. Sie beugte sich vor. „Ein Zitat von Longfellow, das ich vor Jahren gelesen habe, passt gut zu deinem Vater. Es ist mir schon in vielen Büchern begegnet. Scheinbar sind auch andere Schriftsteller einer Meinung mit dem alten Henry."

Adrian starrte sie an, sein Blick fokussierte sich, und sie schloss ihre Augen, während sie versuchte, sich an den genauen Wortlaut zu erinnern. „‚Jeder Mensch hat seine geheimen Sorgen, die die Welt nicht kennt; und oft nennen wir einen Menschen kalt, wenn er nur traurig ist.'"

Sie öffnete die Augen. Eine weitere Träne rollte über Adrians Wange. Sie schwieg eine Weile, um sich zu fassen; ihre Stimme würde sie im Stich lassen.

„Das passt ziemlich gut, nicht?", fragte Adrian.

Sie nickte. „Dass dein Dad nicht hergekommen ist, hat nichts mit dir zu tun, glaube ich. Er ist einfach müde und zornig und mit sich selbst nicht im Reinen. Was es natürlich nicht leichter macht. Es tut trotzdem weh. Aber ich weiß, dass es ihm nicht gut geht. Und ich weiß, dass Menschen, die leiden, immer die verletzen, die sie am meisten lieben. Sie tun das nicht absichtlich; es passiert einfach."

Sie streichelte ihm über den Kopf, teilte seine Haare, wie sie es getan hatte, als er noch ein Kind war.

„Und darum geht er auch ins Kasino?"

„Ich nehme es an."

„Hat er das auch schon getan, als ihr noch im College wart?"

Sie atmete tief durch, erinnerte sich daran, wie aufgeregt Truman gewesen war, als er ihr am Telefon von seinem ersten Gewinn beim Glücksspiel erzählt hatte. „Ich wusste, dass er eine Schwäche fürs Spielen hatte. Damit hat er sich einen Teil seiner Studiengebühren verdient. Eine Zeit lang habe ich ihn sogar dazu ermutigt. Aber ich hatte keine Ahnung, wie destruktiv es werden würde."

Sie lachte leise und betrachtete die Pickel in seinem Gesicht. Adrian war viel älter, als er tatsächlich war; sein Körper wusste das nur noch nicht.

„Er ist auf der Suche. Es ist eine lange Suche, die bald zu Ende sein wird, hoffe ich."

„Ich auch." Seine Atmung wurde flacher. „Ich bin müde. Werde ein wenig schlafen."

Sie drückte ihm einen Kuss auf die Stirn. „Ich bin da, wenn du aufwachst."

„Ich weiß."

Leise verließ sie den Raum und blieb im Flur stehen, lehnte sich an die Wand und starrte ihn durch die Scheibe an. Sie holte ihr Telefon aus der Tasche und sah, dass der verpasste Anruf von Truman gewesen war.

„Hey, ich bin's. Ich bin unten in der Eingangshalle. Hatte ein Problem mit meinem Wagen. Kannst du runterkommen, wenn du das abhörst? Ich nehme an, du bist oben."

Er saß hinter einer Säule und blätterte einige Papiere durch. Ihr erster Impuls war, ihn anzuschreien, ihn zu fragen, warum er nicht einfach hochgekommen sei und dass sein Sohn ihn brauche. Aber sie atmete tief durch und beobachtete ihn.

Truman Wiley hatte etwas an sich, das ihr Herz anrührte, im guten oder schlechten Sinne. Als sie ihn kennenlernte, war sein langes und schmales Gesicht, das dem von Tom Hanks so ähnlich war, eingerahmt von einem wilden Haarschopf, und wenn er lächelte, waren seine Augen nur noch Schlitze. Er trug enge Jeans, und in seinem Auftreten lag ein Selbstbewusstsein, das nur wenige Studenten im College besaßen. Er war schlaksig, mit langen Armen und einem Lachen, das so erfrischend war wie ein Sommerregen. Jetzt klang nur noch ein schwacher Widerhall davon in ihr nach. Im Laufe der Jahre war sein Haaransatz zurückgewichen. Nicht, dass er eine Glatze bekam, aber seine Haare waren nicht mehr so dicht. Ihr fiel auf, dass er abgenommen hatte. Seine Wangen waren eingefallen, und wenn er stand, rutschte seine Hose. Und seine Augen verrieten tiefe Erschöpfung, eine Müdigkeit, die nicht nur auf Schlafmangel zurückzuführen war, sondern auf eine andauernde Rastlosigkeit. Auf ein Leben voller Fragen, auf die keine Antworten zu finden sind.

„Warum bist du nicht hochgekommen?“, fragte sie. Es fiel ihr schwer, sich ihre Verärgerung nicht anmerken zu lassen.

„Auch schön, dich zu sehen.“

Sie biss sich auf die Lippen. Sie wollte sich doch zusammenreißen. Sie hatte darum gebetet. Den ganzen Weg hinunter im Aufzug.

„Es geht ihm nicht gut. Er hat nach dir gefragt, bevor er wieder eingeschlafen ist. Ich denke, es würde ihm helfen, wenn du-“

„Ich bin mit Murrow zusammen gewesen und hatte keine Zeit, mich umzuziehen.“

„Du bist doch hoffentlich nicht in diesen Sachen im Haus gewesen, oder?“

„Nein, ich habe gestern Abend alles ausgezogen – eine lange Geschichte. Das Haus ist haarfrei, glaub mir. Aber mein Wagen wurde abgeschleppt. Gepfändet. Und Murrow saß drin.“

Er sprach über die Katze, als wäre sie eine Person. Jemand, den er liebte. Am liebsten hätte sie auf dem Absatz kehrt gemacht und wäre zum Aufzug zurückgelaufen.

Ihr Blick fiel auf die Papiertüte. „Ist das von Oleta?“

Er nickte.

„Dann übernimmst du den Auftrag also?“

„Sie hat mir einen Scheck gegeben. Ich werde ihn einlösen und anfangen. Aber ich brauche einen Wagen.“

„In meinem Wagen kannst du keine Katze mitnehmen. Wenn du nicht hochkommen und Adrian besuchen kannst, dann kannst du auch nicht mit dem Wagen fahren.“

Er fuhr sich mit der Hand durch die Haare. „Ein paar Straßen weiter gibt es einen Supermarkt. Ich kaufe mir eine Shorts und ein T-Shirt. Wird das gehen?“ Es lag eine gewisse Schärfe in seiner Frage, als wäre sie das Problem. Sie spürte, dass er es schnell hinter sich bringen wollte, aber es lag immer noch Furcht in seinen Augen.

„Du bekommst den Wagen nur, wenn du ihn besuchst. Kauf dir was zum Anziehen. Wenn du wiederkommst, ist er bestimmt wach. Es ist dann ja auch Zeit zum Mittagessen.“

Er starrte zu Boden und nickte. „Okay. Aber ich kann diese Tüte nicht mit in den Supermarkt schleppen. Gib mir die Schlüssel.“

Sie verschränkte die Arme vor der Brust und starrte ihn an. „Nimm dein Zeug und komm mit.“

Sie gingen nach draußen zum Parkhaus. Glühende Florida-Hitze schlug ihnen entgegen. Die Bewegung tat ihr gut, auch wenn es draußen heiß war wie in einem Glutofen. Seit mehr als einem Tag war sie nicht mehr an der frischen Luft gewesen.

„Du und Oleta, ihr habt euch also nicht verstanden?“, fragte sie.

„Sie war ein wenig ruppig. Misstrauisch. Vermutlich hat sie allen Grund dazu. Ich hoffe nur, sie lässt es nicht an Murrow aus.“

„Sie ist eine gute Frau. Und sie wird eine verlässliche Quelle sein. Hast du schon etwas in den Akten finden können?“

Lächelnd drückte er den Aufwärts-Knopf im Aufzug. „Die Beweise sind überwältigend. Sieht so aus, als brauchte ich keine Angst zu haben."

„Wovor?"

„Dass ich am Ende noch herausfinde, dass er unschuldig ist. Das behaupten doch alle. Vor allem diejenigen, die in der Todeszelle sitzen. Allerdings wären damit die Transplantationspläne Schall und Rauch ..."

„Carl steht auf unserer Seite", sagte sie. „Aber alle in seinem Umfeld-"

„Carl? Seid ihr jetzt wieder beim Vornamen angekommen?"

Sie verdrehte die Augen. „Gouverneur Townsend. Jetzt sag nicht, dass du immer noch eifersüchtig bist."

„Hast du Kontakt zu ihm aufgenommen?"

Sie blickte auf ihre Uhr und nickte. „Mit seinem Büroleiter. Und ich habe einige Male mit ihm über Adrians Situation gesprochen. Seine Hilfsbereitschaft muss vermutlich auch im Buch erwähnt werden."

„Und da frage ich mich doch nach dem Grund. Du weißt doch, dass er sich auf keinen Fall seine Chancen auf das Weiße Haus verderben will."

Im obersten Stockwerk des Parkhauses stiegen sie aus. Ellen führte ihn zu ihrem Auto. Er verstaute seine Tasche und den Computer im Kofferraum.

„Ich wüsste nicht, wieso ihm das schaden sollte. Er möchte helfen, Tru."

„Wenn die Rechten dagegen sind, werden sie sich gegen ihn stellen. Auch die Liberalen. Das könnte zu einer Uneinigkeit innerhalb der Partei führen. So etwas kommt nicht gut an, zumal die Umfragewerte des Gouverneurs gerade im Höhenflug sind."

„Hier geht es doch nicht um Umfragewerte. Er ist dafür. Warum versuchst du, mir die letzte Hoffnung zu rauben, die wir noch haben?"

In unbehaglichem Schweigen fuhren sie mit dem Aufzug wieder nach unten. Als die Tür aufging, blieb er stehen und schirmte seine Augen gegen die Sonne ab. „Ich versuche nur realistisch zu sein. Ich möchte nicht, dass du deine Hoffnungen zu hoch schraubst."

„Du denkst, ich sei nicht realistisch? Ich hätte nicht alle Möglichkeiten durchdacht? Mit jeder Operation stiegen meine Hoffnungen in ungeahnte Höhen. Mit jedem neuen Medikament. Viele meiner Hoffnungen haben sich nicht erfüllt, also mach dir um mich keine Gedanken."

Ellen wandte sich ab. Das eisige Schweigen zwischen ihnen wurde nur durch den Motorenlärm der Autos durchbrochen, die vorüberfuhren, und die Menschen, die auf der Straße an ihnen vorbeigingen.

„Ich werde wohl auch mit dem Gouverneur reden müssen", erklärte er. „Vielleicht könntest du das arrangieren. Und ich muss Kontakt zu den Polizeibeamten aufnehmen, die mit dem Fall betraut waren. Und mit der Familie des Opfers."

„Truman, du brauchst mit dem Buch nicht den Pulitzer-Preis zu gewinnen. Es geht um die Geschichte eines Mannes, der sich an einem unschönen Ort total verändert hat. Du musst nicht jeden Winkel beleuchten. Mach es nicht zu einem persönlichen Kreuzzug."

„Einem persönlichen Kreuzzug? Verschiedene Perspektiven einer Geschichte zu beleuchten ist ein persönlicher Kreuzzug?"

„Ich sage ja nicht, dass du schlechte Arbeit abliefern sollst, aber du brauchst es dir auch nicht unnötig schwer zu machen."

„Du hast mich gebeten, diesen Auftrag zu übernehmen. Und jetzt willst du, dass ich nachlässig arbeite?"

„Ich bin froh, dass du plötzlich von der Idee so begeistert bist. Ich denke nur, es steckt mehr dahinter. Vielleicht ist all dies geschehen, weil du für Adrian hier sein solltest. Vielleicht könntest du ihm die erste Priorität einräumen."

„Ich liebe meinen Sohn. Wenn auch nicht so gut wie du, das weiß ich."

„Lass mich bitte aus dem Spiel."

„Wenn du und Oleta wollt, dass ich einfach irgendetwas zusammenbastele, Conleys Ergüsse aus der Todeszelle niederschreibe und mich mit dem Geld zufrieden gebe, dann habt ihr den Falschen gefragt. Du weißt, dass ich keine halben Sachen mache."

„Ja, meistens."

Am liebsten hätte sie die Worte zurückgeholt, aber sie waren ausgesprochen, hingen zwischen ihnen in der Luft wie ein Habicht, der Ausschau hält nach seiner Beute. Sie beschrieben die letzten Jahre ihrer Ehe. Die Verletzungen der Vergangenheit kamen an die Oberfläche, sobald sich ein ernsteres Gespräch auch nur anbahnte. Je tiefer Ellen in den Glauben eintauchte und je mehr sie sich auf Gott verließ, desto mehr Distanz schuf Truman zwischen ihnen. Zorn bestimmte sein Verhalten, Unnahbarkeit Abigail und Adrian gegenüber. Er hatte ständig schwierige Aufträge angenommen und war für Storys um die Welt geflogen, mit denen er sich einen Namen machte, die aber nicht zu Ruhe und Frieden in seinem eigenen Heim beitrugen.

„Ich muss wieder reingehen", sagte sie und drehte sich zu ihm um. Sie legte eine Hand auf seinen Arm. „Tru, ich denke, du solltest dich mit allem, was du hast, an die Arbeit machen. Volle Kraft voraus. Und ich weiß, dass dir dies nicht ohne Grund in den Schoß gefallen ist."

„Oleta sagte dasselbe. Das mit dem tieferen Sinn und Gott. Ich hoffe nur, ihr habt recht."

Sie ging auf die Eingangstür zu, als er ihr nachrief: „Gibst du mir die Schlüssel? Ich habe Oleta versprochen, Murrow abzuholen ...."

Sie war fassungslos. „Du wirst diese Katze nicht in meinem Auto transportieren. Du weißt doch, dass das nicht geht. Und ob es dir nun gefällt oder nicht, du *musst* deinen Sohn besuchen."

„Ellen, du weißt nicht, was du verlangst."

„Was *ich* verlange?" Sie schüttelte den Kopf, kramte in ihrer Tasche, warf ihm die Schlüssel zu und wandte sich ab. Es war ihr egal. *Nimm den Wagen. Hol die Katze. Verschwinde. Verschwinde aus unserem Leben.* Doch sie sagte nichts. Die automatischen Türen öffneten sich, und sie betrat die Halle.

# Kapitel 5

Das war ja wirklich gut gelaufen. Seltsam, wie ein unverbindliches Gespräch einen anderen dazu bringen kann, die Krallen auszufahren. Ellens Schleuderball mit dem Schlüsselbund hinterließ eine Platzwunde an meiner rechten Hand. Dieses Mädchen hätte im Baseball ganz groß rauskommen können.

In der Gluthitze lief ich zum Supermarkt, verfluchte die Sonne, Ellen und mich selbst. Ich bin unter anderem ins Cottage gezogen, weil ich den Streitereien aus dem Weg gehen und die schlechte Stimmung im Haus entschärfen wollte. Vielleicht ist es eine faule Ausrede. Aber ich hatte das Gefühl, dass es für alle besser war, wenn ich aus der Schusslinie verschwand. Zu Hause stritten wir doch nur. War ich nicht greifbar, stritten wir am Telefon darüber, dass ich nicht zu Hause war. Aber ein Telefongespräch kann ich immer beenden.

Es war einer jener Supermärkte, in denen im vorderen Teil Gemüse und Backwaren verkauft wurden. Ich schnappte mir ein Sandwich und fand innerhalb von fünf Minuten eine Shorts und ein T-Shirt, und ich suchte mir sogar noch neue Unterwäsche und Socken aus. Ich war längst an dem Punkt, wo es mir egal ist, wie ich aussehe.

Auf dem Rückweg verspeiste ich das Sandwich. Meine neuen Sachen hatte ich bereits angezogen. Weißes T-Shirt, graue Shorts. Die alten Sachen warf ich in der Toilette in den Abfall. Ich wollte kein Risiko eingehen mit den Katzenhaaren.

Das Sandwich war trocken und fad wie Sägespäne und blieb mir in der Speiseröhre hängen, ein geschmackloser Klumpen aus Fleisch, Käse und Sauerteigbrot. Den Rest des Sandwichs warf ich in die nächste Hecke. Die Verpackung jedoch steckte ich ein. Über das Sandwich würde sich ein hungriges Tier hermachen, aber die Plastikverpackung verschmutzte die Umwelt, und das konnte ich nicht mit meinem Gewissen vereinbaren. Nein, ganz im Ernst, auch wenn ich mich nicht überwinden kann, meinen Sohn auf seinem Totenbett zu besuchen, ich trenne meinen Müll.

Mit dem Scheck in der Hand fuhr ich zu unserer Bank. Das Limit meiner Kreditkarten war ausgeschöpft, ich brauchte Bargeld. Die Kassiererin kannte ich nicht. In dieser Filiale wechselt das Personal sehr häufig. Die große Summe schien sie zu beunruhigen, aber ich erklärte ihr, dass ich mir einen Gebrauchtwagen kaufen wollte. Das hatte ich auch wirklich vor: Ich würde mir einen billigen Wagen kaufen, einsteigen und davonfahren.

Sie reichte mir den Umschlag mit den Hundert-Dollar-Noten, und ich steckte ihn ganz tief in die Tasche meiner neuen Shorts und kehrte zu Ellens Wagen zurück. Vor Jahren hatte ich ihr einen Honda gekauft, doch sie hatte ihn gegen einen Toyota eingetauscht, weil der einen geringeren Benzinverbrauch hatte. Ein Mitglied ihrer Gemeinde besaß eine Toyotavertretung, darum bin ich nicht sicher, ob sie tatsächlich ein gutes Geschäft gemacht hat. Das klingt sarkastisch, und so ist es auch gemeint. Das Einzige, das schlimmer ist als ein Christ, der deine Seele retten möchte, ist ein Christ, der deine Seele retten *und* dir einen Gebrauchtwagen verkaufen möchte.

Ich bin ein schneller Leser, und nachdem ich den Stapel Papiere in meiner neuen Aktentasche aus Papier durchgearbeitet hatte, war mir klar, dass ich mit einem der Ermittler sprechen musste, einem Detective mit Namen George Chandler. Nach dem Foto im Artikel zu urteilen war George vermutlich bereits pensioniert oder stand kurz davor, falls er nicht einem durch Bier und Donuts verursachten Herzinfarkt erlegen war. Nach einigen Anrufen fand ich heraus, dass er auf der anderen Seite der Stadt zu finden war und noch im Berufsleben stand. Für den Weg brauchte ich fünfundvierzig Minuten.

George war tatsächlich an der Pensionsgrenze, und an einem Arm trug er einen Verband. Seinen Partner, der gerade von der Highschool zu kommen schien, im Schlepptau, ging er mit mir nach draußen. Ich bin ziemlich sicher, dass George mich nicht mal gegrüßt hätte, wenn er mein Gesicht nicht von einer Reportage wiedererkannt hätte, die ich vor ein paar Jahren als Nachruf für einen getöteten Beamten gemacht hatte. Ich hatte ihm erklärt, ich würde über den Fall Conley schreiben, und er wollte wissen, aus welcher Perspektive ich berichten würde.

„Ich erzähle die Geschichte aus seiner Sicht."

Er zog eine Augenbraue in die Höhe. Das schien der einzige Sport zu sein, den er betrieb. Vielleicht machte er ja Augenbrauen-Pilates. Das soll die eigene Mitte stärken, habe ich gehört.

„Wird bestimmt interessant", meinte George. „Wollen Sie endlich die Wahrheit aus ihm herauskitzeln?"

„Ich glaube nicht, dass er bereit ist, seine Unschuldsbeteuerungen zu widerrufen."

Der Detective fluchte. „Was er dieser Mutter angetan hat. Unvorstellbar. Das war die leichteste Ermittlung, die wir jemals hatten. Jemals."

Ich hatte bereits beim ersten *Jemals* verstanden.

„Jedes Beweisstück deutete auf ihn. Wenn es in der Geschichte dieses Staates jemanden gibt, der die Todesstrafe verdient hat, dann ist es Terrell Conley. Sie dürfen mich gern zitieren. Mehr Beweise als bei allen anderen zusammengenommen. Und ich würde gern persönlich den Schalter am elektrischen Stuhl umlegen oder die letzte Spritze setzen. Das können Sie dem Typ gern ausrichten."

Nur dass George nicht *Typ* sagte; er benutzte ein anderes Wort.

„Gab es während der Ermittlungsarbeit je Zweifel an seiner Schuld?"

„Keine. Nicht einen. Niemals."

Da war es schon wieder. Er schien seine Aussagen immer noch einmal bestätigen zu müssen.

„Haben Sie noch in einer anderen Richtung ermittelt?"

„War nicht nötig. Er hatte sie ganz in der Nähe seiner Wohnung auf dem Schrottplatz vergraben. Die Mordwaffe fanden wir in seinem Schrank. Was braucht man sonst noch?"

Ich machte mir eine Notiz und kramte einen Namen hervor, den ich mir aufgeschrieben hatte. „Was ist mit Sawyer, Ihrem damaligen Partner?"

Das rief eine Reaktion bei ihm hervor. Bei der Erwähnung dieses Namens runzelte er die Stirn. Stirn-Pilates für Fortgeschrittene.

„Ja, Sie müssen unbedingt mit Dennis sprechen, wenn Sie sich auf Conleys Seite stellen wollen. Bei Kapitalverbrechen war Dennis immer der beste Freund der Verteidigung. Er hat ein weiches Herz und ist gegen die Todesstrafe. Hätte uns alles kaputt machen können, hat er aber nicht getan." Er öffnete seine Tür. „Sie sollten unbedingt mit ihm reden."

„Wo finde ich ihn? Ist er noch bei der Polizei beschäftigt?"

„Hey, Sie sind doch der Reporter, richtig?"

Ich hielt die Tür fest, bevor er sie zuknallen konnte. „Eine Frage noch", sagte ich. „Haben Sie ein Motiv finden können? Sie wurde nicht sexuell missbraucht. Warum sollte jemand eine Friseurin ermorden?"

„Sie haben das Video nicht gesehen, richtig?", fragte George. „Schauen Sie sich das Video an und bitten Sie Ihren Freund Conley, Ihnen das zu erklären."

Er schloss die Tür, und die beiden fuhren davon. Georges Lippen bewegten sich. Er schien eine ungezügelte Schimpftirade loszulassen. Während des Gesprächs hatte ich mein klingelndes Handy ignoriert. Jetzt zog ich es aus der Tasche und hörte die Nachricht ab. Auch vorher war schon ein Anruf eingegangen, wie ich feststellte.

„Mr Wiley, hier spricht Vanessa aus der Buchhaltung des Tallahassee General Hospital." Ihrer Stimme nach zu urteilen war sie kaum älter als zwölf, und ihre Nachricht hörte sich an, als würde sie das Rezept ihrer Mutter für Schokopudding vorlesen. „Ihre Frau gab mir diese Nummer und sagte, ich könnte Sie darüber erreichen. Wir hatten Ihnen vergangene Woche ein Schreiben zukommen lassen. Ich wollte Sie noch einmal darauf hinweisen, dass wir Ihre offenen Rechnungen an ein Inkassobüro übergeben werden, falls Sie-"

*Unterbrich es.* Ich drückte die 7, die Taste für Löschen. Ich weiß nicht viel über mein Telefon, aber ich weiß, dass die 7 zum Löschen da ist.

„Truman", sagte in der nächsten Nachricht eine männliche Stimme. „Wie wir sehen, bist du umgezogen." Beim Klang dieser Stimme überlief es mich kalt. Die Art von Gefühl, das man hat, wenn man um Mitternacht eine dunkle Gestalt mit einer Axt in seinem Garten entdeckt, die das Haus anstarrt. Ich wollte die 7 drücken, aber dazu konnte ich mich nicht überwinden.

Nach einer kurzen Pause fuhr er fort: „Wie ich höre, hast du einige private Probleme. Und ein Kollege hier in Tallahassee sagt mir, dass es deinem Sohn nicht gut geht. Das tut mir wirklich leid. Aber, Truman, wir müssen diese kleine Angelegenheit mit dem Darlehen regeln. Mein Herz ist auf deiner Seite, aber meine Geduld ist arg strapaziert. Ich schlage vor, dass du Kontakt zu mir aufnimmst, und zwar möglichst bald. Sonst müssen wir dich ... nun ja, kontaktieren."

Am Ende der Nachricht hörte man lautes Atmen, und ich konnte mir Mickey Luchesis Gesicht lebhaft vorstellen. Mickey hatte ich kennengelernt, als ich für eine Story recherchierte. Das Interview mit ihm hatte ich mir erschlichen, und ich hatte ihm zugesichert, dass wir sein Gesicht nicht zeigen, seinen

Namen nicht nennen und seine Identität auch nicht auf andere Weise preisgeben. Er sprach sehr offen über eine Reihe von Morden aus der jüngeren Zeit, die sich alle im Umfeld von Kasinos und Spielotheken an der Ostküste ereignet hatten. Im Grunde nutzte er dieses Interview, um seinen Kollegen eine Botschaft zu senden, doch das wusste ich damals nicht. Danach war ich mit Mickey in Kontakt geblieben, leider, und an einem besonders dunklen Punkt in meinem Leben hatte ich ein Darlehen von ihm angenommen. Diese Entscheidung trug noch zusätzlich zu meinen Schwierigkeiten bei.

Das Inkassobüro des Krankenhauses war übel. Mickeys Agentur hingegen schickte keine Briefe. Sie kamen persönlich vorbei.

Bei meiner Arbeit als Reporter habe ich gelernt, dass man, wenn man bei einer Story feststeckt, einfach das Nächstliegende tun, den nächsten Schritt gehen, die nächste Information suchen muss. Man darf sich keine Gedanken darüber machen, wie viel einem noch fehlt; man muss sich darauf konzentrieren, was man bereits in der Tasche hat, sinnbildlich gesprochen. Falls ich jemals ein Buch für angehende Reporter schreiben sollte, wird dies eine meiner Maximen sein: *Tu das Nächstliegende.*

Ich rief im Immobilienbüro an. Oleta meldete sich und versicherte mir, dass es Murrow gut ging. Sie hatte in der Tierhandlung ein Katzenklo und Futter gekauft, und Murrow hatte jetzt die Herrschaft über ihren Lagerraum übernommen.

„Wie geht es Adrian?“, fragte sie.

„Gut. Er ist stabil.“

„Sie haben ihn nicht besucht, stimmt's?“

Warum nur mussten alle Frauen in meinem Leben so feine Antennen besitzen? Sogar die Freundinnen meiner Frau. Vielleicht bin ich paranoid, aber ich hatte das Gefühl, dass selbst Vanessa aus der Buchhaltung meinen Blutdruck und meinen Pulsschlag erraten konnte.

„Ich bin noch nicht oben gewesen, aber ich habe Ellen getroffen. Haben Sie schon Nachricht, wann ich Terrell besuchen kann?"

Ich konnte ein *ts-ts* vernehmen. Doch schließlich wurde ihre Stimme lebendig. „Am Freitagmorgen haben Sie einen Termin. Eine Stunde. Der Kaplan hat das für mich arrangiert. Dort herrscht ein strenges Regiment, wie beim Militär. Wenn Sie zu spät sind, kommen Sie nicht mehr rein."

„Ich werde da sein. Aber wegen Murrow, besteht die Möglichkeit, dass Sie ...?"

„Machen Sie sich keine Sorgen. Wenn es sein muss, nehme ich ihn mit nach Hause. Konzentrieren Sie sich ausschließlich auf Ihren Sohn. Und das Buch."

„Großartig. Das ist eine große Erleichterung. Und ich wollte noch sagen, es tut mir leid, dass wir uns auf dem falschen Fuß begegnet sind. Ich weiß zu schätzen, was Sie tun."

„Wir beten für Adrian. Er ist im Augenblick wichtiger als alles andere."

Ich fragte sie, ob sie sich noch an einen Detective Sawyer erinnere, der an dem Fall ihres Mannes mitgearbeitet habe, und wüsste, wie ich ihn erreichen könnte. Ohne meinen Laptop fühlte ich mich nackt. Sie notierte sich den Namen und versprach, sich zu melden.

Auf dem Rückweg zum Krankenhaus gerieten meine Gefühle in Aufruhr. Ich musste Adrian besuchen, das war mir bewusst, aber ich konnte mich einfach nicht dazu überwinden. Es stand so vieles zwischen uns – meine Schuldgefühle, die Sehnsucht nach meiner Frau und die Scham über meine Entscheidungen. Wenn man an seiner Familie erst einmal versagt hatte, lebt man auf einer anderen Ebene. Man versucht immer, die Lücken auszufüllen. Man gibt sich Mühe, die Erwartungen zu erfüllen oder die negativen eben nicht zu erfüllen.

Ich hielt auf der dem Krankenhaus gegenüberliegenden Straßenseite an und überlegte, welches wohl sein Zimmer war und ob mein Sohn wohl auf mich wartete. Ich stellte ihn mir vor, an Schläuche angeschlossen, mit aufgedunsenem Gesicht und eingesunkenen Augen. Ich sah die Monitore vor mir, hörte ihr Piepen. Das kannte ich ja aus der Zeit, als er noch klein gewesen war. Narben über die ganze Brust. Scharfe Messer, die in seine blasse Haut schnitten.

Anstatt ins Parkhaus einzubiegen, gab ich Gas, fuhr daran vorbei und auf die Umgehungsstraße. Wie ein Magnet zogen mich die unterbrochenen weißen Linien weiter, in Richtung Osten zur Küste, zum Wasser und zu meinem Zufluchtsort, wo ich mich selbst verlieren konnte. Bei jeder Ausfahrt mahnte mich mein Inneres, zurückzukehren und mich zu meiner Frau und meinem Sohn zu setzen. Aber ich schaffte es, diese Stimme zu ignorieren.

# Kapitel 6

Oleta gab mir telefonisch die Nummer von Detective Sawyer durch, der jetzt als privater Ermittler arbeitete und vermutlich in Scheidungsfällen recherchierte. Diesen Eindruck bekam ich, als ich seine Mailbox-Ansage hörte für „Sawyer's investigative Dienste". Ich hinterließ eine Nachricht und war ganz froh, dass ich ihn nicht erreicht hatte. Ich kam an der Story oder dem Buch nicht weiter, und ich redete mir ein, diese Pause zu brauchen. Und ich müsste aus den 15.000 Dollar in meiner Tasche 50.000 Dollar machen. So etwas war mir einmal im College gelungen, damals, als ich noch aufhören konnte, wenn ich genug gewonnen hatte, aber bei meinen letzten Eskapaden war mir nicht so viel Erfolg vergönnt. Ich nahm mir fest vor, aufzuhören, sobald ich mein Kapital verdoppelt hätte.

In Jackson war ich vor Mickey sicher, nahm ich an. Das schwimmende Kasino dort war vor einem oder zwei Jahren pleite gegangen. Mittlerweile gab es jedoch einen Kasinodampfer mit Übernachtungsmöglichkeiten, die höchsten Ansprüchen genügten. Hübsche Frauen hießen einen willkommen und vermittelten einem dieses atemfrische Gefühl, dass man an einem Ort war, der für schöne Menschen geschaffen war. Pro Tag wurden zwei Fahrten angeboten, und die Abendfahrt begann gegen 19:00 Uhr, das wusste ich. Es herrschte nicht viel Verkehr, und ich erreichte den Dampfer, bevor er auslief. Glück gehabt.

Schnell tauschte ich mein Bargeld gegen Pokerchips um und ließ mich an einem der Tische nieder. Im Fahrpreis inbegriffen waren Essen und einige Drinks, allerdings achte ich streng darauf, Geschäftliches nicht mit Vergnügen zu vermischen. Und wenn ich an einem Pokertisch sitze, geht es ausschließlich ums Geschäft.

Mein Telefon vibrierte ein paar Mal, aber wenn ich am Spieltisch sitze, nehme ich keine Anrufe entgegen. Bei den ersten Spielen hatte ich mehrere Hundert Dollar gewonnen, und ich kam langsam in Fahrt. Genau wie in jenen ersten Jahren am College, als ich das Geld von der Versicherung meines Vaters für Studiengebühren, Miete und einen alten Toyota mit einer astronomisch hohen Kilometerleistung ausgegeben hatte. Mein Herz raste, Endorphine wurden freigesetzt, mein Geist war hellwach. Es war wie damals, wenn ich von einem Kriegsschauplatz berichtete.

Und dann verließ mich das Glück. Rasend schnell.

Eine Stunde vor Ende der Fahrt, als die Sterne sich bereits auf dem Wasser spiegelten, hatte ich alle meine Pokerchips bis auf eine Handvoll verloren. Seltsam, ich hatte vorgehabt aufzuhören, wenn ich gewann, mir aber nicht vorgenommen aufzuhören, wenn ich verlor. Ich tauschte die Chips in Münzen um und verspielte auch dieses Geld noch an den Spielautomaten. Wie ich bereits sagte, ich spiele niemals an Spielautomaten, und das aus gutem Grund. Ungefähr das Einzige, das ich von dem Schiff mitnahm, war eine Gebühr für mein Handy. Kein guter Ertrag für eine Investition von 15.000 Dollar, aber so war es. Bei früheren Ausflügen hatte ich noch mehr verloren als das. In meiner schlimmsten Nacht ... nein, ich denke nicht über meine schlimmste Nacht nach.

Eine Spielsucht kann jemand, der das noch nie erlebt hat, schwer begreifen. Es ist, als würde dir der Budenbesitzer auf der Kirmes drei Pfeile geben, mit denen du zwei Ballons treffen sollst, und du kannst nicht aufhören, Pfeile nachzukaufen, weil du nur an diesen anderen Ballon denken kannst und wie leicht es doch wäre, diesen großen Teddy mit nach Hause zu nehmen, wenn du nur noch zwei Dollar für einen neuen Pfeil ausgibst. Nur dass ich nicht ein paar Dollar ausgab, ich gab Tausende Dollar aus, was das Hochgefühl noch zusätzlich steigerte. Je größer das Risiko, desto höher der Adrenalinspiegel, desto besser das Gefühl, desto größer der Rausch.

Außenstehende würden sagen, ich habe schon alles gesehen. Das stimmt. Angesichts meiner Erfahrungen in Kriegsgebieten, bei Katastrophen, Erdrutschen, Erdbeben, bei Todesfällen und Zerstörung, würde ich sagen, ich habe viel zu viel gesehen. Viele empfinden Neid auf ein solches Leben am Pulsschlag der Welt, aber das ist eine Romantisierung meiner Tätigkeit. Wenn ich mitten in der Nacht aus dem Schlaf hochschrecke, denke ich nicht an die exotischen Orte oder die wichtigen Leute, die ich interviewt habe. Ich denke an die Ereignisse, deren Zeuge ich geworden bin und über die zu berichten ich versucht habe. Ereignisse, die mich bis ins Innere gefühllos gemacht haben.

Ein guter Freund begleitete mich einmal nach Zentralafrika. Wir flogen mit einem kleinen Flugzeug und fuhren über Straßen, die man eigentlich nicht als solche bezeichnen konnte. Es hätte jedes Jahr sein können, jedes beliebige Jahrzehnt, jede beliebige Hungersnot. Ich trug Plastikhandschuhe, und das dreijährige Kind, das ich in den Armen hielt, wog nicht mehr als ein Neugeborenes in den Staaten. Ich weiß nicht, wie es überhaupt so lange überlebt hatte. Seine Rippen waren mit einer pergamentenen Hautschicht überzogen, und sein Pulsschlag pochte flatternd an seinem Hals. Sein Atem ging flach wie der eines Vogels, seine tiefbraunen Augen waren riesig. Es starrte mich mit ausdruckslosem Blick an. Ich stellte mich vor die Kamera, und als ich auf das Kind herabblickte, kurz bevor ich meinen Namen und den des Senders nannte, für den ich berichtete, merkte ich, dass es keinen Puls mehr an seinem Hals gab und seine Pupillen starr geworden waren.

Ich beendete meinen Bericht, reichte das Kind an den Entwicklungshelfer weiter und stürzte zum nächsten Graben, wo ich mich übergab. Das war das zweite Mal, dass ich dem Tod ins Gesicht geblickt hatte. Die Nachwirkungen spüre ich noch immer.

Das ist es, was mir mitten in der Nacht vor Augen steht, wenn ich aufwache. Und das ist auch mit ein Grund, warum das Schreiben von Terrell Conleys Geschichte keine so große Anziehungskraft mehr auf mich ausübte, wie es früher der Fall gewesen wäre. Ich habe schon in die Augen von Männern und Kindern geblickt, die dem Tode nahe waren, und ich freute mich nicht auf eine Wiederholung.

Wenn Sie es genau wissen wollen, ich bin dem Glücksspiel nicht verfallen, weil ich Spaß daran habe. Es ist so, dass ich beim Spielen endlich einmal etwas *fühle*. Es ist ein Nervenkitzel und anders als die dumpfe Langeweile, die den Rest meines Lebens bestimmt. Alles andere hat seinen Reiz für mich verloren. Essen. Sogar Sex.

Ich ging zum Auto und setzte mich hinein. Allmählich ebbte der Rausch ab, und mir wurde bewusst, was ich gerade getan hatte. Mit dieser Schuld klarzukommen würde dauern. Und so beschloss ich, die Zeit zu nutzen und wenigstens die Nachrichten auf meiner Mailbox abzuhören.

„Tru, wo steckst du?", sagte Ellen. Ihre Stimme klang angespannt und verärgert. Vermutlich dachte sie sich schon, dass ich im Kasino war. „Ich brauche den Wagen, um kurz nach Hause zu fahren und mir frische Wäsche zu holen. Und vielleicht könntest du mich hier mal für eine Stunde ablösen. Ruf mich an. Machst du das?"

Ich sah nach, wann der Anruf eingegangen war und blickte auf meine Uhr. Nicht gut. Jetzt war früher Morgen. Bis zum Krankenhaus brauchte ich etwa drei Stunden. Ich war gerade dabei, mir eine Ausrede auszudenken, ich hätte an dem Buch gearbeitet oder recherchiert oder die Zeit aus dem Blick verloren, als die nächste Nachricht ertönte.

„Hier spricht Dennis Sawyer", sagte ein Mann mit einem sehr ausgeprägten Chicagoer Akzent. „Sie hatten wegen des

Falls Conley bei mir angerufen. Ich habe Ihnen eine Menge zu erzählen. Lassen Sie uns telefonieren."

Ich lehnte den Kopf an die Kopfstütze. So müde. Gerade wollte ich den Motor anlassen, als ich draußen eine Bewegung wahrnahm. Jemand klopfte an die Fensterscheibe und forderte mich auf, das Fenster herunterzulassen. Der Kerl, dessen Silhouette ich im Laternenlicht nur verschwommen wahrnahm, trug ein Kapuzenshirt. Von seinem Gesicht sah ich nur einen Zwirbelbart und ein unangenehmes Grinsen.

Oft werde ich von Alkoholabhängigen und Obdachlosen angesprochen. Daran bin ich gewöhnt. Ich gebe ihnen gern ein paar Dollar, aber im Augenblick war ich nicht in der Stimmung dazu, und mein ganzes Geld hatte ich ohnehin auf dem Schiff zurückgelassen.

„Tut mir leid, Kumpel, ich bin pleite."

Der Mann schlug jetzt mit der flachen Handfläche gegen die Scheibe, und das ärgerte mich. Ich machte eine obszöne Geste mit einem Finger und ließ den Motor an. Im Rückspiegel bemerkte ich ein Fahrzeug, das klein, laut und sehr teuer war. Es versperrte mir den Weg. Links von mir blitzte im Chrom einer Felge etwas auf. Glas splitterte und verteilte sich auf meinem Schoß und den Vordersitzen.

Nennen Sie es die Intuition eines Reporters, aber mein Gefühl sagte mir, dass das nicht gut war. Das Glück hatte mich definitiv verlassen.

# Kapitel 7

*28 Tage vor der Hinrichtung*

Ich lag im Warteraum des Krankenhauses und schlief, als Ellen mich fand. Sie rüttelte mich wach.

„*When I take your hand, I'll watch my heart set sail.*" Dieser Text eines Liedes von Marc Cohn kam mir in den Sinn, als ich ihr ins Gesicht schaute. Sie beim Aufwachen vor mir zu sehen löste etwas in mir aus, das mich an die Zeiten erinnerte, als wir morgens noch gemeinsam aufgewacht waren. Warum hatte ich dieses wunderschöne Wesen verlassen? Warum hatte ich diesen Weg gewählt?

„Truman, was ist geschehen?"

Auf dem Rückweg nach Tallahassee mit dem Wind in meinem Gesicht – nicht dass ich diesen Wind in meinem Gesicht spüren wollte –, war ich dieses Gespräch in Gedanken immer wieder durchgegangen.

„Hast du die Wunde behandeln lassen?", fragte sie.

Auf keinen Fall konnte ich noch eine Krankenhausrechnung gebrauchen. „Mir geht es gut; ist nur ein Kratzer." Natürlich schmeckte ich immer noch das Blut von diesem Kratzer in meinem Mund, aber andererseits war das kein Problem. Ich konnte es aus dem nicht vorhandenen Fenster spucken. Wie ich ihr das mit dem Wagen beibringen sollte, wusste ich nicht, aber wenigstens hatte ich an einer Tankstelle die Glasscherben von den Sitzen gesaugt. Irgendwie mag ich es, wenn mein Lebensumfeld sauber ist. Da bin ich eigen, wie eine Katze.

Sie berührte die Schwellung unter meinem Auge und das Pflaster über der Schnittwunde an meiner Wange. „Du musst es nähen lassen. Ein Autounfall?"

Ich schüttelte den Kopf. *Merke: Schüttle niemals den Kopf, wenn ein Loch in deiner Wange klafft.* „Ich wurde überfallen. Ein Kerl mit einem Wagenheber."

„Ein Autodieb?"

„Deinen Wagen hat er nicht bekommen, allerdings hast du jetzt kein Seitenfenster mehr."

So. Ich hatte es ausgesprochen. Sie war zu stark auf die Wunde fixiert, um sich Sorgen um ihren Wagen zu machen, was natürlich gut war. Ich hätte zuerst nach dem Wagen gefragt. Hoffentlich könnte ich ihre selbstlose Sorge nutzen, um sie von der Wahrheit abzulenken. Dass zwei von Mickeys Schlägern mich bis zu dem Kasino-Dampfer verfolgt hatten und mich um mein Geld erleichtern wollten. Aber ich hatte sie an der Nase herumgeführt und alles verspielt, bevor sie es mir wegnehmen konnten. Das geschah ihnen recht.

Die Scheibe und der Schnitt an der Wange waren natürlich nur der Anfang. Eine Warnung. Und wenn nicht der gerade aus Afghanistan zurückgekehrte Marinesoldat gekommen wäre, keine Ahnung, was sonst noch passiert wäre. Er war der Kerl, der mir am Pokertisch 5.000 Dollar abgeknöpft hatte. Nachdem der kleine teure Wagen davongerast war, bot der Soldat an, die Polizei zu rufen, aber ich winkte ab. Er fuhr mich zu einer Apotheke und goss eine halbe Flasche Wasserstoffperoxyd auf meine Wange, während ich zuhörte, wie es blubberte und zischte. Das Desinfektionsmittel hinterließ Flecken auf meiner Kleidung. Die Art, wie er die Wunde versorgte, ließ mich vermuten, dass er Erfahrung in solchen Dingen hatte. Mit einem Messer, das er aus seinem Stiefel zog, schnitt er das Pflaster in Streifen und zog die Haut an meiner Wange fester zusammen als die Bespannung einer Trommel. Es fühlte sich seltsam an, sah im Rückspiegel aber nur halb so schlimm aus.

„Was wollten diese Leute von Ihnen?“, fragte der Marinesoldat. Ich erfuhr, dass er aus Alabama stammte und unter Schlafproblemen litt. Das Schaukeln auf dem Schiff half ihm, seine Nerven zu beruhigen. Und es schadete auch seinem Bankkonto nicht.

„Ich nehme an, sie wollten Geld“, erklärte ich ihm. „Ich hätte sie zu Ihnen schicken sollen – Sie haben mein Geld.“

Er lachte und steckte mir eine Hundert-Dollar-Note in die Tasche des vom Desinfektionsmittel verschmutzten Hemdes. Wenn das Kasino nicht bereits geschlossen gewesen wäre, wäre ich zurückgegangen.

„Haben sie dir das Geld abgenommen?“, fragte Ellen. „Du hattest doch nicht etwa die ganze Summe von Oletas Scheck bei dir, oder?“

Ich habe Skrupel. Vielleicht ein paar wenige. Ich lüge meiner Frau nicht frech ins Gesicht, selbst wenn eine Scheidung nicht bevorsteht. „Es ist alles fort.“ Das war nicht einmal gelogen.

„Hast du Anzeige erstattet?“, fragte sie, die Hände an den Mund gedrückt. Ihr Tonfall verriet mir, dass sie einen Verdacht hatte. Vielleicht war das der Grund, warum ich dieses wunderschöne Wesen verlassen hatte. Sie konnte mich besser lesen als ich die Morgenzeitung.

„Ich spreche heute Morgen mit einem Detective.“ Ein weiteres Informationsteilchen, das sie beruhigen würde und nicht gelogen war.

„Wo ist das passiert? Warst du da auf der Straße unterwegs?“

Ich zuckte zusammen, aber mehr aus Bedauern darüber, dass mir die Antworten, die ich mir zurechtgelegt hatte, nun nicht einfielen. Der Schlaf hatte meinen Verstand vernebelt. Ich erzählte ihr, ich sei herumgefahren und hätte über den Conley-Fall nachgedacht, Kaffee getrunken (was stimmte) und mich in der Story verloren.

„Du musst in die Notaufnahme gehen." Sie packte meinen Arm, als wäre das eine vollendete Tatsache.

Ich winkte ab. „Ich treffe mich in einer halben Stunde mit Sawyer. Ich wollte dir nur sagen, wie leid es mir tut, dass ich dich gestern Abend nicht ablösen konnte. Wie geht es Adrian?"

Damit hatte sie nicht gerechnet. „Er hat die Nacht überstanden. Seine Werte haben sich stabilisiert."

„Dann wird er also durchkommen."

Dieses Mal verrieten sie ihre Augen. Sie ließ den Kopf hängen. „Ich kann mich nicht gegen den Gedanken wehren, dass seine einzige Hoffnung im Tod liegt."

Die Hoffnung auf ein besseres Dasein nach diesem hier ist ja gut und schön, aber das ist nicht meine Vorstellung von einem guten Leben. Ich würde lieber auf etwas hoffen, das ich schmecken, fühlen und erfahren kann.

Doch dann verblüffte sie mich. „Ich empfinde Schuldgefühle, wenn ich daran denke, was geschehen müsste, damit er leben kann. Ein anderer muss dafür sterben. Das finde ich nicht gerecht, auch wenn es Gott ist, der uns ein Herz schenkt."

„Das ist genauso, wie wenn die Menschen für einen Sonnentag beten, weil sie ein Picknick veranstalten wollen, während der Landwirt für Regen betet", meinte ich.

Sie blickte mich fragend an. Bestimmt gab es irgendeinen Vers, eine Perle der Weisheit, die ich jetzt anführen könnte, um sie zu beruhigen und dazu zu bringen, sich in meine Arme zu stürzen. Unglücklicherweise fiel mir nichts anderes ein als: „Das ist der Kreislauf des Lebens."

Meine Frau hatte nicht viel übrig für die *König der Löwen*-Theologie.

„Weißt du was, nachdem ich mich mit diesem Detective getroffen habe, komme ich und löse dich ab", versprach ich. „Du kannst den Wagen nehmen und-"

„Eine Freundin aus der Kirche hat mich nach Hause gefahren. Alles gut."

Toll. Diese Kirchenleute waren wirklich überall.

Mein Handywecker meldete sich, und das Geräusch löste in meinem Kopf ein Inferno aus. Meine Augen brannten von zu wenig Schlaf, und meine Gedanken wanderten von den 15.000 Dollar, die ich verloren hatte, zur Buchhaltung des Krankenhauses. Wenn die wüssten, dass ich mich in der Lobby aufhielt, würden sie vermutlich Krankenschwestern in Kapuzenshirts schicken, um mich mit Bettpfannen zu verprügeln.

„Ich möchte das gern für dich tun", sagte ich. „Wenn ich zurückkomme, nimmst du dir den Rest des Tages frei und tust, was du möchtest. Geh in den Buchladen. Oder sieh dir einen Film an. Ich bleibe bei ihm. Während er schläft, arbeite ich an dem Buch und probiere das Krankenhausessen."

„Ich kann ihn nicht allein lassen", sagte sie, aber ihr Gesicht leuchtete auf, und das kam nicht nur von der Sonne, die einen Weg durch die dichten Rollos in der Lobby suchte.

„Ich brauche ein wenig Zeit allein mit ihm", sagte ich. „Nur er und ich. Es ist so lange her."

„Ich weiß, dass er sich sehr darüber freuen würde, Tru. Gestern Nacht, als er aufgewacht ist, hat er wieder nach dir gefragt."

„Also, bereite mich vor. Wie sieht er aus?"

„Ich fürchte, ich muss eher ihn darauf vorbereiten, wie *du* aussiehst."

Ich grinste, und es fühlte sich so an, als hätte der Joker ein Messer an meine Wange gehalten und mein Lächeln noch ein wenig verbreitert, zum Beispiel bis zu meinem Ohr. Eine Frau, die mir entfremdet war und mich zum Lächeln brachte, war nicht das, was ich im Augenblick brauchte.

„Er hat sehr stark abgenommen", erklärte sie. „Er ist sehr blass, seine Augen sind meistens stumpf und leblos. Für mich ist das nicht so offensichtlich, weil ich es schon so lange Zeit so hautnah miterlebe. Aber wenn Freunde ihn besuchen, sind sie richtig geschockt."

Und jemand, der seinen Sohn seit Monaten nicht gesehen hat, wird auch geschockt sein. Das war es, was sie zum Ausdruck bringen wollte.

„Das Herz ist ein geheimnisvolles Ding“, fuhr sie fort. „Alles im Körper hängt davon ab, und wir nehmen es so ganz selbstverständlich hin.“

„Er wird das überstehen. In zehn Jahren wird das alles nur noch ein schlimmer Traum sein.“

Ich streckte die Hand aus, um ihre Hand zu berühren, doch sie zuckte zurück. Sie versuchte, von dieser instinktiven Reaktion abzulenken, aber meine Beobachtungsgabe funktioniert noch sehr gut.

„Möchtest du etwas aus der Cafeteria haben?“, fragte sie.

So hungrig ich auch war, ich stellte mir vor, wie weh es tun würde, mit meinen lockeren Backenzähnen etwas zu kauen. „Ich warte lieber noch damit. Ich bin vor Mittag wieder da, okay?“

Sie nickte und erhob sich. „Und lass dich verarzten, Tru.“

# Kapitel 8

Dennis Sawyer fuhr in einem alten Toyota Camry vor dem Lokal vor. Er entsprach nicht gerade dem Bild, das ich mir von einem grimmigen Ex-Cop gemacht hatte, aber wenigstens kam er pünktlich. Korpulent, zurückweichendes Haar, mit Sandalen und einem zeltähnlichen Hawaiihemd bekleidet, das ihm locker über den Bauch hing. Mit seiner Sonnenbrille und dem Bart hätte er als alternder Rockstar durchgehen können. Ich winkte ihm von meinem Tisch im hinteren Teil des Restaurants zu, aber er schien mich entdeckt zu haben, sobald er durch die Tür getreten war.

Er reichte mir die Hand, starrte mir ins Gesicht. „Ärger gehabt?"

Ich grunzte unbestimmt. Die Kellnerin trat an unseren Tisch. Er bestellte, ohne auch nur einen Blick in die Speisekarte zu werfen: Kaffee und das Spezialgericht. Ich wusste nicht, wie mein übersäuerter Magen auf Essen reagieren würde, aber ich war ausgehungert und bestellte Pfannkuchen. Leichter zu kauen. Orangensaft und Kaffee waren vermutlich ein Fehler, aber ich konnte mich einfach nicht zurückhalten.

Mein Kopf war vom Schlafmangel immer noch wie in Watte gehüllt. Ich musste mich konzentrieren. Bei Sawyer bedankte ich mich für das Treffen, doch er schien an Smalltalk nicht interessiert zu sein: *Haben Sie Kinder? Welches ist Ihre Lieblingsfarbe?* Das war nicht seine Art, was ich sehr zu schätzen wusste.

„Warum interessieren Sie sich für Conley?"

„Er und seine Familie haben mich beauftragt, ein Buch zu schreiben. Was ich auch tue."

Das schien ihn nicht zu beeindrucken. „Ein wenig zu spät, um das Ruder noch herumzureißen, nicht?“

„Ich glaube, er hat sich mit der Aussicht auf den Tod abgefunden. Tatsächlich möchte er der Erste sein, der aus der Todeszelle sein Herz spendet.“

„Wer ist der glückliche Empfänger?“

„Mein Sohn.“

Er starrte mich an. Der Kaffee wurde gebracht, und wir beide machten uns darüber her.

„Was wissen Sie?“, fragte Sawyer.

„Ich habe meine Informationen den Zeitungsartikeln und Verhandlungsprotokollen entnommen. Chandler meinte, das sei die sauberste Verurteilung gewesen, die er je erlebt hätte.“

„Das hat George gesagt?“ Er kräuselte die Lippen, als hätte ihm jemand eine Zitrone in seinem Kaffee ausgedrückt. „Nun, er hat recht. Es war tatsächlich leicht.“

„Doch Sie hatten Zweifel an Conleys Schuld.“

„Habe ich immer noch. Alle haben sich auf die Schultern geklopft. Viele Menschen waren glücklich, dass der Täter gefasst war und eine so schnelle Verurteilung erwirkt werden konnte.“

„Chandler meinte, Sie hätten ein weiches Herz. Und Sie seien gegen die Todesstrafe.“

Sawyer grinste trocken. „Ich habe kein Problem damit, dass Leute, die sie verdient haben, die Todesstrafe bekommen. Aber bei Conley bin ich mir nicht sicher. Eine innere Stimme sagt mir, dass er viel auf dem Kerbholz und es verdient hat, hinter Gittern zu sitzen, aber den Mord an Diana Wright hat er nicht begangen.“

Er gebrauchte ihren Namen, sagte nicht nur „das Opfer“. Interessant, dass er nach elf Jahren immer noch eine Verbindung zu ihr empfand. „Wie verliefen die Ermittlungen?“

„Ihre Mutter gab eine Vermisstenanzeige auf. Wir befragten die Leute, die im Laden arbeiteten. Sie berichteten von einer

Auseinandersetzung mit einem Betrunkenen auf der Straße. Wir nahmen uns die Überwachungsvideos aus dem Salon und der angrenzenden Tierhandlung vor, identifizierten den Mann und spürten ihn auf dem Schrottplatz auf."

„Hat er dort gelebt?"

„Er schlief in einem aufgebockten Wohnwagen im hinteren Teil des Platzes. Der Besitzer behauptete, er würde Conley als Nachtwächter beschäftigen, aber ob das stimmt, ist fragwürdig."

„Wie haben Sie die Leiche gefunden?"

„Ein Hund. Es dauerte nur eine Minute, bis er sie gefunden hatte. Ein flaches Grab neben einem 1967-er Mustang. Ganz offensichtlich, als ob er gewollt hätte, dass wir sie finden. Wir haben den Fundort abgesperrt, und das war's."

„Und er schlief in dem Wohnwagen?"

Sawyer nickte. „Es war noch eine halbe Flasche übrig."

„Besaß er ein Auto? Er hat als Alkoholabhängiger auf der Straße gelebt, da hatte er doch bestimmt keinen fahrbaren Untersatz, oder?"

Sawyer nickte. „Doch, einen alten verrosteten Mazda. Passte irgendwie zu ihm. Ich hätte den nicht einmal angefasst, geschweige denn mich hineingesetzt. Aber dieses kleine Detail war nicht von Bedeutung."

„Chandler und der Staatsanwalt behaupteten, er hätte Dianas Adresse ausfindig gemacht, vor ihrem Haus gewartet, sie überfallen und getötet. Aber warum?"

„Er hat sie bedroht. Das steht im Verhandlungsprotokoll."

„Gab es Spuren im Wagen?"

Er nahm einen Schluck Kaffee. „Wir fanden Haare von ihr. Ihre Tasche. Einen Schuh. Alles etwas zu einfach, verstehen Sie? Es war zu sehr inszeniert, es passte einfach nicht."

„Sie finden ein totes Mädchen auf dem Schrottplatz und Beweise in Hülle und Fülle und sind der Meinung, es würde nicht passen?"

„Wie konnte er sie entführen, ohne dass es jemand mitbekam? Wie hat er sie in seinem besoffenen Zustand zum Schrottplatz geschafft? Und warum überhaupt dorthin? Warum entsorgt er ihre Leiche nicht einfach in einem Fluss oder dem Sumpf?“

Ich schüttelte den Kopf. „Der Fall wurde verhandelt und abgeschlossen. Der Mann ist schuldig gesprochen worden.“

„Das mag sein. Aber mir drängen sich noch mehr Fragen auf. Woher hat er den Revolver? Die Seriennummer wurde mit einer Feile entfernt. Und wer bewahrt schon eine Mordwaffe in einem Küchenschrank auf? Was ist mit dem Eigentümer des Schönheitssalons, in dem Diana gearbeitet hat? Dieser Typ ist ziemlich zwielichtig.“

Ich schaute ihn mit meinem investigativen Reporterblick an, bei dem ich beide Brauen so stark zusammenziehe, dass sie sich beinahe berühren. Bei Leuten aus Politik und Wirtschaft funktionierte das immer. Sie erläuterten mir ihre Standpunkte, ohne dass ich auch nur eine weitere Frage stellen musste.

„Der Eigentümer des Frisiersalons besaß noch drei weitere Geschäfte in der Stadt. Jetzt ist es nur noch eines. *Zwielichtig* ist eine Untertreibung für den Typ. Eigentlich wäre es sogar ein Kompliment. Ich habe gehört, dass die Mädchen bei ihm nicht nur Haare schneiden, falls Sie verstehen, was ich meine. Eine schmierige Type. Und sein Bruder sitzt gerade im Gefängnis.“

„Wie heißt der Kerl?“

Er faltete seine Serviette zusammen. „Curtis Tompkins. Der Bruder ist wegen Drogenhandels eingebuchtet worden, aber nur, weil er ein Schuldeingeständnis unterzeichnet hat. Der Kerl hat noch viel Schlimmeres auf dem Kerbholz.“

Er nannte mir den Namen des Schönheitssalons, aber den hatte ich bereits in meinen Notizen.

„Was hat Chandler zu diesen Ungereimtheiten gesagt?“, fragte ich.

„Zwei und zwei sind vier, und wenn alles so genau passt wie in diesem Fall, dann werden die Ermittlungen abgeschlossen. Aber es war nicht nur Chandler. Boyle, der Staatsanwalt, hatte in dem Jahr eine Wahl zu gewinnen. Er wollte eine schnelle Verurteilung. Hat es durchgeboxt. Dieser Fall sollte aus den Schlagzeilen verschwinden."

Meine Wange pochte höllisch. Ich warf noch zwei Schmerztabletten ein und spülte sie mit wässrigem Orangensaft hinunter.

„Ich hatte das Gefühl, dass mehr dahintersteckte, aber ich kam da einfach nicht weiter. Nachdem wir die Leiche gefunden hatten, wurden die üblichen Berichte verfasst, und damit war der Fall abgeschlossen."

„Wenn Sie so sicher waren, dass Conley es nicht war, warum sind Sie dem nicht weiter nachgegangen?"

Er zuckte die Achseln. „Wie ich bereits sagte, ganz unschuldig war er bestimmt nicht. Und ich hatte ja auch andere Arbeit. Aber der Fall hat mir all die Jahre keine Ruhe gelassen. Warum hat er sich ausgerechnet sie ausgesucht? Da waren doch noch andere Menschen auf der Straße. Warum sie?"

„Hat die Verteidigung diese Frage gestellt?"

„Die Verteidigung war unfähig. Conley wurde von allen Seiten hereingelegt. Es sei denn, er hat es tatsächlich getan."

„Was für mich die logischste Schlussfolgerung wäre."

Das Essen kam, und er machte sich mit Eifer über seine Eier her. Ich stocherte in meinen Pfannkuchen herum, schob kleine Bissen in meinen Mund, in die rechte, dem Loch gegenüberliegende Seite. Bei diesem Gespräch gewann ich den Eindruck, dass Sawyer der Typ Mensch war, der nichts dagegen hatte, den Fall neu aufzumischen, nur um seinem alten Partner Unannehmlichkeiten zu bereiten. Vielleicht hatte Chandler ihn um ein Dutzend Donuts betrogen. Trotzdem, irgendwie fand ich diese offenen Fragen beunruhigend.

„Haben Sie darum Ihren Dienst quittiert?"

Zwei Stück Speck wanderten in seinen Mund. Sawyer putzte sich die Finger an der Serviette ab. „Ein Heiliger bin ich nicht. Ich bin nicht aus Gewissensgründen gegangen, falls es das ist, was Sie wissen wollen. Sagen wir, es war eine Entscheidung im gegenseitigen Einvernehmen mit meinen Vorgesetzten."

„Dann könnte Conley also unschuldig sein, und Sie lassen ihn einfach sterben?"

Er hob die Schultern. „Die Mühlen der Justiz sind nicht mehr aufzuhalten. Es sei denn, der Gouverneur greift ein. Was in Bezug auf Ihren Sohn eine interessante Wendung wäre."

„Ja. Sehr interessant."

Sawyer senkte den Blick und sprach leise weiter. „Wenn der Junge eine Herztransplantation benötigt, dann geht es ihm anscheinend nicht gut."

Die Einfühlsamkeit dieses Mannes erstaunte mich. Rührte mich beinahe zu Tränen. Aber nur beinahe. Ich wechselte das Thema. „Welches Motiv hatte Conley? Rache, weil sie ihm kein Geld gegeben hat? Die Autopsie hat ergeben, dass sie nicht sexuell missbraucht wurde."

„Fragen Sie Conley. Fragen Sie Chandler. Ich habe keine Antworten darauf. Ich weiß nur, dass er sie beschimpft hat. Das wurde von Zeugen beobachtet und bezeugt."

„So weit bin ich noch nicht gekommen."

„Zeugen, die sich vor dem Salon aufhielten, sagten aus, er sei auf sie zugegangen und habe sie um Geld angebettelt. Er folgte ihr, ließ ihr keine Ruhe. Schließlich versperrte er ihr den Weg, und als sie sich weigerte, ihm etwas zu geben, schrie er, er würde sie töten. Sie lief an ihm vorbei und stieg in einen Bus. Am nächsten Tag erschien sie nicht zur Arbeit. Und schließlich fanden wir ihre Leiche auf dem Schrottplatz."

Mit dem Rest seines Brötchens wischte er den Teller sauber und steckte es sich dann in den Mund. Alles aufgegessen. Braver Junge. Die Kellnerin brachte die Rechnung, und ich ignorierte sie erst mal, aber sie verschwand nicht einfach. Er schwieg, bis ich die Hundert-Dollar-Note aus der Tasche zog. Sie roch immer noch nach Desinfektionsmittel.

„Wann sehen Sie Conley?“, fragte er.

„Das erste Treffen findet am Freitagmorgen statt.“

„Besorgen Sie sich neue Klamotten. Gehen Sie keinesfalls so hin. Und lassen Sie die Wunde da behandeln. Scheint sich infiziert zu haben.“

Danke, Ellen.

„Woher haben Sie die?“, fragte er.

„Ich hatte eine kleine Begegnung mit zwei Typen, die der Meinung sind, ich würde ihrem Boss Geld schulden.“

„Ist das so?“

Ich nickte.

„Das muss ja eine ziemlich hohe Anleihe sein.“ Er warf mir einen Blick zu, als hätte er so etwas schon früher erlebt. Ein trauriger Blick. „Haben Sie die Behörden eingeschaltet?“

„Noch nicht. Ich denke, ich werde allein damit fertig.“

„Weiß Ihre Frau Bescheid?“

Ich zögerte.

„Ein freundlicher Rat von mir, den Sie annehmen sollten“, sagte er und deutete auf mein Gesicht. „Das war eine Botschaft. Und die nächste wird nicht ganz so glimpflich aussehen. Bezahlen Sie Ihre Schulden. Und zwar schnell. Ich würde nur ungern einen Anruf von Ihrer Frau bekommen, in dem sie mich bittet, mich um diese Sache zu kümmern, nachdem Sie im Leichenschauhaus liegen, wo Sie unweigerlich enden werden.“ Er erhob sich und schüttelte mir die Hand. „Viel Glück für Ihre Story. Und für Ihren Sohn.“

# Kapitel 9

Die Geschäfte in der Nachbarschaft des Schönheitssalons hatten sich seit den Fotos aus Oletas Unterlagen kaum verändert. Die Tierhandlung war jetzt ein Sonnenstudio, und an der Ecke gab es eine Drogerie. Im Frisiersalon gegenüber wurden Büromaterialien verkauft. Dieser Laden gehörte der Kommune und schien mehr Angestellte zu haben als Kunden. Die Straße strahlte Kleinstadtflair aus. Alle Geschäfte verfügten über eine Markise, die den Bürgersteig und die Hausfassaden vor der Sonne schützte. Auf der anderen Seite der Straße gab es einen öffentlichen Parkplatz. Der hatte sich nicht verändert. Das Haar- und Nagelstudio befand sich etwa in der Mitte der Mane Street, ein schmales Gebäude mit den üblichen Werbetafeln, auf denen Rundumservice angeboten wurde. Haare und Nägel, Laufkundschaft willkommen. Ich beschloss, das auszuprobieren und trat ein.

Im vorderen Teil war das Nagelstudio untergebracht. Zwei Frauen und ein Mann frisierten im hinteren Teil die Haare ihrer Kunden. Alle drei hatten zu tun. Eine Asiatin manikürte die Nägel einer Blondine. Zwei Frauen mittleren Alters saßen auf Plastikstühlen und blätterten in Zeitschriften; in der Glasvitrine, vor der sie saßen, waren Shampoos, Festiger und Haarfärbemittel ausgestellt. Eine Frau von etwa Mitte dreißig mit Hängewangen stand am Empfang und blickte nicht einmal auf, als ich herantrat. Ihre kurzen Haare waren in mehreren Gelbschattierungen gefärbt.

„Name?“

„Truman.“

Sie schrieb ihn auf einen rosa Zettel unter eine Reihe von handgeschriebenen Namen, die bereits ausgestrichen waren. „Haarschnitt?"

Ich sah mir die Preise an und schluckte. Es war schon lange her, seit ich mich darum gekümmert hatte, was ein Haarschnitt kostete. Aber angesichts meiner schwindenden Barschaft wurde ich doch ein wenig vorsichtig.

„Ja, heute nur ein Haarschnitt. Meine Nägel lasse ich donnerstags machen."

„Fünfzehn Minuten", sagte sie.

Ich lehnte mich an den Tresen, nahm meine Sonnenbrille ab und wartete, bis sie aufblickte, ehe ich sie fragte: „Sind Sie die Eigentümerin?"

„Gibt es ein Problem?", fragte sie und starrte auf das Pflaster an meiner Wange. Im Spiegel hinter ihr sah ich, was für einen scheußlichen Anblick mein Gesicht bot.

„Ich bin auf der Suche nach jemandem, der schon länger hier beschäftigt ist. Sind das vielleicht Sie?"

„Ich arbeite schon ein paar Jahre hier."

„Kannten Sie Diana?"

Ihr Gesicht verfinsterte sich, und sie legte den Kopf zur Seite. „Wollen Sie sich hier die Haare schneiden lassen oder haben Sie was anderes vor?"

„Ein wenig von beidem", erwiderte ich.

„In ein paar Tagen haben wir es endlich hinter uns."

Ich nickte. „Sie haben bei der Gerichtsverhandlung als Zeugin ausgesagt, richtig? Sie haben alles gesehen."

„Nein, das war Wanda. Aber wir reden nicht darüber. Das regt sie auf."

Sie nahm ihre Tätigkeit, was immer die war, wieder auf, und die Damen konzentrierten sich auf ihre Zeitschriften. Ich lächelte, obwohl lächeln schmerzhafter war als die Stirn zu runzeln, was dieses Sprichwort über die Muskeln im Gesicht widerlegte.

Entweder warteten die Frauen alle auf eine Maniküre oder auf eine der Friseurinnen, denn der einzige Mann in dem Laden kam auf mich zu. Meine Verletzung übersah er geflissentlich.

„Ich bin Dexter. Ist dies Ihr erster Besuch in der Mane Street?"

„Allerdings. Wie lange arbeiten Sie schon hier?"

„Seit etwa vier Jahren", erwiderte Dexter. Er war klein und schmächtig und wirkte sympathisch. Er legte mir den Umhang um und blickte in den Spiegel, hob seine Hände an meinen Kopf, als wollte er eine Skulptur vorbereiten. „Also, was machen wir denn heute?"

Ich liebe es, wenn Friseure in der ersten Person Plural sprechen. „Sagen wir, drei Zentimeter an der Seite und fünf oben, dann ist es gut."

Er runzelte die Stirn. „Wirklich? So viel? Sind Sie sicher? Ein Mann mit Ihrer Haarpracht sollte sie auch zeigen."

„Kürzer bedeutet weniger grau", hielt ich dagegen. „Außerdem lenkt es die Aufmerksamkeit von meinem Gesicht ab."

Er lachte. „Ich bin nicht sicher, ob eine Frisur das schafft, mein Freund. Also gut, fünf von oben, drei an den Seiten, und ich werde es ein wenig ausdünnen."

Er begann mit dem Smalltalk der Friseure, und ich fragte mich, ob sie ihnen das auf der Friseurschule beibrachten: *Schaffe eine Verbindung. Stelle verbal eine Beziehung zum Kunden her.*

„Haben Sie heute frei?", fragte er.

„Eigentlich ist es so, dass ich gerade arbeite. An einem Projekt über die Frau, die früher einmal hier gearbeitet hat. Diana."

Er ließ die Schere sinken und starrte mich im Spiegel an. „Ich dachte doch, dass ich Sie kenne. Haben Sie nicht für – oh, wie hieß noch dieser Nachrichtensender …?"

Ich nannte den Namen, und er schnippte mit den Fingern. „Ja! Truman. Der Reporter. Das passt." Er drehte sich um und blickte seine Kolleginnen an. „Wow, heute haben wir eine berühmte Persönlichkeit zu Gast." Er kicherte und zwinkerte mir zu. „Sind Sie nicht in San Francisco in die Menge der Protestierenden geraten?"

Ich nickte. „Sie haben ein gutes Erinnerungsvermögen."

Er kräuselte die Lippen und verdrehte die Augen. „Nein, ich war dabei. Was für ein Abend."

„Wie sind Sie nach Tallahassee gekommen?", fragte ich.

„Entscheidungen. Mein Partner zog berufsbedingt hierher, doch dann haben wir uns getrennt. Hat mich für einen Mann verlassen, der größer war. Ich habe den Verdacht, dass er nur mit mir zusammen war, weil er kostenlos die Haare geschnitten bekam. Er hatte so hübsche Haare. Ich hoffe, sie fallen ihm alle aus. Nein, das stimmt nicht. Ich wünsche ihm nichts Böses."

„Ich kenne das Gefühl."

„Und wie sind Sie an dieses Pflaster und die Verletzung gekommen? Haben Sie wieder mal über einen Protestmarsch berichtet?"

Seine Schlagfertigkeit brachte mich zum Schmunzeln. Und sofort zuckte ich zusammen. „Sagen wir, es war ein ... Missverständnis."

„Oh, davon habe ich einige erlebt. Schon gut, ich will nicht neugierig sein." Er beugte sich zu mir herunter, und ich roch den Kaffee in seinem Atem. „Aber Sie sollten die Wunde wirklich medizinisch versorgen lassen. Sie könnte sich infizieren."

Er schnitt die Seiten und den Hinterkopf fertig und begann auszudünnen. „Sie haben auch über die Hinrichtung in South Carolina berichtet."

„Ihr Gedächtnis ist viel zu gut."

„Der Fluch meiner Existenz. Ich merke mir viel zu viel. Gesprächsfetzen. Bedeutungslose Details. Lateinische Wörter. Die mittleren Namen von Präsidenten. Welche Firma welchen Schokoriegel herstellt. Natürlich habe ich kein fotografisches

Gedächtnis – so talentiert bin ich auch nicht. Gott würde mir nichts anvertrauen, das ich nicht auch wirklich nutzen könnte. Nur so viel, dass mein Verstand auf Touren kommt und in Gang bleibt, wenn ich lieber schlafen möchte. Und um beim *Trivial Pursuit* zu gewinnen. Die meisten Leute wollen nicht mehr mit mir spielen."

Eine ältere Frau betrat den Laden und durchquerte ihn schlurfend, als wate sie durch eine Schneewehe. Jemand begrüßte sie: „Hallo, Wanda", und ich schloss daraus messerscharf, dass dies Wanda war. Darum bin ich ein so guter Reporter. Sie warf mir einen flüchtigen Blick im Spiegel zu, als sie über die Haare am Boden hinwegstieg und die Tür zum Büro hinter sich zuzog.

„Den Nacken rund oder eckig?", fragte Dexter.

„Überraschen Sie mich", erwiderte ich.

Er beendete sein Werk, nahm mir den Umhang ab, wirbelte mich herum und reichte mir einen Spiegel. „Und, wie lautet das Urteil?"

„Sie sind schuldig, einen perfekten Haarschnitt verübt zu haben." Ich nahm ein paar Scheine aus der Tasche und reichte sie ihm. Er wollte mich nach vorn führen, als ich ihm noch einen Fünfer in die Hand drückte und sagte: „Ich müsste mal zur Toilette. Sie ist doch hinten, richtig?"

Dexter nickte. „Ich mache Ihre Rechnung fertig."

Ich klopfte leise an die Bürotür, und Wanda rief etwas, das ich nicht verstehen konnte. Als ich die Tür öffnete, blickte sie auf, eingehüllt in Zigarettenrauch. „Kann ich Ihnen helfen?"

Ich schloss die Tür hinter mir und setzte mich. Ich nannte ihr meinen Namen und erzählte ihr, ich sei in der Stadt, um eine Story über die Conley-Hinrichtung zu schreiben. Ich wolle ihr ein paar Fragen stellen.

„Sie müssen mit Curtis reden, aber der ist nicht da."

„Sie haben doch bei dem Prozess ausgesagt, richtig?"

„Ich habe Ihnen nichts zu sagen, was ich nicht bereits eine Million Mal gesagt hätte. Und wenn Sie dieses Ungeheuer menschlich darstellen wollen, dann will ich damit nichts zu tun haben."

„Sie haben den Streit auf der Straße mitbekommen, richtig?"

„Ich hörte Geschrei und ging nach draußen, als er gerade sagte, er würde sie umbringen. Das war ein bösartiger, gemeiner Angriff. Ich hoffe, er brennt in der Hölle. Für immer."

„Haben Sie mit Diana noch über den Zwischenfall gesprochen?"

Sie schüttelte den Kopf. „Sie ist in den Bus gestiegen. Ich habe sie später zu Hause angerufen, aber ihre Mutter sagte, sie sei in ihrem Zimmer. Und dann war sie tot. Wenn es auf diesem Planeten einen Menschen gibt, der es verdient hat zu sterben, dann ist es Terrell Conley. Das können Sie gern in Ihrer Story verwenden."

Das Büro hatte einen männlichen Anstrich: Kalender mit nackten Frauen an der Wand, herumliegende Pornomagazine.

„Ich mache die Buchhaltung für Curtis. Wir teilen uns diesen Raum."

„Erzählen Sie mir von Diana."

Sie nahm einen Zug von ihrer Zigarette. „Was denn?"

„Wie war sie? War sie fleißig? Hatte sie einen Freund?"

„Sie war das netteste Mädchen, das ich je kennengelernt habe. Hat nie etwas Abwertendes über einen anderen Menschen von sich gegeben. Hat sich um ihre Mutter gekümmert, darum blieb ihr nicht viel Zeit für ihr Privatleben. Und sie hat nie blau gemacht bei der Arbeit. Ab und zu brauchte sie etwas Zeit für sich. Dann ging sie etwas früher."

„Zeit für sich?"

„Ich glaube, sie hatte noch eine Nebentätigkeit. Aber ich habe ihr nicht nachspioniert. Ihre Mutter war krank, sie brauchte Geld."

„Lebt ihre Mutter noch?"
„So weit ich weiß, schon."
„Ein Freund?"
Sie schüttelte den Kopf. „Sie hat nie von jemandem erzählt, und ich habe sie auch nie mit einem Mann zusammen gesehen. Sie war eine unserer beliebtesten Friseurinnen, weil sie sich wirklich für die Leute interessierte, verstehen Sie? Sie brachte diesem Kerl sogar immer mal Kekse mit, so ein Mensch war sie."
„Sie meinen Conley?"
„Ja, er tat ihr leid. An den Feiertagen brachte sie ihm Essen. Ein Sandwich oder ein kaltes Getränk an einem heißen Tag. Das war so nett."
„Erinnern Sie sich noch an jenen letzten Tag? War sie irgendwie anders?"
Sie zuckte die Achseln. „Sie war ein wenig nervös. Erregt. Ich glaube, der Grund war, dass sie Conley gesehen hat."
„Warum war sie wegen ihm nervös?"
„Ich weiß nicht – vielleicht hat er sie bedroht oder so etwas."
„Hat sie das gesagt?"
„Nein, das ist eine Vermutung."
Wanda wurde langsam ungeduldig, und ich beschloss, zum Punkt zu kommen. Dem eigentlichen Grund für das Interview – die Frage, die du unbedingt beantwortet haben willst, wenn du zur Tür hereinkommst, und du wartest auf den richtigen Augenblick, um sie zu stellen, auf die richtige Atmosphäre. Das Gespräch mit Sawyer hatte meine Neugier in Bezug auf den Boss geweckt.
„Wie kam sie mit Curtis zurecht?"
Die Zigarette hing zwischen ihren Lippen wie ein Vogel auf einer Stromleitung während eines Hurrikans. „Was hat er damit zu tun?"
„Ich habe gehört, er soll kein Kostverächter sein. Hatten er und Diana etwas laufen?"

„Okay, Sie sollten jetzt gehen“, erklärte sie und kämpfte sich aus ihrem Stuhl hoch. Und es war tatsächlich ein Kampf. Ein wahrer Bürgerkrieg der Hüften und Beinmuskeln, der schließlich dazu führte, dass sie die Tür aufriss und mir den Rauch ins Gesicht blies.

Ich hob ergeben die Hände. „Ich wollte Sie nicht beleidigen. Ich habe mich nur gefragt, ob Diana und Curtis sich gut gekannt haben.“

Sie deutete auf mich, als sei ich ein Hund. „Ich sagte, raus jetzt.“

Dexter hielt mein Wechselgeld in der Hand, als ich an ihm vorbeiging.

„Behalten Sie es. Ich hoffe nur, Sie bekommen keinen Ärger.“

Wanda beschimpfte Dexter, während ich zur Tür ging und auf die Straße trat. Ich blickte in die Überwachungskameras in der Nähe des Eingangs und lief schließlich über den Bürgersteig zu der Stelle, wo Terrell auf Diana losgegangen war. Ich wollte ein Gefühl bekommen für die Straße, um sie richtig zu beschreiben. Den unebenen Asphalt, die provisorisch ausgebesserten Schlaglöcher. Parkuhren, die sich wie der schiefe Turm von Pisa zur Seite neigten. Sturmgitter, die nicht richtig in die Öffnungen passten und in die Höhe ragten wie ein schwebendes Gerichtsverfahren. Mülleimer, die überquollen. Glückliche Bienen, die eigentlich Pollen sammeln sollten, schlürften Zuckerwasser aus Getränkedosen.

Im Kopf beschrieb ich die Szene, sah, wie Diana aus dem Salon kam, wie Terrell sie beschimpfte, wie Wanda im Polyesterkleid ihnen folgte. Obwohl ich das Polyester vielleicht lieber weglassen sollte, um die Empfindsamen zu schonen. Aus der nahe gelegenen Bar schlug mir abgestandener Biergestank entgegen. Männer in langärmeligen Hemden standen in der Hitze neben einem Spirituosengeschäft in der Hoffnung auf einen Drink oder eine Zigarette oder beides. Hunde bellten im

Schaufenster der Tierhandlung. *Lass den Leser die Geschichte schmecken und riechen.*

Die Bushaltestelle befand sich am Ende der Straße. Die mit mehreren Farbschichten in unterschiedlichen Abblätterungsstadien gestrichene Holzbank war mit Graffiti besprüht. Ich drehte mich um, schloss die Augen und lauschte auf die Geräusche des Lebens. Dies war die Stelle, an der Diana Wrights Sterben begonnen hatte.

# Kapitel 10

Ich fuhr zum Krankenhaus zurück. Auf dem Weg kam ich an einer Toyota-Werkstatt vorbei und begab mich zum Ersatzteillager. Dort fragte ich, was es kosten würde, das Seitenfenster auf der Fahrerseite zu ersetzen. Ich war nicht sicher, was mehr weh tat, der Schnitt in meiner Wange oder die geschätzten Reparaturkosten, die das Jüngelchen mit dem Bartflaum am Tresen mir nannte. So konnte ich nicht länger herumfahren, da ich keine Möglichkeit hatte, den Wagen abzuschließen, aber für den Augenblick mussten Plastikfolie und Klebeband genügen.

Es war dasselbe Gefühl, das ich empfand, wenn ich mit dem Schreiben nicht recht weiterkam. Es gibt nichts Schlimmeres, als mitten in der Arbeit an einer Schreibblockade zu leiden. Der Aufhänger ist wichtig, ob nun bei der Arbeit an einer Story für das Fernsehen oder für Printmedien. Man geht einen Schritt nach dem anderen, sammelt Informationen und webt sie in die Story ein. Den meisten Leuten ist gar nicht klar, dass man im Kopf eigentlich permanent beim Schreiben ist – ich schrieb an der Story, während ich mich mit Wanda unterhielt, obwohl sie davon natürlich keine Ahnung hatte. Aber manchmal kommt ein Punkt, wo man nicht nur aufsteht, um sich eine Tasse Kaffee zu machen, man geht in den Supermarkt, um sich genau die Kaffeesorte zu besorgen, die die eigene Kreativität entfacht. Und wenn man sich hinterher hinsetzt, mit der Tasse Kaffee in der Hand, dann hört man den Postboten, und man geht zum Briefkasten und nimmt die Rechnungen heraus, die nun mal bezahlt werden müssen. Dies ist der Tanz des kreativen Geistes, die Art, den Schmerz zu verdrängen, den es mit sich bringt, vor einem leeren Bildschirm zu sitzen, der danach ruft, gefüllt zu werden.

Doch dieser Zwischenstopp bei Toyota hatte nichts mit dem Schreiben zu tun. Ich wollte mich nur vor dem Krankenhaus drücken. Mir war klar, dass ich nicht drum herumkommen würde; ich musste meinen Sohn besuchen und meinen Teil der Abmachung erfüllen. Die Vorstellung, neben ihm zu sitzen und mit ihm zu reden fühlte sich an wie eine Schreibblockade in der höchsten Form. Vielleicht sogar wie eine Lebensblockade.

Ich kam an einem anderen Geschäft für Autoersatzteile vorbei und überlegte, ob ich mir ein zweites Angebot einholen sollte, doch ich widerstand der Versuchung und erreichte das Krankenhausparkhaus, wo ich ein paar Minuten im Auto sitzen blieb. Mein Kopf pochte zum Zerspringen, und meine Wange fühlte sich an wie Hackfleisch. Es war schon weit nach Mittag, und ich sah die Enttäuschung in den Augen meiner Frau, noch bevor ich das Gebäude betrat.

An der Information erkundigte ich mich nach dem Weg und erhielt von einer geriatrischen Hilfskraft, die selbst nicht weit von der Pflegestation entfernt zu sein schien, eine wirre Beschreibung. Ich wanderte durch eine Reihe von Gängen und durch sterile Flure, die mit beruhigender Musik berieselt wurden. Bestenfalls sind Krankenhäuser als angenehme Orte zum Sterben konzipiert.

Endlich fand ich den richtigen Aufzug und fuhr nach oben. Meine Lungen zogen sich zusammen, mein Herzschlag beschleunigte sich, und meine Gesichtshaut produzierte Toxine. Nicht wirklich, aber in meiner Fantasie.

Krankenhäuser mag ich einfach nicht.

Ellen fand ich im Schwesternzimmer. Sie unterhielt sich mit drei Krankenschwestern. Vermutlich erzählte sie ihnen, wie gut Gott war und dass er immer für sie da sei, im Gegensatz zu ihrem Mann, und dass er Adrian niemals allein gelassen hätte, im Gegensatz zu seinem Vater.

Der Chor schien instinktiv zu wissen, wer ich war, denn alle kehrten wortlos an ihre Tätigkeit zurück, und Ellen wandte sich zu mir um. Ihr Gesicht war ein See aus Schmerz. Eher der Atlantik.

„Entschuldige, dass ich so spät bin. Hat er schon zu Mittag gegessen?"

„Er hat nicht viel heruntergebracht. Jetzt schläft er wieder." Sie führte mich zum Warteraum. „Ich glaube nicht, dass das jetzt eine gute Idee ist. Fahr doch nach Hause und schlaf ein wenig."

„Ich wäre nicht hier, wenn ich nicht hier sein wollte." Das klang tatsächlich so, als meinte ich es ernst, und die Festigkeit meiner Stimme verblüffte mich. „Du bist diejenige, die nach Hause fahren und sich ausruhen sollte. Komm doch heute Abend nach dem Abendessen wieder, dann können wir uns vielleicht gemeinsam ein Baseballspiel ansehen."

Ihr Gesicht leuchtete auf. „Bist du sicher?"

„Ja, fahr nur. Bitte doch eine der Schwestern, mich zu holen, wenn er aufwacht. Ich bleibe bis dahin hier."

Sie berührte meinen Arm. „Ich habe ihm erzählt, dass du ihn besuchen willst, und er schien sich sehr darüber zu freuen."

Es war, als wäre Adrian wieder sieben und wir würden zu einem seiner Fußballspiele gehen, wobei es allerdings leider so ist, dass ich ihn nie zu einem Spiel begleitet habe. Ich war in Afghanistan und sprach mit Mittelsmännern oder versuchte in Syrien diesen Hamas-Führer aufzustöbern, der sich bereit erklärt hatte, ein Interview zu geben. Wie ich bereits sagte, ich bin schon überall gewesen.

„Ich bin hier", sagte ich und reichte ihr die Schlüssel. „Ich habe mich schon erkundigt, was es kostet, das Seitenfenster zu ersetzen."

Ich steckte mein Handy ins Ladegerät und machte es mir bequem, um mich weiter in das Leben von Terrell Conley zu vertiefen. Der orange Stuhl war bequemer, als er auf den ersten Blick wirkte. Ich ließ mich zurücksinken und blätterte die Zeitungsausschnitte durch. Die Tüte enthielt genügend Material für mehrere Bücher, allerdings stieß ich in den Artikeln auf einige nicht gesicherte Fakten, die mit der journalistischen Integrität nicht zu vereinbaren waren.

Ich las und machte mir Notizen, während das Feuer in meiner Wange weiter brannte und der Lärm im Wartezimmer des Krankenhauses an Lautstärke zunahm. Eine Familie hatte sich dort niedergelassen, um auf den Ausgang der Operation eines geliebten Angehörigen zu warten. Sie weckten in mir die Sehnsucht nach einer großen Familie. Für gerade mal zwei Minuten. Dann begannen die Kinder zu quengeln, bis sie Geld für ein Getränk aus dem Automaten bekamen. Noch aufgeputschter von den zuckerhaltigen Getränken machten sie dann weiter.

Nein, vielen Dank.

Der Geräuschpegel im Wartezimmer bot mir das Grundrauschen, das ich brauche, um Schlaf zu finden. Als ich aufwachte, war die Familie fort, mein Hemd hatte einen Sabberfleck, und schlimmer noch, ein Mann, der mich an meinen Vater erinnerte, saß neben mir. Ich versuchte verstohlen, mir das Kinn abzuwischen.

„Truman Wiley?", fragte der Mann. Seine Stimme war wie die Stimme Gottes, tief und klangvoll.

„Ja? Stimmt was nicht?"

Er lächelte. „Entschuldigen Sie bitte, dass ich Sie gestört habe. Ich bin Nelson Miller. Ihre Frau und Ihr Sohn gehören zu unserer Gemeinde."

Großartig. Ellen hatte die Streitmacht Gottes in Bewegung gesetzt. Ich sah auf die Uhr. Zeit fürs Abendessen. Ich fuhr mir über die Augen und wünschte, ich hätte etwas zu trinken.

„Schön, Sie kennenzulernen", erwiderte ich und reichte ihm die Hand. Er war ganz anders, als ich erwartet hatte. Aus dem Wenigen, das Ellen erzählt hatte, hatte ich den Eindruck gewonnen, dass er älter und stockkonservativ sei, aber er war mit Poloshirt und Shorts bekleidet, kein Anzug. Mitte 30 mit durchdringenden Augen und Bartstoppeln.

„Ich habe eine andere Familie besucht und ging davon aus, dass ich Ellen hier antreffe. Die Schwester hat mir gesagt, wo Sie sind."

„Sie wollte mich eigentlich sofort holen, wenn Adrian aufwacht."

Ich sammelte einige Blätter vom Boden auf, noch ziemlich benommen. Als ich mich vornüberbeugte, flammte der Schmerz in meiner Wange wieder auf wie ein Blitzschlag.

„Dann machen Sie es also tatsächlich?", fragte der Mann. „Sie werden Terrells Geschichte aufschreiben?"

War ja klar, dass er von dieser Sache wusste. „Ich bin gerade dabei zu recherchieren. Ich hoffe, es wird rechtzeitig fertig, um noch etwas Gutes zu bewirken."

Er klopfte mir auf die Schulter. „Ich bin froh darüber. Das ist wirklich eine starke Geschichte. Ich habe Terrell im Gefängnis besucht. Es ist brutal, aber er ist im Reinen mit Gott. Sein Herz sitzt am rechten Fleck."

*Was soll denn das heißen? Dass meins nicht am rechten Fleck sitzt?*

„Ich habe auch mit der Mutter des Opfers gesprochen, mit Helen."

„Wie war das?", fragte ich.

Er schüttelte den Kopf. „Ich wünschte, es gäbe einen Weg, diese Frau aus ihrem Elend zu holen."

„Zum Beispiel ein Geständnis?"

„Ich habe Terrell Mut gemacht, alles zu erzählen. Vielleicht können Sie der Sache ja auf den Grund gehen."

„Sie glauben nicht, dass er die Wahrheit sagt?"

„Das menschliche Herz ist ein verwirrtes Ding. Das lesen wir bei Jeremia."

Ich fragte mich, wer wohl Jeremia war und warum seine Meinung an dieser Stelle wichtig war. „Wenn Terrell sich doch zu Gott bekehrt hat, warum ziehen Sie seine Aussage in Zweifel?"

„Er ist im Gefängnis Christ geworden. Seine Bekehrung war echt, kein Zweifel. Das werden Sie merken, wenn Sie ihn treffen. Aber nur wenige Menschen hinter Gefängnismauern gestehen ihre Schuld ein. Wenn sie das tun, geben sie alle Hoffnung auf. Aber vielleicht sind Sie derjenige, den Gott gesandt hat, um die Wahrheit ans Licht zu bringen. Dass Sie ihm endlich helfen können, frei zu werden."

Du liebe Zeit. „Ist die Mutter der Verstorbenen offen? Würde sie mit mir reden?"

„Sie ist ziemlich zäh. Verhärtet. Und sie trauert noch immer sehr um Diana. Aber ich glaube, solange sie atmet, gibt es Hoffnung. Sie wohnt nicht weit von hier."

Ich nickte.

„Ich weiß, Ellen ist froh, dass Sie wieder da sind. Adrian auch. Er ist ein ganz besonderer junger Mann."

Egal, wie aufrichtig dies gemeint war, seine Worte hinterließen einen schlechten Geschmack in meinem Mund. Für mich war es unvorstellbar, dass dieser Mann mehr Anteil am Leben meines Sohnes hatte als ich, aber jemand musste die Lücke ja füllen. Und ganz unvermittelt reckte die Eifersucht ihr hässliches Haupt in die Höhe. Was, wenn dieser Kerl Ellen mehr geboten hatte als geistlichen Zuspruch? Undenkbar war es nicht. Die langen Abende im Wartezimmer, betend, sich an den Händen haltend, Trost spendend. Vielleicht eine Fahrt nach Hause. Meine Gedanken gingen auf Wanderschaft, und ich stellte mir die beiden in unserem katzenlosen Zuhause vor.

„Danke, dass Sie in der Zeit meiner Abwesenheit für Ellen und Adrian da gewesen sind", sagte ich und suchte in seinen

Gesichtszügen aufmerksam nach einem Anflug von Schuldgefühlen oder Scham.

„Wäre es Ihnen recht, wenn ich für Sie bete?“, fragte er.

Wäre es mir recht, wenn er mir Glasscherben unter die Fingernägel bohrte? Oder dass er meinen Kopf in eine Schüssel voller Säure steckte?

„Sicher, nur zu“, erwiderte ich.

Er legte seine Hand – die Hand mit dem Ring – auf meine Schulter, und ich fragte mich, ob die Sache mit Ellen wohl so angefangen hatte. Eine Hand auf der Schulter, seine weiche, beruhigende Stimme in ihrem Ohr, sein Rasierwasser, und schon war ich aus ihrem Leben gelöscht. Alles ganz unvermeidlich. Aber was war mit der Frau des Pastors? Wie konnte er ihr das antun?

„... ich bitte dich, dass du Truman dabei hilfst, dieses Buch zu schreiben und die Wahrheit herauszufinden ...“ Er hielt seine Augen fest geschlossen, und es schien ihn nicht zu kümmern, ob jemand vorbeikam und jedes Wort hörte, das er sprach. „... gib den Ärzten Weisheit ... Führe den Gouverneur und alle, die Entscheidungen in Bezug auf die Organspende treffen ...“

Ganz unauffällig war er von einem Thema zum nächsten übergegangen, und ich hoffte nur, dass er bald zum Ende seines geistlichen Gebrabbels kam und mich vom Haken ließ.

„... in Jesu Namen ...“

Endlich. Die christliche Beschwörungsformel. Das Mantra der Gläubigen. Bindet alles zu einem hübschen kleinen Paket zusammen, dann fühlen sich alle besser.

„Amen.“

„Danke“, sagte ich.

Er klopfte mir auf die Schulter. „Soll ich Sie zu Adrians Zimmer begleiten?“

„Ich finde es schon. Sie haben sicher noch andere Besuche zu machen.“

Er nickte und drückte mir eine Visitenkarte in die Hand. Sie war sehr geschmackvoll gestaltet. Keine dieser schreienden Karten mit jedem der Menschheit bekannten christlichen Symbol. Der Fisch neben einem Löwen neben einem Lamm unter einem goldenen Regenbogen und einer Taube, die über eine Bibel hinweg fliegt und so weiter. „Wenn Sie irgendetwas brauchen, das ist meine Handynummer. Melden Sie sich."

Seine Schuhe quietschten, als er zu den Aufzügen ging, und ich konnte mir irgendwie nicht vorstellen, dass Ellen sich in einen Mann mit quietschenden Schuhen verliebt hatte. Ich schob meine Ängste beiseite und konzentrierte mich wieder auf die Papiere aus der Tüte.

„Mr Wiley?", sprach mich eine Schwester kurz darauf an. Sie war noch recht jung. Die Haare trug sie im Nacken zusammengebunden, und wie fast alle Krankenschwestern hatte sie ein hübsches Gesicht, weiße Zähne und funkelnde Augen. „Ihr Sohn ist jetzt wach und fragt nach Ihnen."

„Ich komme gleich", erwiderte ich. „Ich muss nur noch mal für kleine Jungen."

Ich öffnete die Tür zum Flur, nahm die Treppe und flüchtete auf die Straße.

# Kapitel 11

Ellen fuhr nach Hause und verging fast vor Hitze trotz des offenen Fensters. Die Klimaanlage einzuschalten machte keinen Sinn, doch sie tat es trotzdem. Höchste Stufe. Es war, als würde man einen Eiswürfel in einen Vulkan werfen.

Ihre Gedanken kehrten zurück zu Truman und seinem Angebot, ihr an diesem Tag ein wenig Freiraum zu verschaffen. Sie brauchte keine Pause von Adrian; sie wollte nur, dass Truman sich um seinen Sohn kümmerte. Sie wusste, was das Adrian bedeuten würde. Und auch wenn sie nicht sicher war, ob Truman es tatsächlich durchziehen würde, musste sie ihm zumindest die Gelegenheit geben. Sie hatte dafür gebetet. Warum nur diese zwiespältigen Gefühle?

Natürlich hatte sie auch für vieles andere gebetet. Dass Truman frei würde von seinen Abhängigkeiten, dass er zu dem Mann würde, den sie sich immer gewünscht hatte. Sie hatte um vollständige Heilung für Adrian gebetet und darum, dass Abby Interesse für geistliche Dinge zeigte und dass Gott Ellen Kraft geben möge in der ausweglosen Situation.

Tief in ihrem Inneren wusste sie, dass nur Gott eine Kehrtwende bei ihrem Mann bewirken konnte. Der winzige Hoffnungsfunke, den sie für Truman gehabt hatte, war jetzt nur noch ein Schmerz, ein flüchtiger Gedanke. Wie der Versuch, in einem Auto mit kaputten Scheiben in der feuchten Hitze Floridas eine angenehme Temperatur zu schaffen.

Gedankenverloren bog sie in ihre Einfahrt ein und blieb noch ein paar Augenblicke sitzen. Sie starrte auf das Haus und war nicht fähig, sich zu rühren. Die Last des Lebens drückte sie tief in den Sitz, begleitete sie jeden wachen Augenblick, genau wie die Angst um Adrian und die bange Frage, was wohl als Nächstes geschehen würde. Nicht einmal in ihren Träumen war sie frei von dieser Angst. Sie konnte nichts anderes tun als hoffen, beten und warten.

Als sie die Haustür öffnete, spürte sie, dass sie nicht allein war, und als sie sich umdrehte, stand sie zwei Männern gegenüber. Einer hielt ein Messer in der Hand. Der andere schubste sie ins Haus. Sie hatte nicht einmal Zeit zu schreien – oder die Kraft dazu. Sie warfen die Tür hinter ihr ins Schloss.

„Was wollen Sie?“, fragte sie atemlos.

Der mit dem Messer nickte dem anderen zu. Das Gesicht des Großen war übersät mit Aknenarben. Dunkle Haare türmten sich auf seinem Kopf. Der mit dem Messer war dünner; seine Augen erinnerten an einen Fuchs. Verschlagen. Er trat auf sie zu, und sie wich in die Küche zurück.

„Setzen Sie sich“, forderte er sie auf.

Sie zog einen Stuhl unter dem Tisch hervor und gehorchte. Ihr Blick hing wie gebannt an dem Messer und dem Gesicht des Mannes. Als er die Hand ausstreckte, zuckte sie zusammen, doch er rührte sie nicht an, nahm nur ihre Tasche und holte ihr Handy heraus.

„Was soll das?“, fragte sie mit zitternder Stimme.

„Wo ist Ihr Mann?“

Im Schlafzimmer polterten Bücher zu Boden. Gegenstände gingen zu Bruch.

„Er ist nicht hier“, erwiderte sie.

„Das wissen wir. Wo steckt er?“

„Mein Sohn ist krank“, erklärte sie, bereute es aber sofort. Auf keinen Fall durfte sie Adrian in Gefahr bringen.

Der Größere kehrte zurück und schüttelte den Kopf. Der Fuchs beugte sich vor und drückte ihr das Messer an den Hals.

# Kapitel 12

Ich durchstreifte die Lobby auf der Suche nach einem Stadtplan, fand aber keinen. Schließlich bat ich den Neuling am Informationstresen, mir den Weg zur Oak Street zu erklären. Natürlich hätte ich mir auch ein Taxi rufen können, aber da meine Beine nach Bewegung schrien und meine finanziellen Mittel beinahe erschöpft waren, beschloss ich, zu Fuß zu gehen.

Was Sie von mir halten, weil ich mich davongeschlichen habe, ohne meinen Sohn zu besuchen, kümmert mich nicht. Ich fühlte mich miserabel deswegen, egal, was Sie sagen oder denken. Und während ich durch die Straßen lief, die Papiertüte in der Hand, drängte sich mir der Gedanke auf, was für einen jämmerlichen Anblick ich selbst für einen unbeteiligten Zuschauer bieten musste. Ein dickes Pflaster auf der Wange, ein blaues Auge – jetzt brauchte ich nur noch eine Gitarre oder eine Mundharmonika, dann könnte ich vielleicht Geld für das Taxi erbetteln.

Pastor Miller irrte. Helen Wrights Haus lag nicht in der Nähe des Krankenhauses, ganz im Gegenteil. Es zeigte sich, dass es nicht nur ein paar Blocks waren, sondern eine ganze Menge Blocks. Die Sonne knallte immer noch erbarmungslos vom Himmel herab, als ich einen älteren Teil der Stadt erreichte, an dem die letzte Wirtschaftskrise nicht spurlos vorbeigegangen war. Das Haus der Wrights war weiß gestrichen, doch in den Ritzen und Spalten breitete sich ein dunkles Braun aus. Um das Grundstück herum war ein Maschendrahtzaun gezogen und die ziemlich altersschwache Verandaschaukel hing nur noch an einem Haken. Die Metallstühle schienen bereits den Zweiten Weltkrieg miterlebt zu haben.

Am Türpfosten hing an zwei dünnen Drähten ein Klingelknopf, aber ich klopfte lieber. Ein Hund begann zu bellen und an der Tür zu kratzen. Kurz darauf öffnete eine Frau, die über einem schäbigen Nachthemd eine Schürze trug, die Tür. Das Nachthemd umhüllte einen aus der Form geratenen Körper. Eine verwandte Seele. Ich erkannte es in ihren Augen. Wir waren beide wie lebende Vogelscheuchen: außen demoliert, innen hohl.

Durch die Fliegengittertür starrte sie auf meine Papiertüte. „Ich kaufe nichts."

„Ich verkaufe nichts."

Ein kleiner, arthritischer Pudel kläffte und schnüffelte, und aus der Küche drang das leise Brutzeln von Fleisch zu mir herüber.

„Was ist in dem Beutel?"

Es dauerte eine Sekunde, bis ich verstand, was sie meinte. „Papiere. Zeitungsausschnitte."

Sie hielt den Kopf gesenkt, starrte auf die Tüte. „Was wollen Sie?"

Ich muss gestehen, dass ich mich auch schon manipulativer Techniken bedient und Menschen in einem falschen Glauben gelassen habe, um an Informationen zu kommen, aber als ich auf Helens Veranda stand, hatte ich Skrupel, ihr nicht geradeheraus zu sagen, warum ich da war. Ja, selbst ich. Ich nannte ihr meinen Namen, als ob das wichtig wäre, und erklärte ihr, ich wolle mit ihr über Diana sprechen. Und über Terrell Conleys Hinrichtung.

„Sie sind Reporter?"

„Ich war mal Reporter", korrigierte ich.

„Was sind Sie jetzt?"

„Ein Mensch, der nach Antworten sucht."

„Ich habe Ihnen nichts zu sagen", erklärte sie.

Sie schloss die Tür, und der Hund sprang auf die zerschlissene Rückenlehne der Couch am Fenster und bellte. Das dürre Ding folgte mir zum nächsten Fenster und um das ganze Haus herum, als ich über den mit Unkraut überwucherten Pfad zur Hintertreppe lief, die aus zwei Betonsteinen bestand.

Helen Wright musste gemerkt haben, dass ich an der Hintertür stand, weil ihre Alarmanlage mit dem gelockten Fell kläffte, was das Zeug hielt, was so klang, als würde er aus dem letzten Loch pfeifen. Sie hatte mir den Rücken zugewandt, kauerte über ihrem Herd und wendete fettige Hühnerbeine und Leberstücke mit einer fettbespritzten Gabel. Ich bin ein erfahrener Reporter; ich konnte riechen, dass es Hühnchen war. Ich war auch ein sehr hungriger Reporter. Seit den Pfannkuchen hatte ich nichts mehr zu mir genommen.

Das war der Augenblick, in dem ich das hübsche Ding im Fenster entdeckte, das bei jedem Bellen mit den Augen blinzelte. Den Lärm, die Gerüche und ihre Umgebung hoheitsvoll missachtend, hockte sie, die Pfoten unter ihrem Körper, auf dem Fensterbrett und bewegte sich nicht, zufrieden, sanft, einsam. So ein friedlicher Anblick. Sie erinnerte mich an Murrow, und ich fragte mich, wo er wohl die Nacht verbringen würde.

„Ist das eine Himalayakatze?", fragte ich durch die Fliegengittertür.

Helen drehte sich nicht um.

„Was für ein wunderschönes Tier. Warum behalten Sie diesen dürren Köter, wenn Sie ihr freie Herrschaft über das Haus gewähren könnten?"

„Dieser dürre Köter hat mir im vergangenen Jahr das Leben gerettet. Ich habe noch keine Katze gehabt, die das getan hätte. Sie etwa?"

„Ich weiß nicht so genau. Ich denke, meine Katze hat mir möglicherweise mehrmals das Leben gerettet, aber sie gibt normalerweise keine Pressemitteilung darüber heraus, wie Hunde es tun."

Sie sprach weiter, ohne mich anzusehen. „Was haben Sie gegen Hunde?“

„Ich bin einfach kein Hunde-Mensch, denke ich. Sie brauchen so viel Aufmerksamkeit. Man muss ihnen sagen, wann sie die Klappe halten und wann sie zur Toilette gehen sollen. Zu große Abhängigkeit. Ich mag die Unabhängigkeit und die Gelassenheit von Katzen.“

Sie drehte sich ein kleines Stück um und warf mir ein trockenes Lächeln zu. „Das hat Diana auch immer gesagt.“

„Kluges Mädchen.“ Ich öffnete die Hintertür, und die Katze sprang vom Fenstersims herunter und kam nach draußen. Ganz vorsichtig trat ich ein, und da Helen keine Einwände erhob, hatte ich das Gefühl, auf sicherem Boden zu stehen. Ich stellte meine Tüte auf den Tisch.

„Sie haben nicht zufällig genug für zwei, oder?“, fragte ich.

Sie reagierte nicht. Ihre Füße waren geschwollen und diabetisch-blass, und die blauen Venen erinnerten an Würmer.

Als ich das Schweigen schließlich nicht mehr ertragen konnte, sagte sie: „Sieht das hier etwa aus wie eine Suppenküche?“

Ich blickte mich in der Küche um. Die Gesundheitsbehörde hätte sie vermutlich schließen lassen, wenn es eine Suppenküche gewesen wäre. „Ich könnte schnell eine Flasche Wein besorgen“, bot ich an. „Was passt denn am besten zu Hühnchen? Cabernet?“

Ohne zu zögern erklärte sie: „Ich bin mehr für einen Zinfandel, dieses rosa Zeug.“ Sie betonte die mittlere Silbe. „Sie können mitessen, wenn Sie wollen. Aber ich kann nicht versprechen, dass es gut ist.“

„Es riecht wie in einem Fünf-Sterne-Restaurant“, log ich. Es roch eher nach einem Fastfoodladen, doch ich wollte nicht meckern.

„Aber Ihre Fragen zu diesem Mann werde ich nicht beantworten.“

„Ich verstehe“, erwiderte ich und zog mir einen Stuhl heran. „Dann erzählen Sie mir von Diana.“

Ihre Gabel schwebte über der Pfanne. „Was wollen Sie wissen?“

„Wie war sie? Was vermissen Sie besonders? Hatte sie Träume für die Zukunft?“

Sie schwieg eine Weile. Dann starrte sie lange aus dem Fenster. „Jeden Donnerstag holte sie chinesisches Essen aus diesem kleinen Restaurant neben dem Schönheitssalon, und wir haben uns gemeinsam *Emergency Room* angeschaut. Das war ihre Lieblingssendung.“

Noch so ein Krankenhausdrama. Diana und ich wären nicht miteinander klargekommen.

„Sie liebte diesen Dr. Ross. Wann immer er auf dem Bildschirm zu sehen war, wedelte sie mit der Hand vor sich herum, als ob sie Hitzewallungen hätte.“ Helen lachte leise, und ihre Lungen rasselten, bis sie sich mit einer Hand am Schrank abstützen musste. „Ich vermisse es, sie um mich zu haben. Ich vermisse es, mit ihr zusammen von ihrem großen Durchbruch zu träumen, und wie es wäre, wenn sie nach Hollywood ginge und Hairstylistin für die Stars würde. Was hätte sie darum gegeben, die Haare dieses Dr. Ross in die Finger zu bekommen.“ Sie schüttelte den Kopf, dann wendete sie die Hühnerschenkel ein weiteres Mal. „Im Kühlschrank steht Kartoffelsalat, wenn Sie mögen.“

Es war eher ein Befehl als ein Angebot, und als ich den Plastikbehälter im Kühlschrank entdeckte, wusste ich auch, warum. Helen bewahrte ihren Kartoffelsalat in einem Fünfzehn-Liter-Behälter auf. Ich verrenkte mir beinahe den Rücken, als ich das Ding zum Tisch trug.

„Ist sie häufig ausgegangen?“, fragte ich.

„Sie hatte Freunde in der Highschool. Jungen, die nur auf eines aus waren. Aber im Gegensatz zu mir ist es ihr gelungen, größere Katastrophen zu vermeiden.“

„Sie meinen, Ihr Mann war kein guter Mann?"

Über den Brillenrand hinweg warf sie mir einen verächtlichen Blick zu. „Süßer, für mich passen diese beiden Wörter nicht zusammen. ‚Guter Mann' ist für mich wie ‚Riesenzwerg'."

Ein Oxymoron, ein Widerspruch in sich. Ich fragte mich, ob Ellen wohl genauso empfand. Oder Adrian. Oder meine Tochter Abby. Konnten sie, nachdem sie mit mir gelebt hatten, noch an das Gute im Mann glauben?

Helen fuhr fort. „Nachdem sie die Schule abgeschlossen hatte, gab es ein paar Beziehungen, aber nichts Ernstes. Zumindest nicht, dass ich wüsste."

„Was war mit Curtis Tompkins?"

Sie bearbeitete das Fleisch, drückte darauf und stach hinein. „Über diesen Mann spreche ich auch nicht."

„Hat er ihr Avancen gemacht?"

„Ja. Aber sie hat ihm gesagt, er soll in den See springen."

„In einen See mit vielen Alligatoren, hoffe ich."

Sie gluckste. „Diana wusste, dass es ihm nicht um sie ging. Er war hinter allen jungen Frauen her. Aber nach dem, was er für mich getan hat, werde ich nicht schlecht über den Mann reden."

„Was hat er getan?"

„Er und einige andere im Laden haben zusammengelegt und die Beerdigung bezahlt. Das habe ich ihm nie vergessen."

„Einige Leute denken ... dass er vielleicht etwas damit zu tun hatte."

Sie richtete ihre blutunterlaufenen Augen auf mich. Eines war trüb. Die Art, wie sie den Kopf neigte, ließ mich vermuten, dass sie vielleicht nur mit einem Auge sehen konnte.

„Der Mann, der Diana getötet hat, sitzt hinter Gittern. Ich hoffe, er stirbt einen langsamen und qualvollen Tod." Das Hühnchen brutzelte jetzt noch stärker und verlieh ihren Worten eine unheimliche Bedeutung. „Sie sollten ihn lebendig begraben, wie er es mit Diana gemacht hat. Wussten Sie das? Der Pathologe sagte, dass sie vermutlich noch am Leben war, als er sie auf diesem Schrottplatz vergraben hat. Sie hat noch geatmet. Haben Sie auch darüber einen Vermerk in Ihrer Tüte?"

„Nein, das wusste ich nicht."

„Nun, so ist es aber. Die Geschichte dieses Mannes kann nichts Gutes bewirken."

Ich teilte Helen mit, dass Terrell sein Herz spenden wollte.

„Derjenige, der das Herz dieses Mannes bekommt, wird für den Rest seines Lebens verdammt sein."

Ich beobachtete eine Fliege, die sich auf dem Behälter mit dem Kartoffelsalat niederließ und zwei Beine aneinander rieb, vielleicht in der Hoffnung auf eine Mahlzeit. Vielleicht auch im Gebet. Ich musste meine Reaktion auf ihre Worte abwägen und beschloss in einem unbedachten Augenblick, es ihr einfach zu sagen. „Mein Sohn soll das Herz bekommen. Er ist dann derjenige, der verflucht sein wird."

Sie pickte mit der Gabel ein Stück Fleisch auf, pustete ein wenig und steckte es in den Mund. „Was hat Ihr Sohn?"

Ich legte die Hand auf die Brust. „Er hat Herzprobleme, seit er klein war. Wir wussten immer, dass er irgendwann eine Transplantation braucht, aber wir dachten nicht, dass es schon so bald nötig sein würde."

Sie schüttelte den Kopf. „Das kalte Herz dieses Mannes würde ich nicht einmal meinem schlimmsten Feind wünschen, schon gar nicht meinem Kind. Das ist sicherlich eine schwierige Entscheidung."

„Wäre es, wenn wir eine Wahl hätten."

„Sie kennen ihn also. Den Verurteilten. Sie werden eine freundliche Geschichte über ihn schreiben, um das Mitgefühl der Leute zu wecken."

Ich schüttelte den Kopf. „Meine Frau kennt seine Frau aus ihrer Gemeinde. Sein Herz passt für meinen Sohn."

„Und von mir wollen Sie jetzt Informationen über Diana, damit er besser dasteht.“ In ihren Worten lag eine unfassbare Härte, als wären sie ihre einzige Waffe.

„Sie brauchen mir überhaupt nichts zu sagen. Dieses Transplantat könnte Adrian das Leben retten. Der Zweck des Buches ist es, der Wahrheit auf den Grund zu gehen.“

Sie verdrehte die Augen. „Als ob Leute wie Sie an der Wahrheit interessiert wären.“

Sie legte mehrere Küchentücher auf einen Teller und nahm mit der Gabel die vor Fett triefenden Hähnchenschenkel aus der Pfanne. Der Pudel hockte in der Ecke. Seine Augen waren von Tränenspuren verschmiert.

„Wenn Ihr Sohn Ihnen so unglaublich wichtig ist, warum sind Sie dann nicht bei ihm im Krankenhaus?“

„Er schläft“, erwiderte ich. „Ich brauchte eine Pause.“

Sie stellte die Hähnchenschenkel auf den Tisch und nahm zwei Teller und Gabeln aus dem Schrank neben dem Spülbecken. Servietten lagen in einem Serviettenhalter, der wie ein Hahn geformt war. Mir war klar, dass wir sie brauchen würden.

„Wollen Sie das Tischgebet sprechen?“, fragte sie.

Ihre Bitte verblüffte mich, aber ich erfüllte sie. Ich faltete die Hände, schloss die Augen und versuchte, mich an die Gebete meiner Mutter zu erinnern, als ich noch klein war. Ich glaube, manche Dinge bleiben haften, selbst wenn man beschließt, sie hinter sich zu lassen.

„Vater im Himmel, wir danken dir für dieses Essen und bitten dich, es zur Stärkung unserer Körper zu segnen. Und wir bitten dich, alle zu segnen, die sich an diesem Tisch zusammengefunden haben. Und auch die, die nicht da sind. In deinem Namen, Amen.“

Ich öffnete die Augen und sah, dass Helen in den Hähnchenschenkel biss. Sie hatte mich die ganze Zeit nicht aus den Augen gelassen.

„Haben Sie Fotos von ihr?“, fragte ich.

„Von Diana? Die meisten habe ich nach unten gebracht, aber in ihrem Zimmer liegen noch ein paar Fotoalben.“

Ich schlang ein Stück des Hähnchenschenkels herunter, biss mir dabei auf die Wange und schmeckte Blut. Keine gute Art, das Abendessen zu beginnen. Ich probierte den Kartoffelsalat. Er war cremig, mit Sellerie, Piment, Oliven, gekochten Eiern. Der kalte Salat tat gut an meiner Wange, und ich machte Helen ein Kompliment. Sie erwiderte, sie hätte ihn vor zwei Wochen für ein Familientreffen zubereitet, an dem sie dann doch nicht teilgenommen hätte. „Er muss aufgegessen werden, bevor er schlecht wird.“

Gut zu wissen.

Sie fragte, was mit meinem Gesicht geschehen wäre, und ich erzählte ihr, meine Katze hätte mich gekratzt.

„Sieht eher nach einem Gemetzel aus.“

„Ist Diana hier aufgewachsen?“, fragte ich in dem Bemühen, das Thema zu wechseln. Versuchen Sie das nicht nachzumachen. Ich bin ein Profi.

„Nein, sie wuchs in Ocala auf. Nach dem Tod meines Mannes haben wir etwas Geld von der Versicherung bekommen und sind hierher gezogen, in die Nähe meiner Schwester. Im Wohnzimmer hat sie den Nachbarn die Haare geschnitten. Manchmal auch abends draußen auf der Veranda. Für die Kinder und älteren Leute hat sie das umsonst gemacht. Die Eltern drückten ihr dann meistens ein paar Dollar in die Hand. Ich habe nur eine kleine Invalidenrente. Aber dann bekam sie endlich den Job im Salon. Sie hat mir immer geholfen, unseren Lebensunterhalt zu bestreiten. Nie in ihrem Leben hat sie selbstsüchtig gehandelt.“

Wir aßen schweigend weiter, nur das Winseln des Pudels war zu hören und das nachlassende Zischen der Pfanne. Von draußen drang gedämpfter Straßenlärm in die Küche – vorbeifahrende Autos, kreischende Kinder und das gelegentliche

Wummern der Bässe aus den Autoradios. Das erinnerte mich an früher, wenn meine Mutter und ich uns an den Tisch setzten, um zu essen, und mein Vater uns störte. Er marschierte geradewegs zum Kühlschrank, nahm sich ein Bier heraus und jammerte darüber, wie schwer sein Arbeitstag gewesen sei, aber an seinem Atem roch man, dass er in der Bar „gearbeitet" hatte. Ich zog mich dann gewöhnlich mit meinem Teller in mein Zimmer zurück, weil ich schon den Moment vorhersagen konnte, wann etwas zu Bruch ging oder eine Tür eingetreten wurde. Nennen Sie es frühen Reporterinstinkt.

Damals schwor ich mir, niemals so ein Vater zu werden. Ich würde meine Familie nie terrorisieren oder ihr mit meinem Verhalten Angst einjagen. Wenigstens das ist mir gelungen. Meine Familie hatte jedenfalls nie Angst, wenn ich in der Tür ihres Lebens auftauchte. Vielmehr fragten sie sich wohl, ob ich überhaupt darin auftauchen würde.

„Ist das Ihr Telefon, das da klingelt?", fragte Helen.

Ich hatte das Vibrieren in meiner Hemdtasche gar nicht bemerkt. „Ja, Sie haben recht."

Es war Ellen. Mein Blick wanderte zu meiner Gastgeberin an dem wackligen Küchentisch, und ich fragte mich, wie ich das meiner Frau erklären sollte. „Ich bin gleich wieder da", entschuldigte ich mich bei Helen.

„Tru, wo steckst du?", fragte Ellen. In ihrer Stimme lag eine besondere Schärfe, und ich fragte mich, ob ich meine Chance mit Adrian wohl verpasst hätte.

„Alles in Ordnung mit ihm?"

„Ja, keine Veränderung. Aber wo steckst du?"

„Ich habe einen Spaziergang gemacht", erklärte ich, während ich durch einen Flur, vorbei an einem Badezimmer und in das winzige Wohnzimmer ging. Helen hatte recht. Da standen keine Fotos von Diana. Nur Nippes und Erinnerungsstücke und Kinkerlitzchen einer einsamen, trauernden alten Frau. „Was ist los?"

„Du hast einen *Spaziergang* gemacht?“ Sie sagte das, als hätte ich ihr erzählt, dass ich am Sonntag in ihrer Gemeinde predigen würde. „Tru, warst du bei ihm?“

„Ich habe deinen Pastor kennengelernt“, erklärte ich und hoffte, das würde ihre Entrüstung ersticken.

Eine Pause und ein Seufzer. „Tru, ich brauche dich“, sagte Ellen. „Zwei Männer waren bei uns zu Hause.“

„Was für Männer?“, fragte ich. Der Raum begann sich um mich zu drehen. Ich umklammerte das Telefon fester, doch es rutschte mir durch meine fettigen Finger.

„Zwei Männer haben nach dir gefragt. Sie drängten sich ins Haus und haben es durchsucht.“

Ich machte einige vorsichtige Schritte auf die Haustür zu. „Haben sie dir wehgetan?“

Sie antwortete nicht.

„Ellen, haben sie dich *verletzt*?“

Sie brach in Tränen aus, und ich schloss die Augen, stellte mir vor, was sie getan haben könnten. Nach dem Zwischenfall mit dem Wagenheber hätte ich wissen müssen, dass sie mir folgen würden. Dabei drängte sich mir die Frage auf, ob sie auch im Krankenhaus waren. *Adrian. Was ist mit Adrian?*

„Er hatte ein Messer“, berichtete sie mit zitternder Stimme.

Der arthritische Pudel hinkte in den Flur und blickte mich mit triefenden Augen an, während jedes Stückchen Stabilität unter mir ins Wanken geriet.

„Wo bist du?“, fragte sie.

„Ich arbeite an dem Buch, beschaffe mir etwas Hintergrundwissen. Ellen, was haben sie dir getan?“

„Mir geht es gut. Aber sie haben sehr deutlich gemacht, dass ich beim nächsten Mal nicht so glimpflich davonkomme. Wer sind diese Leute, Tru? Was hast du wieder angestellt?“

„Ich komme zum Krankenhaus. Wir treffen uns dort, dann erkläre ich dir alles. Mach dir keine Sorgen, es wird alles gut werden.“

„Nein, das wird es nicht“, schluchzte sie, und der Damm am anderen Ende brach. „Es wird *nicht* alles gut werden. Unser Sohn stirbt, Truman. Dein Sohn. Er sehnt sich nach dir, und du willst ihn nicht einmal besuchen. Abigail steckt in einer Krise, und ich halte mich nur noch mit Mühe aufrecht.“

Ich errötete, und selbst der Hund schien sich zu schämen, mich zu kennen. Solche Gefühle weckten in mir den Wunsch, am Strand entlangzulaufen, ins Wasser zu rennen und nicht mehr anzuhalten, bis meine Arme und Beine keine Kraft mehr hätten. Ein friedliches und ruhiges Ende. Nicht zu dramatisch. Nur ein langsames, bedeutungsloses Versinken in der Dunkelheit. Irgendwann würde meine Leiche angespült werden, die Versicherung würde zahlen, und meine Familie wäre endlich versorgt. Vielleicht würden mich ja auch die Haie fressen. Dann würde ich einen Beitrag zur Nahrungskette leisten.

„Es tut mir leid, Ellen“, sagte ich lahm. „Wir sehen uns im Krankenhaus.“

Ich klappte das Telefon zu und versuchte ihre Worte aus meinem Schädel zu verdrängen. Manchmal hilft es, sich einfach auf seine Aufgabe zu konzentrieren, darum schaute ich mich in dem Wohnzimmer um, an das ein kleines Schlafzimmer angrenzte. Ein weißes Bett mit weißer Überdecke und weißen Wänden und weißen Bücherregalen. Eine Bibel auf dem Nachttisch. Abgesehen von einer runden Vertiefung in der Mitte des Bettes wirkte alles unberührt. Der Pudel folgte mir ins Zimmer, sprang auf einen Hocker vor dem Bett und rollte sich in dieser Vertiefung zusammen. Er ließ seinen Kopf mit den traurigen Augen auf seine Pfoten sinken.

Auf dem Nachttisch lagen ein paar Klebezettel mit verblassten Notizen. Eine Quittung von einem Lieferanten des Salons. Ich wollte gerade die Schublade aufziehen, als der Boden hinter mir knackte.

„Ich möchte nicht, dass Sie ihre Sachen durchwühlen“, sagte Helen.

„Das wollte ich gar nicht“, log ich.

„Was ist los bei Ihnen?“

Ich deutete auf meine Wange. „Das Missverständnis ist bei mir zu Hause aufgetaucht. Ich muss zurück.“

Sie watschelte zur Tür, und ich folgte ihr. Der Hund auf dem Bett hob nicht einmal den Kopf. Auf dem Weg nach draußen nahm ich ein gerahmtes Foto von einem Regal an der Wand des Schlafzimmers, ein kleines von Diana und ihrer Mutter. Sie hatten ihre Köpfe einander zugewandt.

„Ist es in Ordnung, wenn ich mir das ausleihe, solange ich an der Story arbeite?“, fragte ich. „Das ist ein schönes Foto. Und in den Zeitungsartikeln ist es auch immer abgedruckt.“

„Aber bringen Sie es mir wieder zurück“, sagte sie und ging zur Küche zurück.

Ich folgte ihr und legte das Foto in die Tüte.

„Soll ich Ihnen die Reste einpacken?“

„Ich bin satt. Vielen Dank für das Essen. Vielleicht kann ich Ihnen später noch ein paar Fragen stellen? Um die Lücken auszufüllen.“

„Die Wahrheit hat die Angewohnheit, die Lücken selbst auszufüllen.“

# Kapitel 13

Auf dem Weg zurück zum Krankenhaus bereitete ich mich innerlich auf den Anruf vor, der sich nun nicht mehr vermeiden ließ. Das war mir klar. Ich stellte mir vor, wie Mickey Luchesi an seinem Mahagonischreibtisch saß und die nackten Füße in den flauschigen Teppich grub. In seinem Zimmer war es immer kalt wie in einem Kühlschrank. Sein persönlicher Küchenchef würde ihm Langusten servieren, mit einem Schälchen Buttersoße und einigen Flaschen Bier. Mickey würde den Langusten die Köpfe abdrehen und sich das würzige Fleisch schmecken lassen.

„Luchesi", meldete sich der Mann am anderen Ende.

„Mickey, hier spricht Truman Wiley." Ich sprach mit so viel Selbstbewusstsein, wie ich aufbringen konnte.

Seine Stimme wurde sanft. „Wie schön, von Ihnen zu hören. Wie ist das Wetter in Tallahassee?"

„Ich bin dabei, Ihr Geld zu beschaffen, aber Sie müssen Ihre Hunde zurückpfeifen."

„Nun, Truman, Sie arbeiten nun schon eine ganze Weile daran. Ich würde sagen, die Rückzahlung hat bei Ihnen nicht oberste Priorität gehabt. Die Frist ist abgelaufen. Wir hatten eine Vereinbarung."

„Die Vereinbarung lautete, dass Sie Ihr Geld bekommen. Aber ich brauche mehr Zeit."

„Habe ich mir Zeit gelassen, als ich Ihnen das Geld geliehen habe? Nein. Ich fordere dieselbe Höflichkeit von Ihnen. Ich bin Profi, und ich finde, auch Sie sollten sich an unsere Vereinbarung halten."

„Was Sie gerade tun, werden Sie noch bereuen", drohte ich.

„Ach, tatsächlich? Was habe ich denn getan?"

„Ich weiß, dass Sie diese Männer zu mir nach Hause geschickt haben."

Mickey hielt inne. Vermutlich fragte er sich, ob ich das Gespräch aufzeichnete. Ob ich wohl zur Polizei gegangen war. „Ich habe keine Ahnung, wovon Sie reden. Was ist passiert? Und was genau werde ich bereuen?"

Ich seufzte. „Ich habe hier eine schwierige Situation. Sie wissen ja, dass mein Sohn krank ist. Ich habe gerade ein Haus verloren-"

„Ja, das kleine Haus am Strand, das Sie vergessen hatten zu erwähnen. Wissen Sie, Truman, es fällt mir schwer, Mitgefühl für jemanden aufzubringen, der zwei Häuser besaß und ein Boot ..."

„Ich habe das Boot verkauft."

„Gut. Dann können Sie mit dem Geld ja Ihre Schulden bezahlen. Es sei denn, Sie haben es bereits für etwas anderes ausgegeben."

„Es ist fort. Aber ich werde Ihr Geld beschaffen. Ich brauche nur mehr Zeit."

Ich hörte ihn jetzt kauen. Er schmatzte. „Hmm. Sie haben jetzt schon zum zweiten Mal betont, dass Sie mehr Zeit brauchen. Aber da sind doch noch Wertgegenstände, die Sie zu Geld machen könnten. Das Auto, zum Beispiel."

Ein Rettungswagen fuhr vorbei, und ich musste warten, bis er weg war, ehe ich weitersprechen konnte. Mickey nutzte die Gelegenheit. „Ich hätte auch Ihr Auto oder das Boot genommen. Vielleicht hätte der Erlös von beidem einen großen Teil Ihrer Schulden abgedeckt."

„Sie sind ein Terrorist, wissen Sie das?", fragte ich. „Ein Terrorist mit schönen Schuhen und zu viel Kokain."

„Truman, warum so abwertend? Ich bin Ihnen immer mit dem größtmöglichen Respekt begegnet."

„Ich kann Ihnen Probleme machen, Mickey. Viel mehr, als diese Sache wert ist."

„Wenn das Reue sein soll, dann berührt sie mich nicht, das kann ich Ihnen versichern."

Ich knirschte mit den Zähnen, blieb stehen und wandte mich von der Straße ab. „Lassen Sie meine Frau aus dem Spiel. Sie hat nichts damit zu tun. Sie weiß nicht einmal etwas davon."

„Unwissenheit mag ein Segen sein, aber das schützt leider nicht vor den Konsequenzen. Sie hängt mit drin, ob Ihnen das nun gefällt oder nicht. Ich will niemanden verletzen ..."

Ich lachte zynisch. „Zu spät."

„Aber ich muss meine Geschäftsinteressen im Blick behalten."

„Meine Schulden bei Ihnen sind doch nur Peanuts."

„Es geht nicht um den Betrag, Truman, sondern ums Prinzip. Ein im Fokus der Öffentlichkeit stehender Mann wie Sie, der sich einfach davonstehlen darf? Was würden meine anderen Klienten denken? Das ist nicht gut fürs Geschäft. Nein, Sie und ich, wir haben eine Abmachung, und ich erwarte, dass Sie sie erfüllen."

„Ich habe genügend Informationen, um Sie wegzupusten. Ich habe immer noch Kontakte zum Büro des Bezirksstaatsanwalts."

„Nun, willkommen im Club. Wen kennen Sie? Vermutlich bin ich auch mit ihm befreundet."

Ich antwortete nicht.

„Sie drücken sich ziemlich vage aus." Er senkte die Stimme. „Sie können denen nichts verraten, was sie nicht bereits wissen. Einige von ihnen gehören zu meinen Klienten."

„Zum Beispiel der Gouverneur meines Staates?", fragte ich aufs Geratewohl, in der Hoffnung, dass da etwas dran sein könnte. „Ich weiß alles."

Mickey lachte aus voller Kehle. „Damit haben Sie sich also beschäftigt? Sie haben Informationen über Ihre politischen

Freunde gesammelt? Das ist wirklich gut. Der journalistische Bluthund hat die Witterung aufgenommen. Nur zu, schnüffeln Sie weiter. Sie werden nichts finden, leider."

Ich knirschte erneut mit den Zähnen. „Rufen Sie Ihre Schläger zurück. Ich beschaffe das Geld. Aber wenn Sie meine Frau auch nur von der anderen Straßenseite her ansehen, wird das ganze Ding platzen. Ich gehe zur Bundesbehörde und erzähle alles. Dann können Sie Ihre Geschäfte von Angola aus führen."

Mickey hielt inne. „Dreißig Tage. Und das ist endgültig, Truman."

„Dreißig Tage reichen mir."

Das Telefon klickte, und ich war allein mit meinen Gedanken, als das Krankenhaus in Sicht kam.

# Kapitel 14

Luchesis Worte hatten etwas in mir ausgelöst. Er hatte recht. Ich hatte meine Auszeit nicht in Selbstgeißelung und Selbstmitleid verbracht. Es ist nicht meine Art, in Verzweiflung zu versinken; wenn ich am Boden liege, rapple ich mich wieder auf. Ich hatte die Zeit genutzt, um Druckmittel zu suchen. Meine Stärke ist es, Informationen zusammenzutragen, die andere gern unter dem Teppich halten wollen. Darum bin ich so gut in dem, was ich tue. Mein Problem ist, dass es mir nicht gelingt, das für mein eigenes Leben zu nutzen. Mein Denken drehte sich allein um die Schulden, die ich bei Mickey hatte, und ich ignorierte den gigantischen Verlust an Beziehungen.

*Eins nach dem anderen*, sagte ich mir. *Erst einen Bereich meines Lebens aufräumen, bevor ich mich dem nächsten zuwende.*

Die Begegnung im Krankenhaus verlief nicht gut. Ich hatte gehofft, das Gespräch würde von dieser schnulzigen christlichen Liebe bestimmt werden. Sanftheit, Demut und Sorge. Aber ich zog das Pik-Ass der harten Liebe. Eine zutiefst verärgerte Frau hatte ihre Krallen ausgefahren. Seit unserer letzten Begegnung hatte sie sie noch zusätzlich geschärft. Und wie hätte ich ihr das verübeln können? Mir wurde Herzlosigkeit vorgeworfen. Lieblosigkeit. Ich sei erbärmlich und würde mich mehr um mich selbst kümmern als um jeden anderen Menschen auf dem Planeten.

„Wie kannst du nur mit dir leben?", fragte Ellen. „Wie kannst du deinem einzigen Sohn so nah sein und dann einfach weggehen, ohne ihn zu sehen?"

Ich machte den Fehler, sie darauf hinzuweisen, dass sie diejenige gewesen sei, die mich zu dem Conley-Buch überredet hatte. Die Krallen wurden noch schärfer.

„Es war ein Fehler, dich zu heiraten“, wütete sie.

Natürlich. Dort in der Lobby des Krankenhauses stimmte ich ihr von ganzem Herzen zu. Alle, die in der Nähe standen, taten so, als interessierten sie sich nur für ihre Zeitschriften, aber ich merkte, dass sie aufmerksam zuhörten und Ellen innerlich anfeuerten. Als ein Sicherheitsbeamter uns fragte, ob wir unseren Streit nicht draußen weiterführen könnten, bemerkte ich bei unseren Zuhörern einen Hauch von Enttäuschung, weil sie nun nicht mitbekommen würden, wie die Sache ausging.

Sie warf die Wagenschlüssel nach mir. „Ich gehe wieder hoch zu ihm“, sagte sie.

„Ich komme mit“, bot ich halbherzig an, mit einem gewissen Maß an Schuldgefühlen, gemischt mit Hoffnung, Erwartung und Furcht. Eine giftige Suppe innerer Angst.

Sie schüttelte den Kopf und marschierte zu den Aufzügen. Ich hob die Schlüssel auf und folgte ihr, doch ich wurde von dem Sicherheitsbeamten aufgehalten. Milde ausgedrückt. Es war eher so, dass er mir den Weg versperrte.

„Regen Sie sich doch erst ein wenig ab“, schlug der Mann vor. „Das war eine ziemlich hitzige Auseinandersetzung.“

Ich lächelte. „Sie ist aufgebracht, weil ich nicht für meinen Sohn da gewesen bin. Oder für sie. Er liegt im Sterben. Und ich muss zu ihm.“

Ein Funkgerät am Tresen erwachte zum Leben, und er hob beide Hände, als würde er eingestehen, dass er nicht in der Lage war, mich aufzuhalten. „In welchem Zimmer liegt Ihr Sohn?“

Ich erinnerte mich nur an das Stockwerk und nannte es ihm.

„Herzprobleme?“, fragte er.

Ich nickte und ging zum Aufzug. *Ja, wir beide haben ein Herzproblem. In gewisser Weise haben wir das alle,* dachte ich. In leeren Aufzügen werde ich immer melancholisch. Wenn ich hochfahre, bekomme ich ein Gefühl dafür, wie weit der Weg noch ist, den ich vor mir habe.

Als ich Ellen in Tränen aufgelöst im Schwesternzimmer vorfand, wäre ich am liebsten sofort wieder in diesen Aufzug gestiegen und geflohen. Aber ich kämpfte gegen diesen Impuls an mit allem, was in mir war, und ging mit meiner Papiertüte an ihnen vorbei. In entschlossener Ziellosigkeit schlenderte ich durch den hell erleuchteten Korridor, spähte in die Zimmer, suchte nach meinem Sohn. Ältere Männer mit Schläuchen in der Nase, an Infusionsgeräte angeschlossen, in den Augen spiegelten sich die flackernden Bilder der Flachbildschirm-Fernsehgeräte. Abgewandte Augen. Flüchtige Blicke von erschöpften Angehörigen, die dringend eine Dusche brauchten und drei Tage Schlaf.

Erst am Ende des Flurs fielen mir schließlich die kleinen Plastikschilder neben den Zimmertüren ins Auge, auf denen der Name des Patienten vermerkt war. Eine weitere scharfe Beobachtung von einem herausragenden Reporter. Zwei Türen von der Treppe entfernt las ich *A. Wiley*.

Ich drehte mich um, weil ich das Gefühl hatte, Ellen könnte hinter mir stehen, mit verschränkten Armen, hochfahrenden Hoffnungen, aber das war nicht so. Hinter mir war nur der leere Flur.

Ich ging bis zum Treppenhaus, um zu sehen, ob die Tür offen war, falls ich flüchten müsste. Manchmal braucht man einfach einen Fluchtweg.

Adrians Zimmer war sozusagen eine Art Felsvorsprung. Mir war bewusst, dass dies meine letzte Chance war. Diese Gelegenheit würde ich nie wieder bekommen.

Ich nahm mir einen Augenblick Zeit, um mich innerlich vorzubereiten. Das Fernsehgerät lief, und ich hörte die

Stimmen der Kommentatoren, an deren Lautstärke man erkennen konnte, ob die Spieler plötzlich in Aktion traten.

Ich schloss die Augen, legte eine Hand an die Tür, und auf einmal war alles wieder da. Die Nächte im Krankenhaus, in denen wir nicht wussten, ob Adrian am nächsten Tag in der Leichenhalle liegen oder auf dem Spielplatz herumtoben würde. Die Distanz, die die Krankheit eines Kindes zwischen den Eltern entstehen ließ. Die Isolation des Elternteils, das die Hauptlast trug. Die Schuldgefühle, die der Ernährer empfindet, derjenige, der sein Leben aus Notwendigkeit oder Verpflichtung oder Unfähigkeit, sich der Realität zu stellen, weiterlebt wie zuvor. In jener Zeit entstanden hohe Mauern, willkürliche Gebäude, die mit jedem neuen Tag, den Adrian überlebte, höher wurden.

Mit einem letzten Aufbäumen an Willenskraft stieß ich die Tür auf und fand ein leeres Bett mit Ellens Tasche neben den zerwühlten Kissen und Decken vor. Der Vorhang war auf einer Seite zugezogen, und das vertraute Piepen des Herzmonitors mischte sich mit dem Jubel einer Menschenmenge.

„Der letzte Teil des neunten und letzten Innings, Mom; du solltest dich besser beeilen."

Seine Stimme war tiefer geworden. Eine gutturale, raue Tiefe, die auf Hormone zurückzuführen sein könnte oder eine Folge all dieser Schläuche und Beatmungsgeräte war. Seine Füße schauten unter der Decke hervor, knochig und bleich. Wie die Füße eines Skeletts im Biologieraum. Ich fragte mich, wie wohl sein Gesicht aussah. Hatte er seine Grübchen noch?

„Hat er sich gemeldet?", fuhr Adrian fort.

Die Cubs spielten gegen die Bewers, vermutlich ein Spiel, das am Ende der Saison keine Bedeutung mehr hatte, aber für den Tabellenstand wichtig war. Das war zumindest meine professionelle Meinung. Ich schob den Vorhang ein wenig zur Seite und steckte meinen Kopf hinein, als wäre ich ein Zauberer, der seinen eigenen Kopf aus dem Hut zieht.

„Dad!“, sagte Adrian, und sein Gesicht leuchtete auf.

Ich war verblüfft, dass seine dichte, lockige Haarmähne, sein Markenzeichen, verschwunden war. Der Löwe war bis auf den Skalp rasiert. Seine Augen waren eingesunken und von dunklen Ringen umrahmt. Mühsam setzte er sich auf und fingerte an der Fernbedienung herum, um den Ton abzuschalten. Er strahlte über das ganze Gesicht. Wie gern hätte ich ihm ein paar überflüssige Pfunde abgegeben. Aber ich hatte selbst keine. Der Stress der vergangenen Monate hatte bei mir seine Spuren hinterlassen. Ich strotzte nicht gerade vor Gesundheit. Anrufe von Gläubigern, die Kündigung des Kredits und die Pfändung des Hauses, die Rechnungen für Adrians Krankenhausaufenthalte – das war eine wirksame Maßnahme gegen Übergewicht. Nicht, dass ich das weiterempfehlen würde.

Trotz des ausgezehrten Blicks war das alte Adrian-Licht noch da. Irgendwo in seinen Augen leuchtete es. Das war einer der Gründe, warum es mir so schwer fiel, ihn anzuschauen. So krank er auch war, so krank er immer gewesen war, in ihm brannte eine Flamme, die sich nicht unterdrücken ließ, ein Lichtschein, der nicht zum Verlöschen gebracht werden konnte. Zumindest noch nicht.

„Wie geht es dir, Tiger?“

„Schon besser. Mom sagte, dass du in der Stadt bist.“

Ich wusste nicht, ob ich ihm die Hand schütteln, ihn umarmen oder Distanz halten sollte. Er streckte seine Arme aus und zog mich fest in die Umarmung eines verzweifelten Sohnes. Mehrmals klopfte er mir auf den Rücken und wollte mich gar nicht loslassen.

„Hab dich vermisst, Dad“, flüsterte er.

„Ich hab dich auch vermisst.“

Als ich mich wieder erhob und ihm in die Augen schaute, merkte ich, dass sein Blick an meiner Wange hängen blieb. „Das hast du aber nicht aus Afghanistan mitgebracht, oder?“

„Nein, nicht so weit entfernt. Deine Mutter hat einen bösen rechten Haken."

Er lächelte und senkte den Blick. „Ich mag deine neue Aktentasche. Stylish."

„Und umweltfreundlich. Weniger Bäume und Tiere werden getötet, wenn man seine wichtigen Unterlagen in einer Papiertüte mit sich herumträgt."

Seine Zähne hatten gelitten, und er war so schmal geworden. Man sieht es immer an den Zähnen. In Afrika, Asien, dem Mittleren Osten, den Appalachen – die Zähne leiden zuerst. Es hat schon seinen Grund, warum man einem Gaul zuerst ins Maul schaut.

Ich zog mir einen Stuhl vom Fußende des Bettes an seine Seite, von wo aus ich das Spiel sehen konnte. Warum hatte ich so lange gebraucht, um herzukommen? Es war doch gar nicht so schlimm.

„Schön, dass du ein Zimmer für dich allein hast", sagte ich.

„Als ich neulich abends eingeliefert wurde, lag noch ein älterer Mann hier, aber er hat es nicht geschafft."

„Das tut mir leid."

„Seine Familie war sehr nett. Und er hatte eine süße Enkelin."

„Das ist mein Junge. Immer die Damenwelt im Visier."

Er schnaubte. „Hast du so Moms Aufmerksamkeit auf dich gelenkt?"

„Nein. Man muss schon ein Herz besitzen, damit es krank werden kann."

Wir konzentrierten uns auf das Spiel und sahen zu, wie es in zusätzliche Innings rutschte, wo ein Irrtum, ein verpasster Ball, ein wilder Schlag zum Siegeslauf führen kann. Die Zukunft hängt oft an Kleinigkeiten.

Ich starrte die Maschinen an, die um Adrians Bett herumstanden, und erinnerte mich daran, wie riesengroß sie gewirkt hatten, als er noch klein war. Damals war er ein Knirps in einem Winnie-Puh-Schlafanzug in einem Meer von Kabeln und Schläuchen. Es mussten zusätzliche Steckdosen gebracht werden, damit alle Überwachungsgeräte angeschlossen werden konnten. Jetzt stimmten wenigstens die Proportionen.

„Du hast also von Mr Conley gehört und davon, was er für mich tun möchte?", sagte Adrian.

„Ja."

„Und du wirst seine Geschichte schreiben?"

„Ich werde es versuchen. Jedenfalls habe ich alle Informationen des Universums über ihn zusammengetragen."

„Ist irgendwie traurig, wenn man daran denkt, dass ein anderer sein Leben verlieren muss, damit meines erhalten bleibt", sagte er. „Was denkst du, wie stehen die Chancen? Ich meine, dass es tatsächlich dazu kommt?"

Ich wusste, er suchte nach etwas Greifbarem. Aber ich fühlte mich nicht kompetent genug, ihm diese Frage zu beantworten. „Das ist schwer zu sagen. Der Gouverneur und der Rechtsausschuss haben das zu entscheiden. Und dann sind da die religiösen Fanatiker, die wollen, dass Conley stirbt, und die, die wollen, dass sein Urteil in ein „Lebenslänglich" umgewandelt wird. Wenn die sich ruhig verhalten und die Behörden keinen Staub aufwirbeln, dann stehen deine Chancen gut."

Adrian achtete nicht mehr auf das Spiel, und ich spürte, dass das nicht die Antwort gewesen war, die er sich gewünscht hatte.

Ich legte die Hand auf seine Schulter und beugte mich zu ihm herüber. „Viele Leute sind für dich tätig, Großer. Halte durch."

Er wandte sich ab.

„Habe ich etwas Falsches gesagt?"

„Nein, du hast Mundgeruch."

Wir lachten beide. Eine Schwester kam herein und zog den Vorhang zurück. Sie starrte mich mit dem schnellen Blick eines Menschen an, der zu viel weiß und versucht, sich das nicht anmerken zu lassen. Er brauchte seine Medikamente und sie musste ihn versorgen und bat mich, im Flur zu warten.

„Ach, bitte, das sind doch Zusatzinnings“, wandte Adrian scherzhaft ein.

„Gehorch den Schwestern“, ermahnte ich ihn. „Das steht irgendwo in den Zehn Geboten.“

„Du kommst doch wieder, oder?“, fragte Adrian.

„Keine zehn wilden Pferde könnten mich fortschleifen.“

Ich verließ das Zimmer und sah mich plötzlich mit den feuchten Augen eines Wildpferds konfrontiert. Denen meiner Frau. „Wie lief es?“, fragte sie.

„Prima. Er sieht gut aus. Besser, als ich erwartet habe.“

Ihre Blicke durchbohrten mich. „Du weißt, dass es so schlimm ist wie nie zuvor. Er hat nicht mehr viel Zeit.“

„Was ist los?“ Das ist eine meiner besten journalistischen Fragen.

„Es gibt Probleme mit dem Gouverneur. Er möchte sich mit einem von uns treffen.“

„Also gut, ich prophezeie dir, dass er enttäuscht sein wird, wenn *ich* hingehe.“

„Tru, dies ist nicht der richtige Zeitpunkt für kleinkarierte Eifersucht.“

„Du hast recht; ich sollte mich für offene Eifersucht entscheiden, ohne Wenn und Aber.“

„Kannst du nicht einmal ernst sein?“

„Ich sage nur, dass er angesichts der anstehenden Entscheidung eher auf dich hören wird als auf mich.“

„Wir können nicht beide gehen, und dies könnte für dich die einzige Gelegenheit sein, mit dem Gouverneur zu sprechen. Du brauchst das für das Buch.“

„Worüber will er reden?“

„Er wird das so oder so politisch für sich nutzen. Ich glaube, er möchte wissen, was wir ihm nach der Operation an Unterstützung anbieten können.“

„Was wir ihm *anbieten* können? Du meinst, für seinen Wahlkampf? Als ob er uns bräuchte! Mich interessiert überhaupt nicht, ob er für das Weiße Haus kandidiert oder nicht. Nein – offen gesagt, ich bin der Meinung, dass das das Schlimmste wäre, was dem Land zustoßen könnte, seit ... ich weiß nicht, dem Hurrikan Katrina?“

„Sprich nicht so laut.“ Sie lehnte sich mit der Schulter an die Wand. Ihre Haare waren zerzaust, die Augen blutunterlaufen; sie trug kein Make-up, und ihre Kleider waren zerknittert. Trotzdem war sie das hübscheste Wesen des Planeten.

„Er möchte dich morgen früh sprechen, früh früh. Du solltest also noch mal zum Haus fahren, etwas schlafen und dich umziehen.“

„Du fährst nach Hause. Ich werde heute Nacht hier bleiben und die Zeit mit Adrian nachholen. Im Ernst. Mir wäre es lieber, wenn du dich mit ... Gouverneur Townsend treffen würdest.“ Sie glauben gar nicht, wie schwer es mir fiel, diesen Namen anders als voll tiefster Verachtung auszusprechen. Am liebsten hätte ich gesagt: „Diesem Mistkerl auf dem Chefsessel.“

„Du musst hingehen“, beharrte sie.

Dies war ein Lied, das nicht so bald zu Ende gehen würde, und wir hätten noch länger darüber diskutiert, wenn nicht die Schwester aus dem Zimmer gestürmt wäre. Sie blickte Ellen an und sagte hektisch: „Er hat eine allergische Reaktion.“

Ellen eilte ins Zimmer, und ich folgte ihr. Sie stieß mich wieder nach draußen, und ich stand hilflos im Flur. Mein erster Gedanke war: *Murrow*. Doch dann fiel mir Helens Katze ein. Vermutlich war ein Haar an meiner Kleidung hängen geblieben, und Adrian hatte mich umarmt. Ich sah die Schlagzeile schon vor mir. „Achtzehnjähriger endlich wieder mit Vater vereint und stirbt an allergischer Reaktion.“

Mein Leben ist angefüllt mit solchen Gedanken, bevölkert mit Ideen, Wahlmöglichkeiten und Entscheidungen. Hätte ich hier oder da anders entschieden, würde ich vielleicht nicht allein stehen. Vielleicht war auch Gott dafür verantwortlich. Vielleicht bestrafte er uns dafür, dass wir vor der Ehe Kinder bekommen hatten. Vielleicht hatte er die Sünden meiner Jugend am Sohn meiner Jugend gesühnt. Das würde zu Gott passen, einen Unschuldigen für die Sünden eines anderen leiden zu lassen.

Nein, das war verdreht. Wir schieben Gott für viel zu vieles die Schuld in die Schuhe. Menschen werden nun mal krank und sterben. Sie leiden an Allergien. Gott ist nicht für alles die Erklärung. Das Beste, was wir uns im Leben erhoffen können, ist nicht ein göttliches Eingreifen, positiv oder negativ, sondern dass wir Menschen die Realität anerkennen. Sie so akzeptieren, wie sie ist, und uns damit abfinden.

Während ich vor der Tür stand und miterlebte, wie eine weitere Schwester und ein Arzt mit einem Stethoskop in Adrians Zimmer eilten, verfestigte sich meine Philosophie. Man schafft sich seine eigenen Brüche. Vertraue niemals dem Glück oder Gott. Nichts kann harte Arbeit und die tägliche Suche nach dem Glück ersetzen, die Spur des Lebens, in der du dich abmühst und dein Bestes gibst. Alles andere ist Wunschdenken, und die Welt frisst Wunschdenker auf wie wilde Tiere ihre Jungen. Du musst weitergehen, einen Schritt nach dem anderen, und dich von deinem eigenen Schwung tragen lassen. Nennen Sie es Erlösung, Errettung oder einfach nur menschliche Trägheit, Sie müssen sich fortbewegen.

Und das tat ich.

Zur Hintertreppe, ein Schritt nach dem anderen, den ganzen Weg bis zum Parkhaus und dem Auto ohne Seitenscheibe. Tränen stachen mir in die Augen, aber ich ließ mich dadurch nicht aufhalten. Zu Hause sank ich in Ellens Bett und quälte mich mit meinen Schuldgefühlen herum, weil ich ihren Duft auf den Kissen roch und mich daran erinnerte, wie es früher gewesen war, bevor die Kriege unseres Lebens über uns hereinbrachen.

Dieser Gedanke führt zu einem Traum oder vielleicht auch einer Erinnerung. Er half mir beim Einschlafen und vertrieb die Bilder von Männern mit Kapuzen und Wagenhebern und einem hohläugigen Jungen, der an Schläuche und Herzmonitore angeschlossen war. Überkochende Hormone zu Collegezeiten, junge Haut entblößt, wallendes Blut und zwei Herzen im selben Rhythmus. Lachen und Leidenschaft und geflüsterte Worte. Reine Liebe, gepaart mit wilder Hingabe, die, ohne Rücksicht auf die Konsequenzen, von ihren Trieben und Gefühlen getragen auf den Höhepunkt zusteuerten wie eine Welle zum Strand.

# Kapitel 15

*27 Tage vor der Hinrichtung*

Mein Handy riss mich aus dem Schlaf. Mit steifen Gliedern wankte ich herum und suchte danach. Dabei fiel mir auf, dass die Geburtstagskarte, die ich Ellen vor ein paar Jahren geschenkt hatte, in der Ecke des Spiegels klebte. Interessant. Ellen hatte mir in der Nacht eine Nachricht geschickt: *Er ist in Ordnung*. Mehr nicht.

„Hier spricht Truman", meldete ich mich. Meine Stimme verriet mich. Sie war verschlafen und bewölkt wie der Himmel Floridas.

Es war ein Mitarbeiter aus dem Büro des Gouverneurs, der meinen Termin für 8:30 Uhr im Haus des Gouverneurs bestätigte. Reginald irgendwas ratterte in abgehackten Sätzen den Terminplan des Gouverneurs herunter. Jede Minute zählte. Ich schaute auf meinem Telefon nach, wie viel Uhr es war, und stellte mit Entsetzen fest, dass es bereits 7:55 Uhr war. Für den Weg würde ich gut 45 Minuten brauchen, und ich hatte mir noch nicht einmal die Zähne geputzt.

„Halb neun, ja, danke, ich werde da sein", versprach ich.

Ein Mensch mit einem Funken Stolz hätte zumindest geduscht und sich rasiert und sich anständige Kleidung angezogen. Ich schnappte mir eine Sonnenbrille und Adrians Baseballkappe und stellte mir vor, dass ich den guten Gouverneur damit bestimmt auf die Palme brachte. Je näher ich dem Termin kam, desto besser fühlte ich mich in Bezug auf mein Aussehen. Ich freute mich schon richtig darauf, ihm die

Wunde auf meiner Wange und meine haarigen Beine zu präsentieren.

Ungeachtet des Regens, der durch die Plastikplane des Seitenfensters drang, schaffte ich es in Rekordzeit. Trotzdem war ich ein paar Minuten zu spät. Townsend warten zu lassen vermittelte mir ein Gefühl der Überlegenheit. Etwas, das ich schon vor langer Zeit verloren hatte.

Der Eingang war mit Zementpollern gesichert, aber bisher hatten sich noch keine Terroristen für Tallahassee interessiert. Ein Wachtposten trat auf den Wagen zu und warf einen besorgten Blick auf meine Wange und die fehlende Seitenscheibe. Doch er fand meinen Namen auf der Gästeliste und erklärte mir missmutig und kurz angebunden, wo ich den Wagen abstellen sollte.

An der Tür wurde ich von einem tadellos gekleideten Assistenten empfangen, der bedeutungsvoll auf seine Uhr blickte und mein durchnässtes Hemd und meine Shorts musterte. Er reichte mir eine Karte, auf der stand: *Reginald Gentry, Assistent des Gouverneurs.*

„Sie sind zu spät, Mr Wiley."

*Wenn du nicht angerufen hättest, wäre ich gar nicht hier.* „Der Verkehr war mörderisch", log ich.

Er führte mich durch die geschmackvoll eingerichtete Halle und warf erneut einen Blick auf seine Uhr. „Der Zeitplan des Gouverneurs ist eng getaktet."

„Ja, meiner auch."

Er führte mich in ein Speisezimmer, das mit seinem grünpflanzenbewehrten Atrium wie ein Café im Regenwald anmutete. „Er nimmt gerade einen wichtigen Anruf entgegen, aber er sagte, er würde sich in Kürze zu einem leichten Frühstück zu Ihnen gesellen. Bitte nehmen Sie Platz und bedienen Sie sich."

Reginald winkte einen Angestellten herbei, der sofort die silbernen Servierplatten aufdeckte, auf denen sich genug Essen für ein ganzes Dorf türmte. Ich arbeitete mich durch und lud mir mit Hilfe der Silberzangen Speck und Würstchen auf den Teller, darüber Eier und ein Brötchen. Der Kellner goss mir Orangensaft ein, der so dickflüssig war, dass er buchstäblich in das Glas rollte. Sein Lächeln war aufrichtig, nicht so, als würde er dafür bezahlt.

Ich hatte gerade von meinem Brötchen abgebissen, und ein Teil davon klebte an meinem Gaumen fest, als eine Frau den Raum betrat. Sie begrüßte den Kellner mit seinem Vornamen und lächelte wehmütig. Ich empfand sofort den Drang, mich zu erheben, als hätte ein Mitglied des Königshauses den Raum betreten. Sie hatte kurze, kastanienbraune Haare und ein freundliches Gesicht, genauso makellos zurechtgemacht wie die Tische im Raum. Ihre Zähne waren sehr weiß. Sie trug ein eng sitzendes Kleid, das bis zum Knie ging, und selbst ein beiläufiger Blick von einem desinteressierten Beobachter hätte besagt, dass dies keine gewöhnliche Frau war. Die Art, wie sie ging, ihre Haltung, alles wies sie als Frau von Rang aus.

Ich nahm meine Sonnenbrille ab und erhob mich, um ihr die Hand zu reichen. Dann erinnerte ich mich an das klebrige Brötchen, darum tauchte ich verstohlen meine Finger in ein Glas Wasser und wischte sie ab.

„Mrs Townsend, ich bin Truman Wiley. Es ist mir ein Vergnügen, Sie kennenzulernen."

„Ich weiß, wer Sie sind", erwiderte die Frau mit perlender Stimme. Sie schüttelte mir fest die Hand und forderte mich auf, mein Frühstück fortzusetzen. „Ich bin nur gekommen, um mir meinen Zimt-Rosinen-Bagel zu holen. Ohne kann ich den Tag nicht beginnen."

Sie drehte sich um. Der Kellner hatte den Teller bereits vorbereitet. „Hat mein Mann Sie hier ganz allein gelassen?", fragte sie.

„Meine Schuld. Ich bin zu spät."

„Unsinn, er hätte Sie an der Tür empfangen sollen."

„Ich glaube, er führt gerade ein wichtiges Telefonat."

Sie verdrehte die Augen. „Vermutlich stellt er eine Golfpartie zusammen. Noch so eine Ausgabe für den Wahlkampf." Sie biss in ihren Bagel und schloss genussvoll die Augen. „Aber das behalten Sie bitte für sich. Es ist streng vertraulich."

Ich lachte. „Wenn ich einen Job hätte, wäre das die Nachricht des Tages."

Ihr Gesicht verdüsterte sich. „Ja, ich habe davon gehört. Dumme Sache. Ich bin erstaunt, dass Sie nicht bereits von einem anderen Sender verpflichtet wurden." Sie zog sich einen Stuhl heran und nahm Platz. „Ich habe auch das mit Ihrem Sohn gehört. Das tut mir so leid. Sie und Ihre Frau haben so viel durchgemacht. Wie geht es ihm?"

Jennifer Townsend war bekannt für ihre Wohltätigkeitsarbeit für Kinder, die an den unterschiedlichsten Krankheiten litten. Aber sie kümmerte sich auch um diabetische Delfine und Möwen mit ADHS. Ihr aufrichtiges Interesse rührte mich.

„Es geht auf und ab."

„Und es besteht keine Hoffnung, dass es auch ohne Transplantation wieder wird?"

„Entweder Transplantation oder göttliches Eingreifen, aber mit Letzterem rechne ich nicht mehr wirklich."

Sie nickte. „Also, ich weiß, dass mein Mann dieser Angelegenheit oberste Priorität einräumt. Ich nehme an, dass Sie heute darüber sprechen werden."

„Darüber und über Conley."

Sie schüttelte den Kopf und starrte den Bagel an. Tief in Gedanken versunken. Vielleicht sah sie in der Anordnung der Rosinen aber auch das Gesicht von Elvis. Schließlich sagte sie: „Es ist schwer zu begreifen, dass Menschen zuerst so viel Schmerz und Leid verursachen und dann büßen wollen."

„Sie meinen Conley?"

Sie nickte. „Vermutlich ist es nur logisch, dass man sich wünscht, am Ende seines Lebens noch etwas Gutes bewirken zu können. Warum nicht einem anderen helfen, wenn einem das Leben sowieso genommen wird? Vielleicht denkt er, das würde ihn in den Himmel bringen."

„Sie denken, ein Mörder hätte die Chance, in den Himmel zu kommen?"

Sie zuckte die Achseln. „Ich möchte nicht über Menschen richten. Das überlasse ich lieber Gott oder den Gerichten. Aber er scheint sich zum Besseren verändert zu haben."

„Woher wissen Sie von ihm?"

„Mein Mann bekommt immer die Berichte, die Anträge auf Aufschub, all das. Außerdem greifen die Zeitungen und das Fernsehen den Fall gern noch einmal auf, wenn eine Hinrichtung ansteht."

„Ich schreibe ein Buch über ihn."

Sie blickte mich an und schien aufrichtig verblüfft. „Ein Buch?"

„Seine Frau möchte, dass ich seine Geschichte erzähle. Was er früher erlebt hat, seine schlechten Entscheidungen, der Mord – und dann der Augenblick seiner Bekehrung."

„Ich hoffe, er legt bei Ihnen ein Geständnis ab."

„Ich habe ihn noch nicht getroffen, aber seine Frau schwört immer noch, dass er unschuldig ist."

„Sind nicht alle in der Todeszelle unschuldig?" Sie biss in Elvis' Stirn. „Das wäre eine letzte Beleidigung des Andenkens dieses armen Mädchens. Dass er versucht, sich als eine Art Märtyrer darzustellen. Wie können Sie so etwas schreiben?"

„Ich werde nur seine Geschichte erzählen. Ich bin der Stift, den er nicht hat." Ich konnte kaum glauben, dass diese Worte gerade über meine Lippen gekommen waren. Sie klangen so unfassbar klischeehaft.

„Empfinden Sie denn kein Mitgefühl für die Mutter dieses Mädchens?" Ihr Tonfall veränderte sich, sie legte die Stirn in Falten, und ihre blauen Augen blitzten.

Ich biss von meinem Brötchen ab und verschaffte mir damit etwas Zeit, um mir eine gute Antwort zu überlegen. In der

Zwischenzeit erging es dem Zimt-Rosinen-Bagel nicht sehr gut. Sie pflückte Elvis' rechtes Auge ab und legte es auf ihren Teller. Eine seltsame Art, einen Bagel zu essen, aber vielleicht gelang es ihr so, ihre Figur zu halten.

„Haben Sie schon mal mit der Mutter gesprochen?", fragte ich. „Ich habe sie gestern besucht, und sie empfindet es genau so. Als wäre es eine Sünde, seine Geschichte aufzuschreiben."

„Sie sind anderer Meinung."

„Wie Sie schon sagten, es ist nicht unsere Aufgabe zu richten. Denken Sie doch an die Sprecher, die Ihr Mann für seine Wahlkampfsendungen engagiert. Sind die denn tatsächlich der Meinung, der politische Gegner Ihres Mannes sei ein Dämon in Menschengestalt und Ihr Mann sei rein wie der Schnee? Sie lesen einfach den Text ab, der ihnen vorgelegt wird."

„Wollen Sie meinen Mann etwa mit Terrell Conley vergleichen?"

Allerdings, das wollte ich. „Natürlich nicht. Ich sage nur, dass jeder das Recht hat, gehört zu werden, vor allem wenn sein Leben in dreißig Tagen zu Ende sein wird."

„In siebenundzwanzig." Ihr Blick wanderte von meiner Wange zu meinem Teller und zu den Überresten von Elvis' Koteletten. „Sie wollen also diese Geschichte schreiben, aber das Leben Ihres Sohnes hängt davon ab, dass er das Herz dieses Mannes bekommt."

Bevor ich mir auch nur eine Antwort überlegen konnte, kündigten Stimmen im Flur die Ankunft Seiner Königlichen Hoheit an. Jennifers Haltung veränderte sich beim Klang der Schritte in den teuren Lederschuhen.

„Passen Sie nur auf, Mr Wiley, dass Sie beim Schreiben nicht Ihre Seele verlieren", warnte sie mich, als ihr Mann den Raum betrat.

Ihre Worte weckten eine gewisse Furcht in mir. Wer braucht schon eine Schreibblockade, wenn er solche Leute kennt?

Sie erhob sich, um ihren Mann zu begrüßen. Townsends Gesicht leuchtete auf eine kalkulierte Art auf. Er nahm das Telefon vom Ohr, umarmte sie und gab ihr einen dieser Wangenküsse, die bei den wichtigen Weicheiern so beliebt waren. Eine vorgetäuschte Zuneigung, die früher vielleicht einmal existiert hatte. Da ich Townsends Vergangenheit und die hinter vorgehaltener Hand erzählten Geschichten aus unserer Collegezeit kannte, hätte ich gewettet, dass ihre Beziehung bestenfalls brüchig war.

„Jennifer, guten Morgen, Liebling."

Mir kamen beinahe die Eier wieder hoch, und nur mit Mühe gelang es mir, sie in meinem Magen zu behalten.

Dem Aussehen nach erinnerte Gouverneur Townsend an ein Foto im Wörterbuch neben dem Eintrag *idealer Kandidat*. Pechschwarze Haare, aus strategischen Gründen an den Schläfen leicht ergraut, gebräunter Teint, aber nicht so stark, dass die Angst vor Hautkrebs geweckt wurde, Zähne, die genauso strahlten wie die seiner Frau, eine Figur, die sich seit der Collegezeit nicht verändert zu haben schien – nur dass sein Brustkorb breiter und sein Bizeps ausgeprägter geworden waren.

Townsend war schon damals für seine unerschütterlich positive Haltung bekannt gewesen. Es gab ihm zufolge immer etwas zu lernen, aus jeder katastrophalen Niederlage etwas mitzunehmen, einen Silberstreif hinter jeder dunklen Wolke am Sporthimmel zu entdecken. Nicht, dass er jemals so etwas erlebt hätte – Siegen gehörte zu Townsend wie sein Name.

Als ich ihn am allerersten Tag im College kennenlernte, verkündete er bereits, er sei der zukünftige Gouverneur von Florida. Und jetzt wollte er die nächste Sprosse auf der Leiter des Erfolgs erklimmen. Nach mehreren Entscheidungen, die ihn an die Spitze seiner Partei gebracht hatten, hielt man es in politischen Expertenkreisen nicht für ausgeschlossen, dass er als Kandidat nominiert würde. Wenn sich ihm nicht irgendwelche Widrigkeiten in den Weg stellten.

Jennifer winkte mir zum Abschied zu und sprach kurz mit Reginald. Der Gouverneur richtete seinen Blick auf mich und zuckte beim Anblick meiner Wunde sichtlich zusammen. Er schüttelte meine Hand in dem Selbstvertrauen eines Mannes, der an der Spitze stehen würde, wie hoch die Kosten auch wären.

„Truman, was ist denn da passiert?"

„Autounfall." Mir gingen allmählich die griffigen Antworten aus.

„Das sollte aber genäht werden. Hast du die Wunde versorgen lassen?"

„Alles gut", wehrte ich ab.

Townsend setzte sich, zog sein Jackett aus und knöpfte die Manschetten seines langärmeligen, perfekt gebügelten Hemdes auf. Drei Erdbeeren, zwei Scheiben Cantaloupe-Melone und ungebutterter Toast. Kein Wunder, dass er sein Gewicht gehalten hatte.

„Es ist lange her", sagte er. „Wie geht es Ellen?" Während er sprach, streute er zwei Mikrogramm Salz auf die Melone. Mir gönnte er keinen Blick.

„Recht gut."

„Und deinem Sohn geht es nicht so gut."

Ich überging den Smalltalk über Adrians Zustand, in erster Linie, weil ich ihm einfach keine adäquate Auskunft hätte geben können, aus dem einfachen Grund, weil ich es nicht wusste. „Wie stehen die Chancen, dass Conleys Antrag genehmigt wird?"

„Ich würde sagen, im Augenblick fünfzig zu fünfzig. Der Rechtsausschuss muss noch zustimmen. Wir haben vielleicht die nötigen Stimmen. Aber die Stimmung in diesem Staat in Bezug auf den Conley-Fall erschwert die Sache." Er biss ein winziges Stück vom Toast ab und fuhr zögernd fort. „Ellen und du, ihr müsst mir helfen, die Öffentlichkeit davon zu überzeugen, dass dies ein guter Weg ist."

„Ich glaube nicht, dass eine PR-Kampagne im Bereich des Möglichen liegt. Ellen ist die ganze Zeit im Krankenhaus, und ich arbeite an einem Buch."

„Was für ein Buch?"

„Conley möchte seine Geschichte erzählen."

„Die Bekehrung im Gefängnis?"

„Das und seinen Hintergrund, wo er herkam ..."

„Und diese Ms Wright? Will er sich reinwaschen?"

Er und seine Frau sollten wirklich mehr miteinander reden. Ich sagte ihm dasselbe wie ihr.

Townsend schüttelte den Kopf. „Weißt du, das ist genau das, was wir nicht gebrauchen können. Jeder durchgeknallte Gegner der Todesstrafe wird in der Woche vor der Hinrichtung in meiner Einfahrt stehen. Diese Story wird das Feuer noch anfachen."

„Du hast doch die Rückendeckung deiner NRA und der Konservativen, die diesen Menschen braten wollen."

Er biss schätzungsweise ein Drittel einer Erdbeere ab und schob den Teller zurück. Ein Wunder, dass er die Energie dazu hatte. „Hier geht es nicht nur um den Staat Florida. Jeder meiner Schritte wird beobachtet. In dieser Sache kann meine Regierung entweder Mitgefühl zeigen, oder sie wird von meinen Gegnern instrumentalisiert."

„Das heißt also, eigentlich ist dir Adrian ziemlich egal; es geht dir nur um deinen Wahlkampf."

Er lehnte sich gegen den Tisch und blickte mir mit dieser sorgsam einstudierten sachlichen Offenherzigkeit in die Augen. „Dein Sohn ist mir wichtig. In einer perfekten Welt könnte ich ihm helfen, ohne mit so vielen Komplikationen rechnen zu müssen. Aber die Wahrheit ist: Jeder Schritt, den ich zu seinen Gunsten unternehme, zieht politische Konsequenzen nach sich. Ich will nur eines wissen, nämlich ob du bereit bist, in der Mannschaft deines Sohnes mitzuspielen."

Während er seinen Orangensaft trank, beziehungsweise aufgrund seiner zähen Konsistenz eher *aß*, sagte ich: „Ich habe kein Problem damit, in der Mannschaft meines Sohnes mitzuspielen; aber ich bin nicht sicher, ob ich zu *deiner* gehören möchte."

Beinahe verschüttete er seinen Saft auf sein makellos gestärktes weißes Hemd. „Was heißt das?"

„Ich möchte nicht, dass du meinen Sohn dazu missbrauchst, auf politischem Gebiet Punkte zu sammeln. Es gibt genügend Leute, die ihm in sein Leben pfuschen. Da musst du nicht auch noch mitmachen."

Er legte seine Serviette neben seinen Teller, was offensichtlich das geheime Signal für den Kellner war, abzuräumen, denn der Mann kam seiner Aufgabe mit Lichtgeschwindigkeit nach.

„Warum diese Feindseligkeit, Truman? Ehrlich, ich versuche nur, das Leben deines Sohnes zu retten."

„Und dafür bin ich dir dankbar. Ich wehre mich nur dagegen, instrumentalisiert zu werden."

„Empfindet deine Frau das genauso?"

Er starrte mich an, und ich hielt seinem Blick stand. Ich gewann den Wettstreit, wer es am längsten aushält, ohne zu blinzeln. „Ich spreche nicht für meine Frau. Das habe ich vor langer Zeit gelernt."

„Sie scheint in dieser Angelegenheit ein wenig ... nachgiebiger zu sein." Er betonte das Wort mit einer gewissen Ironie, als hätte es eine doppelte Bedeutung.

„Ich möchte nicht, dass Adrian in einen Machtkampf gerät. Und dass ihm in der letzten Minute die Hoffnung geraubt wird, weil du kalte Füße bekommst."

Er erhob sich, und wie auf ein Stichwort erschien Reginald und reichte ihm das Jackett. „Pressekonferenz in fünfzehn Minuten", erinnerte er ihn.

Der Gouverneur blickte mich mit hochgezogenen Augenbrauen an. „Ich bin ein Mann mit festen Prinzipien, Truman. Ich kann dir versichern: Falls ich beschließe, euch zu helfen, die Transplantation durchzusetzen, dann wird es keine kalten Füße geben. Hast du Conley schon getroffen?“

„Ich werde am Freitag hinfahren.“

„Ich spreche mit dem Gefängnisdirektor. Er ist ein guter Mann. Du solltest eigentlich keine Probleme haben.“

Ich nickte und schüttelte ihm die Hand.

„Schöne Grüße an Ellen. Ich denke oft an sie. Auch an Adrian.“

Einige Begegnungen mit Interviewpartnern haben mich bereichert. Das waren großzügige Menschen, die einem mit Würde und Höflichkeit begegnen und einem zeigen, wie man andere Menschen behandelt. Aber mein Zusammentreffen mit Townsend brachte die alten Erinnerungen zurück, die Rivalitäten. Er hinterließ bei mir immer einen schalen Nachgeschmack, als würde ich einen Teil meiner Seele verlieren, nur weil ich mich in seiner Gegenwart aufhielt. Dieses Gefühl war schwer zu erklären.

Es würde noch schwieriger werden, es meiner Frau zu erklären.

# Kapitel 16

*25 Tage vor der Hinrichtung*

Das Staatsgefängnis von Florida in Starke steht als ein Mahnmal für Gerechtigkeit umgeben von einem Stacheldrahtzaun inmitten der unvermeidlichen Sümpfe. Gott helfe jedem, der dort hingebracht wird. Gott helfe jedem, der flieht. Ich möchte Sie nicht langweilen, indem ich erzähle, wie viele Türen ich durchschritt oder wie intensiv ich von dem Beamten durchsucht wurde, der meinte, die Wunde an meiner Wange scheine entzündet zu sein, oder wie sich mir der Magen umdrehte, als ich in den Bauch des Ungeheuers geführt wurde. Allein der Geruch dieses Ortes brachte Erinnerungen zurück, die ich abzuspülen versucht hatte, aber die Toilette meines Gedächtnisses schien kaputt zu sein.

Der Gefängnisdirektor ließ sich nicht blicken, aber da ich wusste, dass der Gouverneur ein wenig nachgeholfen hatte, nahm ich mit einem gelben Notizblock (der war erlaubt, aber kein Aufnahmegerät) am Tisch Platz und wappnete mich innerlich für die erste Begegnung. Ich hatte einen Block, einen Stift und eine Stunde Zeit.

Terrell Conley kam in Fußfesseln in den Raum geschlurft. Er ließ sich hinter der Plexiglasscheibe nieder und nahm den Telefonhörer zur Hand. Seine Hände wirkten schwielig und rau wie Schmirgelpapier, und ich war verblüfft, wie anders er jetzt aussah als auf den Fotos in der Zeitung und im Netz. Dem Prozess hatte er mit starrem Blick beigewohnt, und sein Gesicht kurz nach der Verhaftung hatte an eine Fratze erinnert – verquollene Augen und dunkle Bartstoppeln auf den Wangen. Auf der DVD von dem Überwachungsvideo, die Oleta mir gegeben hatte, hatte ich ihn in Aktion erlebt. Dieser Film konnte einem Angst einjagen. Allerdings hatte ich mir noch nicht die ganze Auseinandersetzung angesehen.

Der Mann war früher gertenschlank gewesen, aber im Gefängnis hatte er zugenommen. Hoffentlich hatte ihm das Gefängnisessen nicht seine Arterien verstopft. Die Arterien, die, wie ich hoffte, in die Brust meines Sohnes verpflanzt werden würden.

„Danke, dass Sie gekommen sind", sagte Terrell Conley. Seine Stimme war belegt. Er hatte eine breite Nase und wässrige Augen.

„Sie haben eine Stunde Zeit", erklärte der Aufseher. Er blieb im Raum. Seine Augen bohrten sich in Conleys Rücken. Ich wäre lieber mit Conley allein gewesen, aber ich hatte nicht vor, irgendwelche Forderungen zu stellen.

Ein anderer Wärter trat hinter mich und reichte mir ein einzelnes Blatt Papier, einmal gefaltet.

„Ich habe aufgeschrieben, woran ich mich erinnere, wie Sie es wollten", erklärte Conley.

In kindlicher Schrift hatte er Erinnerungsfetzen niedergekritzelt, Worte, die über die Seite wanderten, einige erreichten den Rand, andere schafften es kaum in die Mitte. Auch auf der Rückseite stand noch etwas, aber nur ein paar Zeilen.

„Das ist alles?", fragte ich. Sobald die Frage gestellt war, bereute ich sie schon.

Schmerz zeigte sich auf seinem Gesicht. „Ich bin nicht besonders gut im Schreiben. Darum sind Sie doch da."

Ich nickte. „Das ist auch so. Ich dachte nur, Sie könnten ..." Ich verwarf den Gedanken. „Sie haben recht. Darum bin ich hier. Lassen Sie uns anfangen."

Er beugte sich vor. „Bevor wir beginnen, erzählen Sie mir von Ihrem Jungen. Wie geht es ihm?"

Ich sah dem Mann in die Augen, die mir voller Reue schienen. „Er liegt wieder im Krankenhaus. Aber er ist ein Kämpfer."

Conley lächelte. Seine miserablen Zähne wurden sichtbar. Er klopfte sich auf die Brust. „Ich tue, was ich kann." Er lachte und hustete Schleim ab.

Ich nahm den Kugelschreiber zur Hand und notierte das Datum auf der Seite, damit ich ihm nicht in die Augen zu schauen brauchte. Um das Eis zu brechen, stellte ich ihm einige Fragen zu seinem früheren Leben. Fragen nach seiner Mutter und seiner Familie. Seine Stimme klang hohl, als er meine Fragen beantwortete. Darauf war ich nicht vorbereitet. Wir hatten nicht viel Zeit, um den heißen Brei herumzureden.

„Was ist Ihnen von jenem Tag noch in Erinnerung geblieben?"

„Welchem Tag?"

„Dem Tag, an dem Sie Diana Wright auf der Straße angesprochen haben."

„Mann, ich erinnere mich überhaupt nicht an diesen Tag. Das ist schon so lange her, und selbst wenn Sie mich am nächsten Tag gefragt hätten, was passiert war, hätte ich es Ihnen vermutlich nicht sagen können."

„Haben Sie viele Leute um Geld angebettelt? Auf der Straße?"

„Nein, das habe ich nie getan."

„Nie?"

„Nun, wenn mir jemand Geld geben wollte, habe ich es natürlich nicht abgelehnt. Aber ich gehörte nicht zu diesen Typen, die für einen Dollar deine Windschutzscheibe putzen wollten."

„Und warum haben Sie Diana angesprochen?"

Er starrte auf den Tisch. „Keine Ahnung, Mann. Ich weiß, dass das behauptet wird, und es wurde auch im Fernsehen gezeigt, aber ich erinnere mich nicht daran."

„Sie waren betrunken?"

„Ja, oder nahe dran."

„Erinnern Sie sich, dass sie Ihnen Kekse mitgebracht hat? An Feiertagen?"

„Ja. Ich erinnere mich, dass sie manchmal einen Teller mit Brownies und anderen Leckereien mitgebracht hat. Aber an diesen Tag habe ich keine Erinnerung mehr."

„Wenn Ihnen jegliche Erinnerung fehlt, haben Sie sie möglicherweise umgebracht."

Er schüttelte den Kopf und blinzelte. „Ich habe diese Frau nicht getötet. Warum hätte ich das tun sollen?"

„Der Staatsanwalt schien der Meinung zu sein, dass Sie es getan haben, und die Geschworenen haben ihm zugestimmt, und auch der Richter und ganz Amerika. Sie waren zornig auf Diana und haben ihre Adresse ausfindig gemacht."

„Das wurde mir vorgeworfen, Mr Truman. Ich hatte viele Jahre Zeit, um darüber nachzudenken."

„Und zu welchem Schluss sind Sie gekommen?"

Er nahm seine Hand vom Tisch. „Ein weißes Mädchen ist tot, und ein schwarzer Mann wird sterben. Und die einzige Gemeinsamkeit von uns beiden ist, dass wir beide unschuldig sind."

Ich nahm das gelbe Blatt zur Hand, faltete es und steckte es in meinen Block. „Viele Menschen werden dieses Buch lesen, die einen Abschluss suchen. Dianas Mutter. Die Geschworenen. Sie wollen einfach nur erfahren, ob Sie die Verantwortung übernehmen. Selbst wenn Sie sich an die Einzelheiten nicht erinnern."

„Und Sie meinen, das würde die Menschen veranlassen, das Buch zu kaufen?"

„Sicher. Dass Sie endlich reinen Tisch machen. Als Teil Ihrer Erlösung."

„Nun, dann wird es sich vermutlich nicht verkaufen, denn ich kann dieses Verbrechen nicht gestehen. Und was meine Erlösung betrifft, dafür wurde schon vor langer Zeit gesorgt."

„Darüber reden wir später noch. Ich möchte wissen, was tatsächlich geschehen ist, und wenn Sie mir nicht mehr sagen können, als dass Sie sich nicht erinnern, dann wird das ein ziemlich kurzes Buch."

„Darum brauche ich doch Sie, Mr Truman. Ich möchte, dass Sie die Wahrheit aufschreiben, ohne Schnörkel und geradeheraus. Ich möchte, dass Sie den Menschen erzählen, was Gott in meinem Leben getan hat, und von der Freiheit, die er mir geschenkt hat."

„Terrell, die Leute interessieren sich nicht für das, was Gott in Ihrem Leben getan hat. Sie wollen in erster Linie erfahren, warum Sie das Verbrechen begangen haben, für das Sie sterben werden. Wie erklären Sie sich die Tatsache, dass Dianas Leiche auf dem Schrottplatz gefunden wurde? Verscharrt, wie war das noch, fünf Meter von dem Wohnwagen entfernt, in dem Sie lebten?"

„Es vergeht kein Tag, an dem ich nicht darüber nachdenke und mich darüber wundere. Wer könnte so etwas tun? Und warum wurde sie ausgerechnet dort begraben? Ich habe keine Antwort darauf, nur wilde Theorien, die ich mir nachts in meiner Koje ausdenke."

„Wie zum Beispiel?"

„Manchmal sind es Aliens aus dem All. Manchmal Dämonen, die hinter mir her waren. Oder die Eigentümer von Spirituosenläden, die mich los sein wollten."

„Sie denken, die würden einen so guten Kunden wie Sie vertreiben?"

„Ich habe ja gesagt, wilde Theorien."

„Terrell, alle hier drin sind unschuldig, richtig? Und Sie auch. Aber die Pistole wurde in Ihrem Wohnwagen gefunden. Haare und Zellen von Diana wurden in Ihrem Wagen sichergestellt." Ich blickte ihn direkt an. „Das war keine hauchdünne Beweiskette. Der Fall ist wasserdicht und abgeschlossen. Empfinden Sie nicht den Wunsch, Ihr Gewissen zu erleichtern?"

Er starrte auf seine Hände. „Sie meinen, ich sollte einfach sagen, dass ich es getan habe?“

„Ich meine, dass Sie die Wahrheit sagen sollten. Wenn Sie aufrichtig sind, kann ich Ihre Geschichte erzählen. Ich werde sie gut erzählen, und die Leute werden sie lesen wollen. Daraus könnte noch etwas Gutes entstehen. Ihre Worte könnten Herzen erreichen.“

Bei diesen Worten wand ich mich innerlich, weil sie klangen, als könnte ich aus der Katastrophe, die Terrell Conleys Leben war, einen Bestseller von Nicholas Sparks machen.

„Sie wollen doch mit Ihrer letzten Geste jemand anderen beschenken“, fuhr ich fort. „Ich muss Sie von jenem Schrottplatz und dem, was dort geschehen ist, zur Bahre in der Todeskammer und dem Ärzteteam begleiten, das bereit stehen wird, um Ihr Herz zu entnehmen. Aber das kann ich nicht, wenn ich nur das hier habe.“ Ich hielt das gefaltete Blatt Papier in die Höhe. „Das Wichtigste in diesem Prozess ist die Wahrheit. Egal, wie sehr es Sie schmerzt, darüber zu reden; egal, wie sich das auf Ihre Chancen auf einen möglichen Aufschub der Hinrichtung auswirkt oder darauf, was Ihre Familie von Ihnen denken wird oder die Öffentlichkeit oder wer auch immer. Ich möchte nur, dass Sie offen sind und mir sagen, was tatsächlich passiert ist.“

Er blickte mich mit Tränen in den Augen an. „Ich sage Ihnen die Wahrheit. Ich tue alles, was ich kann. Ich schwöre Ihnen, ich habe diese Frau nicht getötet. Wenn ich es gewesen wäre, würde ich es zugeben. Ich kann Ihnen von den anderen Dingen erzählen, die auf mein Konto gehen und bei denen ich nie geschnappt wurde. Ich kann Ihnen sagen, wie sehr ich meine Frau verletzt habe. Immer wieder habe ich ihr das Herz gebrochen. Ich weiß, dass sie für den Rest ihres Lebens damit leben muss. Und meine Kinder ...“

Eine Träne rollte ihm über die Wange und verschwand in seinen Bartstoppeln. Sein Kinn zitterte. Er fuhr sich mit dem Rücken seiner großen Hand über die Augen.

„Ihrer Frau geht es gut“, sagte ich mit so viel Mitgefühl, wie ich aufbringen konnte. „Sie ist ein Fels. Sie glaubt an Sie.“

Doch das vermochte ihn nicht zu trösten, im Gegenteil. Er sank auf dem Tisch zusammen, und es dauerte ein paar Minuten, bis er die Fassung wiedererlangte.

„Gott hat hier drin in meinem Leben etwas getan, das draußen nicht möglich gewesen wäre. Ich weiß nicht, warum es erst so weit kommen musste, aber so ist es nun mal. Früher konnte ich das nicht erkennen, aber jetzt weiß ich es. Ich musste hier landen, damit ich zur Vernunft komme, genau wie der verlorene Sohn.“

Terrell begann einen Diskurs über ein biblisches Gleichnis, aber mein einziger Gedanke war, wie viel Zeit wir damit vergeudeten. Jedes überflüssige Wort führte uns in die falsche Richtung. Ich tat so, als würde ich mir Notizen machen und hörte halbherzig zu, wie er von einem Sohn erzählte, der sein Erbteil verschleudert hatte, in einem Schweinestall schlief und schließlich in die Arme seines liebevollen Vaters rannte, der auf ihn gewartet und nach ihm gesucht hatte, bla, bla, bla. Der Wärter sah auf seine Uhr und wurde unruhig in seiner Ecke, als hätte er die Geschichte schon einmal gehört.

„Terrell“, unterbrach ich ihn. „Das könnten Sie für mich aufschreiben, okay?“

Er streckte die Hand aus, legte sie an die Glaswand zwischen uns und suchte meinen Blick. „Nein, das ist der wichtige Teil. Der wichtigste. Sie müssen das notieren. Ich bin nicht böse darüber, dass ich für etwas verurteilt wurde, was ich nicht getan habe. Ich bin froh, dass ich hierher gekommen bin. Dieses Gefängnis ist mein Weg in die Freiheit geworden, verstehen Sie?“

Der Aufseher trat näher. Offensichtlich war es nicht erlaubt, die Hand an die Scheibe zu legen. Terrell entschuldigte sich, aber der Wärter sagte, die Zeit sei um.

„Es ist doch noch nicht so weit“, wandte ich ein.

„Das Interview ist vorbei. Stehen Sie auf, Conley.“

Ich protestierte, doch es war, als würde ich mit einer Papiertüte reden. Ich erwähnte den Gouverneur und den Gefängnisdirektor und hätte auch den Präsidenten und die First Lady ins Gespräch einfließen lassen, wenn ich gedacht hätte, dass er zuhörte. Ich bat Terrell, alles aufzuschreiben, was mir seiner Meinung nach bei dem Buch helfen könnte. Ich sagte ihm, er solle sich keine Sorgen machen, seine Geschichte würde unter die Leute kommen. Er nickte, legte den Hörer aus der Hand und schlurfte zurück ins weiße Licht des Flurs und in den Todestrakt.

Die Tür summte hinter mir. Ich nahm meinen Block und folgte einem anderen Beamten. „Er hat nur noch ein paar Tage zu leben, und ihr setzt ihm so zu."

Der Wärter schnaubte. „Genau. Hier drin sind alle unschuldig. Jeder einzelne." Er drehte sich um, als wir an einer weiteren Metalltür ankamen. „Wenn Sie dem Prediger da glauben wollen, dann nur zu. Wenn er tatsächlich etwas Gutes für Sie und Ihren Jungen tun will, dann ist das prima. Aber egal, wie krank Ihr Sohn ist, ich würde das Herz dieses Mannes nicht im Körper meines Kindes haben wollen. Auf keinen Fall."

# Kapitel 17

Es heißt, die Art, wie man mit einer Person umgeht, die einem nicht von Nutzen ist, sage viel über den Charakter eines Menschen aus. Als Reporter, der eine Story zu recherchieren hat, und zwar korrekt und so schnell wie möglich, vergeudete ich keine Zeit damit, über irgendeinen anderen Menschen nachzudenken als meinen unmittelbaren Interviewpartner, und wenn ich dabei über Leichen hätte gehen müssen, dann war es eben so. Nicht schön, aber die Wahrheit. Die andere Wahrheit ist, dass Glücksspiel der perfekte Zeitvertreib ist für jemanden, der bereit ist, über Leichen zu gehen, um an Geld zu kommen. Und mein schmutziges kleines Geheimnis ist, dass ich dem Kasino nicht fern bleiben kann, obwohl ich mich dafür hasse.

Anfangs ging es darum, Geld zu beschaffen. Ich war gut im Kartenspielen, hatte ein gutes Gedächtnis und die Fähigkeit, Dinge in Kategorien einzuordnen und im Gedächtnis zu behalten, wer was wann ausgespielt hatte, und mir so die Chancen auf einen Flush, einen Straight oder ein Full House auszurechnen. Doch nach dem College begannen die Tentakel zu wachsen. Sie zogen mich immer mehr in ihre Fänge, bis ich nicht mehr einfach nur spielen und Risiken eingehen wollte, ich *musste* spielen, und ich *brauchte* das Adrenalin. Das verursachte einen Riss in meiner Ehe und jeder anderen Beziehung. Auf meine Arbeit wirkte es sich nicht nachteilig aus. Das ließ ich nicht zu. Doch ich wusste genau, ob ich nun in Israel, Afghanistan oder Haiti war, dass ich an einen Spieltisch zurückkehren und mich von Gesprächen und Lachen und dem Klappern der Spielchips gefangen nehmen lassen musste.

Während ich im hinteren Teil des Kasinos saß und das Kommen und Gehen im Raum beobachtete, das hektische Treiben an den Würfeltischen und die Leute, die sich nur bis zu den Spielautomaten vorwagten, konnte ich die Opfer und die harten Spieler gut voneinander unterscheiden. Mein Kreditrahmen war schon lange ausgeschöpft, aber ich hatte das Gefühl gehabt, im Lotto gewonnen zu haben, als ich in einer Kassette in Ellens Schrank mehrere Hundert Dollar entdeckte. Eigentlich waren das Sparanleihen für meine Tochter Abby, die wir noch nicht zu Geld gemacht hatten.

Ein Mann mit einer Beinah-Glatze und einer quer gekämmten Haarsträhne warf eine Zeitung in Richtung des Mülleimers, der neben mir stand, verfehlte ihn jedoch um Haaresbeite. Ich warf einen Blick auf die Schlagzeile und las die Worte *Gouverneur* und *Verurteilter*, die sofort mein Interesse weckten.

Die Story schien von einer PR-Agentur verfasst und von Reginald Gentry auf Korrektheit und Tonfall überprüft worden zu sein. Darin wurde Townsend im besten Licht dargestellt und der innere Zwiespalt geschildert, in dem er sich befand. Auf der einen Seite die Interessen der Öffentlichkeit, auf der anderen Seite seine Sorge um einen jungen Mann, der eine Herztransplantation brauchte. *„In solchen Zeiten wird die Seele der Menschen auf eine harte Probe gestellt. Man bräuchte die Weisheit Salomos.“* So ein Quatsch.

Ein Foto von Townsend und seiner Frau auf der hinteren Veranda ihres Anwesens zeigte ihn nachdenklich, aber ruhig und konzentriert, und Jennifer als die perfekte Frau an seiner Seite, die mitfühlend über seine Schulter blickte – attraktiv, jedes Haar an seinem Platz. Verständnis war in ihren Augen zu lesen. Es war, als könnte sie mit einer Locke ihres Haares alle Probleme der Welt lösen. Das Foto erinnerte an die Madonna mit dem Kind, nur dass das Kind einen Anzug trug, der teurer war als die meisten Autos.

Um ehrlich zu sein, es machte mich krank, aber gleichzeitig gab es mir auch Hoffnung für Adrian. Wenn dies die Art der Berichterstattung war, die sie bekamen (oder selbst in Auftrag gaben), dann könnte das politisch vielleicht etwas bewirken. Vielleicht würde die Energie, die nötig war, um Gesetze zum Schutz der Sumpfkreuzspinnen oder den sicheren Import geschützter Fischarten durchzusetzen, auf meinen Sohn gerichtet werden.

Von Helen Wright kein Wort. Es war, als würde sie nicht existieren. Die Gruppen, die sich zum Protest gegen die ganze Sache aufgeschwungen hatten, fanden nur am Rande Erwähnung. Gruppierungen, die sich für die Abschaffung der Todesstrafe einsetzten, wurden lauter in ihrer Kritik. Religiöse Rechte beriefen Pressekonferenzen ein und verkündeten, sie würden kämpfen bis zuletzt und vor den Obersten Gerichtshof ziehen. Und dann gab es jene, für die es einfach nur wichtig war, gegen etwas zu sein. Wogegen sie opponierten, war ihnen gleichgültig.

Ganz am Ende des Artikels fand ich ein Zitat von Ellen über Conleys Hinrichtung und sein Geschenk an Adrian. Ich las Freundlichkeit und Erbarmen und Hochachtung vor dem Mann, der bald sterben würde. Ellen hatte ein persönliches Interesse am Ausgang dieses Falles, doch es wurde deutlich, dass sie sich voll und ganz auf Gottes Vorsehung verließ.

Religion war in meinen Augen Opium, etwas, mit dem sich ein Mensch der Realität gegenüber betäubte. Aber während ich auf den Zeitungsartikel starrte und die vergangenen paar Tage Revue passieren ließ, wurde mir klar, dass manche Leute in meinem Leben ihrer Freiheit beraubt waren und andere nicht. Ellen hing im Krankenhaus fest. Terrell saß im Hochsicherheitstrakt. Und doch besaßen beide ein Maß an Freiheit, das mir fehlte. Ich war nicht durch physische Zwänge eingeengt, doch ich fühlte mich deutlich gefangener als diese beiden. Das einzugestehen fiel mir schwer, und ich hätte diese Erkenntnis vermutlich auch nicht gehabt, wenn ich nicht gerade die letzten 200 Dollar verloren hätte, die eigentlich ein Geburtstagsgeschenk der Großeltern für die Kinder waren.

Ich warf die Zeitung in den Mülleimer und ging zu dem Mann mit den quer über den Kopf gekämmten Haaren. „Diese Uhr habe ich in Afghanistan von Präsident Karsai geschenkt bekommen. Ich verkaufe Sie Ihnen für fünfzig Dollar."

Er schob seine Brille zurück, um sich die Uhr genauer anzuschauen. „Ich würde Ihnen nicht mal fünfzig geben, wenn sie von Kennedy wäre. Karsai ist so korrupt wie alle anderen dieser Regierungschefs der Dritten Welt."

Ich brachte kaum noch die Energie auf, ihm zu widersprechen. „Das ist eine gute Uhr."

Er winkte ab und kehrte an die Spielautomaten zurück, und ich ging nach draußen, um ein wenig frische Luft zu schnappen. Zu viel Parfüm und Alkohol und Verluste da drin. Der einzige Wertgegenstand, den ich noch hatte, war Ellens Wagen. Wenn ich die Fahrzeugpapiere dabei gehabt hätte, hätte ich ihn vermutlich versilbert. Oder mein Handy verkauft. Vielleicht begegnete ich ja auch einer Person, die auf die Dialyse angewiesen war. Ich könnte ihr eine Niere versprechen, wenn sie mir dafür tausend Dollar im Voraus bezahlte. Ich überlegte sogar, Mickey anzurufen – so verzweifelt war ich.

Draußen standen Raucher herum, die mit ihrer Sucht die Luft verpesteten. Ich ging zum Parkplatz in der Hoffnung, einen Menschen zu finden, der vielleicht die Karsai-Uhr wollte. Der Typ hatte mich damals in einem Zelt auf einem Berg empfangen, in dem es so kalt war, dass ich meine Zehen nicht mehr spüren konnte. Das fünfminütige Interview für einen Fernsehbeitrag von zwanzig Sekunden führte dazu, dass ich ihn schließlich drei Tage lang durch die Felsenlandschaft begleitete. Während dieser Zeit schenkte er mir seine Uhr – fragen Sie mich nicht, warum. Ich wollte ihm auch etwas schenken und sagte ihm das.

Doch er packte mich am Arm und blickte mir in die Augen. „Wenn Sie der Welt die Wahrheit über mein Volk sagen, dann ist das das schönste Geschenk, das Sie mir machen können."

Ich versprach ihm, das zu tun. Und ich habe es auch versucht.

Der Abend war angebrochen. Dunkelheit hüllte die Welt ein wie eine Wolke. Nur aus dem Kasino drangen Geräusche nach draußen. Gedämpfte Schritte auf dem windgepeitschten Asphalt ließen mich aufhorchen.

Ich hätte vorsichtiger sein sollen. Ich hätte wissen müssen, dass dort in der Dunkelheit jemand lauerte, der mich beobachtete. Rückblickend hätte ich einfach in den Wagen einsteigen und wegfahren sollen. Aber ich war zu sehr damit beschäftigt zu überlegen, wie ich mir noch etwas Geld beschaffen könnte, nur noch eine kleine Summe, damit ich dem Abend noch eine andere Wendung geben könnte. Ich nahm die Schritte hinter mir nicht wahr. Spürte nicht die Bedrohung.

Jemand berührte mich an der Schulter, und als ich mich umdrehte ... blieb die Welt stehen, aller Sauerstoff wurde abgesaugt, und ich starrte in zwei zornige Augen.

„Hallo, Dad", sagte Abby. Ausdruckslos, ohne Gefühl, als wäre sie von ihren wohlmeinenden Eltern in ein klassisches Konzert geschleppt worden, obwohl sie doch viel lieber die Black Eyed Peas hörte.

„Abby? Was? Wie bist du-?"

„Soll ich jetzt die fünf Ws durchgehen? Das zumindest habe ich in der Schule gelernt. Wer? Ich bin es, deine einzige Tochter. Was? Ich wollte dich sehen. Wann? Jetzt. Wo? Genau hier draußen vor dem Kasino. Warum? Weil ich nichts anderes zu tun habe, da ich wegen Nichtzahlung der Schulgebühren von der Uni geflogen bin. Und so kurz vor dem Abschluss ist das eine Schande. Eines jener Dinge, von denen Mom glaubt, es sei Gottes Wille, aber ich finde, es ist einfach nur Mist. Was denkst du?"

Sie feuerte wie ein Maschinengewehr, und unwillkürlich musste ich an früher denken, wenn wir darüber uneins waren, ob wir zu McDonald's oder zu Burger King gehen sollten. Immer war sie es, die solche Auseinandersetzungen gewann, und ich hatte den Eindruck, wenn ich mich auf eine Diskussion einließ, würde ich wieder den Kürzeren ziehen.

„Ja, das ist Mist; da hast du recht. Wie hast du mich gefunden?"

„Ach, komm schon, Dad. Wo solltest du schon sein? Entweder in der Oben-ohne-Bar oder im Kasino."

Ich musterte ihr Gesicht. Eingerahmt von wunderschönen dunkelbraunen Haaren, die bis auf ihre Schultern reichten. Kräftige Augenbrauen. Sie hatte nur wenig Make-up aufgelegt, aber mehr war auch gar nicht nötig. Sie besaß eine natürliche Schönheit und brauchte sie nicht noch zu unterstreichen. Milchig weiße Haut und rosige Wangen. Ein kleiner Mund wie der ihrer Mutter, mit vollen, roten Lippen, für die sich die Stars in Hollywood Injektionen setzen lassen. Der einzige Makel, den man herauspicken könnte, war die dunkle Brille mit den dicken Brillengläsern. Während des Sprechens kräuselte sie die Nase, um die Brille höher zu schieben. In meinen Augen tat das ihrer Schönheit keinen Abbruch; damit sah sie aus wie ein frühreifes Schulmädchen. Sie hatte eines jener Gesichter, das man aus einer Menge von einer Million Menschen herauspicken könnte, so auffallend war es. Und auch wenn ich ihr Lächeln lange nicht gesehen hatte, erinnerte ich mich von den Fotos daran, die ich auf meinem Computer im Strandhaus gespeichert hatte.

„Okay, das mit der Oben-ohne-Bar war gemein", sagte sie und verschränkte kopfschüttelnd die Arme vor der Brust. „Mom meinte, ich könnte dich hier finden. Sie erzählte, du seist im Gefängnis gewesen und hättest mit diesem widerlichen Conley gesprochen."

Ich nickte. „Meinst du, ich hätte das nicht tun sollen?"

„Das ist kein Werturteil über dich, sondern über ihn."

Meine Gedanken überschlugen sich – nicht wegen ihr, sondern wegen mir. Ihre Anwesenheit brachte Dinge an die Oberfläche. Schwierige Themen. Vielleicht konnte ich ihnen ja ausweichen.

„Du siehst gut aus“, sagte ich. „Und das mit der Schule tut mir leid. Das werden wir schon wieder in Ordnung bringen.“

„Der Zug ist abgefahren.“

„Nein, sag das nicht. Ich rufe morgen in der Buchhaltung an oder besorge dir zumindest ein weiteres Darlehen.“

„Hör auf, Dad. Das sagst du schon seit einem Jahr – wenn wir dich mal aufstöbern können.“

„Die Dinge werden sich ändern.“

„Sagte er vor dem Kasino stehend.“

Ich lächelte. „Du und Adrian, ihr seid das Beste, was wir in diesem Leben zu Stande gebracht haben. Ich-“

„Hör auf damit! Wenn du das denkst, warum hast du dir dann nicht mehr Zeit für uns genommen? Das ist, als würdest du behaupten, Rosco sei der beste Hund gewesen, den du je gehabt hast. Es hatte schon seinen Grund, warum er jedes Mal geknurrt hat, wenn du nach Hause kamst. Er kannte dich nicht.“

„Er war blind.“

„Ja. Aber er konnte dich riechen.“

Ich lachte bei der Erinnerung an diesen schäbigen Hund. „Warum haben wir ihn Rosco getauft?“

„Nicht *wir* haben ihn Rosco genannt, *ich* war das. Der Name schien einfach zu seiner Persönlichkeit zu passen. Mom säuberte den Garten von seinen Hinterlassenschaften, und ich fütterte ihn, und Adrian hob im Garten ein Grab für ihn aus, als er gestorben war. Ich glaube nicht, dass du mehr getan hast, als seinen Blutdruck in die Höhe zu treiben, wenn du alle paar Monate mal zu Hause aufgetaucht bist.“

Sie hatte nicht nur die braunen Augen ihrer Mutter geerbt, sondern auch ihr Gedächtnis. Gnadenlos wie eine Stahlfalle.

Selbst an ein ungewolltes Wort, das vor zehn Jahren ausgesprochen worden war, erinnerte sie sich mit der Präzision eines Staatsanwalts.

„Hast du Hunger?“, fragte ich in dem Versuch, die Stimmung ein wenig aufzuhellen. „Wollen wir was essen?“

„Aber nicht da drin“, erwiderte sie.

„Nein, aber auf dem Hinweg habe ich ein paar Restaurants gesehen. Da war was Italienisches dabei. *Olive Garden* oder so.“

Es begann zu nieseln, und sie nahm ihre Autoschlüssel aus der Tasche. Ich machte einen vorsichtigen Schachzug. „Ich muss da drin nur noch schnell etwas zum Abschluss bringen. Wir treffen uns in zehn Minuten im Restaurant.“

Sie starrte mich mit offenem Mund und vollkommen fassungslos an. Ich sprach weiter; mit jedem Satz, der über meine Lippen kam, grub ich mein Grab tiefer und konnte es nicht aufhalten.

„Du hast nicht zufällig etwas Geld bei dir, oder? Nur für ein Trinkgeld.“ Sobald die Worte über meine Lippen gekommen waren, wusste ich, ich würde von Ellen Vorhaltungen zu hören bekommen – diese kleine Szene würde Gesprächsstoff in der Familie, in Therapiesitzungen, in jeder Gruppe sein, in der Abby mit Tränen in den Augen den Abend beschrieb, an dem ihr Vater sie vor einem Kasino um Geld angebettelt hatte. Vielleicht sogar noch bei meiner Beerdigung. Oder wenn ich sie bei ihrer Hochzeit zum Altar führte. Sie würde mich anblicken und mich ganz sacht daran erinnern, was für ein Schuft ich an jenem Abend gewesen war.

„Vergiss es; ich brauche nicht mehr reinzugehen“, sagte ich.

„Ich glaube dir nicht“, murmelte sie und drehte sich um.

„Dein Auto oder meins?“, fragte ich.

Sie winkte ab. „Du hast gar kein Auto. Du fährst Moms Wagen, den sie eigentlich dringend braucht.“ Sie blieb stehen und drehte sich um. „Und wenn du nicht einmal genug Geld für ein Trinkgeld hast, wie sollen wir dann das Essen bezahlen?“

„Abby, lass uns nicht-"

„Nenn mich nicht so. Ich heiße Abigail. Schon seit der fünften Klasse bin ich nicht mehr Abby. Das solltest du eigentlich wissen." Sie drehte sich wieder um.

Ich folgte ihr. „Du hast recht. Es tut mir leid. Aber für mich bist du immer noch meine süße kleine Abby."

„Du meinst, die fette kleine Abby."

„Du warst niemals fett."

„Ich war fett wie Miss Piggy. Die Jungen haben mich immer Specky genannt."

„Das würde jetzt niemand mehr tun."

Sie wandte den Blick ab, und ich bemerkte einen Riss in ihrer Rüstung.

„Abigail, komm, lass uns aus dem Regen gehen. Steig in deinen Wagen und folge mir, okay? Wir können im Restaurant reden."

# Kapitel 18

Ich parkte unter einer Reihe immergrüner Bäume, befestigte mit Klebeband eine Plastiktüte über dem kaputten Fenster und gesellte mich zu Abby – ich meine Abigail – ins Restaurant, wo sie bereits an einem Tisch Platz genommen hatte und auf mich wartete.

Ich schaltete meinen alten Fernsehcharme ein und sagte ihr, wie ich mich freute, sie zu sehen, wie wunderschön sie sei und wie sehr sie doch ihrer Mutter ähnelte, doch sie starrte meine Wunde an und fragte, ob sie entzündet sei.

„Woher hast du das überhaupt? Nein, stopp. Ich glaube nicht, dass ich das wissen möchte."

Die Kellnerin nahm unsere Bestellung entgegen und merkte sich freundlich jede Änderung, die Abby vornahm. Das war auch etwas, das sie von ihrer Mutter hatte. Es gab keine Speisekarte auf der ganzen Welt, die nicht durch eine Ergänzung hier oder das Weglassen einer bestimmten Zutat dort verbessert werden konnte. Ich beschloss, mich nicht zu ärgern, und wir unterhielten uns weiter.

„Dann hat deine Mutter dich also geschickt, um mich zu retten?", bemerkte ich, nachdem die Brotsticks gebracht worden waren.

„Quatsch. Sie braucht ihren Wagen. Sie hat auch ein Leben, weißt du. Oder zumindest teilweise. Es ist ein ziemlich weit reichender Eingriff in das Leben eines Menschen, wenn man ihm sein Transportmittel wegnimmt."

„Deine Mutter ist schon groß. Du brauchst dich nicht für sie einzusetzen."

Sie starrte mich mit ihren braunen Augen an, während sie von ihrer Limonade trank. „Vielleicht empfinde ich so, weil du so ein schlechter Vater bist. Vielleicht habe ich das Gefühl, dass du außer Kontrolle geraten bist. Vielleicht habe ich das Gefühl, ich sei die Erwachsene und du das Kind, anstatt anders herum."

*Wow, halt dich bloß nicht zurück.* „Es tut mir leid, dass du so empfindest", erwiderte ich.

„Das glaube ich gern. Aber das ist genau das Problem. Deine Reue überdeckt nur deinen Narzissmus."

„Ich dachte, du hättest Journalismus studiert, nicht Psychologie."

„Du empfindest nicht wirklich Reue; dir tut es nur leid, dass ich traurig und wütend bin. Dir tut so ziemlich alles leid, nur nicht das, was du deiner Familie angetan hast. Deine Reue ist nicht echt; du überträgst sie auf uns."

Ihre Stimme wurde lauter. Die Leute an den Nachbartischen schauten zu uns herüber. Ich antwortete mit ruhiger Stimme, sogar in gemäßigtem Tonfall. „Du hast recht. Das Ganze sollte mir tatsächlich leid tun."

Das war der letzte Tropfen. Sie umklammerte die Tischkante mit beiden Händen, sodass ihre Knöchel weiß hervortraten, und beugte sich vor. Diese Auseinandersetzung war schon lange überfällig.

„Ich würde wirklich gern sagen, du seist ein guter Vater und ein toller Mann und alle Preise, die du nach Hause gebracht hast, würden dich zu einem wundervollen Vertreter des humanitären Gedankens machen. Aber auf der Fahrt hierher habe ich über dein Leben nachgedacht und einen roten Faden darin gefunden."

Dann war es also eine mathematische Gleichung.

„Willst du wissen, welchen?", fragte sie.

Ich schob alle Ironie und allen Sarkasmus beiseite. „Bitte kläre mich auf."

„Du bist vom Stamme Nimm. Bei allem Guten, was du getan hast, an jedem abgelegenen Ort, zu dem du geschickt wurdest, hast du niemals gegeben, sondern immer nur genommen. Du hast dir die Worte der Erdbebenopfer angeeignet. Du hast Fotos von Menschen geschossen, die unter den Folgen des Krieges zu leiden hatten. Du hast die Story geschrieben, aber sie hatte immer ihren Preis, und dieser Preis wurde nie von dir bezahlt, sondern von anderen. Und bei Mom, Adrian und mir ist es dasselbe. Du hast uns finanziell versorgt, zumindest bis vor Kurzem, aber wann immer du mal bei uns aufgetaucht bist, hast du mehr genommen, als du gegeben hast."

Ihre Hände zitterten, und sie umklammerte die grüne Serviette, als wäre sie ein Sicherheitsgurt bei einer wilden Fahrt in einem Vergnügungspark. Ich ließ ihre Worte einen Augenblick zwischen uns hängen, bevor ich meinen trockenen und geschmacklosen Brotstick beiseite legte.

Ich rang nach Worten, um ihren Zorn zu besänftigen. „Abigail, was brauchst du von mir? Was kann ich dir geben?" Es klang hohl.

Die Kellnerin brachte unseren Salat und stellte ihn zwischen uns, und für mich ein wenig Käse zum Drüberstreuen auf einem Extra-Teller daneben.

„Kann ich Ihnen sonst noch etwas bringen?", fragte sie höflich.

*Ja, ein anderes Leben, ein Herz für meinen Sohn, eine intakte Ehe – solche Sachen.* „Alles bestens", erwiderte ich.

Nachdem sie sich abgewandt hatte, sagte Abby: „Könntest du das noch mal wiederholen? Ich glaube, ich bin im Schockzustand. Ich dachte, du würdest dich verteidigen und das alles ins Lächerliche ziehen."

Tief durchatmen. Ernsthaftigkeit. „Du hast mit allem recht, was du gesagt hast. Und wenn ich dir sagen würde, dass es mir leid tut, dann würde das so aussehen, als wollte ich dich nur beschwichtigen. Das will ich nicht."

„Danke", erwiderte sie leise, während sie auf ihren leeren Teller starrte.

„Ich weiß, dass ich dich sehr verletzt habe. Und am besten sollte ich jetzt vermutlich einfach nur zuhören. Also sag es mir. Alles, was du willst. Und was ich tun kann, um zu helfen."

Sie legte etwas Salat auf ihren Teller. „Du denkst, das wäre so leicht? Ich sage dir, was du tun sollst, und alles wird gut? Hier gibt es keinen Zauberstab, Dad. Du hast lange gebraucht, um das Loch zu graben, in dem du mit uns und deinem Leben liegst."

„Das weiß ich. Ich gebe mir Mühe, die Dinge zusammenzuhalten."

Sie fluchte. „Das sagt Philip auch immer."

„Philip?"

„Du bist so ahnungslos. Philip ist mein Freund. Der Junge, mit dem ich seit zwei Jahren befreundet bin. Die Liebe meines Lebens. Der alles ist, was du mir nicht gewesen bist."

„Und du findest, dass er ein genauso großer Schuft ist wie ich?"

„Ich erkenne Ähnlichkeiten zwischen den Spezies, ja. Aber bei ihm gibt es Hoffnung."

„Und du gibst Philip Tipps, wie er sich bessern kann?"

„Zum Glück brauche ich ihm das nicht zu sagen. Er findet es selbst heraus. Wie richtige Männer es tun."

Sie konnte in Windeseile von sanft und freundlich zu sauer wechseln, genau wie ihre Mutter. Vielleicht war das ein Merkmal dieser Spezies.

„Philip scheint ja ein richtig guter Fang zu sein. Hat er Geld? Vielleicht könnte er uns mit einer Anleihe aushelfen."

„In seiner Familie gibt es nur Minenarbeiter und Lastwagenfahrer."

„Harte Arbeit ist nichts Schlechtes."

„Er wird der Erste aus seiner unmittelbaren Familie sein, der am College studiert."

„Wie schön für ihn."

„Er hat mir jeden Cent angeboten, den seine Familie gespart hat, um die Schulgebühren zu bezahlen. Und frag mich nicht, wie viel es ist, weil ich genau weiß, was du damit anstellen würdest." Sie schüttelte den Kopf. „Das hast du auch mit dem Geld gemacht, das du von den Conleys bekommen hast, richtig? Du hast es bereits verspielt."

„Wie kommst du auf den Gedanken?"

„Sagen wir, es ist so eine Ahnung, vor allem nachdem du mich auf dem Parkplatz des Kasinos nach Bargeld gefragt hast. Ist es so?"

Ich wischte mir den Mund ab, doch das war eher eine nervöse Geste. Wo war die Kellnerin, wenn man sie brauchte?

„Im Augenblick ist die Situation ein wenig ... angespannt."

Sie trank einen Schluck von ihrer Limonade und setzte zu einem neuerlichen Schlag an. „Du hast mich gefragt, was ich brauche. Wenn es dir ernst damit ist und du nicht nur große Worte gemacht hast, dann wäre hier etwas: Sag mir die Wahrheit. Ich stelle dir eine Frage, und du redest dich nicht heraus. Du machst keine Ausflüchte oder versuchst alles ins Lächerliche zu ziehen."

„Okay, leg los."

„Hast du das Geld der Conleys verspielt?"

„Ja."

Sie hielt inne und starrte mich an. „Woher kommt diese Wunde?"

Tief durchatmen. „Ich schulde einem Mann aus New Orleans Geld. Er hat ein paar seiner Freunde geschickt, die mir klarmachen sollten, dass er es zurückhaben will."

„Wie viel schuldest du ihm?"

Ich nannte ihr die Summe. Sie starrte mich fassungslos an.

„Alles wird gut", beruhigte ich sie. „Ich schaffe das schon."

„Dad, du hast ein ernstes Problem. Diese Geschichte wird nicht von selbst wieder gut."

„Meine erste Priorität ist jetzt dafür zu sorgen, dass Adrian seine Operation bekommt. Dazu gehört, dass ich die Conley-Geschichte schreibe. Und dieses Mal tue ich es nicht, weil ich meine Karriere vorantreiben will oder um selbst gut dazustehen, wie du vielleicht denkst, sondern um deiner Mutter und deinem Bruder zu helfen."

Diese unglaubliche junge Frau, die meine Tochter war, sah mich an. „Entschuldige, Dad. Ich bin gedanklich immer noch bei deinen Schulden und bei der Frage, ob diese beiden Typen vielleicht gerade draußen auf dem Parkplatz stehen und deine Zündung manipulieren."

„Ich habe die Angelegenheit geregelt. Wegen denen brauchst du dir keine Gedanken zu machen."

Unser Essen kam, aber leider war uns beiden der Appetit vergangen.

„Du hast ihn besucht, richtig?"

„Ja, ich war im Gefängnis und hatte ein Gespräch mit ihm."

„Nein, nicht Conley. Ich meine Adrian."

„Ja, ich war bei ihm."

Ihr Gesicht bekam einen verletzlichen Ausdruck. Furcht, gemischt mit Traurigkeit und Schmerz. „Ich habe ihn nie so ... erlebt, dem Tod so nahe, verstehst du?"

Ich legte die Hand auf ihre, doch sie zog sie fort. Es war, als versuche man, einen verängstigten Vogel zu trösten. Sie wollte sich vor neuerlichen Enttäuschungen schützen, und das konnte ich ihr nicht verübeln.

„Er ist ein Kämpfer", erklärte ich. „Das war er immer. Es wird alles gut werden."

Sie beugte sich vor und blinzelte die Tränen weg, wie damals, als sie drei gewesen war. „Wie kannst du das sagen? Vielleicht hat er vor zehn Minuten einen Herzstillstand erlitten, und du würdest es nicht erfahren. Wenn du einen Hundertdollarschein auf dem Gehweg fändest, würdest du doch noch in der Leichenhalle ein Pokerspiel veranstalten."

„Das ist grausam, Abby.“

Sie ignorierte ihren Kosenamen. „Im Ernst, gibt es etwas, was dir wichtiger ist als das Glücksspiel? Gibt es etwas, was du nicht aufgeben würdest für das Hochgefühl, was du dabei hast? Wie kannst du spielen, während dein Sohn im Sterben liegt?“

„Es hat lange gebraucht, um an diesen Punkt zu kommen. Das ist nicht leicht zu kontrollieren.“

Sie schob die Nudeln auf ihrem Teller herum. „Das glaube ich gern.“

Wenn ich Manns genug gewesen wäre, hätte ich zugelassen, dass sie mich nach meinen Gefühlen fragt, danach, warum ich mich ans Glücksspiel verloren habe. Doch stattdessen lenkte ich ab: „Erzähl mir von deinem Studium. Wie lange hättest du noch bis zum Examen gebraucht?“

„Mir fehlen noch zwanzig Scheine. Dieses Quartal und die Sommerkurse, dann hätte ich es geschafft gehabt. Doch wenn das Geld knapp wird und dein alter Vater so viel Geld am Würfeltisch verspielt, dass es locker für eine Promotion gereicht hätte, dann hat das Kind eben Pech gehabt, schätze ich.“

Mit aller Großzügigkeit, Hoffnung und Ehrlichkeit, die ich aufbringen konnte, sagte ich: „Es tut mir wirklich leid, was du durchgemacht hast. Was ich dir zugemutet habe. Ich werde es wiedergutmachen. Du wirst dein Studium zu Ende bringen. Das verspreche ich dir. Und ich werde dich bei deiner Hochzeit zum Altar führen. Zu Philip oder wem auch immer. Und Adrian wird neben ihm stehen als sein Trauzeuge. Wir werden all dies hinter uns lassen und wieder anfangen zu leben.“

„Du kannst nicht warten, bis du anfängst zu leben, Dad.“

„Wie bitte?“

„Wenn du immer auf irgendwas wartest, bevor du wieder zu leben anfängst, wird das Leben vorbei sein. Du musst *jetzt* anfangen.“

Das hörte sich an wie ein Satz aus einem Motivationsbuch, aber so klischeehaft es auch war, sie hatte recht.

„Was ist mit dir und Mom?“

Seltsamerweise schien unsere Beziehung von allem, was der Reparatur bedurfte, am schwierigsten in Ordnung zu bringen zu sein. „Ich glaube, ich habe ihr zu viel zugemutet.“

„Dad, ihr beide wart füreinander bestimmt. Sicher, ihr Glaube ist ihr sehr wichtig. Ich kenne das schon. Sie hat am Telefon für mich gebetet, mir Bücher und Links zu Predigten geschickt. Aber sie liebt uns. Das weißt du.“

Ich nickte.

„Du kannst nicht alle diese Jahre wegwerfen.“

„Das will ich auch nicht. Aber ich weiß nicht, wie ich das Schiff wieder aufrichten soll. Und es ist schon eine ganze Weile am Sinken.“

„Du willst mir also sagen, du könntest deinen Teil dazu tun, dass Adrian sein Transplantat bekommt, du könntest deine Schulden zurückzahlen, deine Spielsucht besiegen und meine Ausbildung bezahlen, aber deine Ehe kannst du nicht retten? Das ist zu schwierig?“

„Ich möchte, dass wir zusammen bleiben, aber damit eine Ehe funktioniert, sind zwei Menschen nötig.“

„Dad, sie fährt voll auf diese Sache mit Gott ab, und Gott mag doch wohl keine Scheidungen … obwohl man sich da gar nicht mehr so sicher sein kann, wenn man sich die Statistik von Kirchenleuten ansieht.“

„Und das soll mir Hoffnung geben?“

„Ich sage doch nur, dass Mom das ernst nimmt mit dem Glauben. Sie muss nur spüren, dass du auf sie zugehst.“

„Dieses Buch über Conley war ihre Idee. Ich tue das nur für sie. Das ist doch schon ein Schritt.“

Abby dachte nach, und ich fragte mich, wie sie und Philip ihre Abende wohl verbrachten. Führten sie tief gehende Gespräche? Waren sie schon intim miteinander gewesen?

Natürlich. Lebten sie zusammen? Auf was für einen Typ Mann stand sie, und waren ihre Vorstellungen zum Teil auf die Unzulänglichkeiten ihres Vaters zurückzuführen?

„Dad, ich weiß nicht, wie ihr zwei wieder zusammenkommen könnt. Das geht mich auch nichts an. Aber du hast nie auf etwas verzichtet. Was du wolltest, das hast du dir genommen."

„Da kenne ich noch jemanden. Du hast im positiven Sinne alles geschafft, was du dir vorgenommen hast."

„Ach, hör doch auf."

Die Kellnerin kam und räumte unsere Teller ab, als mein Appetit gerade zurückkehrte. Aber das Essen war sowieso mittlerweile kalt geworden.

Abby preschte weiter vor. „Du hast gar nicht gefragt, warum ich hier bin. Warum ich dich gesucht habe, anstatt einfach vor dem Haus zu warten."

„Ich nahm an, Mom hätte dich geschickt. Du hast gesagt, sie bräuchte den Wagen."

„Das ist auch so. Aber als ich ihr von meiner Idee erzählt habe, meinte sie, ich solle es probieren."

„Und die wäre?" Ich hatte das unbestimmte Gefühl, dass mir ihre Idee nicht gefallen würde.

„Da ich mein Studium nicht beenden kann, werde ich ein Praktikum machen."

„Gut. Das gefällt mir."

„Bei dir."

„Was?"

„Ich helfe dir bei deinem Buch. Dir bleibt nicht viel Zeit für die Fertigstellung, und ich kann die Hintergrundrecherche übernehmen, dir die Beinarbeit abnehmen, während du am Computer sitzt. Auf diese Weise kommen wir wieder miteinander in Kontakt. Wir arbeiten zusammen."

„Ich dachte, Conley sei ein Mistkerl und ich als Vater unmöglich."

„Ja. Aber ich lerne, wie man ein Buchprojekt angeht, und du bekommst ein wenig Zeit mit deiner einzigen Tochter. Das ist eine Win-Win-Situation."

Sie war wirklich etwas Besonderes. Das Leuchten in ihren Augen. Die Lebhaftigkeit in ihrer Stimme. Wenn sie vorher sarkastisch und verbittert gewesen war, klang sie jetzt geradezu begeistert und blickte mich voller Hoffnung an.

„Ja, äh", erwiderte ich ein wenig zu zögerlich. „Du könntest für mich im Internet recherchieren."

„Nein, ich will das nächste Interview mit dir zusammen machen. Oder einen Zeugen aufspüren, der das Ganze beobachtet hat. Und wir werden mit meinem Wagen herumfahren."

„Abby, du romantisierst diese Arbeit. Schreiben ist eine einsame Angelegenheit. Das geht nicht zu zweit."

„Du brauchst doch meinen Namen gar nicht zu erwähnen. Vielleicht ein kleiner Dank oder eine Widmung."

„Vielleicht beim nächsten Projekt. Bei diesem muss ich viel herumfahren."

„Umso mehr Grund, dass ich dir helfe. Fang endlich an, dein Leben in den Griff zu kriegen, Dad. Ich kann dir dabei helfen."

Ihr Tonfall veränderte sich. Sie war jetzt ganz die selbstbewusste, von sich überzeugte Bewerberin, die wusste, dass sie die Aufgabe bewältigen konnte.

„Lass mich darüber nachdenken."

Sie nahm ihre Brille ab. „Nein, lass *mich* darüber nachdenken. Ich rufe Mom auf der Stelle an und verrate ihr, dass du das ganze Geld verspielt hast. Besser noch, ich rufe Oleta an und erzähle es ihr."

Ich hob die Hände. „Also gut. Du bist engagiert."

„Im Ernst?" Sie wirkte noch aufgeregter als an dem Tag, an dem ich mit ihrem ersten eigenen Wagen vor dem Haus vorgefahren war, dem alten Honda, den sie immer noch fuhr. „Im Ernst?"

„Du bist eine harte Verhandlungspartnerin, Abigail."

„Also gut, was ist meine erste Aufgabe?"

„Reich mir deine Tasche."

Sie reichte sie mir herüber. Ich nahm ihre Kreditkarte heraus und legte sie auf die Rechnung. „Du bezahlst das Abendessen. Das ist das Erste. Dann bringen wir Moms Wagen zum Krankenhaus, du fährst mich nach Hause, und morgen früh überlegen wir, wie es weitergeht."

Sie streckte mir ihre kleine Hand hin, und ich schlug ein. Vater und Tochter. Einfach so.

Was war nur in mich gefahren?

# Teil II

*Das Leben ist ein Spiel,*
*mit ungeahnten Risiken –*
*wenn es eine Wette wäre,*
*man würde sie nicht annehmen.*

Tom Stoppard

# Kapitel 19

*24 Tage vor der Hinrichtung*

Abigail Wiley sprach im Krankenhaus kurz mit ihrer Mutter über ihr „Praktikum“ bei ihrem Vater.

„Du wirst sicher viel lernen“, meinte ihre Mutter. Sie schien sich zu freuen, war aber auch ein wenig erstaunt. „Auf jeden Fall werdet ihr jetzt mehr Zeit miteinander verbringen.“

„Denkst du, dass das gut ist?“, fragte Abigail.

„Wenn er zugestimmt hat, dann wird er dir schon auch Aufgaben übertragen. Ihr beide werdet bestimmt ein gutes Team abgeben.“

Immer positiv, immer ermutigend. Abigail hatte das Gefühl, dass ihre Mutter vielleicht sogar ein wenig eifersüchtig war, aber sie würde sich dadurch nicht abhalten lassen. Sie war jetzt eine eigenständige Person, und wenn die Zusammenarbeit sie und ihren Vater wieder zusammen brachte, für wie kurze Zeit auch immer, dann war es das wert. Außerdem wollte sie wirklich gern seine Arbeit kennenlernen. Es war eine Sache, Journalistik an der Uni zu studieren, aber eine ganz andere Sache, die Theorie in die Praxis umzusetzen.

Zum einen mussten Fernsehjournalisten nicht unbedingt Talent zum Schreiben haben. Ihr Vater hatte mal einen Mann mit Namen Charles Kuralt erwähnt, den er vor langer Zeit in Vorlesungen erlebt hatte, und er hatte über die Art geschwärmt, wie dieser kleine dicke Mann Sätze aneinanderfügen konnte wie ein moderner Shakespeare. Mit schlechten Zähnen und einem Doppelkinn, das beim Vortragen seiner wöchentlichen

Sonette wabbelte, schoss er wie ein Maschinengewehrfeuer seine Worte auf seine Zuhörer ab.

„Kuralt hat mir beigebracht, dass es nicht wichtig ist, was du sagst oder wie du aussiehst. Was zählt, ist allein der Inhalt der Story", hatte er erklärt.

Der Studiengang Fernsehjournalismus war bei gut aussehenden Menschen mit perfekten Zähnen beliebt, die nicht viel Verstand besaßen, aber den Ehrgeiz, ihre fünfzehn Minuten Ruhm zu erleben.

„Die Professoren haben ihren Studenten beigebracht, dass es schwieriger ist, eine Geschichte zusammenzustreichen, als jede kleinste Information zusammenzutragen, aber die vom *Cavalier Daily* haben sich nicht daran gehalten."

Abigail war fasziniert von diesen Einblicken in seine Vergangenheit, die sich schnell zu Fragen zu seinem ersten Buch ausweiteten. Sie erfuhr, dass der Verleger skeptisch gewesen war, ob er das Talent dazu hatte. Eine halbe Million Exemplare wurden verkauft, und die Skepsis wandelte sich in Zuversicht. Daraufhin lieferte ihr Vater einige Reiseberichte ab, von denen manche erfolgreicher waren als andere, doch keines der nachfolgenden Bücher verkaufte sich so gut wie das erste.

„Mit jedem Projekt ist mein Selbstvertrauen gewachsen", erklärte er. „Ich schob die Bücher zwischen die Aufträge und schrieb unterwegs daran. Das Wichtigste bei Veröffentlichungen ist, dass du in der Lage bist, den Abgabetermin einzuhalten. Wenn dir das gelingt, gehörst du zu den obersten zehn Prozent der Schriftsteller. Abgabetermine waren nie ein Problem für mich; sie haben mir geholfen, noch besser zu werden."

„Was ist das Schwierigste am Schreiben?", fragte sie.

„Den Mut zu finden, einfach anzufangen. Die ersten Worte zu Papier zu bringen und dann ruhen zu lassen. Ich hatte immer die Sorge, in eine falsche Richtung zu gehen, mich auf vermintes Territorium vorzuwagen und mich zu verirren.

Normalerweise wache ich eines Morgens auf und beschließe, dass ich an diesem Tag anfangen werde."

Er holte zwei Tische aus dem Werkraum und richtete im Wohnzimmer seinen Arbeitsbereich ein. Vielleicht konnte er sich nicht überwinden, Adrians Zimmer zu benutzen. Vielleicht tat es zu weh. Auf Adrians Bett lagen noch Fotos und Karten, und halb mit Helium gefüllte Ballons hingen über dem Ventilator. Vielleicht stand das für alles, was er verpasst hatte, oder er mochte es einfach nicht vor Augen haben.

Ihre Mutter kam an jenem Nachmittag aus dem Krankenhaus, warf einen Blick auf den L-förmigen Arbeitsbereich neben der Couch, und verschwand wieder. Nachdem sie sich mit Abigail abgesprochen hatte, steckten sie die Köpfe zusammen und funktionierten den Werkraum in eine journalistische Oase um mit einer Tür, die Truman hinter sich zumachen konnte.

Die himmelblau gestrichene Decke und die Wände in derselben Farbe boten eine fröhliche Arbeitsatmosphäre, ohne erschlagend zu wirken. Man bekam das Gefühl, seine Probleme hinter sich lassen zu können, und Abigail fand das sehr passend für ihren Vater, wenn man bedachte, dass er eine so deprimierende Geschichte schrieb und selbst erlebte.

„Hast du eigentlich studiert, weil du schreiben wolltest?", fragte Abigail ihre Mutter, während sie einen der Tische unter das Fenster schob.

„Ich hatte durchaus Ambitionen, aber die lösten sich in Luft auf, als du und dein Bruder zur Welt kamt. Kinder bringen einen irgendwie dazu, seine Prioritäten neu zu ordnen."

„Das ist aber ein bisschen so, als würde man aufgeben."

Sie zuckte zusammen. „Vielen Dank."

„Nein, so habe ich das nicht gemeint. Ich meinte, dass Dad all diese interessanten Orte besuchte und Preise bekam und du musstest zu Hause bleiben."

„Ich weiß, das erscheint irgendwie ungerecht. Ich behaupte nicht, dass es immer leicht war, aber ich hatte das Gefühl, dass meine Aufgabe wichtiger war. Mit dir und Adrian habe ich Höhepunkte erlebt, die ich nie erlebt hätte, wenn ich mit der Berichterstattung über irgendeine Pressekonferenz des Weißen Hauses betraut worden wäre."

Abigail legte Notizbücher auf ein Regal im Schrank und schloss die Tür. „Wirklich? Was denn zum Beispiel?"

„Deine ersten Schritte. Deine ersten Worte. Gibt es einen Ersatz dafür? Das kannst du nur erleben, wenn du dabei bist." Sie brach ab, stellte einen Strauß künstlicher Blumen auf das Fensterbrett und fuhr fort: „Hol ihn her."

Als ihr Vater das Zimmer sah, sprach sein Gesichtsausdruck für sich. Viele Jahre seines Lebens hatte er sich von ihnen distanziert und ausschließlich mit sich selbst beschäftigt, doch sie musste einräumen, dass er das für einen Augenblick überwunden zu haben schien. „Das ist perfekt."

„Ich schlafe in Adrians Zimmer. Du kannst mein Zimmer haben", bot ihre Mutter an.

„Nein, ich habe bereits vorgesorgt und das hier gekauft." Er holte eine Luftmatratze hervor und legte sie in der Ecke auf den Boden. „Ich schlafe auf jeden Fall hier."

Abigail holte Laken aus dem Wäscheraum und machte ihm sein Bett. Es fühlte sich gut an. Sie hatte das auch schon für Philip gemacht, obwohl sie bisher noch nicht zusammenlebten. Sie hatte seine Wohnung aufgeräumt, hier und da eine weibliche Note hinterlassen. Aber ihr Vater nahm ihre Bemühungen gar nicht wahr; er war bereits auf die Geschichte konzentriert. Sie hatte ihrer Mutter nichts von dem Geld erzählt, das er verspielt hatte, und würde es vermutlich auch nicht tun. Es sei denn, er ärgerte sie auf die eine oder andere Weise.

Sie wollte sich darauf einlassen, ihn kennenzulernen. Es war ungewohnt, aber nicht schlecht.

# Kapitel 20

Nachdem Abigail und Ellen meinen Arbeitsbereich eingerichtet hatten, informierte ich Abby über alles, was ich über den Mord wusste, wobei ich mich auf die wichtigsten Punkte konzentrierte. Ich wollte nicht in dem Sumpf der vielen noch offenen Fragen versinken.

Wenn mich das Schreibfieber packt, empfinde ich Schlaf eher als störend. Meine Augen zu schließen scheint mir vergeudete Zeit zu sein. Die tickende Uhr ist nicht mein Freund, vor allem, da die Hauptperson dieses Buches nach der Hinrichtung für mich nicht mehr erreichbar sein würde. Die Zeit saß mir im Nacken, trieb mich an, wie ich es bisher bei keinem anderen Projekt erlebt hatte. Dazu kam der Druck, dass ich Terrells Ansichten korrekt wiedergeben musste. Ein Mann, der meinem Sohn sein Herz schenkte, hatte zumindest das verdient. Ich nahm mir Zeit zum Essen, warf aber bewusst keinen Blick in meine E-Mails und versuchte, die verschiedenen Glücksspielportale im Internet, die ich häufig besuchte, nicht zu öffnen.

Ich vermisste Murrow. Wie Hemingway mochte ich die Gesellschaft von Katzen, denen es vollkommen egal war, ob ich einen Bestseller oder einen Rundbrief über die Familie verfasste. Ich mag Lebewesen, die sich ausschließlich für sich selbst interessieren, vermutlich weil ich selbst auch so eines bin.

Abby hatte viele Fragen. Ich versuchte sie zu beantworten, aber ich machte ihr auch deutlich, dass ich keine Zeit damit vergeuden konnte, ihr die Vorgehensweise zu erklären. „Du musst mir zusehen wie ein Zuschauer bei einem Autorennen“, sagte ich. Eines meiner besten Bücher handelte von einem Rennfahrer, der mir seine Geschichte erzählte, während er mit seiner Xbox spielte. Er kam bei einem Unfall ums Leben, und die Verkaufszahlen des Buches schnellten für ein paar Monate in die Höhe. „Ich kann dir nicht erklären, wie ich das mache. Ich muss es einfach tun. Wenn du mir helfen willst, dann schau zu und lerne und suche Wege, die Leerstellen zu füllen."

„Prima", sagte sie und hielt ein Foto in die Höhe. „Ich möchte die Lücken füllen, indem ich diesen Typen festnagele."

„Wer ist das?"

„Curtis Tompkins. Dianas Boss. Du hast mir von ihm erzählt."

„Abby ..."

„Du musst der Story folgen. Das war das Erste, was ich während des Studiums gelernt habe. Antworten suchen auf alle Fragen, die sich einem stellen. Und dieser Typ ist ein wandelndes Fragezeichen."

„Du hältst Terrell für unschuldig?", fragte ich

„Er behauptet es, wie du sagst. Und Oleta glaubt es auch. Es kann doch nicht schaden, noch ein wenig zu recherchieren, oder?"

„Es stimmt, dass man der Story folgen muss. Aber leider bleiben immer auch Fragen offen. Und was du auch herausfindest, wird keinen Eingang in das Buch finden. Wir haben nur begrenzt Zeit, und ich brauche dich für wichtigere Dinge."

„Zum Beispiel Kaffee kochen und Sandwichs belegen? Komm schon, Dad. Wir sollten ihm zumindest ein paar Fragen stellen."

„Tompkins' Rolle wird vielleicht nie zu klären sein. Aber auf jeden Fall müssen wir zum Schrottplatz fahren, auf dem Conley lebte. Wo Dianas Leiche gefunden wurde."

„Prima. Du schreibst weiter, und ich werde auf dem Schrottplatz Fotos machen. Und dann ein Interview mit Tompkins vorbereiten."

„Nein, du hältst dich von ihm fern. Aber versuch doch, im Internet möglichst viel über ihn herauszufinden. Und Fotos vom Schrottplatz wären eine große Hilfe."

Ihre Augen leuchteten auf wie die eines Kindes, das nach Disneyland darf. Bewaffnet mit Adrians Digitalkamera brach sie auf und kam am Nachmittag mit einem USB-Stick voller Fotos zurück, die ich am nächsten Morgen nutzte, um das erste Kapitel zu schreiben. Nachdem ich beschlossen hatte, dieses Kapitel in der dritten Person zu schreiben, um dem Ganzen einen Anflug von Objektivität zu verleihen, machte ich mich mit Feuereifer an die Arbeit.

*Diana Wrights Leiche wurde in einem flachen Grab weniger als fünf Meter von dem Wohnwagen entfernt gefunden, in dem Terrell Conley hauste. Am Morgen des 20. April wurde Conley von Detective George Chandler aus dem Tiefschlaf gerissen. Er wurde nach draußen geführt, vorbei an verrosteten Autos und Gerätschaften, und man zeigte ihm eine Erdmulde, bei der ein Leichenspürhund mit Namen Thunder das Vorhandensein einer Leiche signalisiert hatte. Thunder beobachtete, wie Conley zu der Mulde geführt wurde, während Detective Dennis Sawyer die Mordwaffe, eine in einen ölverschmierten Lappen eingewickelte 38er, im Schrank über dem mit schmutzigem Geschirr vollgestellten Spülbecken entdeckte. Der Wohnwagen wurde als „Müllhalde" beschrieben, vollgestopft mit leeren Wein- und Whiskyflaschen.*

*Dies sind die Fakten zu dem Tag, der Terrell Conleys Leben für immer veränderte. Aber es gibt auch noch andere Fakten. Der Alkoholspiegel in seinem Blut war nach seiner Festnahme an jenem Morgen doppelt so hoch wie gesetzlich erlaubt, und das, nachdem er eine Nacht geschlafen hatte. In Terrells altem Mazda, der allem Anschein nach mehr hustete und spuckte als fuhr, wurden Kleiderfasern, Haare und Blut von Diana Wright gefunden. Jedes kleinste Beweisstück, das die Spurensicherung in Terrells Wohnwagen und in dessen Umfeld fand, deutete auf Terrell als Täter.*

*Fast genau ein Jahr nach diesem Tag kam die Jury nach knapp drei Stunden Beratung mit dem erwarteten Urteil in den Gerichtssaal zurück. Eine Woche später wurde Terrell von Richter Henry Coursey zum Tode verurteilt.*

*Seine Verurteilung stand in Übereinstimmung mit den Fakten des Falles. Die Ermittler befanden, er sei wasserdicht und abgeschlossen. Der Bezirksstaatsanwalt hatte noch nie eine so einfache Verurteilung erlebt.*

*Aber die andere Konstante in Terrell Conleys Fall ist, dass er von der ersten Befragung bis zu den Interviews, die als Grundlage für dieses Buch dienen, nie aufgehört hat, seine Unschuld zu beteuern. Nicht ein einziges Mal in den langen Jahren seiner Haft deutete er auch nur an, dass er schuldig sein könnte. Als ihm ein Deal angeboten wurde, der ihn vor der Todesstrafe bewahrt hätte, wenn er sich schuldig bekannt hätte, erhob sich Conleys vom Gericht zugeteilter Anwalt, Dawson Kenyon, ein Mann, der einen ähnlichen Kampf mit dem Alkohol auszufechten hatte wie Conley, mit deutlich zitternden Knien und sagte: „Der Angeklagte bekennt sich nicht schuldig, Euer Ehren.“*

Anhand der Informationen aus dem Gerichtsprotokoll versuchte ich, einen Überblick über den Fall zu geben, um deutlich zu machen, wie erdrückend die Beweislage gegen Conley war, gegen die ich anzutreten hätte, falls ich die Absicht hatte, in dem Leser auch nur einen Hauch von Zweifel zu wecken. Wenn ich zumindest ein gewisses Maß an Spannung mit diesem Punkt erzeugen konnte, würde das in dem Leser die Neugier wecken zu erfahren, was tatsächlich geschehen war, und ihn auch über den Teil hinwegbringen, den ich am meisten fürchtete: Conleys religiöse Bekehrung. Dieser Teil würde die Christen ansprechen. Sie würden sich darüber freuen, dass Gott einen von Grund auf schlechten Menschen verändert hatte, aber ich hoffte, dass der Hauptteil meiner Leser diesen Teil einfach überspringen würde oder zumindest in der Lage wäre, ihn hinzunehmen. Ich wollte eine breitere Leserschaft erreichen als den durchschnittlichen Kirchgänger.

Ich wusste, dass ich auf einem guten Weg war, als Abby am Ende des ersten Tages zurückkam, an dem ich von morgens bis abends geschrieben hatte. Sie nahm die Seiten aus dem Drucker und las sie mit so viel Interesse, als wären sie die Qumran-Rollen. Sie erlebte die Übertragung eines Lebens in Buchstaben, und ihr Interesse inspirierte mich. Allerdings ermahnte ich sie, die Seiten nicht durcheinander zu bringen.

„Woher weißt du, dass sein Anwalt ein Alkoholproblem hatte?"

„Nach der Verhandlung hat er eine Entziehungskur gemacht. Aber das muss ich noch genauer überprüfen. Vielleicht könntest du das für mich übernehmen."

Nachdem ich einmal die erste Hälfte eines ganzen Manuskripts verloren hatte, als mein Computer abgestürzt war, hatte ich mir geschworen, dass mir so etwas nie wieder passieren würde und setzte ein Gebot in Kraft, das ich genauso religiös befolgte wie Ellen oder Oleta die echten zehn. Am Abend eines jeden Tages – manchmal auch zweimal am Tag, wenn ein Interview anstand –, speicherte ich die Datei auf einem anderen Teil der Festplatte ab, sicherte sie noch einmal auf meinem Desktop, schickte sie per E-Mail an meine Yahoo!-Adresse und druckte die Arbeit des Tages aus. Falls mein Computer abstürzte, hatte ich somit ein Backup. Falls das Haus abbrannte, warteten die Dateien irgendwo im Cyberspace auf mich. Abby konnte meine übertriebene Vorsicht nicht verstehen, bis ich ihr von dem Computerabsturz erzählte.

„Vermutlich war das Buch beim zweiten Mal noch besser", meinte sie. „Das ist doch auch Hemingway passiert."

Sie erzählte mir eine Geschichte, die ich bereits kannte, von Hemingways Werken, die seine Frau Hadley ihm nach Frankreich brachte. Sie legte alle seine Manuskripte, dazu die

Kopien, in einen Koffer, der ihr dann gestohlen wurde oder verloren ging, und Hemingway musste noch einmal von vorn beginnen. Diese Krise sei mit das Beste gewesen, was er in seiner schriftstellerischen Arbeit erlebt hätte. Aber ich bin nicht Hemingway, bis auf die Sache mit den Katzen.

Abby nahm sich die nächste Seite vor und nagte beim Lesen an ihrer Unterlippe, eine nervöse Angewohnheit oder ein Zeichen der Konzentration. Ich erinnere mich, dass ich einmal von einer Reise kam und erfuhr, dass sie das neuste Harry-Potter-Buch, das gerade erst erschienen war, innerhalb von zwei Tagen ausgelesen hatte. Und das waren wirklich dicke Bücher. Damals war sie noch ein Teenager gewesen. Sie nahm die nächste Seite aus dem Drucker und las. Dann die nächste. Und die nächste. Es hatte sie gepackt.

Als sie das Kapitel etwa zur Hälfte durchgelesen hatte, hielt sie inne. „Du schließt also die Möglichkeit nicht aus, dass er unschuldig ist."

„Wir beide wissen, dass das nicht so ist, aber ich lasse diese Möglichkeit offen. Ich werde die Lösung suchen, so wie der Leser sie suchen wird. Es geht um den Nervenkitzel. Um Konflikte. Ich muss die Spannung aufrechterhalten."

„Aber Dad, für uns ist das ein großes Dilemma. Wenn du herausfindest, dass Conley unschuldig ist, gibt es für Adrian keine Chance mehr."

„Das wird nicht geschehen. Ich hoffe immer noch, dass er vor der Hinrichtung ein Geständnis ablegt, aber vielleicht werden wir die ganze Wahrheit auch nie erfahren. Ich muss das, was wir sicher wissen, so gut erzählen, wie ich kann."

„Also erzeugst du die Spannung künstlich, lässt den Leser glauben, dass er möglicherweise unschuldig ist, und ziehst uns dann den Teppich unter den Füßen fort?"

„Nein. Ob er Diana nun getötet hat oder nicht, kann ich nicht sagen. Aber ich habe es in der Hand, wie gut ich die Geschichte erzähle und der Wahrheit folge. Ob ich über Politik schreibe oder über Sport – ich habe festgestellt, dass die Wahrheit immer zu etwas Gutem führt."

Sie saugte an ihrer Lippe und nahm eine weitere Seite zur Hand. Ich fragte mich, ob ich wirklich glaubte, was ich gerade gesagt hatte.

# Kapitel 21

*20 Tage vor der Hinrichtung*

Früh am Mittwochmorgen fuhr Abby mich zu Oletas Haus. Unterwegs telefonierte ich mit Adrian. Ich hatte Schuldgefühle, weil ich mich nicht im Krankenhaus sehen ließ, und seine heisere Stimme trug nicht dazu bei, sie zu besänftigen.

„Wie läuft es mit dem Schreiben?"

„Gut. Ich arbeite mich vor. Wie geht's deinem Herz?"

„Ein Schlag nach dem anderen." Ich sah sein Lächeln förmlich vor mir. „Wie ich höre, hast du jetzt eine Praktikantin. Wie macht sie sich?"

„Sie ist Chauffeurin, Recherche-Assistentin und sorgt dafür, dass ich immer frischen Kaffee habe." Abby schnaubte ein wenig, vielleicht freute sie sich aber auch. Ich konnte es nicht sagen. „Du solltest erleben, wie deine Schwester auf Informationssuche geht. Sie ist ein Naturtalent."

„Ich kann es kaum erwarten zu lesen, was ihr beide produziert habt."

„Du solltest das Vorwort schreiben", schlug ich vor. „Oder den Epilog. Falls alles so läuft, wie geplant."

„Ja, das wäre cool, nicht?"

Seine Stimme wurde schwächer. Ich sagte ihm, wir wären jetzt bei Oleta angekommen, und er bat mich, Murrow von ihm zu grüßen.

„Ich liebe dich, Dad."

„Ich liebe dich auch, mein Sohn."

Murrow saß auf dem Fensterbrett im Zimmer von Oletas Tochter und blickte mit beiläufiger Gleichgültigkeit in die Welt hinaus. Als ich das Zimmer betrat, warf er mir einen kurzen Blick zu, blinzelte zweimal, streckte sich und wandte sich wieder ab.

„Ich freue mich auch, dich zu sehen."

Oleta machte Omeletts und stellte eine Plastikschüssel mit Bananen-Nuss-Muffins auf den Tisch. Sie und Abby verstanden sich auf Anhieb, und während sie sich über Adrians Gesundheitszustand unterhielten, lief ich durchs Haus und suchte nach Fotos von Terrell. Einige standen auf dem Kaminsims – das Hochzeitsfoto und ein Schnappschuss von Terrell in seiner Gefängniskluft. Ich stieß auf ein altes Fotoalbum neben dem Spinett und blies den Staub darauf fort.

Schon auf den ersten Kinderfotos wirkte er zornig. Auf einem saß er in einem Hochstuhl, das Gesicht mit Brei verschmiert. Auf einem Foto aus seiner Highschoolzeit posierte er in einem Footballtrikot mit überdimensionalen Schulterpolstern. Aus seiner Trikotnummer und seinem drahtigen Körperbau schloss ich, dass er in der Verteidigung gespielt hatte.

Ein Foto zeigte ihn in Militäruniform, ein anderes im Graduierungstalar, und ich fand auch noch verschiedene andere Schnappschüsse, die vom Alter mittlerweile verblasst waren. Als ich mit meinem Fund in die Küche zurückgehen wollte, kam ich an Oletas Schlafzimmer vorbei. Da stand ein wackeliger Schreibtisch und auf der Pinnwand aus Kork an der Wand, die über dem Schreibtisch hing, hatte sie kleine Kärtchen mit den Namen von verschiedenen Personen und ihren Krankheiten geheftet. In der Mitte entdeckte ich Adrians Namen, umgeben von Daten und Erläuterungen. Auf einem gelben Klebezettel stand *Ellen* ganz oben, darunter *Abigail, Truman*. Auch Karten mit handgeschriebenen Bibelversen hingen dort. Neben dem Schreibtisch stand eine kleine Bank. Der Teppich davor war auffallend zerschlissen. Diese Frau meinte es ernst.

„Ich sehe, Sie haben mein Gebetszimmer gefunden", sagte sie.

Ihre Stimme ließ mich zusammenfahren. Ich drehte mich um und hielt ihr das Fotoalbum hin. „Ich wollte nicht herumschnüffeln, sondern habe nach Fotos gesucht."

Sie nickte. „Ihre Frau sagte, dass Sie in Ihrer eigenen Welt leben, wenn Sie arbeiten. Sie können das mitnehmen, wenn es Ihnen hilft."

Ich deutete auf die Pinnwand. „Ist das Ihre Hitliste?"

Sie lachte ihr typisches Oleta-Lachen, und ich fand, dass es ein schönes Geräusch war. „Eine schöne Umschreibung. Aber es ist eine ‚Liebes-Hitliste'. Leute kommen nur an meine Wand, wenn sie mir aufrichtig am Herzen liegen oder wenn sie verzweifelt sind."

Ich deutete auf meinen Namen.

„Einige Leute sind beides", erklärte sie.

„Wie viel Zeit verbringen Sie hier?"

„Mit beten? Das hängt davon ab, wie früh ich aufwache. Aber ich finde, alle Erfolge oder Zusammenbrüche beginnen hier drin." Sie legte die Hand auf ihr Herz. „Hier werden die größten Schlachten ausgefochten."

Sie blickte in mich hinein – zumindest fühlte es sich so an, als wüsste sie über meine Fehler und mein Versagen Bescheid, als wüsste sie, dass ich ihr Geld verspielt hatte, doch das schien sie nicht zu kümmern. Mit einem Räuspern machte ich mich schleunigst auf den Weg zur Küche, denn in ihrem Gebetszimmer fühlte ich mich ein wenig unbehaglich.

Das Omelette wartete bereits, und Abby hatte ein paar Scheiben Toast mit Butter bestrichen. Ich bombardierte Oleta mit Fragen über Terrells Kindheit, wie sie sich kennengelernt hatten, was sie zueinander gebracht hätte. Sie beantwortete die Fragen, lenkte das Gespräch aber auch oft in eine geistliche Richtung. Als wir uns gerade warm geredet hatten, nahm sie ihre zerlesene Bibel zur Hand.

Ohne zu zögern versuchte Abby das Thema zu wechseln. „Ich habe die Zeitungsausschnitte gelesen und weiß, dass Terrell nach wie vor beteuert, unschuldig zu sein. Aber wenn Ihr Mann den Mord nicht begangen hat, wer hat dann Diana Wright getötet?“

Oleta umklammerte ihre Kaffeetasse, und ihr Blick wanderte in die Ferne. Ihre Augen waren ein wenig gerötet. „Der Gedanke, dass ein Mörder frei herumläuft, ist für mich kaum zu ertragen, vor allem, weil mein Terrell für diesen Mord eingesperrt wurde. Aber ich bin davon überzeugt, dass Gott es weiß. Das hilft mir. In der Bibel steht, dass Gott für die Vergeltung zuständig ist. Und dass alles, was jetzt noch verborgen und unklar ist, ans Licht kommen wird.“

„Können Sie Gott nicht einfach bitten, Ihnen zu sagen, wer es getan hat?“, fragte Abby. „Wenn er die Wahrheit kennt und Sie liebt, warum will er dann nicht, dass Sie Gewissheit bekommen?“

Oleta schien sich über die Frage zu freuen. „Genau das finde ich auch. Und ich habe Gott wirklich angefleht, mir die Wahrheit zu zeigen, sie ans Licht zu bringen. Den Mörder zu überführen, mir irgendein Zeichen zu geben. Aber bisher habe ich noch kein nasses Vlies gefunden.“

„Ein nasses was?“, fragte Abby.

Oleta erzählte irgendetwas von einem Mann aus der Bibel, der nachts eine Decke nach draußen gelegt hatte, die nass wurde oder nicht nass wurde. Ich hörte nicht richtig zu, aber sie wirkte ganz begeistert. Mir kam es vor wie eine lahme Entschuldigung. So, wie sie die Sache sah, schien es egal zu sein, was Gott uns antat, weil er alles für seine Zwecke nutzte. Oleta sagte, Gott hätte aus Terrells Gefängnisaufenthalt etwas Gutes in seinem Leben entstehen lassen, und wenn sie die Wahl hätte, würde sie wieder wollen, dass er für dieses Verbrechen verurteilt würde, weil sein Leben dadurch verändert worden wäre. Wenn ich für etwas im Gefängnis säße, das ich nicht getan hätte, dann wäre ich stinksauer auf Gott. Ich hätte erwartet, dass er einen besseren Plan hinkriegt, um mich zu retten.

„... und dann kam mir der Gedanke, dass Gott deinen Vater vielleicht nur aus diesem Grund ins Spiel gebracht hat", sagte Oleta gerade.

„Aus welchem Grund?", fragte ich.

„Damit Sie die Wahrheit aufdecken. Damit Sie offen legen, was verborgen ist."

„Was hältst du davon, Dad? Du bist vielleicht eine Gebetserhörung."

Ich hatte immer eher das Gefühl gehabt, dass ich für andere ein *Gebetsanliegen* sei, darum ließ ich das unkommentiert.

Nun stellte Oleta eine Frage. „Nachdem Sie alle Gerichtsprotokolle und die Zeitungsartikel gelesen haben, Truman, haben Sie eine Idee?"

Ich steckte den letzten Bissen Omelette in den Mund und kaute es auf der linken Seite, die nach wie vor wehtat, aber nicht mehr so sehr. „Der Eigentümer des Schönheitssalons ist Abby nicht geheuer. Und der Schrottplatzbesitzer auch nicht. Wir wissen nicht viel über ihn. Und es ist durchaus schon vorgekommen, dass ein Polizist Beweisstücke unterschlägt, wenn er eine schnelle Verhaftung braucht, aber bei den Beamten kann ich kein Motiv erkennen. Eigentlich habe ich den Eindruck, dass in diesem Fall das Motiv gänzlich fehlt."

„Wie meinen Sie das?", fragte Oleta.

„So unfähig der Verteidiger auch war, selbst er wies auf die Tatsache hin, dass die Theorie der Staatsanwaltschaft, Terrell könnte aus Rache gehandelt haben, unwahrscheinlich sei. Sie gab sich mit der Erklärung zufrieden, Ihr Mann habe Diana umgebracht, weil sie ihm kein Geld gegeben habe."

Abby ergriff das Wort. „Die Staatsanwaltschaft behauptete, er hätte sich sexuell an ihr vergehen wollen, doch sie habe sich gewehrt, und so habe er sie getötet und ihre Leiche versteckt."

„Wer würde denn eine Friseurin, die einem immer Kekse bringt, entführen und töten?“, fragte Oleta.

„Vielleicht wusste sie etwas“, überlegte Abby. „Etwas, das sie nicht wissen sollte. Etwas, das mit dem Salon zusammenhängt.“

„Mir ist dieser Tompkins gleich suspekt gewesen.“

„Es gibt natürlich noch eine andere Möglichkeit“, sagte ich. „Vielleicht hat Ihr Mann, der sich nicht an diese Zeit erinnern kann, sie tatsächlich getötet. Vielleicht lag die Pistole im Wohnwagen, weil er dieses Verbrechen begangen hat. Und die Spuren in seinem Wagen ... Er hat sie getötet und vergraben, und er ist schuldig.“

Ich dachte, Oleta würde mich aus ihrem Haus werfen, doch stattdessen starrte sie nur auf das Muster der Tischdecke.

„Das habe ich auch schon oft überlegt“, sagte sie schließlich. „Glauben Sie mir, wirklich. Aber Sie kennen den Mann nicht. Ich war mit ihm zusammen, als der Alkohol ihn fest im Griff hatte. Es gab keinen Weg, dem zu entfliehen. Er war wie der Besessene von Gerasa.“

Wieder so ein rätselhafter Hinweis. Oleta bemerkte unseren fragenden Gesichtsausdruck und erklärte: „Dieser Mann war von Dämonen besessen. Sein Leben war elend, und er hatte keine Hoffnung, bis Jesus kam. Da ergriffen die Dämonen die Flucht, weil sie wussten, wer Jesus war.“

Sie merkte, dass meine Augen glasig wurden, und kam schnell zum Ende. „Niemand hatte diesem Mann helfen können. Niemand konnte ihn von den bösen Stimmen in seinem Inneren befreien. Doch als er Jesus begegnete, brauchte er keine Ketten mehr. Die Dämonen ergriffen die Flucht. Das hat Jesus auch in Terrells Leben getan. Er nahm ihm die Sehnsucht nach Alkohol. Er hat ihn zu Verstand gebracht.“

„Und was wollen Sie damit sagen?“, fragte ich.

„Wenn er dieses Mädchen getötet hätte, dann hätte er das auch zugegeben. Er hat alles offengelegt, was er je verbrochen hat. Dinge, von denen ich nicht die geringste Ahnung hatte. Aber Gott hat ihn wirklich frei gemacht, sogar von dem Wunsch, seine Unschuld zu beweisen."

Ich stand auf, um meinen Kaffeebecher nachzufüllen. „Dabei fällt mir ein: Ich muss mit den Verteidigern reden. Haben Anwälte aus Florida den Fall vertreten?"

Sie schrieb den Namen und die Telefonnummer eines Jura-Professors der Florida State-Universität auf eine ihrer kleinen Karteikärtchen. „Ich habe viel Geld für Rechtsanwälte ausgegeben, aber das hätte ich genauso gut in der Toilette hinunterspülen können. Dieser hier hat Interesse an dem Fall bekundet, da sonst niemand ihn aufgriff. Doch mit der Transplantation will er sich lieber nicht die Finger schmutzig machen." Als sie mir die Karte reichte, blickte sie mich eindringlich an. „Er kann das auch für Sie tun, Truman."

Ich blickte auf die Karte. „Der Jura-Professor?"

Sie schüttelte den Kopf. „Jesus kann Sie von dem befreien, was Sie gefangen hält."

Ich nahm die Karte und blickte zu Abby hinüber, die das Ganze zu genießen schien. Aber vielleicht gefiel ihr auch nur, wie ich mich wand.

„Wenden Sie sich nicht von ihm ab", mahnte Oleta.

Das Sonnenlicht fiel von der vorderen Veranda ins Zimmer. Murrow jagte den Lichtstrahl über den Boden im Wohnzimmer und schlug mit der Pfote danach. Doch er konnte das Licht nicht einfangen. Es war immer außerhalb seiner Reichweite.

# Kapitel 22

*19 Tage vor der Hinrichtung*

Ellen war verblüfft, als Truman im Warteraum des Krankenhauses auftauchte. Zuerst dachte sie, seine Scheu vor diesem Ort hätte sich gegeben, und er sei da, um Adrian zu besuchen. Dann bemerkte sie die Blätter in seiner Hand und den roten Stift.

„Du bist immer besser in Rechtschreibung gewesen als ich", meinte Truman. „Würdest du das mal durchlesen?"

„Was ist das?" Ein Hauch von Kälte und ein Zögern. Sie bedauerte ihren Tonfall, sobald die Worte über ihre Lippen gekommen waren.

Truman seufzte. „Werte das nicht als Interesse an geistlichen Dingen, denn das ist es nicht. Ich habe gerade Conleys ‚Zeugnis' geschrieben", – er sagte dies mit Anführungszeichen in der Luft –, „und es wäre schön, wenn du das auf Plausibilität überprüfen könntest. Ich will euch Christen nicht beleidigen."

Während Truman losging, um Kaffee zu holen, breitete Ellen die Seiten auf ihrem Schoß aus und nahm den roten Stift zur Hand. Truman hatte in der ersten Person, also aus Terrells Perspektive, geschrieben. Er hatte die Stimme des Mannes hinter Gittern eingefangen, ohne Abstriche zu machen, was die Ausdrucksweise anging.

*Ich saß seit etwa sechs Monaten im Gefängnis, fühlte mich leer und hoffnungslos, lebte von einem Tag zum nächsten. Schuldgefühle quälten mich wegen der vergeudeten Jahre. Ich war von meiner Frau und meinen Kindern getrennt, ohne Hoffnung, jemals wieder ein freier Mann zu sein. Ich wollte nicht mehr leben.*

*Im Gefängnis gab es einen Kaplan, der sich Zeit nahm für die Gefangenen, aber ich wollte nicht mit ihm reden. Ich habe von Bekehrungen im Gefängnis gehört und von Insassen, die fromm daherreden, um Gefälligkeiten von Leuten von draußen zu bekommen. Doch einige der Männer, die die Gottesdienste in der Kapelle besuchten, schienen etwas zu haben, das ich nicht besaß. Eines Sonntags nahm ich doch am Gottesdienst teil und ließ Gesang und Predigt auf mich wirken. Die Worte konnten mich nicht erreichen, denn ich dachte, dass Gott mich verabscheute. Dass es einen Gott gab, daran zweifelte ich nicht. Nur hatte ich den Eindruck, dass ich ihm egal war.*

*Ich erinnere mich nicht mehr, welche Lieder gesungen wurden oder was der Pastor an jenem Tag sagte. Aber ich fand ein kleines Blättchen – sie nennen es ein Traktat. Es lag auf dem Boden unter meinem Stuhl, und ich hob es auf. Darauf stand ein Vers aus der Bibel, Johannes 10, Vers 10. „Ein Dieb will rauben, morden und zerstören. Ich aber bin gekommen, um ihnen das Leben in ganzer Fülle zu schenken."*

*Das war der Augenblick, in dem ich erkannte, dass mir mein Leben geraubt worden war. Eigentlich nicht geraubt, ich hatte es freiwillig verschenkt, dem Alkohol und anderen Frauen. Mein Leben war alles andere als befriedigend und reich. Und als ich mich umsah und diese anderen Männer im Gottesdienst beobachtete, wurde mir klar, dass sich für sie nichts geändert hatte. Sie saßen immer noch im Gefängnis. Ihre Umstände waren dieselben. Aber sie sangen und lobten Gott.*

*Ich dachte: „Gott, ist das für mich? Kannst du mir ein Leben in ganzer Fülle schenken, hier im Knast?"*

*Nach dem Gottesdienst erhob ich mich und nahm dieses Blättchen mit. Ich hielt es in der Hand, als wäre es die Fahrkarte nach draußen. Der Kaplan sprach mich am Ausgang an. Er fragte, ob mir der Gottesdienst gefallen hätte, und ich sagte Ja. Er sah das kleine Traktat in meiner Hand und fragte, ob ich gern eine Bibel hätte.*

*„Gern", sagte ich.*

*Er schenkte mir ein Neues Testament, und bevor ich die Kapelle verließ, zeigte ich auf das Traktat und fragte, wo ich diesen Vers finden könnte.*

*Er schlug das Johannesevangelium auf, das zehnte Kapitel, und legte den Zettel hinein. „Das ist ein guter Anfang. Lesen Sie das Johannesevangelium durch. Da steht drin, wie sehr Jesus Sie liebt."*

*Ich kehrte in meine Zelle zurück und begann zu lesen. Ich schwöre, die ganze Woche lang war es, als würden sich immer neue Fenster zu meiner Seele öffnen. Ich hatte schon von Jesus gehört, sein Name wurde auf der Straße viel gebraucht, und meine Frau hatte mir von ihm erzählt, aber ich war ihm nie begegnet, wie ich ihm in jener Woche begegnete.*

*Als ich am nächsten Sonntag wieder in die Kapelle ging, war ich bereit. Mich kümmerte nicht, was die Leute dachten oder ob sie mir glaubten; ich wollte beten und Gott bitten, mich zu verändern. Die Wahrheit war, er hatte bereits damit begonnen. Er wirkte in mir, allein schon dadurch, dass ich bereit war, die Bibel zu lesen.*

Als Ellen zu Ende gelesen hatte, stand Truman mit seinem Kaffee hinter ihr und blickte ihr über die Schulter. Sie hatte Terrells Geschichte bereits von Oleta gehört und konnte nicht anders, als zu hoffen und zu beten, dass dies eines Tages auch die Geschichte von Truman wäre. Natürlich nicht der Gefängnis-Teil, aber die Sehnsucht nach Leben, die sich in dem spiegelte, was Terrell geschrieben hatte.

„Ich würde nichts daran ändern", sagte sie. „Wirst du noch darauf eingehen, wie intensiv er sich mit der Bibel beschäftigt hat, die Sache mit der Fernbibelschule?"

„Das kommt vielleicht später noch, aber in diesem Kapitel wollte ich den Leuten nur ein Gefühl dafür geben, wie groß die Freiheit war, die er plötzlich empfand. Selbst im Gefängnis."

Die offensichtliche Frage war, warum Truman sich nicht auch nach dieser Freiheit sehnte. Das verstand sie einfach nicht. Aber sie hielt sich zurück. „Es ist wirklich gut. Das mit diesem einen Vers hast du toll gemacht. Ich frage mich nur, ob du nicht doch noch mehr schreiben solltest. Hat er nicht noch eine andere Bibelstelle erwähnt?"

„Er sprach von Johannes drei, Vers sechzehn und setzte seinen Namen ein, aber das war mir dann doch etwas zu viel."

„Nein, das solltest du nicht weglassen. Das wird viele Leser ansprechen, in erster Linie diejenigen, die das Gefühl haben, dass Gott sich überhaupt nicht für sie interessiert."

Truman trank einen Schluck Kaffee und nickte. „Das kann ich ja später noch einarbeiten. Ich möchte vermeiden, dass die Geschichte zu langatmig wird. Dieser Teil könnte die Leser vergraulen."

„Aber der Leser kann nur verstehen, warum Terrell sein Herz für Adrian spenden will, wenn er auch darüber Bescheid weiß."

„Nein, das sehe ich anders. Man kann auch ohne religiöse Bekehrung den Wunsch haben, etwas Gutes zu tun. Wer möchte nicht einem anderen helfen, wenn ihm sein Leben genommen wird?"

Ein Vers aus Johannes, Kapitel 15 ging ihr durch den Sinn. *Die größte Liebe beweist der, der sein Leben für die Freunde hingibt.* Genau das wollte Terrell tun, aber Truman konnte es nicht erkennen. Und Ellen konnte es ihm einfach nicht begreiflich machen.

Sie reichte ihm die Seiten. „Das wird ein großartiges Buch. Ich bin froh, dass du es schreibst."

# Kapitel 23

*14 Tage vor der Hinrichtung*

Verschiedene Tests wurden bei Adrian durchgeführt, und als der Termin für mein nächstes Interview mit Conley näher rückte, hatte ich meinen Rhythmus gefunden. Essen und Kaffee waren jetzt mein Treibstoff, und ich hielt den Kopf gesenkt, während die Worte aus mir herausflossen. Ein Grund für das gute Vorankommen war sicher auch, dass ich den Bekehrungsteil jetzt hinter mir hatte. Zwar waren noch ein paar Dinge zu ergänzen, auf die Ellen mich hingewiesen hatte, aber ich konnte jetzt über die Gerichtsverhandlung schreiben, und die meisten Puzzleteilchen lagen bereit.

Ich bemühe mich, mir während des Schreibens kein Urteil über das zu bilden, was ich produziere. Ich halte mich, soweit das geht, aus der Geschichte heraus, bringe sie möglichst objektiv zu Papier und mache mir keine Gedanken über die Anordnung oder die Form des ersten Entwurfs. Doch obwohl das noch die Rohfassung war, hatte ich den Eindruck, dass dies das Beste war, das ich je geschrieben hatte. Natürlich gab es noch große Lücken, zum Beispiel war das Ende noch offen, aber ich hatte einen hervorragenden Ansatzpunkt. Ich hoffte, dass er am Ende sein Leben für einen anderen gab, aber sicher war das noch nicht.

Während dieser Zeit sah ich kaum fern, aber wenn ich einmal Nachrichten schaute, ging es um diese Geschichte. Noch schien nicht bekannt geworden zu sein, dass ein Buch über Conleys Leben im Entstehen war, und ich war dankbar, dass dieses Projekt noch nicht in den Fokus der Medien geraten war. Allerdings zuckte ich zusammen, als ich ein Bild meines Sohnes sah, gefolgt von einem Foto unserer Familie. Auch in dieser Sendung stieg der Gouverneur in einem Blitzlichtgewitter und von einem Pulk von Journalisten begleitet auf ein Podium. Protestler vor dem Kapitol wurden eingeblendet. Sie hielten Schilder hoch mit der Aufschrift: „Du sollst nicht töten."

Jennifer stand an Townsends Seite, lächelnd und wunderschön, als er verkündete, er wolle für ein neues Amt kandidieren. „In einer Zeit wie dieser brauchen wir dringend eine starke, von Prinzipien geleitete Regierung. Arbeitslosigkeit, eine geschwächte Wirtschaft und Schulden in ungeahnter Höhe bringen unseren Lebensstil in Gefahr. Kräfte außerhalb unserer Grenzen bedrohen uns. Durchlässige Grenzen ermöglichen freiheitshungrigen und in manchen Fällen auch zerstörungswilligen Menschen, ins Land zu kommen. In dieser Krisenzeit brauchen wir einen Leiter, der diese Probleme mutig anpackt und unser Land unter einer einzigen Vision vereint, mit einer Stimme der Hoffnung. Darum kündige ich heute meine Kandidatur für das Amt des Präsidenten der Vereinigten Staaten von Amerika an!"

Frenetischer Applaus brach los, dann wilder Protest, danach wurden die Reaktionen von Menschen auf der Straße gezeigt: „Ja, ich denke, er wäre ein guter Präsident", oder: „Er kann uns auch nicht mehr schaden als der jetzige" und das Kichern einer jüngeren Frau, die sagte: „Ich finde ihn heiß. Ich würde ihn wählen."

Natürlich versuchte ich mich durch diese Ankündigung nicht von meiner Arbeit abhalten zu lassen, doch als ich spät am Abend erschöpft auf meine Luftmatratze sank, fragte ich mich doch, inwiefern dies die Entscheidung hinsichtlich der Transplantation beeinflusste.

Es war bereits Vormittag, mitten in einer jener Phasen ungezügelter Kreativität, in denen ich nicht Wort für Wort schreibe, sondern gefühlt Seite um Seite produziere, als Abby über das ganze Gesicht strahlend anmarschiert kam. Sie war wirklich ein wunderschönes Mädchen. Kein Wunder, dass Philip ihr das Studium finanzieren wollte. Sie schnappte sich den Stapel Seiten vom Abend zuvor und hielt dann inne.

„Ich habe es geschafft", verkündete sie.

„Was denn?"

„Ich habe einen Vorstellungstermin bekommen."

Ich blickte vom Bildschirm hoch. „Wofür?"

„Für einen Job. Bei dem Friseur in der Mane Street. Er hat eine Kleinanzeige aufgegeben. Ist das zu glauben?"

„Abby, nein."

„Dad, ja. Ich treffe Tompkins höchstpersönlich. Morgen."

„Auf keinen Fall. Du wirst nicht hingehen."

„Wie oft hast du versucht, ihn telefonisch zu erreichen?"

„Das ist egal."

„Ich kann Informationen beschaffen, Dad."

„Er kennt meinen Namen. Er wird eins und eins zusammenzählen."

„Ich habe natürlich nicht meinen richtigen Namen benutzt. Er kennt mich nur als Cheryl."

Ich starrte sie an.

„Dies ist meine Chance, selbst journalistisch tätig zu werden. Ich will nicht nur Laufmädchen sein."

Meine Finger juckten und wollten zurück auf die Tastatur. „Und wie willst du das machen? Du kannst doch gar nicht Haare schneiden."

„Das ist auch kein Job als Friseurin, sondern als Empfangsdame."

„Und was willst du tun, deine Sozialversicherungsnummer aufschreiben, ihm deinen Lebenslauf erklären und dann fragen: ‚Ach übrigens, haben Sie Diana Wright umgebracht?'"

„Natürlich nicht. Bei dem ersten Treffen habe ich vermutlich nicht die Möglichkeit, irgendwelche Fragen zu stellen, aber du musst doch zugeben, dass es uns einen Zugang verschafft. Und den hatten wir bislang nicht."

„Es ist zu gefährlich. Vermutlich hat er mit dem Mord an Diana nichts zu tun, aber wenn doch, wird dieser Mann unter allen Umständen versuchen, sich zu schützen. Falls er irgendwie herausfindet, in welcher Verbindung du zu mir, einem Reporter, stehst ... ich möchte einfach nicht, dass du das machst."

Sie legte den Kopf zur Seite und blickte mich durch ihre schwarze Brille an. „Wovor hast du Angst? Dass ich etwas herausfinden könnte? Etwas, das du übersehen hast? Ich denke, damit könntest du schlecht umgehen."

„Das ist absurd. Ich will nur nicht, dass dir etwas passiert."

„Mom sagte, ich sollte aufpassen, weil du alles kontrollieren wolltest."

Ihre Mutter war eine rachsüchtige, herzlose Person, dass sie solche diskriminierenden Dinge über ihren Mann erzählte. Aber so ganz unrecht hatte sie leider nicht.

„Ich will dich nicht kontrollieren. Hast du bisher nicht alles durchsetzen können? Du konntest jeder deiner Ideen nachgehen. Und ich muss sagen, du hast einen guten Instinkt."

„Ich bin dafür zuständig, dir Kaffee zu holen, Dad. Und dir Sandwichs mit Käse und Schinken zu machen. Bisher habe ich noch nichts Wesentliches tun können, und das weißt du auch."

Ich suchte nach einem guten Argument. Sie hatte mir sehr geholfen bei der Recherche zu Conleys Vergangenheit. Aber das war keine herausragende Leistung. Sie hatte auch guten Kaffee gekocht, aber ich beschloss, das lieber nicht zu erwähnen. Vielleicht bin ich nicht der beste Vater, den es gibt, aber so dumm bin ich dann auch wieder nicht.

„Ich dachte, du wolltest lernen, wie man ein Buch schreibt. Das habe ich dir zu vermitteln versucht. Dass du dein Leben in Gefahr bringst gehörte nicht zur Abmachung."

„Wieso bringe ich mein Leben in Gefahr, wenn ich ein Interview führe und ein paar Fragen stelle?"

„Was ist, wenn er dir den Job gibt?"

„Umso besser. Dann habe ich noch besseren Zugang."

„Und wenn er dich zum Abendessen ausführen will?"

„Wunderbar. Damit habe ich die Gelegenheit, ihn festzunageln, wenn er gerade nicht aufpasst."

„Abby! Du verstehst es einfach nicht. Bestenfalls ist er ein Schuft mit einem fragwürdigen Geschäftsgebaren. Schlimmstenfalls könnte es sein, dass er einer jungen Frau eine Kugel in den Kopf gejagt und ihre Leiche auf einem Schrottplatz entsorgt hat."

„Aber du hast doch selbst gesagt, dass das eher unwahrscheinlich ist."

„Ja, aber falls er es getan hat, dann war er klug genug, dieses grausame Verbrechen einem anderen in die Schuhe zu schieben. Ich möchte nicht, dass du so einem Typen zu nahe kommst."

Sie trat näher, eine Ader an ihrem Hals pulsierte. „Falls dieser Kerl der Mörder ist, dann möchte ich das wissen, bevor Terrell Conley hingerichtet wird. Du nicht?"

Genau zwei Sekunden dachte ich darüber nach, dann wandte ich mich wieder dem Computerbildschirm zu. Es gibt Dinge, die will man nicht wissen und über die will man auch nicht nachdenken.

Sie fluchte. „Du traust mir überhaupt nichts zu. Du hältst mich immer noch für das kleine Mädchen, dem du früher Geschichten vorgelesen hast. Ich bin eine erwachsene Frau. Ich habe gute Ideen, einen guten Instinkt. Ich habe einfach das Gefühl, dass ich mich mit ihm treffen sollte."

„Ich sehe dich nicht mehr als das kleine Mädchen. Ich weiß, dass du erwachsen bist und eigene Entscheidungen treffen kannst, und ich bin stolz auf dich. Aber ich möchte dich nicht in Gefahr bringen."

Während ich sprach, schüttelte sie den Kopf und senkte den Blick, als klänge das Lob, das ich aussprach, in ihren Ohren hohl. „Warum, weil du mich so liebst?“ Sie lachte. „Du wüsstest gar nicht, wo ich bin oder was ich tue, wenn ich nicht vor dem Kasino auf dich gewartet hätte. Ich musste dir hinterherlaufen wie ein hungriges Hündchen, damit du mich überhaupt wahrgenommen hast.“

„Abby, ich denke jeden Tag an dich-“

„Abigail“, fuhr sie mich an. „Und an jemanden *denken* heißt nicht, dass du ihn auch liebst. Das ist nicht dasselbe. Du denkst viel mehr ans Spielen, als du dich je für deine Kinder interessiert hast. Ich dachte immer, dass du mich vielleicht eher wahrnehmen würdest, wenn eines meiner lebenswichtigen Organe kaputt wäre. Vielleicht würdest du mich dann lieben. Doch dann hast du dich auch von Adrian zurückgezogen, statt Mom zu helfen, die Last zu tragen. Wie ist das, Dad? Jemanden lieben, indem man an ihn denkt, aber ihn nie zu besuchen, ihn nie anzurufen? Du willst nicht, dass ich mit Tompkins spreche, weil du mich *liebst*? Tut mir leid, das kaufe ich dir nicht ab.“

Sie stürmte aus dem Zimmer, und ich starrte auf den Bildschirm meines Computers. Eigentlich hätte ich ihr nachgehen sollen, aber ich saß auf meinem Stuhl wie festgeklebt, hing an dem Bildschirm mit all seinen Buchstaben und Zeilen, die miteinander verflossen, und mein Blickfeld verschwamm.

Eigentlich bin ich der Meinung, dass meine Stärke der Dialog ist, dass mir im Interview oder der Pressekonferenz immer die richtige Frage einfällt, dass ich ein Gespräch auf eine essenzielle Frage reduzieren kann, und ich stellte mir die nächste Szene in der Küche vor: Ich legte eine Hand auf ihre Schulter und vergaß auch nicht, sie Abigail zu nennen. Ich entschuldigte mich bei ihr und überlegte mir eine andere Aufgabe, um sie von ihrem Plan abzubringen, mit hautenger Jeans und straff sitzender Bluse diesen Kerl anzumachen. Eine Aufgabe, die sie zufriedenstellen würde, damit sie sich nicht in Gefahr begab.

Doch bevor ich meinen flotten Dialog ausprobieren konnte, klingelte mein Telefon, und eine unterdrückte Nummer erschien auf meinem Display. Eine angespannte und mit zu viel Koffein aufgeputschte Stimme sagte: „Der Gouverneur möchte Sie sprechen."

Ich lauschte einen Moment auf die hektische Betriebsamkeit im Büro des Gouverneurs.

„Truman, wie geht deine Arbeit voran?", fragte Townsend. Ich sah das Blitzen der weißen Zähne vor mir, die gezupften Augenbrauen, die perfekt gebräunte Haut, die sich in Falten legte, wenn er lächelte.

„Macht Fortschritte. Vielleicht schreibe ich ja eines Tages deine Geschichte. Du bist oft in den Nachrichten zu sehen."

„Es wird ziemlich viel Wind darum gemacht, das gebe ich zu. Ich möchte dich um einen Gefallen bitten. Können wir uns heute Abend treffen? Ich habe etwas Wichtiges mit dir zu besprechen. Das geht nicht am Telefon."

„Wieviel Uhr?"

„Ich habe bis viertel nach acht zu tun. Ach, und es wäre schön, wenn Ellen mitkommen könnte."

„Das ist schwierig. Wie du weißt, geht es Adrian nicht gut."

„Wie ist die Lage?"

Ich erzählte ihm von dem letzten Gebetsaufruf, den Ellen an ihre Facebook-Gruppe geschickt hatte, und Townsend gab ein besorgtes Grunzen von sich, um zu zeigen, dass er Anteil nahm. Doch kurz darauf fuhr er fort: „Es wäre wirklich gut, wenn sie bei dem Gespräch dabei wäre."

„Ich sehe zu, was ich tun kann."

„Danke. Dann bis heute Abend." Er erklärte mir, wie ich nach Feierabend durch die Sicherheitskontrolle kam.

Ich legte auf und ging in die Küche, um mit Abby zu sprechen. Der Kaffee gurgelte und zischte, und ich hörte, wie draußen der Motor ihres Autos ansprang. Als ich die Haustür erreichte, war sie bereits fort.

# Kapitel 24

Ohne ein Wort über unsere vorherige Auseinandersetzung oder überhaupt viele Worte zu verlieren, setzte mich Abby später am Krankenhaus ab. Während ich mich mit Ellen besprach, eilte Abby hinauf in Adrians Zimmer.

Ich bin kein guter Beifahrer, wenn meine Frau am Steuer sitzt, und so steuerte sie instinktiv die Beifahrerseite an. Unser schlimmstes Erlebnis hatten wir vor ein paar Jahren gehabt, als sie mich am Flughafen abholte. Statt einer befriedigenden Unterhaltung, von der ich allerdings nicht sicher bin, ob ich sie jemals genossen habe, schaltete sie an einer roten Ampel schließlich das Automatikgetriebe des Wagens auf Parken, stieg aus und setzte sich auf den Rücksitz. Traurigerweise war das noch nicht der Tiefpunkt unserer Ehe. Von diesem Tag an fuhr ich selbst und ließ meinen Wagen am Flughafen stehen. Doch heute Abend würde ich mich von ihr zum Anwesen des Gouverneurs chauffieren lassen, sozusagen als Buße für Verstöße in der Vergangenheit. Mit dieser kleinen Geste wollte ich ihr zeigen, dass ich mich verändert hatte.

Beklommen ließ sie den Motor an. Sie versuchte ihre Erschöpfung und Sorge zu verbergen, doch ihr unnatürliches Lächeln konnte mich nicht täuschen. Ich fragte sie, wie es Adrian ginge, und sie gab mir eine knappe Antwort. Anscheinend fragte sie sich, warum ich nicht früher gekommen war und ihn besucht hatte.

„Das Fenster haben sie ja gut hingekriegt“, bemerkte ich.

„Ja, der Straßenlärm ist jetzt deutlich leiser“, erwiderte sie und erzählte, der Mann aus ihrer Kirche sei wirklich ein Schatz und hätte im Laufe der vergangenen Jahre schon einige Reparaturen an ihrem Auto vorgenommen, woraufhin ich mich sofort als Versager fühlte. Ich wette, der Kerl erledigte sogar seinen Ölwechsel selbst und machte sich die Hände dreckig, was ich nie getan habe. Ich bin nicht der Typ Mann, der am Wochenende in seiner Garage herumwerkelt. Praktische Arbeiten liegen mir nicht.

„Wie kommst du mit dem Schreiben voran?“, fragte sie.

Ich weiß nie so genau, wie ich diese Frage beantworten soll, weil die schriftstellerische Tätigkeit eine Frage des Schwungs ist. Etwa wie beim Fahrradfahren. Um das Fahrrad zum Laufen zu bringen, braucht man Schwung, aber Schwung bekommt man erst, wenn man auf dem Fahrrad sitzt und mit aller Kraft in die Pedale tritt. Jede Minute, die man fern seines Computers verbringt, bremst den Schwung aus. Die Zeit, die ich an diesem Abend für die Fahrt zum Anwesen des Gouverneurs brauchte, ging mir für das Buch verloren, darum war ich frustriert. Aber wie soll man das erklären? Wie beschreibt man eine Obsession?

„Ganz gut“, erwiderte ich.

„Und wie ist es mit Abigail?“

Ich versuchte, nichts in die Frage hineinzuinterpretieren, aber ehrlich, wie sollte das gehen? Ich konnte mich des Gedankens nicht erwehren, dass mir eine Falle gestellt wurde.

„Sie ist ein Wirbelwind, wie immer. Unglaublich klug. Ein tolles Mädchen.“ Ich legte die Betonung bewusst auf die Gegenwart. Das war tatsächlich meine Meinung über meine Tochter, aber meine Stimme klang irgendwie fremd.

„Ich merke, dass sie ziemlich beeindruckt ist von dir.“

„Wie das?“

„Sie sagt, du hättest nichts anderes im Sinn als das Projekt, abgesehen von Essen, Trinken und Schlafen. Du seist das reinste Tier. Wenn du dich an einer Sache festgebissen hättest, dann würdest du nicht mehr lockerlassen.“

Mit anderen Worten, wenn ich in meine Ehe und Familie nur halb so viel Energie investieren würde wie in meine Arbeit, dann bekäme ich die Auszeichnung „Vater des Jahres"? Ich entdeckte einen Wegweiser zu einem Kasino und war froh, dass Ellen am Steuer saß. Ich brauchte dringend ein wenig Entspannung, und für meine Verhältnisse war es sehr lange her, seit ich das letzte Mal ein Kasino aufgesucht hatte.

„Wiederhol nochmal genau, was Townsend gesagt hat", bat Ellen. Ihre Stimme war ruhig, und allmählich schien sie ihre Hemmungen, am Steuer zu sitzen, abgelegt zu haben.

Ich wiederholte ihr das Gespräch, ließ aber natürlich die strahlend weißen Zähne und die Dinge, die mir durch den Sinn gehen, wenn ich an diesen Mistkerl denke, weg. „Das klingt ja sehr mysteriös", meinte sie. „Was will er von uns? Was denkst du?"

„Da ich Townsend kenne, vermutlich etwas Einfaches: unser erstgeborenes Kind. Ein Stück meiner Anatomie. Aber ich glaube nicht, dass es ein Zufall ist, dass ich morgen mein zweites Gespräch mit Conley habe."

„Es geht bestimmt um Adrian."

„Das nehme ich an. Aber angesichts seiner Pläne, fürs Weiße Haus zu kandidieren und der Umfragewerte will er dich vielleicht zu seiner Vereidigung einladen."

Sie fuhr schweigend weiter, etwas zu langsam für die mittlere Spur, aber ich hielt meinen Mund. Ich würde kein Wort dazu sagen, dass uns die Autos rechts und links überholten. Nein, Sir. Ich blickte nur zum Fenster hinaus und unterdrückte meine Ungeduld.

„Vielleicht möchte er dich zum Pressesprecher machen", meinte sie. „Hast du daran schon mal gedacht?"

Der Gedanke war mir tatsächlich gekommen, doch ich lachte nur. „Ich kann mir keinen weniger befriedigenderen Job vorstellen. Immer neue kreative Antworten darauf zu finden, warum Townsend etwas Bestimmtes tut, wäre nichts für mich.

Lieber wäre ich arbeitslos. Dich wollte er bestimmt dabei haben, weil er unbedingt noch einmal einen Blick auf deine Beine werfen möchte."

Sie lachte ihr typisches Ellen-Lachen, den Kopf in den Nacken gelegt und mit einem Strahlen, das selbst das härteste Herz zum Schmelzen bringen konnte. Sicher, sie war nicht mehr jung und hatte nicht so viel „Hilfe" wie Jennifer Townsend, aber sie war ausgesprochen schön. Nicht die beste Autofahrerin, aber man kann eben nicht alles haben.

„Du brauchst dir über meine Beziehung zum Gouverneur keine Gedanken zu machen, weil es keine gibt", erklärte sie.

„Aber es hätte sein können. Komm schon, deine Eltern wollten, dass du ihn heiratest, und das kannst du nicht leugnen."

„Das ist doch schon so lange her, Tru. Ich habe mich für dich entschieden."

„Eine Entscheidung, die du auf ewig bereust. Wie lange wart ihr beide zusammen, bevor ich dich in der Redaktion kennenlernte?"

Sie schüttelte den Kopf. „Fang doch nicht wieder damit an."

„Nein, wir haben nie wirklich darüber geredet. Es war etwas Ernstes, nicht? Ich meine, überleg doch: Du könntest heute Abend im Haus des Gouverneurs sitzen und dich auf einen Umzug nach Washington vorbereiten. Dein Leben wäre vollkommen anders verlaufen. Du hättest vielleicht keine Kinder, aber du hättest Dutzende von Delfinen und die gefährdeten Sumpfkreuzspinnen retten können."

„Ich will gar nicht in einem Herrenhaus leben. Ich habe auch so alles, was ich brauche."

„Und hast du auch alles, was du dir wünschst?" Ein Auto fuhr rechts an uns vorbei, und der Fahrer machte sehr deutlich, dass er sich über uns ärgerte. Ellen merkte es nicht.

„Ich denke nicht darüber nach, wie mein Leben hätte aussehen können. Ich bin zu beschäftigt mit dem, was gerade ansteht."

„Und das, was gerade ansteht, ist ziemlich übel."

Sie seufzte. „Man könnte beinahe sagen, ich hasse mein Leben. Den Stress. Die Unsicherheit. Die Probleme mit Adrian. Mit Abigail. Mit dir."

In ihren Worten lag eine Melancholie, die wunderbar zum Nachthimmel passte. Eine einsame, ungeliebte Frau, die neben einem einsamen Versager-Ehemann saß. Wir hätten das perfekte Paar sein können. Allerdings gab es keine Beziehungs-Umgehungsstraße, die uns den Weg zueinander ermöglichte. Nicht einmal Schnellstraßen des Herzens können zwei Seelen miteinander verbinden, wenn die Distanz zu groß ist.

„Aber ich sage dir eins", fuhr Ellen fort. „Ich würde nicht mit Jennifer Townsend tauschen wollen."

„Warum nicht? Stabilität und Geld in Hülle und Fülle, und der einzige Stress wäre die Überlegung, wo du acht Jahre lang deine Möbel einlagerst."

„Truman, das ist vielleicht ein Schock für dich, aber ich würde auch die Unsicherheit und den Stress nicht eintauschen wollen. Durch diese Geschichte habe ich Dinge über mich gelernt, die ich nie lernen wollte und die ich auch nie gelernt hätte, wenn nicht alles um mich herum eingestürzt wäre."

Die Ausfahrt kam näher, und sie fuhr immer noch auf der mittleren Spur, aber es gelang mir, mir auf die Zunge zu beißen. Ich glaube, das war ein Test, und ich hatte bestanden. Auf der rechten Seite natürlich.

Sie fuhr fort: „Wenn man durch solche Tiefen geht, lernt man Dinge über sich selbst und das Leben, die man nirgendwo sonst lernen kann. Und ja, Gott ist da."

„Du willst mir also sagen, Gott hat Adrian ein krankes Herz gegeben, damit du mehr über das Leben lernst? Hättest du nicht einfach eines dieser Frauenseminare besuchen können? Das wäre Adrian gegenüber sehr viel fairer gewesen."

Sie setzte den Blinker und überquerte zwei Fahrspuren zur Ausfahrt. Beinahe hätte ich in Zungen geredet.

„Ich gebe nicht vor zu wissen, warum Gott tut, was er tut. Aber ich weiß, ich wäre nicht der Mensch, der ich heute bin, wenn ich nicht all das durchgemacht hätte."

„Und bedeutet das nun, dass es ein Fehler war, mich zu heiraten? Ich will das nur verstehen. War ich Gottes Strafe für dich? Hat er Adrian heimgesucht, weil du einen Ungläubigen geheiratet hast?"

Sie schwieg, und ich wusste, ich hatte einen Nerv getroffen, obwohl ich es gar nicht vorgehabt hatte.

Als wir uns dem Gouverneurssitz näherten, fuhr sie an den Straßenrand, ohne den Blinker zu setzen, und schaltete auf Parken. „Dich zu heiraten war kein Fehler, Tru. Du hast mir zwei wunderbare Kinder geschenkt. Unsere Probleme haben mich veranlasst, mich zu Gott zu flüchten, und ich glaube nicht, dass das geschehen wäre, wenn in meinem Leben alles glatt gelaufen wäre. Natürlich wäre es mir lieber, wenn wir keine Probleme hätten, aber sie haben ihren Sinn. Ich weiß, du kannst das nicht nachvollziehen, aber so ist es. Und ich habe die Hoffnung immer noch nicht aufgegeben, dass wir unsere Probleme irgendwie in den Griff bekommen. Doch ich bin müde. Es ist, als säßen wir in einem Boot und ich allein müsste rudern. Und folglich fahren wir immer im Kreis."

Mit tränenlosen Augen blickte sie mich an, ohne Drama, ohne Sehnsucht oder irgendetwas anderes als die nüchterne Bewertung einer Frau, die allein ist. Aber selbst in diesem Blick schien eine Einladung zu liegen, etwas, das mich in den Schmerz hineinzog.

Sie sagte nichts mehr. Die Staatsanwaltschaft ruhte. Und die Verteidigung hatte keine glaubwürdigen Zeugen aufzuweisen.

„Ich wette, Oleta und Terrell führen nicht solche Gespräche."

„Ich wette, sie wünschte, sie könnten es", erwiderte sie. „Oleta hat mir gesagt, sie würde alles dafür geben, nur noch einmal mit ihm zu Abend zu essen und seine Hand zu halten oder mit ihm darüber zu streiten, welchen Film sie sich am Abend ansehen." Sie starrte in die Dunkelheit hinaus. „Abigail sagt, Terrell könnte durchaus unschuldig sein. Denkst du das auch?"

Ich zuckte die Achseln. „In einem Universum der Möglichkeiten ist das eine. Aber leider hat es zu diesem Zeitpunkt keine Bedeutung mehr."

Die LED-Anzeige der Uhr sprang zur nächsten Minute über. Wir waren bereits zu spät dran, aber darüber machte sie sich keine Gedanken. Mit der Pünktlichkeit hatte sie es noch nie so genau genommen. Ich achtete auf die Sekunden, während sie nach der Stundenanzeige lebte.

„Tru, ich habe das bisher für mich behalten, aber Oleta und Terrell wollten gar kein Buch. Das war meine Idee."

„Was meinst du?"

„Das Geld für das Buch stammt von mir."

Ich starrte sie an, suchte nach der nächsten Frage bei der Pressekonferenz, zu der unsere Ehe geworden war.

„Ich habe dich manipuliert und war dir gegenüber unehrlich", gestand sie.

„Aber es hat funktioniert. Du hast mich für die Geschichte interessiert."

„Ich wusste, dass du, wenn du erst einmal auf der Spur bist, auch in der Lage sein würdest, ihr zu folgen. Dass du nicht aufgeben würdest."

„Du wusstest, was ich mit dem Geld tun würde."

Sie nickte.

„Und dass ich mich verpflichtet fühlen würde, es zu Ende zu bringen."

„Und dass die Arbeit die Leere in deinem Leben füllen würde. Dass du mit derselben Leidenschaft daran arbeiten würdest, wie du dich vom Glücksspiel mitreißen lässt."

„Und du wusstest, dass mich das nach Hause bringen würde."

„Ich hatte es gehofft."

Ein warmes Gefühl durchströmte mich, aber es lag auch Widerwillen darin. „Was ist mit Abby? Hast du das auch eingefädelt?"

„Ich war genauso überrascht wie du, als sie auftauchte."

„Aber du hast sie zum Kasino geschickt."

„Sie fragte mich, wo du sein könntest."

Dieses Eingeständnis musste ich erst mal verdauen. „Ich habe dein Geld verspielt."

„Unser Geld."

„Wo hattest du es her?"

„Ich hatte noch ein paar Ersparnisse. Es gab eine Ausbildungsversicherung, die mein Vater bezahlt hatte. Ich gab mich mit dem Barwert zufrieden. Und ich habe einige deiner Sachen über eBay verkauft." Sie lächelte. „Das war ein Witz."

Als sie mir dies alles gestand, hätte ich eigentlich ihre verschlagene und hinterhältige Vorgehensweise missbilligen sollen, doch mir wurde klar, wie viel Überwindung sie dieser Schritt gekostet hatte – oder dieser Glaubenssprung. Sie *wollte* mich wieder in ihrem Leben haben, was mich wiederum an ihrem Verstand und ihrem Urteilsvermögen zweifeln ließ. Vielleicht wusste sie, dass dies unsere letzte, aber auch beste Chance war.

Ich dachte noch darüber nach und hatte meine Antwort fast formuliert, als mein Handy klingelte. „Das ist er", sagte ich, während ich das Gespräch entgegennahm.

Sie nickte, legte den Gang ein und fuhr los, ohne angemessen auf den Verkehr zu achten.

# Kapitel 25

Abigail hielt Adrians Hand und tätschelte sie wie früher, als sie noch Kinder gewesen waren. Ihre Mutter hatte ihr damals gestattet, sich auf die Couch zu setzen und ihren kleinen Babybruder im Arm zu halten. Dabei war sie sich so groß vorgekommen. Sie tätschelte seine Hand, wenn er in seinem Hochstuhl saß und auf sein Essen wartete. Sie hielt seine Hand, wenn sie auf dem Weg zum Krankenhaus zu einer weiteren Untersuchung neben ihm im Auto saß. Und jetzt eben auch.

Ein Baseballspiel lief im Fernsehen, doch er hatte den Ton abgestellt. Gelegentlich wanderte sein Blick zum Bildschirm, als wäre ihm eigentlich egal, wer siegte und wer verlor. *Wie könntest du dich auch für ein Baseballspiel interessieren,* dachte sie, *in deinem Zustand?*

„Ich bewundere dich", sagte sie ganz unvermittelt, während sie seine blasse Hand anstarrte. Mit den Augen folgte sie einer blauen Vene, bis sie unter seinem Handgelenk verschwand.

„Was gibt's da zu bewundern?", fragte Adrian.

„Wie du mit alledem umgehst. Selbst als du noch klein warst, hast du alles einfach hingenommen. Einen Tag nach dem anderen."

„Ich habe es nicht anders gelernt. Was hätte ich denn auch sonst tun sollen?" Seine Stimme klang flach und er atmete keuchend.

„Verkauf dich nicht unter Wert. Das ist bewundernswert. Ich wünschte, ich könnte so sein."

„Das bist du doch. Du siehst es nur nicht."

„Nein, ich bin nicht wie du."

Adrian drehte sich auf die Seite, und die Anstrengung ließ ihn stöhnen. „Nun, vielleicht siehst du ja in mir nicht nur mich."

„Fang gar nicht erst an", wehrte sie ab.

„Was denn?"

„Du weißt schon, diese Sache mit Gott."

Adrian lächelte nur.

„Mom bearbeitet mich pausenlos. Und Philips Eltern fahren voll auf diese Sache mit dem Glauben ab. Ich kriege es von allen Seiten ab."

„Es ist mir so wichtig, Abby. Warum gibst du deinem sterbenden Bruder nicht die Möglichkeit, es dir zu erklären?" Er sagte das mit einem Augenzwinkern, als könnte er sie durch Schuldgefühle dazu bringen, sich etwas anzuhören, von dem sie ohnehin wusste, dass es real war, dass es etwas Großes bei ihm bewirkt hatte.

„Du willst, dass ich mich aus Mitleid bekehre?", fragte sie grinsend.

„Ja! Das ist gut. Eine ganz neue Art der Missionierung!" Sein knochiger Brustkorb bebte unter dem Krankenhaushemd. „Werde sterbenskrank und führe deine ganze Familie vor lauter Schreck zum Glauben!"

Sie stimmte in sein Lachen ein, wandte aber den Blick ab, weil ihr Tränen in die Augen stiegen. Sie wollte nicht, dass er sie schwach und voller Zweifel erlebte. Sie musste positiv und fröhlich sein und ihm Energie geben und all das. Das war es, was er brauchte. Aber allein schon der Klang seiner Stimme machte sie traurig, ließ sie überlegen, was auf sie zukommen würde. Wie es wohl sein würde, diese Stimme nicht mehr zu hören.

„Die Wahrheit ist, ich bewundere *dich*", sagte er.

„Das ist jetzt aber ein Schock", erwiderte sie. „Welcher kleine Bruder in der Menschheitsgeschichte hat jemals so etwas von sich gegeben?"

„Es gibt für alles ein erstes Mal."
„Und was bewunderst du an mir?"
„Dass du deinen Träumen folgst. Wie klug du bist. Wie schön du aussiehst. Eines Tages wirst du die Welt auf den Kopf stellen, große Schwester."
„Das glaubst du?"
„Ich *weiß* es. Ich hoffe nur, dass ich dann noch da bin und es miterlebe."
„Siehst du, genau das ist der Grund, warum ich *dich* bewundere", sagte sie. „Du wächst über dich hinaus, selbst wenn du Schmerzen hast. Die meisten Menschen würden im Selbstmitleid versinken. Du nicht. Weißt du, wie selten so etwas ist?"
„Weißt du, wie selten es ist, dass jemand kein Kompliment annehmen kann?"
Sie ließ seine Hand los und täuschte Empörung vor. „Wie geht es übrigens Philip?", fragte er. „Ich wette, er vermisst dich."
„Wir brauchten mal eine Pause. Ich glaube, er ist viel bindungswilliger als ich."
„Normalerweise ist es andersherum."
„Du beziehst dich auf das einzige Beispiel, das du kennst: Mom und Dad."
„Nein, ich lese auch Bücher und Zeitschriften. Sehe mir Filme an. Ich habe Freunde. Der Junge möchte sich meistens nicht zu früh binden, und das Mädchen wünscht sich eine langfristige Beziehung. Philip scheint nett zu sein."
„Ja, ist er. Ich weiß nur nicht so genau, ob er der Richtige ist. Ich möchte sicher sein, dass er mit meinem kleinen Bruder mithalten kann."
„Auf so einen musst du vielleicht dein Leben lang warten." Adrian lachte und hustete ein wenig. Das Husten hörte nicht mehr auf. Irgendetwas schien nicht in Ordnung zu sein.
Er winkte ab, als sie ihn fragte, ob sie eine Schwester holen sollte, doch als er immer weiter hustete, rannte sie hinaus auf

den Flur. Sie hätte auch einfach den Knopf am Bett drücken können, aber sie wollte lieber das Zimmer verlassen. Sie konnte es nicht ertragen, ihn so leiden zu sehen. Doch das war sein Leben, ein einziger, langer Kampf.

Abigail hatte das Schwesternzimmer schon fast erreicht und lauschte auf den Husten, aber alles war still.

# Kapitel 26

Ellen hielt am Wachhäuschen vor dem Eingangstor an. Der Mann beugte sich vor, erkannte Truman und nickte. Er erklärte ihnen, wo sie parken sollten, und dort nahm sie ein anderer Wachposten in Empfang, der sie zur Haustür begleitete. Der Assistent des Gouverneurs erwartete sie dort.

Der Mann führte sie ins Esszimmer. Truman erklärte Ellen, in diesem Raum sei er auch beim letzten Mal gewesen. Das Haus kam Ellen vor wie eine Leichenhalle mit seinem gedämpften Licht und leiser klassischer Musik, die im Hintergrund spielte. Auf einem kleinen Tisch standen Tee, koffeinfreier Kaffee und Kekse bereit, an denen man sich bedienen konnte, was Truman auch tat. Er bot an, auch ihr etwas zu bringen. Aber sie rang sich nur nervös die Hände und bestaunte die geschmackvolle Dekoration.

„Überdenkst du gerade deine Ehegattenwahl?“, fragte Truman.

Sie lächelte nervös, und Erinnerungen an die Zeit, als sie und Carl Townsend ein Paar gewesen waren, überfielen sie. Sie hatte eigentlich nicht mit ihm zusammenkommen wollen, in erster Linie deshalb, weil ihre Eltern es so sehr wollten. Doch mit seinem Charme und seiner Beharrlichkeit hatte er sich in ihr Herz geschlichen.

„Ist alles ein bisschen zu perfekt, nicht?“, meinte sie.

„Man fragt sich ja, wie er sein Gewicht halten kann, wenn es ständig Kekse gibt.“ Truman blickte sich in dem Raum um. „Ich kann mich des Eindrucks nicht erwehren, dass hier alles mit Videokameras überwacht wird.“

Reginald kehrte zurück und blieb in der Tür stehen, bis Carl Townsend erschien, immer noch im Anzug. Er blieb kurz stehen, zog das Jackett aus und hängte es über eine Stuhllehne. Seine Bewegungen waren gleichermaßen elegant wie effizient. Ellen erinnerte sich, dass ihr das bereits damals an ihm aufgefallen war.

Er durchquerte den Raum, nahm Ellen angemessen freundschaftlich in den Arm und gab ihr einen flüchtigen Wangenkuss. Dann trat er zurück und blickte sie strahlend an. „Du hast dich kein bisschen verändert, Ellen. Wunderschön wie eh und je."

Sie bekam mit, dass Truman die Augen verdrehte und so tat, als würde er sich den Finger in den Hals stecken.

Carl drehte sich zu ihm um und reichte ihm die Hand. „Danke, dass ihr so kurzfristig gekommen seid. Ich weiß das wirklich zu schätzen." Er machte drei Schritte auf den Tisch zu, brach einen Keks in der Mitte durch, schnappte sich einen Stuhl und drehte ihn um. „Jennifer hasst diese Kekse, aber ich kann ihnen nicht widerstehen."

„Reagan hatte seine Jelly Beans; du futterst dann eben Kekse im Weißen Haus", bemerkte Truman.

„Du hast also die Ankündigung gesehen."

„Ja, habe sie gerade noch mitbekommen. Eine Schande, dass du nicht mehr Presse bekommen hast."

Er lächelte, blickte Ellen an und wurde ernst. Seine Stimme senkte sich. „Wie geht es Adrian?"

Ihr kam seine Anteilnahme berechnend vor, ein wenig zu sehr Hollywood-like. „Er hält sich tapfer", erwiderte sie mit schwach zitternder Stimme.

„Er wird es doch schaffen, oder?", fragte Carl. „Es sind nur noch zwei Wochen."

„Die Ärzte tun, was sie können."

„Gut." Er legte eine Hand auf den Tisch. „Mit Gottes Hilfe werden wir das hinter uns bringen."

Es klang konstruiert. Seine Körpersprache zeigte Mitgefühl, aber Ellen spürte, dass er ein ganz bestimmtes Anliegen hatte.

„Also, worum geht es?“, fragte Truman in die düstere Stimmung hinein.

Townsend kräuselte die Lippen, als wäge er die enorme Tragweite dieser Situation ab, während er gleichzeitig Zuversicht und Entschlossenheit ausstrahlen wollte. Er rieb seine Hände aneinander, um sie von den Kekskrümeln zu befreien, und drehte erneut den Stuhl um, um sie anzusehen.

„Ihr beide wisst, dass die Mühlen der Justiz an diesem Punkt im Rechtsprozess besonders schnell mahlen. Normalerweise gibt es Appelle und Anträge für einen Aufschub – alles ganz legal und ganz gewiss Conleys Recht. Wenn ich den Tod vor Augen hätte, würde ich um jede Sekunde kämpfen.“

„Was hat das mit uns zu tun?“, fragte Truman.

Ellen hatte eine Ahnung, und sie warf Truman einen schnellen Blick zu. *Sei still und lass ihn reden. Reiz ihn nicht. Es geht hier nicht um dich.*

„Eigentlich nichts“, erwiderte Carl. „Doch deine Familie hängt jetzt mit drin. Und du hast Zugang zu ihm und seiner Frau wie kein anderer.“

Truman versteifte sich, hielt aber den Mund.

„Darum habe ich eine Bitte. Ich weiß, dass du dich wieder mit ihm triffst. Morgen, wenn ich richtig informiert bin.“

„Woher weißt du das?“, fragte Truman.

Ellen konnte sich nur schwer beherrschen, doch es gelang ihr, und sie hielt den Blick fest auf Carl gerichtet.

„Ich möchte diese Operation für euren Sohn ermöglichen. Ich möchte das für dich tun, Ellen. Aber es gibt bestimmte Mechanismen der politischen Welt, die nicht außer Acht gelassen werden dürfen ...“

Truman unterbrach ihn. „Du willst, dass sich Conley und sein ihm vom Staat gestellter Rechtsanwalt zurückhalten und nicht versuchen, die Hinrichtung hinauszuzögern.“

Townsend schüttelte die Bemerkung ab wie ein Pferd eine Fliege. „Ich denke nur, dass es für uns alle das Beste ist, wenn das Ganze ohne Verzögerung vonstatten geht. Es liegt vor allem in Adrians Interesse, dass diese Sache schnellstmöglich von dem Gerichtshof der öffentlichen Meinung abgesegnet wird. Das versteht ihr sicher."

Endlich ergriff Ellen das Wort. „Nach dem, was Oleta mir gesagt hat, wird es keine Gesuche und Anträge geben. Sie und Terrell haben sich mit dem Unausweichlichen abgefunden."

„Das höre ich gern. Wenn das stimmt, dann sollte meine nächste Bitte an euch kein Problem sein."

Ellen ahnte, dass das, was jetzt kommen würde, ein großes Problem sein würde, was es auch immer sein mochte.

Der Gouverneur machte eine dramatische Pause und blickte Truman an. „Ich brauche ein Geständnis."

„Was?", fragte Truman verdutzt.

Ellen legte warnend die Hand auf seinen Arm. „Carl, du weißt, dass er kein Geständnis ablegen wird."

Carl hob ergeben die Hände. „Dann sind mir die Hände gebunden."

Ellen grub ihre Fingernägel in Trumans Arm, um den Wutausbruch einzudämmen, der sich, wie sie nur zu gut wusste, in ihrem Mann zusammenbraute. „Wenn du weißt, dass es keine Versuche geben wird, den Prozess aufzuhalten oder in letzter Minute noch einen Aufschub zu erreichen, was kann denn dann noch schiefgehen?", fragte sie, ohne Gefühle zu zeigen.

Carl beugte sich vor, stützte die Ellbogen auf die Knie und legte beide Zeigefinger aneinander und an seine Lippen. „In dieser Angelegenheit gibt es enormen Druck von allen Seiten. Die Rechten gehen auf die Barrikaden, weil wir hier ihrer Meinung nach einen gefährlichen Präzedenzfall schaffen. Die Linken sind aufgebracht und behaupten, wir würden Todeskandidaten als Organspendefabriken missbrauchen. Ihr könnt euch gar nicht vorstellen, wie viele Anrufe, E-Mails und

Protestschreiben ich bekomme – und nicht nur ich. Alle Mitglieder des Rechtsausschusses."

Ellen konnte sich des Gedankens nicht erwehren, dass diese Mitglieder des Rechtsausschusses mehr als alles andere an der Wiederwahl interessiert waren.

„Es wäre viel leichter, diesen Zug einfach vorbeifahren zu lassen. Einige in meiner Partei sind der Meinung, das Ganze sei für mich politischer Selbstmord. Aber ich bin bereit, für euren Sohn zu kämpfen."

„Du kämpfst für keinen anderen als dich selbst", fuhr Truman ihn an. „Das war schon immer so." Er schüttelte Ellens Hand ab. „Wenn es dir um andere Belange ginge als deine eigenen, würdest du tun, was richtig ist und der Rechten und Linken sagen, sie könnten dich mal. Aber das wirst du nicht tun. Du drehst dein Fähnchen nach dem Wind, und wenn es passt, dann wirst du meinen Sohn benutzen, aber wir beide wissen Bescheid. Die Umfragen entscheiden, welche Position du vertrittst."

Der Assistent des Gouverneurs erschien im Raum und suchte den Blick seines Chefs. Carl hob lächelnd die Hand. „Alles in Ordnung."

Reginald verließ leicht ungehalten den Raum.

„Ich mag deinen Mumm, Truman", bemerkte Carl gleichmütig. „Schon immer. Diese Kampfhundmentalität, sich in eine Sache zu verbeißen. Erinnerst du dich noch, als du dich damals in den Konferenzraum jenes Hotels durchgekämpft hast? Dein erster Auftrag nach dem College, und du hast bereits mit deinem Wagemut Schlagzeilen produziert."

Ellen erinnerte sich ebenfalls an diesen Zwischenfall und war erstaunt, dass Carl es nicht schon längst vergessen hatte. Es ging um ein Quorum und das Recht der Öffentlichkeit auf Information. Truman kannte die Regeln und wusste, dass ein aufstrebender Politiker ein Problem mit illegalem Glücksspiel hatte. Ein Assistent öffnete die Tür, und Truman drängte sich mit einem Kameramann im Schlepptau an ihm vorbei, der die entsetzten Gesichter an einem Pokertisch einfing. Trumans Marktwert in journalistischen Kreisen stieg und der des Politikers sank. Er wurde bei der nächsten Wahl nicht mehr wieder gewählt.

Carl fuhr fort: „Du hast aber nie begriffen, dass Wagemut im Einklang mit der Realität gelebt werden muss. Idealismus bringt einen nirgendwohin. Ich wünschte, wir würden in einer vollkommenen Welt leben, wo Schwarz und Weiß immer gut zu erkennen ist. Wo die Guten gewinnen und die Bösen verlieren. Aber so ist es nicht. Wir leben in einer Welt, in der jeder Schachzug zum Anfang vom Ende werden kann. Das ist die Welt, mit der ich Tag für Tag konfrontiert werde. Mir gefällt das nicht. Ich würde es gern ändern, aber ich kann nicht viel dagegen machen. Und ich würde sehr viel besser schlafen, wenn ich wüsste, dass Adrian Wileys Herz regelmäßig schlägt und ich dazu beigetragen habe, dass ein verurteilter Mörder noch etwas Gutes mit seinem Leben tun konnte. Eine letzte gute Tat."

Ellen lehnte sich zurück und blickte Carl in die Augen. Das klang jetzt nicht wie eine einstudierte Rede. Es wirkte ehrlich und aus dem Herzen kommend.

„Das ist es, was ich ganz besonders an dir hasse, Townsend", sagte Truman.

„Was denn?"

„Deine Fähigkeit, selbst die größte Skepsis der Menschen mit deinem aalglatten Gerede zu zerstreuen."

„Was willst du von uns?", fragte Ellen.

„Ich möchte, dass ihr beide mit Oleta und Terrell redet." Er sprach ihre Namen aus, als wären sie alte Freunde. „Sie müssen begreifen, dass die Sache mit der Transplantation nur möglich ist, wenn Terrell ein Geständnis ablegt. Ihr beide wisst, dass jeder Mann in der Todeszelle auf ein Wunder hofft. Das wird es nicht geben. In deinem Buch kannst du Terrells

Geständnis und seinen Verzicht auf seine Rechte entsprechend würdigen. Er tut das ja wirklich aus Selbstlosigkeit, weil er die Interessen anderer über seine eigenen stellt."

„Er wird nichts gestehen, was nicht der Wahrheit entspricht", wandte Truman ein.

„Jetzt ist aber nicht der richtige Zeitpunkt für philosophische Fragen. Ist es falsch zu lügen? Ja. Ist es immer falsch, auch wenn es um eine größere Sache geht? Du musst ihm klarmachen, dass es ohne Geständnis keine Transplantation geben wird."

„Warum jetzt?", fragte Truman. „Warum hast du diese Forderung nicht bereits vor meinem ersten Treffen mit ihm gestellt?"

„Da hatte ich noch nicht die Informationen, über die ich jetzt verfüge. Morgen Nachmittag treffe ich mich mit Mitgliedern des Rechtsausschusses. Sie haben angedeutet, dass sie die Transplantation unterstützen würden, falls – und das ist hier das entscheidende Wort – Conley seine letzten Gesuche und Anträge auf Begnadigung oder Aufschub zurückzieht."

„Und falls er ein Geständnis unterschreibt", ergänzte Ellen.

„Ja."

„Und du sagst, die Sache ist wasserdicht?", fragte Truman.

„Man lernt schon sehr früh, dass es in der Politik keine wasserdichten Abmachungen gibt. Aber wenn ich pokern würde –", er blickte Truman vielsagend an –, „würde ich sagen, euer Sohn hat eine gute Chance."

„Und wenn er kein Geständnis ablegen will?", fragte Truman. „Gibt es einen Mittelweg, den ich ihm anbieten kann?"

„Was für einen Mittelweg?"

„Sagen wir, er ist bereit, auf jegliche Aufschübe und Petitionen zu verzichten. Ist es nicht das, was du eigentlich willst?"

„Ich will kein Risiko eingehen. Ich habe Angst, dass mir das später um die Ohren fliegen oder zumindest schaden könnte. Wenn ich kein Geständnis habe, kann ich die Transplantation nicht genehmigen. Das liegt nicht im Interesse des Staates oder meiner künftigen politischen Ziele."

„Darum geht es also?", fragte Ellen. Sie hatte aufmerksam zugehört und rutschte nun zur Sesselkante. „Truman hat recht. Dir geht es nicht um Gerechtigkeit, Mitgefühl oder Menschlichkeit. Dir geht es darum, wie sich deine Entscheidungen auf die Umfragewerte auswirken."

„Ellen, ich will das genauso sehr wie du-"

„Nein, das stimmt nicht. Du hast keine Ahnung, wie sehr wir uns das wünschen."

„Du hast recht." Er hob ergeben die Hände. „Ich kann nur erahnen, was ihr durchgemacht habt, und das tut mir leid. Sehr leid. Aber ich weiß, dass dies eure größte Chance auf ein neues Leben für euren Sohn ist."

Sie waren in eine Sackgasse geraten. Ein Politiker war eben begrenzt in seinen Möglichkeiten. Menschlichkeit ist nicht sein oberstes Kriterium. Ellen sank in ihrem Sessel zusammen und starrte auf den makellosen Tisch mit dem perfekt polierten Silber.

Carl erhob sich und wandte sich Truman zu. Das Gespräch war beendet. Er streckte nicht die Hand aus oder klopfte ihm auf die Schulter. „Bring mir das Geständnis. Dann sorge ich dafür, dass dein Sohn ein neues Herz bekommt."

Ellens Telefon klingelte. Der Klingelton sagte ihr, dass es Abby war. „Who Let the Dogs Out" passte nicht zu dem Chopin-Hintergrundgedudel, aber das kümmerte sie nicht. Sie wühlte in ihrer Tasche und holte ihr Handy heraus.

„Mom, hier stimmt was nicht", sagte Abigail. Im Hintergrund waren Alarmtöne zu hören. „Ich habe Angst."

„Wir sind schon unterwegs."

„Alles in Ordnung?", fragte Carl von der Tür aus.

Ellen drängte sich an ihm vorbei, ohne ihn einer Antwort zu würdigen.

# Kapitel 27

Ich setzte Ellen am Eingang ab und fuhr ins Parkhaus. Ein paar Minuten würde ich brauchen, um mich zu sammeln und den Mut aufzubringen, nach oben zu gehen. Ich versuchte mir vorzustellen, wie ich gelassen blieb, aber unterschwellig war da immer der Wunsch zu flüchten, irgendwohin, wo der Schmerz und die Schwierigkeiten sich nicht wie eine Flutwelle auftürmen und über mich hereinzubrechen drohten.

Beinahe hätte ich tatsächlich die Flucht ergriffen, aber das wäre natürlich feige gewesen. Mir war auch bewusst, dass im achten Stock drei Menschen auf mich warteten, und ihr Urteil über mich würde sehr hart ausfallen, wenn ich sie wieder im Stich lassen würde.

Vielleicht ist es der antiseptische Geruch in Krankenhäusern, der mich so abstößt. Oder es sind die Erinnerungsblitze an jenen Abend und das Bild des verurteilten Mannes, der, am Stuhl festgeschnallt, auf die Stromschläge wartete. Zu viele Parallelen zu Dingen, die ich am liebsten nie gesehen hätte. Natürlich könnte ich auch einfach nur eine Aversion gegen diesen Ort haben, weil mein Sohn von klein an in Krankenhäusern so viele Schmerzen erleiden musste.

Ich fand Abby und Ellen im Warteraum im achten Stock. Die Schwestern rannten hektisch durch den Flur, Abby und Ellen lagen sich in den Armen, und ich kam mir irgendwie wie ein Eindringling vor. Wie üblich hatte Ellen die Situation im Griff. Sie hatte mit der Oberschwester gesprochen und war über alles informiert worden. Ein Spezialist eilte zur Untersuchung in Adrians Zimmer, und ich sah förmlich vor mir, wie mein nicht vorhandenes Geld in den Schlitzen der medizinischen Glücksspielautomaten verschwand. Das ist immer das Erste, woran ich denke – nicht mein Sohn, nicht die Möglichkeit, ihn zu verlieren, sondern die Rechnungen, die unweigerlich eintrudeln werden. Furchtbar, aber wahr.

Ellen kannte sich gut aus im medizinischen Fachjargon. Sie war vertraut mit den lateinischen Worten, die den Patienten vom medizinischen Fachpersonal unterscheiden. Doch dann bemerkte sie den verständnislosen Ausdruck auf Abbys Gesicht und erklärte: „Das bedeutet, dass sein Herz seinen Rhythmus nicht finden kann. Es ist gestresst und pumpt nicht so viel Blut, wie sein Körper braucht."

„Ist das schon häufiger passiert?", fragte ich.

„Ja, aber es gibt Komplikationen. Die Medikamente, die sie ihm gegeben haben, um sein Blut zu verdünnen und das Herz zu unterstützen, arbeiten gegen ihn."

„Das ist übel."

„Genau."

„Wird das wieder?", fragte Abby. „Sie können das doch in Ordnung bringen, nicht?"

Ein Mann in weißem Kittel erschien. Er kannte Ellen offensichtlich, und sie stellte ihn mir als Dr. Andrew Fanelli vor, einen der besten Herzchirurgen des Landes. Ich hatte in einigen von Ellens Blogs gelesen, dass dieser Mann wirklich eine Gebetserhörung sei und dass Gott ihn genau zur richtigen Zeit für Adrian in dieses Krankenhaus geführt habe. Ich hätte es sehr viel besser gefunden, wenn Gott Adrian einfach gesund gemacht hätte, aber natürlich behielt ich diesen Gedanken für mich, als ich dem Arzt die Hand reichte.

Nachdem wir uns begrüßt hatten, stemmte Dr. Fanelli die Hände in die Hüften und schüttelte den Kopf. Er sprach mit leichtem Akzent, präzise und feinfühlig. „Zweimal dachte ich, wir hätten ihn verloren." Er blickte mich an. „Ihr Sohn gibt nicht so schnell auf. Doch wir sind an einem kritischen Punkt."

Der Mann sagte ein paar Dinge, die ich nicht verstand, Ellen dagegen schon. „Sie schlagen die Herz-Lungen-Maschine vor?"

„Ich schlage vor, dass wir ihn ins künstliche Koma versetzen und bis zur Transplantation an die Maschine anschließen. Haben Sie schon Nachrichten vom Spender?"

„Wir haben Hoffnung", erwiderte Ellen. „Wir können damit rechnen, dass das Herz am einundzwanzigsten zur Verfügung steht."

Ich merkte, wie schwer es ihr fiel, diese Worte auch nur auszusprechen. Das Transplantationsdatum des einen war das Hinrichtungsdatum des anderen.

Dr. Fanelli blickte zu Abby hinüber und senkte den Blick. Er lächelte. „Ich weiß, wie viel Ihnen das bedeutet. Adrian ist hier in guten Händen. Er bekommt die beste Pflege. Aber Sie sollten auch die Möglichkeit einkalkulieren, dass es anders ausgeht." Er blickte Ellen an. „Die Zeit ist nicht auf unserer Seite. Wenn die Transplantation nicht genehmigt wird, können wir kaum noch etwas tun. Ich möchte nur, dass Sie sich keine Illusionen machen."

„Ich verstehe", erwiderte Ellen. Sie war die Einzige von uns, die diese Worte über die Lippen brachte.

„Sie können ihn sehen, aber er wird nicht reagieren."

Der Arzt und Ellen verschwanden hinter den verbotenen Türen, und ich sank auf einem Stuhl in mich zusammen. Abby setzte sich neben mich und schob ihre Hand in meine.

„Wie geht es dir?", fragte ich.

„Nicht gut." Sie hielt ein zerknülltes Taschentuch in der Hand und putzte sich die Nase. „Es war schrecklich, Dad. Sein Gesicht wurde ganz blau, und er bekam keine Luft. Er streckte die Hand nach mir aus, und ich konnte ihm nicht helfen." Abby brach in Tränen aus, und ich zog sie an mich.

„Es tut mir so leid, Liebes, dass du das durchmachen musstest."

„Ich bin froh, dass ich dort war", sagte sie unter Tränen. Aber sie empfand auch Zorn. „Es war nur so schlimm, nichts tun zu können."

„Das hast du aber doch. Er war sicher froh, dass du da warst." Ich stellte mir das Chaos im Raum vor, die Alarmtöne und die herumrennenden Schwestern.

„Es ist, als hätte er sich sein ganzes Leben lang nach Hilfe ausgestreckt, aber keine gefunden." Mit dem Handballen rieb sie ihre Augen. „Ich bekomme seinen Anblick einfach nicht aus dem Kopf."

Ich streichelte ihr über die Schultern und sie legte den Kopf an meine Brust. „Es ist noch nicht vorbei. Du hast gehört, was der Arzt gesagt hat. Solange Adrian nicht aufgibt, gebe ich auch nicht auf."

Als Ellen zurückkehrte, nahm sie Abby in die Arme und flüsterte ihr Worte der Ermutigung zu, versicherte ihr, wie glücklich sich ihr Bruder schätzen könnte, sie zur Schwester zu haben. All das war mir nicht eingefallen. Schließlich löste sich Ellen von ihr und fragte unter Tränen, ob ich ihn sehen wolle. Am liebsten wäre ich aus dem Fenster gesprungen. Doch ich stand auf und folgte ihr, spürte, wie mein Herz immer schwerer schlug.

Wir betraten den verdunkelten Raum, und unter den vielen Schläuchen, Kabeln und Maschinen konnte ich meinen Sohn kaum erkennen. Das war er nicht, nur die bleiche Hülle des Jungen, den ich kannte. Ich versuchte mich an unser letztes Gespräch zu erinnern. War dies das Ende? Würde ich sein blasses Gesicht in einem Sarg wieder sehen, barmherzigerweise von den Nabelschnüren des Krankenhauses abgehängt?

Abby fuhr mich nach Hause. Ellen wollte im Krankenhaus bleiben, obwohl der Arzt und die Schwestern ihr versicherten, sie könne nichts weiter tun. Sie hatte zu viel in Adrian investiert, um ihn jetzt allein zu lassen.

Ich setzte mich vor den Computer, aber die Worte flossen wirr durcheinander. Ich fand den Faden einfach nicht. So machte ich mir ein paar Notizen zu dem Besuch bei Townsend, doch ich merkte sehr schnell, dass es keinen Sinn hatte, etwas schreiben zu wollen. Also legte ich mich auf meine Luftmatratze und starrte durch das Fenster zu den wenigen Sternen hoch, die am Himmel zu sehen waren. Ich konnte Adrians Anblick nicht aus meinen Gedanken verbannen.

Ich glaubte, Abby weinen zu hören und ging zu ihrer Tür, blieb davor stehen, lauschte, kratzte den Mut zusammen anzuklopfen. Ich habe Interviews geführt mit Terroristen und mit Staatsoberhäuptern, die die Zielscheibe von Attentätern gewesen waren. Das alles hat mir nichts ausgemacht. Warum nur fiel es mir so schwer, meine Tochter zu trösten?

Ich kehrte zu meiner Luftmatratze zurück und plante das Gespräch, das ich am nächsten Tag mit Terrell führen würde. Ich malte mir verschiedene Szenarien aus, legte mir Argumente zurecht, mit denen ich ihn überreden könnte, ein Geständnis abzulegen, aber keins davon überzeugte auch nur mich selbst.

Ich warf mich unruhig von einer Seite auf die andere und ließ die Jahre Revue passieren, in denen ich auf der Jagd war nach Storys, Ruhm und einem Namen. Wohin hatte mich das alles gebracht? Was hatte ich vorzuweisen aus diesen Jahren? Nichts als Reue und einen todkranken Sohn.

Ich hörte, wie ein Wagen vorfuhr, wie die Haustür geöffnet und leise wieder geschlossen wurde. Die Digitalanzeige meiner Uhr zeigte 03:12 Uhr. Warum kam Ellen nach Hause? Falls Adrian es nicht geschafft hatte, hätte sie doch bestimmt angerufen. Ich lauschte. Schritte vor meinem Zimmer. Ich hielt den Atem an und hoffte, sie würde nicht mit dieser Nachricht hereinkommen. Irgendwann würde ich mich damit auseinandersetzen müssen. Die Schritte entfernten sich, und ich atmete weiter. Als ich es nicht mehr aushalten konnte, stand ich auf und ging in die Küche, die nur von der Digitalanzeige am Herd erleuchtet war. Ellens Handtasche stand auf dem Tisch und ihre Schuhe neben ihrer Schlafzimmertür. Die früher unsere Schlafzimmertür gewesen war.

Ich holte mir ein Getränk aus dem Kühlschrank und schaltete das Licht an, hoffte, sie dadurch in die Küche zu locken. Als das nicht gelang, ging ich zu ihrem Zimmer. Die Zimmertür stand einen Spalt offen. Ich klopfte leise an und flüsterte ihren Namen. Die Tür schwang von ganz allein auf, und ich hörte das Rauschen der großen begehbaren Dusche, die wir selbst eingebaut hatten, ebenso wie den Jacuzzi. Dass sie duschte, zeigte, in welchem Zustand sie sich befand. Sie hatte nicht einmal mehr die Kraft, sich ein Bad einzulassen.

Das einzig Richtige an diesem Punkt wäre gewesen, mich umzudrehen und in der Küche zu warten. Ehepartner, die einander entfremdet waren, hielten Abstand voneinander, vor allem, wenn einer von ihnen unter der Dusche stand. Aber etwas Unerklärliches zog mich in das dunkle Schlafzimmer hinein. Es war nicht nur das Rauschen des Wassers; es war noch etwas anderes: leises Schluchzen, stumme Tränen einer zutiefst erschütterten Seele. Es gibt nichts Schlimmeres als den Schmerz einer liebenden Frau, die allein ist mit ihren Tränen.

Ich setzte mich auf die Bettkante, und meine Augen gewöhnten sich langsam an die Dunkelheit. Nur ein schwacher Lichtschimmer drang aus dem Bad. Als ich die Fotos auf ihrer Kommode entdeckte, leuchteten meine Augen auf. Die alte Geburtstagskarte, die sie einmal von mir bekommen hatte. Fotos von Abby bei ihrer Abschlussfeier, der strahlende Adrian an ihrer Seite. Wo war ich, als Abby ihren Highschoolabschluss machte? Auf Haiti? Kuba? Im Balkan? Ich konnte mich nicht mehr erinnern. Nur auf ganz wenigen Fotos war ich zu sehen. Im Grunde genommen war meine Frau in jenen Jahren eine allein erziehende Mutter gewesen, und mir wurde bewusst, wie unfair das allen dreien gegenüber gewesen war.

Das Rauschen des Wassers verstummte. Ich wollte Ellen nicht erschrecken, wenn sie aus dem Bad kam, darum erhob ich mich und ging zur Tür.

„Hey", sagte sie leise hinter mir.

Ich drehte mich um und sah ihre Silhouette im gedämpften Licht aus dem Bad. Sie hatte ein dickes Handtuch um sich geschlungen.

„Entschuldige; ich habe gehört, wie du nach Hause gekommen bist und hatte Angst, es könnte etwas passiert sein."

Sie schüttelte den Kopf und kam noch ein Stück näher. „Er ist stabil. Ich brauchte nur mal eine Dusche und frische Sachen."

„Du solltest etwas schlafen."

„Du auch. Morgen ist ein großer Tag mit Terrell."

Ich nickte und senkte den Blick. Es war verheerend für mich, sie so unbekleidet zu sehen. Jeder Schritt auf sie zu würde mich verraten. „Ja, ich habe das Gespräch gedanklich schon geplant."

„Vielleicht sollte ich mit Oleta sprechen. Wenn sie mit ihm reden oder ihm eine Nachricht schicken könnte ..."

Ich deutete auf das Graduierungsfoto. „Weißt du noch, wo ich war, als das aufgenommen wurde?"

Sie beugte sich vor, um besser sehen zu können, und sagte ohne zu zögern. „Selbstmordattentat im Mittleren Osten."

„Wieso weißt du das noch? Erinnerst du dich an jede Einzelheit?"

„Ich erinnere mich nicht an alles. Man sagt, die Erinnerungen würden durch emotional bedeutungsvolle Erlebnisse in dein Gehirn eingebrannt. Erinnerungen an Situationen, in denen du Schmerz oder Verlust empfunden hast."

Ich starrte auf ihre Beine, auf ihre leicht nach innen gedrehten Knie. Das ist nicht negativ gemeint – ich liebe ihre nach innen gedrehten Knie.

„Ich gehe mal, damit du dich anziehen kannst", sagte ich.

„Bleib."

Sie wickelte das Handtuch fester um ihren Körper und setzte sich auf das Bett. Ich fühlte mich, als würde ich in unbekanntes Gewässer waten, dessen Grund nachgeben und dessen Strömung mich wegreißen könnte.

„Willst du ihn um das Geständnis bitten?"

„Ich möchte es, aber ich weiß nicht wie."

„Ich denke, du wirst wissen, was du sagen sollst, wenn der Zeitpunkt gekommen ist."

„Ich hoffe, du hast recht."

Ich beobachtete, wie das Wasser aus ihren Haaren auf die Bettdecke tropfte. Schließlich sagte sie: „Danke, dass du heute Abend ins Krankenhaus gekommen bist. Ich weiß, wie schwer dir das fällt."

„Für dich ist es bestimmt auch nicht leicht. Und du tust das schon so lange."

Sie zuckte die Achseln. „Ich weiß nicht ... irgendwie habe ich mich an diesen Ort gewöhnt, den Trost, den er verströmt."

„Trost?"

„Die Unvorhersehbarkeit. Die Notwendigkeit, Adrian wieder den Ärzten zu überlassen. In diesem ganzen Prozess habe ich keinerlei Kontrolle. Anfangs dachte ich, ich müsste mir nur Mühe geben und alles richtig machen, ich müsste darauf achten, dass er sich gesund ernährt, die besten Medikamente bekommt, ihn schützen vor allem, was ihm schaden könnte. Aber mit jeder Fahrt zum Krankenhaus musste ich ihn mehr und mehr an Gott abgeben. Ich muss auf etwas vertrauen, das größer ist als ich oder die Entscheidungen, die ich treffe."

Das klang logisch. „Es ist vielleicht so ähnlich wie bei diesen Paaren, die sich immerzu streiten und anschreien. Irgendwann brauchen sie den Konflikt. Er wird zum Skript. Das ist etwas, das sie kennen und mit dem sie sich wohlfühlen."

Sie ließ meine Worte zwischen uns hängen. Hatte ich etwas Falsches gesagt? Etwas falsch interpretiert?

„Weißt du, Tru, egal, wie das hier ausgeht, ich bin froh, dass du nach Hause gekommen bist. Es ist schön, dich hier zu haben."

„Auch wenn ich dein ganzes Geld verspielt habe?"

Sie bedachte mich mit ihrem typischen Ellen-Blick. Manchmal ist das gut, manchmal schlecht. Dieses Mal war ich einfach nur froh, dass sie mich anschaute. „Ich habe damit gerechnet, dass das passieren würde."

„Wenn du wusstest, dass ich es verspielen würde, warum hast du es mir gegeben?"

„Kann ich dir nicht sagen. Vielleicht, weil ich tief in meinem Inneren immer noch an dich glaube. Dass all das, was dich gefangen hält, nicht dein wahres Ich ist. Dass wir diese Distanz zwischen uns irgendwie wieder überbrücken können."

„Dann war das also ein Test?"

„Wenn es ein Test gewesen wäre, dann wärst du mit Pauken und Trompeten durchgefallen. Aber nein, es war keiner."

„Du wolltest mich mit Geld herlocken!"

Sie lachte. „Ich habe dich vermisst, Tru. Deinen Humor. Wie die Gesichter der Kinder strahlen, wenn du da bist."

„Ellen, ich werde nie der Mann sein, den du verdient hast."

Sie nahm den Tonfall auf. „Da stimme ich dir zu."

„Was?" Ich täuschte Schock und Verletzung vor.

Sie zog mich näher an sich heran. „Den idealen Ehemann gibt es nicht. Ein Mann, der immer da ist, mich immer glücklich macht. Versteh mich nicht falsch – deine Entscheidungen haben mich verletzt. Aber mir ist klar geworden, dass ich uns nicht einfach aufgeben kann. Ich kann dich nicht gehen lassen. Und darum möchte ich dich wieder in meiner Nähe haben. Ich möchte, dass wir es noch einmal versuchen."

„Das kann ich sehr gut verstehen. Ich bin ja auch ein ziemlich guter Fang. Ohne Job, das Auto gepfändet, das Cottage gepfändet, spielsüchtig. Ich kann weder die Krankenhausrechnungen meines Sohnes noch die Studiengebühren meiner

Tochter bezahlen. Du hast sechs Richtige in der Ehemann-Lotterie gezogen."

Sie lachte. Kurz und knapp, aber es war da.

„Es wird wieder besser werden", sagte sie. „Davon bin ich wirklich überzeugt. Ich weiß nicht warum, und ich weiß auch nicht, wie das gehen soll, aber ich glaube daran."

Sie legte die Hand auf mein Bein, und ein Stromschlag schoss durch meinen Körper. Vielleicht war es der Duft ihres Shampoos. Vielleicht waren auch nur alle meine Sinne geschärft. Unsere Blicke trafen sich kurz, und ich fuhr herum, als die Tür aufgerissen wurde.

„Mom, warum bist du hier?", fragte Abby. „Ist etwas passiert?"

Ellen erhob sich wie ein ertapptes Schulmädchen und erklärte, dass sie gleich wieder ins Krankenhaus zurückfahren würde. Ich erhob mich ebenfalls und ging an ihnen vorbei.

„Ich hoffe, ich habe hier nicht irgendwie gestört", meinte Abby verlegen. „Ich hatte Stimmen gehört."

„Du hast nicht gestört", sagte ich, während ich zu meinem Zimmer zurückkehrte, zu meiner Luftmatratze, zurück in meinen mir selbst auferlegten Kokon, zurück zu meinen Gedanken und meiner Verwirrung.

Dreißig Minuten später sprang der Motor von Ellens Wagen an. Ich träumte, wir wären am Strand, an einem exotischen Ort, in enger Umarmung. Eine sanfte Brise strich durch die Palmenblätter, die Wellen rollten an den Strand, und unsere Lippen fanden sich.

Es war nur ein Traum.

# Kapitel 28

*13 Tage vor der Hinrichtung*

Terrell Conley starrte mich durch das Plexiglas an, den Hörer am Ohr. Drei Seiten niedergeschriebene Erinnerungen lagen vor mir. Eine wirre, unverständliche Aneinanderreihung von Wörtern und Gedanken, gefiltert durch den Schweiß und die Angst der Todeszelle.

„Ich habe mich in erster Linie auf die erste Zeit konzentriert, falls das hilft", sagte er.

„Das ist gut", log ich. „Der Hintergrund erklärt, wer Sie sind. Er hilft dem Leser, sich mit Ihnen zu identifizieren."

„Dann haben Sie also angefangen?"

„Ja, es läuft gut." Ich zog meine Notizen hervor und stellte ein paar Fragen, auf die Oleta mir keine genaue Antwort hatte geben können. Die Feinheiten eines Lebens geraten schnell in Vergessenheit. Die Körner der Sanduhr rinnen unaufhaltsam weiter.

„Wie geht es Ihrem Sohn?", fragte er.

„Nicht so gut. Er hat einige Rückschläge erlitten."

„Das tut mir leid. Ich bete für ihn."

Ich nickte und blickte Terrell in die Augen. „Ich habe überlegt, wie ich meine Bitte vortragen soll, aber ich habe keine passende Formulierung gefunden. Ich arbeite mit Worten, doch wie ich ausdrücken soll, worum ich Sie jetzt bitten muss, weiß ich einfach nicht."

Er richtete sich auf. „Am besten sagen Sie es einfach frei heraus."

„Also gut. Der Gouverneur hat meine Frau und mich zu sich gebeten. Wir haben gestern Abend mit ihm gesprochen. Er informierte uns darüber, dass es Widerstand gegen die Organspende gibt."

„Das überrascht mich nicht. Lassen Sie mich raten. Er möchte helfen, aber ihm sind die Hände gebunden. Er will Präsident werden."

Kluger Mann. „So ungefähr. Auf jeder Seite gibt es Unterstützung und Widerstand. Und obwohl er das Präsidentenamt anstrebt, möchte er helfen. Er sieht eine reelle Chance, die Sache durchzusetzen."

„Glauben Sie ihm?"

„Er ist ein Politiker durch und durch und sehr geschickt. Wenn er es für möglich hält, dann ist das auch so."

„Und wo liegt dann das Problem?"

„Er braucht eine Absicherung. Ohne die will er das Risiko nicht eingehen. Etwas, das nur Sie ihm geben können, damit die Transplantation genehmigt wird."

„Ich? Ich gebe schon mein Herz. Was will er sonst noch, meine Leber?"

Ich lächelte. „Er möchte sichergehen, dass keine Petitionen in letzter Minute eingereicht werden, dass es keine Versuche geben wird, die Hinrichtung hinauszuzögern."

„Das kann ich ihm zusichern. Der Anwalt, den wir uns genommen haben, hat schon vor langer Zeit aufgegeben. Der Jura-Professor der Florida State hat Gesuche vorbereitet, aber ich werde sie nicht einreichen. Wir alle wissen, was hier geschehen wird; es hat keinen Sinn, einen Monat oder zwei zu kämpfen, vor allem wenn man den Zustand Ihres Sohnes bedenkt."

Ich rutschte auf meinem Stuhl herum und fragte mich, wer dieses Telefon in der Vergangenheit benutzt haben mochte und wer es nach mir benutzen würde. „Terrell, er gibt sich nicht mit Versprechungen zufrieden."

Und dann dämmerte ihm, worum es ging, als wäre ein Vorhang zurückgezogen worden und man konnte sehen, wo der Hexenmeister an den Schalthebeln saß.

„Er will ein Geständnis“, erklärte ich.

Sobald die Worte über meine Lippen gekommen waren, erlosch sein Blick wie die Sonne im Ozean. Er nahm den Hörer vom Ohr und drückte ihn an seine Rippen. Ich wusste nicht, was ich tun sollte. *Lasse ich eine Erklärung folgen, versuche ich, ihm die Bedeutung dieser Bitte zu erklären oder bleibe ich einfach stumm?* Ich hätte gern weitergeredet, weitere Erklärungen abgegeben, doch mein Gefühl riet mir abzuwarten.

Er starrte mich an. Diesen Blick hatte ich schon einmal gesehen, Jahre zuvor, in einer anderen Todeszelle. Dieser Blick verfolgte mich immer noch in meinen Träumen. Dieser Blick würde mich in der Zukunft begleiten – dieser Ort, die Geräusche, die Möbel und die Gerüche dieses Raums.

Er hob den Hörer wieder ans Ohr und sprach mit kehliger Stimme, als würden die Worte alles Leben aus ihm heraussaugen. „Wenn ich diese Tat gestehe, wird niemand mehr glauben, was Sie in dem Buch schreiben.“

„Ich verspreche Ihnen, ich werde es wahrheitsgemäß darstellen, genau so, wie Sie es wollen.“

„Aber ein Geständnis wäre eine abgrundtiefe Lüge. Und das kann ich nicht. Außerdem gibt es einen Menschen, der eigentlich dafür bestraft gehört und frei dort draußen herumläuft. Was geschieht mit diesem Kerl?“

Ich nickte, suchte nach Worten, die mir nicht einfallen wollten.

„Was würden meine Kinder von mir denken? Meine Mama? Meine Frau?“

„Sie würden Bescheid wissen. Wir erklären es den Medien, ich schreibe im Buch etwas darüber, wir sagen es jedem, der es hören will: Der Gouverneur hat Sie gezwungen. Es war der einzige Weg, meinen Sohn zu retten.“

„Stimmt das? Glauben Sie, dass das der einzige Weg ist?"

„Der Gouverneur ließ keinen Raum für Zweifel. Meiner Einschätzung nach gibt es noch andere Personen hinter den Kulissen, die ihm raten, die Finger davon zu lassen. Diese Angelegenheit ist in ihren Augen zu heikel."

Terrell schüttelte den Kopf. „Sie geben sich nicht damit zufrieden, mir mein Leben zu nehmen. Sie wollen mir auch meine Würde rauben."

„Ihre Würde kann Ihnen niemand nehmen, Terrell."

Sein Blick wanderte in die Ferne, vielleicht auch in die Vergangenheit, als hätte er sich nicht vorstellen können, einmal vor eine solche Entscheidung gestellt zu werden. „Wenn ich jetzt lüge, wird alles, was mir wichtig ist, in den Dreck gezogen. Mir ist nur meine Selbstachtung geblieben. Das Einzige, was mich noch weitermachen lässt, ist das Wissen, dass eines Tages die Leute die Wahrheit erfahren werden. Diese Forderung zieht mir den Boden unter den Füßen weg."

„Ja, und während Sie Ihre Würde behalten, gehe ich zu einer Beerdigung." Ich stieß die Worte zwischen zusammengebissenen Zähnen hervor. Aber ich hielt sie nicht zurück.

„Für Sie ist das einfach. Ich unterschreibe ein Stück Papier, und Sie bekommen Ihren Sohn zurück."

Ich schüttelte den Kopf und wandte den Blick ab. „Es gibt keine Garantie, dass die Operation gelingt. Vielleicht lebt er bei Ihrer Hinrichtung schon nicht mehr. Und auch der Eingriff ist sehr riskant."

Er verzog das Gesicht. „Eingriff. Das klingt, als würden mir die Mandeln herausgenommen. Seltsam, wie Worte manche Dinge normal erscheinen lassen, die man selbst sich nicht einmal vorstellen kann."

Ich nickte. „Ich weiß nur, dass Adrian keine weitere Chance bekommt. Das war es dann für ihn."

Terrell lehnte sich zurück und strich sich mit der Hand über seine kurzen Haare. Er murmelte etwas vor sich hin, das ich nicht verstehen konnte. Schließlich sagte er: „Gehen Sie zum Gouverneur und erklären Sie ihm, dass ich ihm schriftlich zusichere, auf alle weiteren Gesuche zu verzichten. Die Hinrichtung wird vonstatten gehen. Er kann sogar persönlich meine Brust aufschneiden, wenn er das möchte. Aber ich kann keinen Mord gestehen, den ich nicht begangen habe."

Ich starrte ihn so lange an, wie ich es wagte. „Dann wird es keine Genehmigung für die Transplantation geben, Terrell."

„Das tut mir leid." Sein Gesicht verzerrte sich, Schweißperlen traten auf seine Stirn. Er beugte sich vor. „Sie müssen eines wissen, Truman: Ich möchte Ihrem Jungen helfen. Ich wäre damit einverstanden, dass sie mir hier und jetzt das Herz aus der Brust schneiden, wenn es ihn retten würde. Aber ich kann kein Geständnis ablegen. *Die Wahrheit wird euch frei machen*. Nicht eine Lüge."

Der Wärter, der hinter Terrell stand, trat etwas vor, und mir wurde bewusst, dass unsere Zeit zu Ende ging. „Terrell, hören Sie zu. Niemand kann erahnen, unter welchem Druck Sie stehen. Und ich nehme Ihnen nicht übel, dass Sie an Ihrer Geschichte festhalten, aber-"

„Das ist nicht meine Geschichte. Es ist die Wahrheit."

Ich brachte kein Wort über die Lippen.

„Sagen Sie Townsend, ich würde auf einen Stapel Bibeln schwören, nichts gegen die Hinrichtung zu unternehmen", erklärte Terrell. „Oleta wird nach meinem Tod nicht gegen den Staat vorgehen, meine Kinder werden keine Kampagne lostreten – ich würde sogar auf dieses Buch verzichten. Richten Sie ihm aus, ich würde alles tun, aber ich lege kein Geständnis ab. Ich kann es einfach nicht."

Der Anruf von Reginald kam, als ich wieder nach Hause unterwegs war. Für diese Fahrt hatte ich mir Ellens Wagen ausgeborgt. Es herrschte nicht viel Verkehr, und so hatte ich Zeit, mir zurechtzulegen, was ich dem Gouverneur sagen wollte.

„Der Gouverneur interessiert sich sehr für Ihr Gespräch mit Conley“, begann Reginald. Sein überheblicher Tonfall erinnerte mich an einen Stenografen bei einer Gerichtsverhandlung. Kurz und knapp. „Wie ist es gelaufen?“

Auf dieser Strecke der Autobahn gab es keine Leitplanken. Manchmal sind Straßen wie das Leben. „Ich muss mit Townsend reden.“

„Das ist im Augenblick nicht möglich, Mr Wiley. Der Gouverneur ist sehr beschäftigt.“ Ein leichter Spott lag in seiner Stimme, als würde er angesichts meiner Naivität die Augen verdrehen.

„Nun, dann richten Sie ihm aus, er möge mich anrufen, wenn er ein paar freie Minuten hat. Sie haben ja meine Nummer.“

„Mr Wiley, Ihrem Tonfall entnehme ich, dass Conley sich geweigert hat, der Bitte des Gouverneurs nachzukommen. Er wird nicht gestehen.“

Wenn ich Reginald den Kern des Gesprächs verriet, hätte ich keine Chance mehr, mit Townsend zu reden, das war mir bewusst. Aber mir war auch klar, dass dieser Mann eine Aufgabe zu erfüllen hatte, und die war, Informationen für den Gouverneur zu beschaffen. „Vermutlich sitzt er neben Ihnen im Raum. Geben Sie den Hörer doch einfach an ihn weiter.“

„Ich kann Ihnen versichern, dass er nicht hier ist, Mr Wiley. Der Gouverneur ist auf dem Weg zu einer Pressekonferenz, und Sie wissen ja bereits von seinem Treffen mit den Mitgliedern des Rechtsausschusses.“

„Ja. Hört sich so an, als würden heute viele Shrimps ihr Leben verlieren.“

„Mr Wiley, das Treffen heute Nachmittag ist sehr wichtig für die Entscheidung hinsichtlich der Transplantation. Ich schlage vor, Sie kooperieren.“

„Ich kooperiere doch. Ich habe alles getan, worum der Gouverneur mich gebeten hat. Er kann mich selbst anrufen, dann brauche ich nicht zu filtern.“

„Ich versichere Ihnen, dass Sie mir vertrauen können."

„Richten Sie ihm einfach aus, er soll mich anrufen. Ich habe Neuigkeiten."

Ich beendete das Gespräch und fragte mich, ob ich mir vielleicht gerade noch zusätzliche Probleme geschaffen hatte. Die rechte Hand des Gouverneurs so abzufertigen war vielleicht nicht der beste Weg, um das zu erreichen, was wir uns wünschten.

Ich schaltete das Radio an und beobachtete die Lastwagen, die ich überholte, und die Urlauber in ihren mit Koffern und Andenken beladenen Familienkutschen. Mütter, die Füße auf dem Armaturenbrett abgestützt, schliefen auf dem Beifahrersitz, während die Väter Mühe hatten, wach zu bleiben. Kinder, die sicher in ihren Sitzen angeschnallt waren, starrten mich durch das Fenster hindurch an, Kopfhörer auf dem Kopf oder Stecker in den Ohren, oder sie spielten sinnlose Videospiele, um sich die Zeit zu vertreiben. Kinder sind neuerdings viel zu beschäftigt.

Der Nachrichtensprecher im Radio brachte die neusten Verkehrsmeldungen und den Wetterbericht – überwiegend sonnig (welche Überraschung) – und meldete einen Unfall auf der US 90 in der Nähe von Capital Circle. Ein Mitglied der US Army aus Florida hatte in einem fernen Land den höchsten Preis gezahlt. Langweilige Wirtschaftsnachrichten, die neuesten besorgniserregenden Arbeitslosenzahlen. Und der Gouverneur hätte in Bezug auf das Schicksal des Insassen der Todeszelle, der sein Herz spenden wollte, noch keine Entscheidung getroffen.

Der Reporter fasste innerhalb von fünfundzwanzig Sekunden die Geschichte zusammen – einer der Nachteile der Berichterstattung im Radio –, dann wurde ein kurzer Kommentar von einem gewissen Miles irgendwas eingespielt, der mit einem britischen Akzent sprach: „Das Problem ist natürlich die Komplexität der Themen hinsichtlich der Transplantation.

Jedes Leben ist von Bedeutung, aber einem Hingerichteten Organe zu entnehmen finde ich problematisch, selbst wenn der Mann es freiwillig tun möchte."

Mein Blutdruck stieg. Durch die Lautsprecher klang das so nüchtern. So vernünftig und durchdacht. Vielleicht hatte ich deswegen ein Problem mit den Christen: ihnen ging es gar nicht darum, anderen Menschen etwas Gutes zu tun; es ging ihnen immer nur darum, was *richtig* war. Oberflächlich mag das in Ordnung sein, doch wenn Menschen sich anmaßen, beurteilen zu können, was der Wille des Allmächtigen ist, dann wird es kompliziert. Darum gibt es Katholiken, Protestanten, Juden, Moslems und viele andere Religionen. Alle sind davon überzeugt, die Wahrheit über Gott zu kennen und genau zu wissen, was er von uns Menschen erwartet.

Allein der Gedanke daran brachte mich in Rage. Ich drückte reflexhaft das Gaspedal durch. Ob dieser Miles auch so denken würde, wenn sein Sohn in einem Krankenhaus im Sterben läge? Ob das seine Meinung über Gott verändern würde? Aus dem Elfenbeinturm heraus oder von der Kanzel herab einen Standpunkt zu ethischen Fragen zu beziehen ist leicht. Schwieriger wird es, wenn man im Wartezimmer eines Krankenhauses oder in der Todeszelle sitzt.

Mein Telefon vibrierte, und ich schaltete Miles und seine willfährigen journalistischen Komplizen ab. Ich machte mir gar nicht erst die Mühe, auf das Display zu schauen. „Hier spricht Truman."

Es folgte eine kurze Pause, dann ein Klicken und ein tiefes Brummen, das von einer Limousine mit eleganten Ledersitzen und einer gut gefüllten Minibar zu kommen schien. „Truman, ich habe nicht viel Zeit, aber ich wollte doch hören, wie das Gespräch mit unserem Mann gelaufen ist."

Das klang so, als sei Terrell ein Sportstar, der sich gerade von einer Verletzung erholt hatte. „Danke für den Rückruf. Ja, wir hatten heute Morgen ein gutes Gespräch."

„Und …?“

„Er ist bereit, auf alle Anträge auf Aufschub oder Gesuche in letzter Minute zu verzichten. Das wird er auf einen Stapel Bibeln schwören oder was immer du willst. Keine Prozesse von seiner Familie. Er sagte, du könntest wegen Adrians Gesundheitszustand sogar das Hinrichtungsdatum vorverlegen. Dieser Mann hat sich mit seiner Situation abgefunden.“

„Aber? Kein Geständnis?“

„Ich habe ihm deine Position erklärt; ich habe ihm gesagt, dies sei der beste Weg, um sicherzustellen, dass Adrian ein neues Herz bekommt. Aber er hat da seine Prinzipien.“

Townsend fluchte. „Und ich habe die Jungs vom Rechtsausschuss überzeugt, ihre Zustimmung zu geben.“

„Terrell ist ein religiöser Mann. Gott spielt in seinem Leben eine große Rolle. Ich kann nicht behaupten, dass ich das verstehe, aber er hat das Gefühl, dass eine Lüge den Allmächtigen beleidigen würde.“

„Truman, du musst noch mal hinfahren und mehr Druck ausüben. Mach es ihm begreiflich.“

„Er begreift es. Er hat angeboten, dass du ihm mit bloßen Händen das Herz aus der Brust reißen, sogar den elektrischen Stuhl wieder hervorholen könntest, was immer du willst. Er hat keine Angst vor dem Sterben, keine Hemmungen, einem Menschen, den er nie kennengelernt hat, sein Herz zu geben. Aber er scheint Angst davor zu haben, Gott zu enttäuschen. Das will er auf keinen Fall.“

„Ich verstehe diese Menschen nicht“, sagte Townsend. Er spuckte die Worte beinahe aus. „Die Genehmigung bekomme ich nur mit einem Geständnis.“

„Mit allem nötigen Respekt, das ist seine letzte Bitte. Er möchte in Würde sterben. Das könnte zwar ein Stolperstein bei deinem Wahlkampf sein, aber du wirst ihn nicht dazu bringen, deine Forderung zu erfüllen. Seine Würde ist alles, was er noch hat.“

„Glaubst du ihm?“

„Wie bitte?“

„Dass er es nicht war. Glaubst du, dass er die Wahrheit sagt?“

„Er behauptet es sehr hartnäckig und ich wüsste nicht, was er jetzt noch davon haben sollte. Das bringt einen schon ins Nachdenken.“

„Das ist eine heikle Situation, Wiley. Wenn er an seiner Unschuldsbeteuerung festhält, kann ich die Transplantation nicht genehmigen.“

„Du könntest diese Entscheidung doch für den Wahlkampf nutzen. Eine verzweifelte Familie. Der Gouverneur, der die Gelegenheit ergreift, etwas Gutes zu tun, und dabei sogar seine Zukunft aufs Spiel setzt. Die Liberalen werden den Konservativen zur Schnecke machen, der wenig Mitgefühl und noch weniger Rückgrat hat.“

„Wie auch immer, wenn ich hierbei auf der Nase lande, werde ich dreckig.“

„Du bist bereits im Dreck gelandet, Gouverneur. Und im Blut. Gib dir einen Ruck. Mindestens ein Leben hängt von dir ab.“

Der Gouverneur seufzte schwer, und ich sah vor mir, wie der kleine Kühlschrank geöffnet wurde und jemand Dewars auf Eis goss. „Truman, ich habe dich gestern nicht zu mir gebeten, um Smalltalk zu machen. Wenn ich kein Geständnis bekomme, bekommt Adrian kein Herz.“

„Wenn du Conley zu einem Geständnis zwingst, dann hast du kein Herz.“ Ich ließ das einsinken, während ich die Ausfahrt nahm und mich in den Verkehr in Richtung Stadtmitte einfädelte. „Wir werden das publik machen, Gouverneur. Noch vor dem Wahltag. Dann werden die Leute dich entweder für einen Mann halten, dem sie vertrauen können, der sich bei einer schwierigen Entscheidung an das Prinzip der Menschlichkeit hält und nicht danach fragt, was sie politisch für ihn bedeutet, oder für einen Politiker, der nach der Macht strebt.“

„Das willst du doch nicht machen, Truman."

„Das stimmt. Aber du weißt, dass ich es tun werde. Ich werde es für meinen Sohn tun und für Conley und um dich bezahlen zu lassen." Meine Worte hingen zwischen uns, und ich konnte kaum glauben, dass ich so beherrscht geblieben war. „Aber ich muss es nicht tun. Niemand muss bezahlen, außer Conley."

„Auf Wiedersehen, Truman", sagte der Gouverneur.

# Kapitel 29

Abigail saß auf einem Plastikstuhl im Wartebereich des Schönheitssalons an der Mane Street. Vor ihr stand ein billiger Tisch mit wackligen Beinen.

Eine schon etwas ältere Friseurin mit knallrotem Lippenstift kam Kaugummi kauend nach vorn. „Er hat gleich für Sie Zeit, meine Liebe."

Abigail dankte ihr und nahm ihre Tasche. Ihr Telefon läutete. Es war Philips Melodie. Die andere Friseurin, die mit ausgeprägtem osteuropäischem Akzent sprach und schwarzen Lidschatten aufgelegt hatte, blickte zu ihr herüber. Im Wartebereich saß außer Abby niemand mehr.

„Hey", sagte sie ins Telefon. „Was ist los?"

„Das wollte ich dich fragen." In seiner Stimme lag immer viel Zuneigung, doch heute klang sie auch ein wenig verärgert. „Warum hast du dich nicht gemeldet?"

„Hier geht es drunter und drüber. Adrians Gesundheitszustand hat sich verschlechtert. Es sieht gar nicht gut aus."

„Bist du im Krankenhaus?"

„Nein, ich habe gleich ein Bewerbungsgespräch."

„Was? Abigail, ich dachte-"

Sie unterbrach ihn. „Das ist eine lange Geschichte. Ich verspreche, ich erzähle dir alles. Aber im Augenblick geht es nicht."

Er hielt inne, und sein Schweigen machte ihr Angst. Nachdem sie von der Uni abgegangen war, hatten sie jeden Tag miteinander geredet. Fast jede Stunde. Doch nun hatte sie das Gefühl, als würden sie sich voneinander entfernen.

„Ich mache mir Sorgen“, sagte er. „Um dich. Um uns. Dass du einen anderen findest, der meinen Platz einnimmt.“

Er klang wie ein verlassener Welpe. Wie ein kleiner Junge, der seine Mutter brauchte oder seine Schmusedecke. Abigail hasste diesen Tonfall. Sie liebte Philip, weil er stark und selbstbewusst war. Sie fühlte sich zu ihm hingezogen, weil er anders war als die Jungen, die ein Mädchen brauchten, um sich als ganzer Mann zu fühlen. Philip war nicht verletzlich. Er war der selbstbewussteste Mensch, den sie kannte, darum lief ihr ein Schauer über den Rücken, als sie jetzt mit dieser Seite von ihm konfrontiert wurde.

„Es ist kein anderer in meinem Herzen als du. Aber ich bin gerade ziemlich mit den Nerven am Ende und weiß nicht, wie ich den nächsten Atemzug tun soll. Ich glaube nicht, dass ich mich im Augenblick auch noch um dich kümmern kann.“

Die Stärke war wieder da. „Das verstehe ich. Ich glaube, ich wollte nur mal deine Stimme hören.“

Ein Mann mit stämmiger Statur kam auf sie zu. Der Boden vibrierte unter seinen Schritten. Der erste Blick jagte ihr einen Schrecken ein. Dunkle Haare. Behaarte Arme und Brust – der oberste Knopf seines Hemds stand offen. Er ging wie ein Ringkämpfer, die Arme vom Körper abstehend, angeberisch.

„Tut mir leid, Philip, ich muss Schluss machen“, sagte sie und klappte das Telefon zu.

Curtis Tompkins’ Hand war schwammig und weich. „Schön, Sie kennenzulernen, Cheryl. Kommen Sie doch mit in mein Büro.“

Sie folgte ihm und betrat einen muffigen, nur spärlich beleuchteten Raum mit unverputzter Decke, über die sich Rohre zogen. Er hielt ihr die Tür auf und schloss sie hinter ihr, während sie auf einem der Plastikstühle vor seinem Schreibtisch Platz nahm.

„Wenn Sie hier arbeiten wollen, werde ich Sie bitten müssen, Ihr Telefon zu Hause zu lassen“, sagte er, während er sich hinter seinen Schreibtisch schob. „Ich möchte nicht, dass Sie vor den Kunden einen kleinen Plausch am Telefon halten. Blickkontakt, ein Lächeln – das ist es, was ich erwarte. Bitten Sie die Kunden herein. Geben Sie ihnen das Gefühl, willkommen zu sein. Ein Handy am Ohr signalisiert, dass sie stören."

„Oh, ich verstehe. Der Anruf gerade war von meinem ... Ex-Freund. Sie wissen ja, wie das ist."

„Probleme im Liebesleben, ja? Ein hübsches Mädchen wie Sie? Das kann ich mir nicht vorstellen." Er lehnte sich lächelnd zurück. „Wie lange waren Sie zusammen?"

„Über ein Jahr."

„Also etwas Ernstes. Vermutlich wohnten Sie bereits mit ihm zusammen."

„Zum Glück besitze ich nicht viele Möbel."

„Das wichtigste Möbelstück ist das Bett." Er lachte, und seine Augen blitzten. „An welcher Uni studieren Sie?"

„An der State. Aber ich musste wegen Geldproblemen eine Pause einlegen. Mein Dad konnte die letzten Gebühren nicht aufbringen, darum dachte ich, ich gehe arbeiten und spare ein wenig."

„Welches Fach?"

„Kommunikation. Journalismus."

„Das ist gut. Dann können Sie bestimmt tippen." Er legte die Hände zusammen und starrte sie an, als begutachte er ein Stück Fleisch in einem Metzgerladen. Sie setzte sich aufrecht hin.

„Sie könnten als Model arbeiten, wissen Sie das?", fragte er. „Sie sehen toll aus. Ich sollte ein paar Fotos von Ihnen machen und sie vorne aushängen. Die Leute würden uns die Tür einrennen."

Sie lachte nervös und strich sich eine Haarsträhne hinter die Ohren.

„Vielleicht weiß ich noch andere Wege, wie Sie schnell an Geld kommen. Für Ihre Studiengebühren."

„Wirklich? Wie denn?“

Er schnappte sich ein Klemmbrett von einem Aktenschrank, der aus dem Zweiten Weltkrieg zu stammen schien. „Darüber können wir später reden. Zuerst brauche ich mal Ihre Daten. Füllen Sie das bitte aus, beide Seiten.“

„Sie meinen, ich habe den Job?“

Er lächelte. „Absolut. Sie sind genau das, was ich mir vorgestellt hatte. Ein Sonnenstrahl vorne am Empfang. Tolles Lächeln. Tolle Figur. Ich wäre dumm, Sie nicht einzustellen.“

Sie starrte auf das Blatt, auf dem nach ihrer Sozialversicherungsnummer und Adresse gefragt wurde. „Äh, geht das nicht auch anders?“

„Wie denn?“, fragte er.

„Sie wissen schon, ohne Steuern und so. Ich würde mich lieber mit weniger Geld zufrieden geben, wenn ich mich um diese Dinge nicht zu kümmern brauchte.“

Er zog die Augenbrauen in die Höhe. „Jetzt sprechen Sie meine Sprache.“ Er nahm ihr das Klemmbrett wieder ab.

„Wie viel bekomme ich denn die Stunde?“, fragte sie.

„Mindestlohn. Aber wie ich schon sagte, wenn es eng bei Ihnen ist und Sie mehr Geld brauchen, dann können wir uns vielleicht etwas überlegen.“

„Wann soll ich anfangen?“

„Wie wäre es mit sofort? Kommen Sie mit nach vorn. Ich erkläre Ihnen die Kasse.“

Er zeigte ihr, wie das Kreditkartenlesegerät funktionierte, wies sie auf die Sicherheitskameras hin, die jeden Augenblick jeder Transaktion aufzeichneten, damit er sicher sein konnte, dass sie ihn nicht betrog.

Er kam ihr ein wenig zu nahe, streifte sie von hinten, legte seine Hand auf ihre Schulter, und sie bemühte sich, nicht zusammenzuzucken. Das Telefon läutete. Curtis nahm den Anruf entgegen. Er bedeutete ihr, genau zuzuhören, wie er mit einem Kunden sprach. Er zeigte ihr auch, wie ein Anruf in sein Büro durchgestellt wurde und gab ihr eine kurze Liste von Nummern und Namen von Leuten, mit denen er nichts zu tun haben wollte.

„Für diese Personen bin ich nicht zu sprechen."

Dann ließ er sie allein, und sie richtete sich an ihrem Arbeitsplatz ein. Eine Fülle von Fragen ging ihr durch den Sinn.

Eine Stunde später kam er zurück und fragte, wie es ihr ginge und ob sie ihn zum Mittagessen begleiten wolle.

„Gern."

Er öffnete die Tür, und Abigail bemerkte die vielsagenden Blicke der anderen Friseurinnen, als hätten sie das schon erlebt. Zu oft.

Er geleitete sie zu einem Feinkostgeschäft, das mit einem Sonderangebot warb. Fünf Dollar für ein Sandwich, Pommes und ein Getränk. Curtis meinte, sie sei selbstverständlich eingeladen, und Abigail überlegte unwillkürlich, welche Verpflichtungen dieses Fünf-Dollar-Essen wohl mit sich brachte. Sie fand Curtis nicht im Geringsten attraktiv, eher abstoßend. Hatte sich Diana von der Aussicht auf leicht verdientes Geld verlocken lassen?

Die Nischen waren alle besetzt, darum wählten sie einen kleinen Tisch in der Mitte des Lokals. Curtis suchte eine bequeme Sitzposition auf dem Stuhl, aber er kippte immer wieder zu einer Seite. Er fragte sie, wie ihr der Friseurladen gefiele, ob sie Fragen hätte, Smalltalk, der es ihm ermöglichte zu nicken und kauen und zuzuhören. Sie hätte am liebsten die Flucht ergriffen. Ihr Magen drehte sich um, als sie zusah, wie er schmatzte, wie ihm das Fett über das Kinn lief. Jede Frau, die zur Tür hereinkam, begaffte er. Doch dann dachte sie an Adrian im Krankenhaus und Mr Conley im Gefängnis. Und an ihren Vater. Sie verstand zwar nicht so ganz, warum, aber irgendwie hatte sie das Gefühl, hier am richtigen Platz zu sein. Sie hatte diese Stelle bekommen und sich anscheinend schnell das Vertrauen dieses Mannes erworben. Bestimmt gab es einen tieferen Sinn dafür. Nicht, dass sie annahm, Gott würde sie führen, wie ihre Mutter glaubte. Aber etwas, das größer war als das Schicksal, hatte sie anscheinend an seinen Mittagstisch geschoben.

„Ist es tatsächlich drin, dass ich noch zusätzlich Geld verdienen kann? Das hatten Sie angedeutet. Wann können Sie mir was dazu sagen?"

Er lachte und zwinkerte ihr zu, dann wischte er seine Hände an der Serviette ab, jedoch leider nicht sein Kinn. „Zur gegebenen Zeit. Geduld ist eine Tugend. Das wissen Sie doch, nicht?"

„Ja, aber wenn man pleite ist, schert man sich wenig um Tugend. Im Augenblick muss ich zusehen, wie ich meine Miete und meine Stromrechnung bezahle."

„Hey, wenigstens haben Sie eine Wohnung. Wo liegt die?"

Sie zögerte. „In der Nähe der Universität. Wenn ich da rausgeschmissen werde, dann heißt es entweder auf der Straße leben oder wieder bei meinen Eltern einziehen, und das kommt gar nicht infrage."

Diese Antwort schien ihm zu gefallen, und er nahm einen großen Schluck von seinem Getränk. „Wir sollten uns besser kennenlernen. Aber ich verspreche Ihnen, mit Ihrem Verstand und Ihrem Aussehen können Sie sehr viel Geld verdienen."

„Was hat mein Aussehen damit zu tun?"

„Können Sie tanzen? Sie bewegen sich, als ob Sie tanzen könnten. Ein Freund von mir besitzt mehrere Clubs. Ich wette, Sie könnten es schnell lernen, so klug, wie Sie sind."

Sie spürte, wie sich ihr Magen zusammenkrampfte und war nicht sicher, ob es an den schwarzen Oliven auf ihrem vegetarischen Sandwich lag oder an dem Ausdruck in den Augen des Mannes. „Sie meinen ... Strippen oder sowas?"

„Das ist ein ziemlich drastischer Ausdruck. Es ist eine Form der Kunst. Unterhaltung. Und gar nicht so schlimm, wie Sie denken."

„Ich kann nicht tanzen", sagte sie. „Gibt es noch andere Möglichkeiten?"

„Das können Sie gar nicht beurteilen, ehe Sie es nicht probiert haben“, erwiderte er und steckte sich eine Hand voll Pommes in den Mund. „Einige seiner Mädchen verdienen einen Tausender pro Abend.“

„Eintausend Dollar?“

„Denken Sie darüber nach. Nehmen wir an, Sie arbeiten an drei Abenden in der Woche. Dann verdienen Sie leicht zweitausendfünfhundert. Das ist durchaus realistisch. In zehn Wochen hätten Sie fünfundzwanzigtausend zusammen. In vierzig Wochen wären es hunderttausend.“

Ihre Kinnlade klappte nach unten, und sie täuschte ehrfürchtiges Staunen vor.

„Und es ist kein Risiko dabei“, fuhr er fort. „Die Clubs meines Freundes sind sauber. Jede Menge Sicherheitsbeamte, kein Risiko für die Mädchen. Aber das ist nur eine Option.“

Sie spielte mit, täuschte Interesse vor und unterdrückte ihren Widerwillen. Nicht, dass tausend Dollar pro Abend nicht tatsächlich verlockend gewesen wären. Das waren sie. Aber instinktiv wusste sie, dass sie diesem Kerl nicht trauen konnte. *Stell Blickkontakt her. Lächle. Gib ihm das Gefühl, dass du interessiert bist, hungrig, in Geldnot.*

„Sie haben doch einen Wagen, richtig?“, fragte er.

Sie nickte, biss nun ihrerseits in ihr Sandwich und hörte zu.

„Ist er verlässlich?“

„Er ist alt, aber der Motor ist in Ordnung. Warum?“

„Ich wollte es nur wissen.“

Sie packte den Rest ihres Sandwichs ein und steckte es in ihre Tasche. „Warum so geheimnisvoll? Trauen Sie mir nicht?“

„Ihnen trauen?“ Er lachte. „In meinem Geschäft muss man Vertrauen erst aufbauen. Das dauert.“

„Sie meinen, im Friseurgewerbe?“

„Das ist nur ein Teil meines Unternehmens. Der Tagesjob sozusagen. Die weniger glamouröse Art, seinen Lebensunterhalt zu verdienen.“ Er erhob sich, warf den Müll in den

Abfalleimer und hielt ihr die Tür auf. „Aber man hat sein Auskommen. Das gilt in erster Linie für meine Angestellten. Ich dagegen achte darauf, nicht eingleisig zu fahren."

„Dann besitzen Sie also den Frisiersalon und einen Club?"

„Der Club gehört mir nicht. Ich helfe meinem Freund nur ab und zu, neue Talente zu finden."

„Und das ist alles?"

Er führte sie über den unebenen Gehweg. Große Platten, die sich im Laufe der Jahre nach oben gewölbt hatten. „Ich habe auch noch eine *Beratungsfirma* und eine kleine Videoproduktionsfirma. Aber wir müssen uns erst besser kennen, ehe ich Ihnen Näheres erzähle."

„Und wie soll das laufen?", fragte sie, während sie über eine hoch stehende Platte hinwegstieg.

„Lassen Sie sich heute Abend von mir zum Abendessen ausführen, dann reden wir darüber." Er zog eine Karte hervor und schrieb etwas auf die Rückseite. „Treffen Sie mich hier um neun. Sie können sich den Club ansehen, und ich beantworte Ihnen alle Ihre Fragen."

# Kapitel 30

Ich fuhr zum Krankenhaus zurück, und es gelang mir sogar, mit dem Aufzug in den achten Stock zu fahren, ohne ständig ans Abhauen zu denken. Irgendwie hatte das Krankenhaus für mich seinen Schrecken verloren. Allerdings meinte ich, als ich am Verwaltungstrakt vorbeikam, immer noch zu spüren, wie das Geld durch ein Loch in meiner Tasche davonfloss.

Adrian lag nach wie vor im künstlichen Koma. Sein Zustand hatte sich nicht verändert. Sein Herz schlug immer noch. Das war die gute Nachricht. Die schlechte Nachricht war, dass die Herz-Lungen-Maschine ihn am Leben erhielt und er vermutlich nicht mit demselben Herzen herauskommen würde.

Ellen wich nicht von seiner Seite. Ihr Pastor war wieder da, und bei seinem Anblick hätte ich am liebsten gleich wieder kehrtgemacht. Sie saßen in der Ecke, hielten die Köpfe gesenkt, die Augen geschlossen und erflehten Gottes Hilfe, nahm ich an. Ich verschwand wieder im Aufzug und holte mir in der Cafeteria einen Happen zu essen. Als ich zurückkehrte, war der Pastor fort.

Ellen fragte, wie es bei Conley gewesen sei, und ich erzählte ihr von seiner Haltung. Wenn sie tatsächlich einen Draht zu Oleta hätte, dann sei jetzt der geeignete Zeitpunkt, ihn sich zu Nutze zu machen, sagte ich. Ich machte mich auf den Weg zu Adrians Zimmer, um guten Willen zu zeigen und um ihr zuvorzukommen. Sie folgte mir und riet mir, ihn zu berühren und mit ihm zu reden. Studien hätten ergeben, dass Menschen auch im Koma so etwas fühlen könnten. Sie erzählte von einer anderen Studie über die Auswirkungen der menschlichen

Stimme, aber ich konnte das alles nicht aufnehmen. Der Anblick meines Sohnes fesselte mich.

Ich berührte seine reglose Hand. Sie fühlte sich nicht so kalt an wie ein Eiswürfel – eher wie eine Eidechse in einer Wüstennacht. Ich beugte mich zu ihm herunter und flüsterte ihm ins Ohr: „Hey, Kumpel, da ist eine junge Krankenschwester, die unbedingt deine Telefonnummer haben möchte. Wenn du nicht schnell aufwachst, könntest du deine Chance verpassen."

Nichts. Nicht einmal ein Piepen des EKG. Kein Flattern der Augenlider, kein Händedruck, kein Wackeln der Zehe. Nur kalte Haut und Bartstoppeln auf seinem Gesicht.

„Halt durch, Adrian", sagte ich und streichelte ihm über den Arm.

Im Flur fragte Ellen erneut nach Conley, und ich erzählte ein wenig ausführlicher. Wie gewöhnlich war sie mir einen Schritt voraus.

„Hast du mit Reginald gesprochen?"

Ich roch Lunte, meine journalistischen Antennen waren voll ausgefahren. „Hat er dich angerufen?"

Sie nickte. „Und danach Carl."

„Wow, du bist ja populärer als ich. Ich musste Reginald abhängen, um einen Anruf vom Gouverneur zu bekommen."

„Tru, er sagte, ihm seien die Hände gebunden."

„Ja, das scheint die offizielle Verlautbarung aus dem Gouverneurssitz zu sein. Oder aus der Limousine. Ich kaufe ihm das nicht ab."

Sie baute sich vor mir auf und sah mich mit durchdringendem Blick an. „Was hast du vor?"

„Nachdem ich mit Townsend gesprochen habe, hatte ich eine Inspiration, wie das alles doch noch zu unseren Gunsten ausgehen könnte. Ich habe Gina angerufen und eine Nachricht hinterlassen."

„Ich dachte, sie sei nicht mehr deine Agentin."

„Ja, aber Dinge können sich ändern. Ich habe ihr die Sache erklärt, die politischen Verwicklungen aufgezeigt, den Kampf um Leben und Tod. Ich denke, sie wird anbeißen. Und wir bekommen vielleicht sogar noch etwas Geld für die Conleys."

„Truman, hier geht es nicht ums Geld."

„Es geht immer ums Geld. Und wenn Gina zum Angriff bläst, kann sie vielleicht einen Bieterkrieg zwischen ein paar Verlegern auslösen, die diese Story für Erfolg versprechend halten. Und dann wird allein schon die Presse mit ihrer Berichterstattung Druck auf Townsend ausüben."

„Wir wollen uns doch nicht mit ihm überwerfen. Wir wollen ihn auf unserer Seite haben."

„Genau. Aber er steht nicht auf unserer Seite. Er steht nicht auf Adrians Seite. Er steht allein auf seiner eigenen Seite."

„Das Risiko ist zu groß."

„Ellen, manchmal gelingt es einem nur durch knallharte Maßnahmen, Menschen auf seine Seite zu ziehen."

Sie schüttelte den Kopf. „Ich glaube nicht, dass das der richtige Weg ist."

„Glaub mir, ich bin schon länger im Geschäft."

„Ja, das stimmt", murmelte sie. „Und schau, wo es uns hingebracht hat."

Die Schwestern im Schwesternzimmer starrten nervös auf ihre Bildschirme. Ich führte Ellen in eine Ecke in der Nähe der Aufzüge und senkte die Stimme.

„Der Deal sieht folgendermaßen aus: Townsend wird kein Risiko eingehen, weil er so wahnsinnig großzügig ist. Ich würde mich freuen, wenn er seine Macht zum Guten einsetzen würde, aber ihm geht es allein um sein politisches Überleben. Wenn etwas seinen Interessen dient, dann tut er es. Wenn nicht, dann hält er eine Rede oder schickt eine Entschuldigung. Ich garantiere dir, er wird einen großen Kranz zur Beerdigung schicken. Vielleicht nimmt er sogar daran teil, wenn er dadurch positive Presse bekommt."

„Du bist krank.“

„Ich habe recht, und das weißt du auch. Wir müssen überlegen, wie wir ihn davon überzeugen, dass diese Transplantation in seinem Interesse liegt. Er muss das Gefühl haben, dass es ihm schaden wird, wenn er die Transplantation blockiert.“

Sie wandte den Kopf ab, und ich setzte mich neben sie, versuchte sie dazu zu bringen, sich mir wieder zuzuwenden. „Was ist los? Was weißt du, was ich nicht weiß?“

„Tru, ich habe so ein Gefühl. Ich weiß, dass du für so etwas kein Verständnis hast – aber dieses Gefühl rät mir zu warten. Den unteren Weg zu gehen. Alles auf uns zukommen zu lassen.“

„Hat dir das der Pastor zugeflüstert? Oder wollte Townsend, dass du mich zur Vernunft bringst?“

„Hier geht es um niemand anderen als dich und mich. Ich habe ein bestimmtes Gefühl. Ich denke, Gott möchte, dass ich aufhöre zu kämpfen. Dass ich ihn machen lasse.“

Ich legte den Kopf zur Seite und versuchte, mir nicht anmerken zu lassen, was ich innerlich empfand. Doch es gelang mir nicht so ganz. Ich drehte ihr Gesicht zu mir – nicht grob, aber so, dass sie mir wieder in die Augen blickte.

„Bist du sicher, dass du meine Frau bist? Denn meine Frau hat in den vergangenen achtzehn Jahren immer für meinen Sohn gekämpft. Sie war da, wenn ich nicht da war. Sie hat den Ball aufgehoben, den ich fallen gelassen habe.“

Ellen standen Tränen in den Augen. „Es gibt einen Unterschied zwischen kämpfen und etwas unbedingt erreichen wollen. Ich denke, dass vielleicht ...“

„Vielleicht was?“

„Vielleicht geht es einfach nicht mehr weiter. Vielleicht ist Adrian müde. Vielleicht hält er nur wegen mir noch durch. Die vielen Schmerzen und Untersuchungen – er hasst das alles. Vielleicht ist es Zeit, jetzt an ihn zu denken und nicht an mich.“

„Wie kannst du das sagen?“

„Es gibt nicht nur *dieses* Leben, Tru.“

Das klang wie ein Satz aus dem Radio. „Dann gibst du also auf? Ist das keine Sünde?“

„Ich habe die Hoffnung nie aufgegeben.“

„Dann steh an meiner Seite und kämpfe.“

„Ich habe gekämpft. Aber jetzt ist es an der Zeit, ihn loszulassen. Ich möchte ihm nicht noch mehr zumuten, was ihn quält.“

Ich fuhr mir mit der Hand durch die Haare. „Und wenn sich dein *Eindruck* am Tag nach der Hinrichtung ändert?“

Sie legte mir die Hand auf die Brust und ließ sie dort liegen. „Ich bitte dich, mir zu vertrauen. Du brauchst nicht mit mir einer Meinung zu sein. Schreib weiter. Wenn Gina die Story verkaufen kann, großartig. Aber ich habe aufgehört, irgendetwas unbedingt erreichen zu wollen.“ Sie lehnte sich an mich. „Tru, ich treibe in einem Fluss, von dem ich gar nicht wusste, dass er da war. Ich muss alles loslassen, was ich je gekannt oder begriffen habe. Ich weiß nicht, was vor uns liegt. Und mir ist egal, was hinter uns liegt. Ich weiß nur, dass ich genau da bin, wo ich sein soll.“

So, wie sie redete, schien sie dringend Schlaf zu brauchen. Oder vielleicht einen Kaffee. Vielleicht hatten diese langen Aufenthalte im Krankenhaus etwas mit ihrem Kopf gemacht. Vielleicht brauchte sie eine Erholungspause von Krankenschwestern, Medikamenten und achtzehn Jahren Stress. Ich schlug vor, sie solle nach Hause fahren und sich ins Bett legen, doch sie lächelte herablassend, wie Christen es tun, wenn sie in die Ewigkeit blicken und du nur ein Bild an einer Wand vor dir siehst.

„Das mag jetzt seltsam klingen“, sagte sie. „Aber ich habe keine Angst mehr vor dem, was geschehen könnte. Ich bin ruhig, und diese Ruhe möchte ich auf Adrian übertragen. Keine Sorge und Angst mehr, sondern Frieden.“

*Resignation*, dachte ich. „Was Adrian jetzt braucht, ist jemand, der Kraft hat und ihn mitzieht, nicht jemand, der ihn zum Licht hinschiebt."

Sie nickte. „Ich verstehe. Wenn du diese Person sein willst, der Platz an seinem Bett ist frei. Ich werde dich nicht aufhalten."

Ich hätte gern noch weiter auf sie eingeredet, doch ich befürchtete, mit Bibelversen über den Himmel bombardiert zu werden, wo alle Tränen abgewischt werden und Gottes bedingungslose Liebe auf uns wartet und solche Dinge, die gar nicht wahr sein können, weil Gott eben nicht bedingungslos liebt. Falls es ihn dort oben gibt – ein großes „falls" – freut er sich wohl eher an dem Anblick hier unten auf der Erde: Menschen rennen hektisch herum und versuchen, Leben, Tod und Schmerz zu begreifen, während er gut unterhalten wird.

Das war meine Meinung. Doch ich hielt mich zurück, nahm sie einfach nur in den Arm und drückte sie an mich. Es war keine Umarmung zwischen zwei Liebenden – das war schon vor langer Zeit verloren gegangen –, sondern von zwei Reisenden, die aus unterschiedlichen Richtungen kommen und in unterschiedlichen Richtungen unterwegs sind.

Mein Handy vibrierte, und ich sah, dass Abby anrief. Ich meldete mich und hielt das Handy so, dass Ellen mithören konnte.

„Dad, tolle Neuigkeiten!" Ihre Stimme klang so lebhaft, wie ich es lange nicht gehört hatte. Als hätte sie gerade einen Welpen gefunden und wollte ihn mit nach Hause bringen. „Ich habe den Job!"

„Welchen Job?"

„Im Frisiersalon. Du weißt doch. Ich habe dir davon erzählt. Und ich war gerade mit Tompkins zum Mittagessen. Du wirst nicht glauben, was er mir alles erzählt hat."

„Abigail, das ist keine gute Idee."

Ellen stieß mich an.

„Ich meine, dieser Mann könnte gefährlich sein", korrigierte ich mich.

„Genau das will ich ja herausfinden. Und er ist in diese Sache verwickelt, ohne Zweifel. Er hat mir ... persönliche Fragen gestellt. Die unangemessen waren. Der Mann ist ein Widerling!"

„Wo bist du jetzt?"

„In einer Toilette in der Nähe des Salons."

„Du musst da verschwinden. Wenn er deine Verbindung zu mir herausfindet, dann kann es unangenehm werden."

„Dad, das ist das Beste: Heute Abend werde ich mit ihm in seinem Club zu Abend essen."

„Ein Club?", fragte Ellen. Sie beugte sich weiter vor. Sie griff nach dem Telefon, als Abigail gerade sagte: „Dad, ich glaube, ich weiß, was Diana zugestoßen ist."

# Kapitel 31

Abby wollte nicht näher darauf eingehen und sagte, wir würden uns zu Hause sehen. Ellen machte sich Sorgen. Das merkte ich daran, dass sie vor sich hin starrte und meinen Arm rieb, während wir im Warteraum saßen.

Mein Magen krampfte sich zusammen, und mir war bewusst, dass ich wieder zurück an mein Buch musste. Es gab keinen Ersatz für meinen Schreibtischstuhl und meinen Computer. Nur wenn ich vor dem Bildschirm saß, konnte ich arbeiten. Nur so kann ich leben. Und vielleicht zog mich auch etwas an, das größer war als ich, riss mich mit wie eine Art Flutwelle.

Mit Ellens Segen fuhr ich nach Hause. Unterwegs besorgte ich mir noch einen extra großen, extra starken Kaffee und ließ mich dann in meinem literarischen Bunker nieder, um die Welt zu retten oder sie zumindest zu begreifen. Als Mann besitze ich die Fähigkeit, bestimmte Dinge auszublenden, mich in die Arbeit zu stürzen und einfach weiterzumachen. Nehmt mir mein Cottage, meinen Wagen, meine Katze, meine Ehe – nehmt mir alles und lasst mir nur eine einzige Aufgabe, und ich werde sie erledigen, egal, wie bedeutungsvoll oder bedeutungslos sie sein mag.

Doch ob es nun eine Reaktion auf das Koffein war oder ob die Gedanken, die mir durch den Sinn gingen, mich ablenkten, ich konnte nicht arbeiten. So viel zum Fokus. Ich machte zwei oder drei Anläufe, doch das Vakuum, in das ich mich sonst immer zurückziehen konnte, hatte ein Loch. Ich konnte mich nicht konzentrieren.

Ich öffnete eine Nachrichten-Webseite und informierte mich über die neuesten Ereignisse. In einer roten Einblendungsleiste oberhalb der Lokalnachrichten las ich die Schlagzeile: „Gouverneur Townsend trifft sich mit Rechtsausschuss.“

Nichts Weltbewegendes – nur dass in dieser Stunde bei dem Treffen hinter geschlossenen Türen beschlossen wurde, ob die Herzspende des verurteilten Sträflings Terrell Conley genehmigt wurde oder nicht. Es hieß, einige konservative Delegierte seien dagegen. Protestkundgebungen wurden vor dem Gefängnis geplant. Angesichts von Townsends Bemühungen, diese Angelegenheit möglichst unter der Decke zu halten, mutete das ein wenig seltsam an. Ob Townsend bewusst Informationen über dieses Treffen hatte durchsickern lassen, um es zu sabotieren?

Auf dem Bildschirm poppte ein Link zu einer Online-Glücksspiel-Seite auf. *„Besuchen Sie uns und die ersten 100 Dollar gehen auf uns!“*

Es ist schwer zu beschreiben, welchen Reiz eine solche Werbung auf jemanden mit meinen Vorlieben ausübt, vor allem in einer Phase, in der der Druck besonders groß ist und man eigentlich anderes zu tun hat. Du nimmst dir vor, nur zehn Minuten Ablenkung zu suchen, und zwei Stunden später betrachtest du deinen virtuellen Verlust und fragst dich, wie du so viel Zeit vergeuden konntest.

Vielleicht war es Willenskraft, vielleicht auch ein göttliches Eingreifen, doch irgendwie gelang es mir, das Ding wegzuklicken und einen Spaziergang zu machen.

Ich habe immer gesagt, dass eine Schreibblockade nur solche Menschen trifft, die zu viel Geld oder zu viel Zeit bis zum nächsten Abgabetermin haben. Aber da war ich, lief durch die Straßen und begutachtete die ordentlich gemähten Rasenflächen meiner Nachbarn. Auf meinem Spaziergang kam ich an den Wagen von drei unterschiedlichen Pool-Reinigungsfirmen vorbei, die vor den Häusern parkten.

Was hätte ich für das Geschrei von planschenden Kindern in einem Gartenpool gegeben. Ich sehnte mich nach einer zweiten Chance, danach, die Uhr zurückdrehen zu können zu der Zeit, als unser größtes Problem die Frage war, ob wir die Kinder in einer staatlichen oder privaten Schule anmelden sollten. Natürlich waren unsere Sorgen um Adrian immer etwas größer. Ob wir uns zu der Operation entschließen sollten, die ihn entweder das Leben kostete oder ihm die Chance auf ein normales Leben bot. Doch wie sich später herausstellte, waren all die Operationen keine Lösungen für das langfristige Problem.

Ich hatte mich um die emotionale Arbeit dieses Wegabschnitts gedrückt, und jetzt bezahlte ich den Preis dafür. Mein Sohn lag im Sterben, meine Tochter war mir entfremdet, meine Frau fühlte sich allein und ungeliebt. Man sagt, das Gegenteil von Liebe sei nicht Hass, sondern Gleichgültigkeit. War die Distanz, die ich zu meiner Familie empfand, auf diese Gleichgültigkeit zurückzuführen? Gab es Hoffnung auf eine engere Bindung?

Ein schwarzer Wagen mit getönten Scheiben und glänzenden Felgen rollte an mir vorbei. Ich ging weiter, doch plötzlich hatte ich so ein ungutes Gefühl. Ich drehte um, rannte zurück und sah den Wagen gerade noch in unsere Straße einbiegen. Die Bremslichter leuchteten auf, als er an unserem Haus vorbeifuhr. Ich hatte nicht daran gedacht, mir das Nummernschild zu merken, und jetzt war der Wagen zu weit entfernt, um es zu erkennen

Ein kleiner Honda mit einem defekten Auspuff näherte sich mir von hinten, und ich winkte Abigail zu. Sie hielt am Straßenrand an, und ich sprang auf den Beifahrersitz, landete auf einer Tüte von McDonald's und ihrer Tasche. „Dreh schnell um und fahr zurück."

„Wozu?"

„Verdächtiger Wagen vor unserem Haus. Wir kommen ihm von der anderen Seite entgegen."

Sie wendete schnell und fuhr einmal um den Block. „Was meinst du, wer das ist?"

Gute Frage.

„Vielleicht deine Kumpels aus New Orleans?", fragte sie.

Gute Antwort.

„Ich denke nicht. Sie haben mir mehr Zeit zugesichert. Das könnte dein Freund Tompkins sein."

„Er kennt nicht mal meinen richtigen Namen. Ich habe ihm erzählt, mein Appartement läge in der Nähe der Uni."

„Hast du einen Vertrag unterschrieben?"

„Ich habe gar nichts unterschrieben; er bezahlt mich bar. Unter der Hand."

„Bleib hier stehen", forderte ich sie auf. Von dieser Straße aus konnte ich durch die Büsche schemenhaft unser Haus erkennen. Der schwarze Wagen war nicht zu sehen. „Okay, fahr weiter. Und du solltest besser aufpassen, was Tompkins dir unter dem Tisch unterjubelt."

„Hey, was soll das? Hältst du mich für ein kleines Mädchen, das keine Ahnung hat von der Welt?"

„Nein, du bist ziemlich klug, aber wenn dieser Typ – pass auf!"

Beinahe wäre sie frontal gegen den schwarzen Wagen geprallt. Der Fahrer drückte auf die Hupe. Sie lenkte zur Seite und fuhr weiter. Im Vorbeifahren senkte ich den Kopf, dann drehte ich mich um, um einen Blick auf das Nummernschild zu werfen. Ich erkannte die ersten drei Ziffern und schrieb sie auf die Quittung für den Kaffee.

Wir fuhren durch die Nachbarschaft und parkten gegenüber einem Spielplatz. Das Schweigen lastete schwer auf uns, während ich zwei Kinder beobachtete, die auf das Klettergerüst stiegen, kichernd zu einer Rutsche rannten, Fangen spielten und kreischten und ihren Spaß hatten, genau wie Abby und Adrian früher auch. Endlich fand ich den Mut, das Wort zu ergreifen.

„Manchmal wünschte ich, ich könnte die Zeit zurückdrehen und noch einmal von vorn anfangen."

„Wovon redest du?"

„Von unserer Familie. Meinem Leben. Den Entscheidungen, die ich getroffen habe ... dass ich meine Karriere an erste Stelle gestellt habe."

„Wenn du jetzt darauf wartest, dass ich beschwichtige, damit du dich besser fühlst – das werde ich nicht tun. Du warst ein lausiger Vater."

„Das erwarte ich gar nicht. Du sollst nur wissen, dass ich in Gedanken immer bei euch war, auch wenn ich wegen einer Story unterwegs war."

Sie verdrehte die Augen. „Du denkst, das würde einem kleinen Kind helfen, das sich nichts weiter wünscht, als dass du seine Theateraufführung besuchst? Bei jedem Akt wanderte mein Blick immer zur Tür in der Hoffnung, du würdest doch noch kommen."

Ich kämpfte gegen den Drang an, die Gelegenheiten aufzuzählen, bei denen ich da gewesen war. Es waren erbärmlich wenige. „Ich wünschte, ich bekäme noch eine Chance. Und ich denke, das hier könnte eine für uns sein. Uns voll und ganz in diese Story zu investieren und in Adrians Heilung."

„Dad, du zeigst nur für eines vollen Einsatz, und zwar für deine eigenen Belange. Das war schon immer so."

*Bitte, halte dich nur nicht zurück mit deiner Kritik. Sag mir, was du wirklich denkst.* „Du fühlst dich im Stich gelassen, das verstehe ich, aber-"

„Im Stich gelassen? Wie wäre es mit *vernichtet*? Ich habe mich jeden Abend in den Schlaf geweint!"

„Und warum bist du zu mir gekommen? Warum hast du nach mir gesucht?"

Ihr Kinn zitterte, und ich sah Tränen in ihren Augen. Sie schüttelte den Kopf. „Vielleicht wollte ich sehen, ob wir dir vielleicht doch wichtig sind."

„Genau so ist es. Darum bin ich hier."

„Und machst mich an, weil ich Informationen beschaffe!"

„Wir müssen zusammenarbeiten. Aber ich habe ein ungutes Gefühl dabei, dass du dich mit diesem Typen einlässt."

„Einlässt? Auf diese Weise kann ich an Informationen kommen, die wir anders nicht bekommen würden."

„Zum Beispiel?"

„Zum Beispiel, dass er Verbindungen zu einem Tanzclub unterhält. Dort hat Diana sich vermutlich zusätzliches Geld verdient. Und er will mich als Kurier einsetzen."

„Drogen?"

„Das hat er nicht gesagt."

„Es würde mich nicht überraschen. Aber ich möchte nicht, dass dir etwas zustößt."

„Ja, denkst du denn, *ich* würde das wollen? Dass es mir Spaß macht, mich mit diesem schleimigen Kerl abzugeben?"

Ich ließ ihr Zeit, sich zu beruhigen, bevor ich fragte: „Du hast gesagt, du wüsstest, was Diana zugestoßen ist?"

„Nein, das sage ich jetzt nicht. Du sagst nicht mal Danke dafür, dass ich meinen Arsch riskiere, um Informationen zu beschaffen. Du spielst auf einmal den besorgten Vater, wo ich dir früher ganz egal war."

„Ich würde es zu schätzen wissen-"

„Du sagst, wir müssen zusammenarbeiten. Warum vertraust du dann nicht auf den Instinkt deiner Partnerin? Ich glaube, dass ich einen ziemlich guten Instinkt habe."

„Ich glaube, dass du einen hervorragenden Instinkt hast, aber du weißt nicht, wozu Typen wie er fähig sind."

„Damit willst du also sagen, dass ich naiv bin. Dein unschuldiges kleines Mädchen, das gestern noch im Sandkasten gespielt hat. Das ist aber nicht so, Dad. Ich habe schon eigene Erfahrungen gesammelt. Genau wie du habe ich auch einige schlechte Entscheidungen getroffen. Und ich kann durchaus selbst auf mich aufpassen."

Es gibt Dinge, die man seinen Kindern nicht sagen kann und die sie für sich selbst entdecken müssen, auch wenn es weh tut. Das war meine Situation, als ich in der erdrückenden Hitze des Honda saß, dessen Benzinvorrat sich dem Ende zuneigte und dessen Auspuff mehr Löcher zu haben schien als meine Kreditwürdigkeit.

„Du vermutest also, dass Diana in Drogengeschäfte verwickelt war? Und dass Tompkins sie ermordet hat?"

Sie beobachtete die Kinder auf dem Spielplatz. „Das ist eine Theorie. Ich werde ihn heute Abend ein wenig aushorchen."

„Was habt ihr heute Abend vor?"

„Das willst du gar nicht wissen. Und du würdest nur versuchen, mich davon abzuhalten."

„Nein, ich bin auf deiner Seite. Zu hundert Prozent. Sag es mir."

Sie erzählte mir von dem Club, in dem er sie treffen wollte. „Er will mich zum Essen einladen und mit mir reden."

„Das klingt gut", log ich. „Bring ihn zum Reden. Manchmal löst der Alkohol die Zunge."

Sie blickte mich an. „Meinst du das ernst?"

„Ja, es ist ein öffentlicher Ort. Sein Terrain. Er wird sich dort wohl fühlen. Pass nur auf-" Der Ausdruck in ihrem Gesicht ließ mich innehalten.

„Worauf?"

„Pass auf, was du trinkst. Er könnte dir etwas ins Glas schütten, um dich zu betäuben."

„Du denkst, das wüsste ich nicht?"

„Nur eine Erinnerung."

Die Dunkelheit war angebrochen, als wir zum Haus zurückfuhren. Der geheimnisvolle Wagen war nirgends zu sehen, trotzdem parkte Abby etwas weiter entfernt, und ich durchsuchte als Erstes das Haus. Es gab keine Einbruchsspuren, und es war auch niemand drinnen.

Während Abby sich aus den schwindenden Vorräten im Kühlschrank ein Sandwich belegte, sah ich mir die Nachrichten an. Vom Gouverneur gab es noch nichts Neues. Keine guten Aussichten für die Zukunft meines Sohnes.

Mein Handy klingelte. Es war Gina mit der wundervollen Nachricht, dass sie nicht an Terrells Story interessiert sei. Sie versicherte mir, das sei nicht dem mangelnden Glauben an meine schriftstellerischen Fähigkeiten geschuldet, sondern das Klima in den Verlagen sei für ein solches Buch im Augenblick nicht so geeignet. Ich wies sie darauf hin, dass Townsend im Augenblick ein heißer Anwärter auf das Weiße Haus sei. Sie machte mir unmissverständlich klar, dass sie kein Interesse hätte. Ich dankte ihr für den Rückruf und sagte ihr, sie solle sich melden, falls sie ihre Meinung ändern sollte.

Abigail kam aus ihrem Zimmer, zurechtgemacht wie eine junge, übereifrige Praktikantin, die ihren Boss beeindrucken will. Die Haare gestylt, jede Menge Makeup, enge schwarze Jeans. Alles, was ein Vater nicht gern sieht.

„Du siehst toll aus", sagte ich.

„Danke."

„Ich begleite dich."

Sie lachte, aber es war ein hartes Lachen, das bedeutete: *Geh mir aus dem Weg, sonst renne ich dich um.* „Nein, auf keinen Fall."

„Abby, ich will doch nur-"

„Abigail", korrigierte sie mich.

„Entschuldige. Alte Angewohnheiten lassen sich nicht so schnell ablegen. Ich möchte nur in der Nähe sein, falls du mich brauchst. Das gibt dir einen gewissen Freiraum."

„Erklär mir bitte, wie das aussehen soll, wenn du mir über die Schulter schaust."

„Ich werde nicht einmal in der Nähe sein. Ich bleibe draußen."

„Der Kerl wird Lunte riechen, wenn er mich mit dir sieht. Ich will doch sein Vertrauen gewinnen."

*Du gräbst dir nur dein eigenes Grab.* Ich hob ergeben die Hände. „Also gut. Aber bitte achte darauf, dass du dein Handy griffbereit hast. Ruf mich sofort an, falls etwas schief läuft."

Sie schnappte sich ihre Tasche und ihre Schlüssel und marschierte zur Tür.

„Okay?", fragte ich kleinlaut.

Sie knallte die Tür hinter sich zu.

# Kapitel 32

Die lokalen Bauordnungsbestimmungen verbieten die Art von Etablissement, die Curtis Tompkins aufsuchte, in der Innenstadt. Darum hieß die Lokalität vermutlich auch *Outskirts*. Es war ein rechteckiges Betongebäude inmitten einiger anderer rechteckiger Gebäude, die ein Antiquariat, einige Bars und ein Lederwarengeschäft beherbergten und in denen Tattookünstler ihre Studios hatten. Ein kleines Künstlerdorf, in dem es viele Fahrräder und Männer mit Dreadlocks und Ehepaare gab, die so taten, als hätten sie nicht viel Geld, dann aber einen Lexus oder einen BMW auf dem beleuchteten Parkplatz um die Ecke ansteuerten.

Ich fuhr an dem Parkplatz des Clubs vorbei und entdeckte Abbys Wagen. Sie saß noch drin. Nachdem sie losgefahren war, hatte ich ganze sechs Minuten gewartet, bis ich ihr folgte. So lange hatte ich gebraucht, um die Adresse des Clubs ausfindig zu machen.

Ich parkte am Straßenrand und behielt den Parkplatz im Blick. Während dieser Zeit rief ich Ellen an und erkundigte mich nach Adrian. Sie klang resigniert, als würde sie als Kriegsgefangene abgeführt. Ich hatte nicht vor, ihr auf diesem Weg zu folgen. Sie fragte, was ich von Abigails „Treffen" hielte. Abby hatte ihr sicher aufgeregt erzählt, was sie vorhatte, und natürlich hatte Ellen sie ermutigt, ihrem Herzen zu folgen. Das hatte mich schon immer wütend gemacht, wenn ich tatsächlich einmal lange genug in der Nähe war, um an ihrem Leben teilzuhaben. Abby wollte in Freizeitschuhen einen steilen Felsen erklimmen, und Ellen machte ihr auch noch Mut. Am liebsten hätte ich ins Telefon geschrien: „Reicht ein Beinahe-Toter in der Familie denn nicht?“ Das tat ich natürlich nicht.

Ich hielt den Mund, bis sie fragte: „Arbeitest du?“

„Ich fahre ein bisschen herum.“

„Tru ...“

„Nein, ich bin nicht auf dem Weg zu einem Kasino. Ich fahre nur ein wenig in der Gegend herum.“ Als sie nichts mehr sagte, seufzte ich tief. „Ich passe auf, dass Abby nichts passiert. Dieser Kerl ist mir nicht geheuer.“

„Vermassel ihr das nicht.“

„Ich will sie beschützen.“

„Denk doch einmal auch an *sie*, Tru. Sie hat das Gefühl, dass du ihr nichts zutraust.“

„Ich will ihr damit doch nur zeigen, wie sehr ich sie liebe.“

„Das ist nicht der richtige Weg. Damit bringst du zum Ausdruck, dass sie deiner Meinung nach der Aufgabe nicht gewachsen ist. Sie ist schon ein großes Mädchen. Vertrau ihr. Lass sie ihre Flügel ausbreiten und fliegen.“

„Aber das hat gar nichts damit zu tun, dass ich ihr nicht vertraue. Ich kenne Typen wie diesen Tompkins. Und es gibt da etwas, das sie nicht weiß.“

„Was?“

„Es könnte sein, dass dieser Kerl mit einem Freund von mir unter einer Decke steckt. Mit einem Mann aus New Orleans, dem ich Geld schulde.“

„Wie kommst du darauf?“

„Der Wagen, der heute Nachmittag an unserem Haus vorbeigefahren ist. Dieselben zwielichtigen Typen. Und wenn er herausfindet, dass eine Verbindung zu mir besteht, dann könnte er sie als Druckmittel benutzen, um das Geld einzutreiben. Oder Rache zu üben. Sie schwört, dass er ihren Namen nicht kennt und nicht weiß, wo sie wohnt, aber diese Typen sind ziemlich gerissen. Ich möchte nicht, dass er über sie an mich heranzukommen versucht.“

„Truman, warum hast du ihr das nicht gesagt?“

Ihre Worte hingen in der Luft, während ich zusah, wie Abigail aus ihrem Wagen ausstieg, das Handy ans Ohr gedrückt. Das Licht des Displays fiel auf ihr Gesicht, während sie mit schnellen Schritten zu einer Seitentür eilte.

„Ich wollte ihr keine Angst machen, denke ich. Ich will doch auch, dass sie ihre Flügel ausbreitet. Aber irgendetwas hat Klick gemacht. Vielleicht ist es mein Vaterinstinkt.“

Ellen sagte keinen Ton. Das brauchte sie auch nicht. Ich wusste, was ihr durch den Sinn ging. „Ich weiß auch nicht, wo sich dieser Instinkt all die Jahre versteckt hat, falls du dich das fragst. Aber jetzt ist er da. Ich denke nicht, dass ich ihn unterdrücken sollte.“

„Truman –“

„Vertrau mir“, sagte ich. „Du willst, dass ich ihr vertraue. Jetzt bitte ich dich, mir zu vertrauen. Sie möchte diese Story recherchieren. Ich muss meinem Instinkt folgen. Okay?“

Ihre Antwort klang schwach, schüchtern und zurückhaltend. „Okay.“

Die Tür ging auf, und meine Tochter wurde von der Dunkelheit verschluckt wie in einem dieser Horrorfilme. Die Tür fiel ins Schloss, nur das Wummern der Musik blieb zurück.

Ein Wagen hielt auf der gegenüberliegenden Straßenseite an. Zu dieser nachtschlafenden Zeit wirkt jedes Auto dunkel, aber dieses hier erschien mir besonders schwarz und leider auch sehr vertraut. Aus der Beifahrertür stieg ein Koloss von einem Mann mit langen, blonden Haaren aus. Seine Arme tropften förmlich vor Anabolika. Er überquerte die Straße und öffnete die massive Hintertür, als wäre sie aus Styropor.

„Ich muss Schluss machen“, sagte ich zu Ellen.

In aller Eile schnappte ich mir die Baseballkappe, die ich aus Adrians Zimmer geholt hatte, und zog sie mir tief in die Stirn, als ich mich der Seitentür näherte. Ein Mann mit einer Brust, die so breit war wie ein Fass, und einem Flammen-Tattoo, das sich von seinem Hals nach oben zog und um sein Ohr wand, stellte sich mir in den Weg. Ohrenbetäubender Lärm drang durch die geöffnete Tür nach draußen. Ein Zahnstocher hing in seinem Mundwinkel.

„Kostet das Eintritt?", schrie ich.

Zahnstocher hielt zehn Finger in die Höhe. Zehn Dollar, die ich natürlich nicht besaß, doch ich griff trotzdem nach meiner Brieftasche. „Nehmen Sie auch-?"

„Nur Bargeld."

„Gibt es hier in der Nähe einen Geldautomaten?"

Er zuckte die Achseln. Zwei Herren hinter mir reichten dem Türsteher einen Zwanziger und schoben sich an mir vorbei. Schnell schaute ich über Zahnstochers Schulter, aber außer der jungen Frau auf der Bühne konnte ich in dem verräucherten Dunst kaum etwas erkennen. Von Abby oder dem langhaarigen blonden Mann keine Spur.

„Ich suche ein Mädchen. Sie ist vor ein paar Minuten hereingekommen. Ich brauche nur fünf Minuten, dann bin ich wieder draußen."

Er lächelte, dann packte er mich am Arm und schob mich nach draußen. Seine Stimme war leise und er lispelte leicht. „Beschaff dir Kohle, Freund."

Wieder im Wagen, überlegte ich mit heftig klopfendem Herzen, ob es in dem Supermarkt, an dem ich vorbeigekommen war, wohl einen Geldautomaten gab und ob vielleicht ein weiterer blonder Muskelprotz am Steuer des schwarzen Wagens saß und mich beobachtete. Ich musste eine Entscheidung treffen. Sollte ich bleiben? Nach einem anderen Weg in den Club suchen?

In aller Eile steuerte ich den Supermarkt an. Dort gab es tatsächlich einen Geldautomaten. Meine erste Karte wurde nicht akzeptiert und ich glaubte, den Automaten lachen zu hören. Die zweite funktionierte. Irgendwie bekam ich einen Zwanziger und fuhr zurück. Der schwarze Wagen stand immer noch da, und ich konnte die ersten drei Ziffern des Nummernschilds erkennen, was mir bestätigte, dass es derselbe Wagen war, den wir in unserer Nachbarschaft gesehen hatten.

Ich reichte Zahnstocher den Geldschein. Brummig gab er mir einen Zehner zurück. „Einen schönen Abend", sagte er.

Im Innern stolperte ich einige Treppenstufen hinunter. Ganz kurz blieb ich stehen, um meine Augen an die Lichtverhältnisse zu gewöhnen. Niemand interessierte sich dafür, wer zur Tür hereinkam. Alle konzentrierten sich auf die Bühne.

Die Bar lag linker Hand, und die spärlich bekleideten Kellnerinnen summten wie die Bienen zwischen der Bar und den Tischen hin und her. Eine sah aus wie eine Cheerleaderin der Dallas Cowboys. Eine andere trug ein Katzenkostüm, das in erster Linie aus den Schnurrhaaren bestand. Im Ernst. Mein Blick wanderte an den Stilettos und Netzstrümpfen vorbei zum hinteren Teil des Raums, vom gedämpften Licht der Bühne schwach erleuchtet. In die Wand waren Nischen eingelassen, aber ich konnte weder den blonden Mann noch meine Tochter entdecken. Meine Gedanken schlugen Purzelbäume. Ob Ellen, wenn sie das hier sehen könnte, Abby immer noch Mut machen würde, ihren Träumen zu folgen?

Ich schickte Abby eine SMS: *Alles okay? Bist du im Club?* Dann schob ich mich näher an die Bar heran, um einen besseren Blick auf die Nischen zu haben.

Eine Kellnerin in einer Art Gladiatorenkostüm fing mich ab. Sie trug ein Schwert, das ziemlich echt aussah, an einem Gürtel um die Taille. „Kann ich Ihnen etwas zu trinken bringen?", fragte sie.

„Ich bin auf der Suche nach einem Freund. Kennen Sie Curtis Tompkins?"

Sie lächelte und ich versuchte, den Blick auf ihre schwarze Perücke gerichtet zu halten. „Jeder kennt Curt." Sie deutete zur anderen Seite der Bühne und erklärte: „Privatraum B. Erwartet er Sie?"

„Nein. Ich warte, bis er herauskommt."

„Das könnte eine Weile dauern", erwiderte sie. „Es ist eine Gruppe drin. Wie wär's mit einem Drink?"

„Später."

Sie zog einen Schmollmund und entfernte sich, zurück zum Kolosseum.

Mein Handy vibrierte. *Alles okay. @Club. Lass mich in Ruhe.*

Ich drückte auf Antworten und tippte schnell: *Bin auch hier. Schwarzer Wagen draußen. Komm raus.*

Ich schickte die Nachricht ab, aber sofort kamen mir Bedenken. Wenn Tompkins mich nun entdeckte? Das könnte gefährlich werden. Ich schrieb erneut. *Komm lieber zur Toilette. Treffen uns dort.*

Ich tauchte ein in die Dunkelheit, fand den schmalen Gang, der zu den Toiletten führte und blieb wie ein Spanner zwischen der Herren- und Damentoilette stehen. Nach ein paar Minuten verschwand ich in der Männertoilette. Sie war klein, nur eine Kabine, und die war besetzt. Ich wusch mir die Hände und ging wieder nach draußen. Abby wartete auf mich. Sie sah nicht allzu glücklich aus.

„Was machst du hier? Und warum trägst du Adrians Kappe?"

Ich packte sie am Ellbogen. „Wir müssen hier verschwinden."

„Nein", sagte sie fest und riss sich los. „Ich bekomme super Informationen. Warum machst du das?"

„Die Männer aus dem schwarzen Wagen, den wir heute in unserer Nachbarschaft gesehen haben, sind hier. Einer der Männer hat lange blonde Haare und Arme, die so dick sind wie Telefonmasten. Ist er da drin?"

Sie hob eine Hand, als würde ich sie irgendwie bedrohen. „Ich habe niemanden gesehen, auf den die Beschreibung passt. Und ich bleibe hier. Ich ziehe das durch. Fahr einfach nach Hause, Dad."

Auf der Bühne wurde ein neuer Song angestimmt. Die Männer johlten und brüllten. Es war ein einziges Pulsieren, Klopfen und Klatschen.

„Das kann nicht dein Ernst sein“, sagte ich. „Verschwinde hier, solange du noch kannst.“

„Wenn es dir hier nicht gefällt, dann geh doch.“

„Gibt es ein Problem, Mädchen?“, fragte eine hohe Fistelstimme hinter mir.

Ich schloss die Augen, als Abby sagte: „Dieser Mann belästigt mich.“

„Komm mit.“

Er packte mich am Ellbogen und schob mich um die Bühne herum zur Tür. Ich blickte zurück, versuchte einen Blick auf Abby zu erhaschen, doch er stieß mich unerbittlich weiter in die Dunkelheit.

„Sie verstehen nicht“, setzte ich an, doch er hörte gar nicht zu. Erst als ich draußen war, ließ er meinen Arm los. Ich überlegte, ihm zu erklären, dass Abby meine Tochter war, doch ich beschloss, lieber meine zehn Dollar zurückzufordern. Er grinste mich nur an und knallte mir die Tür vor der Nase zu.

Ich ging um den Club herum und suchte einen anderen Weg hinein, aber das Gebäude war wie ein Bunker. Es gab einen verschlossenen Haupteingang, was vermutlich gegen alle Brandschutzbestimmungen verstieß, die es gab, und noch einen zweiten Hintereingang, der zu den Privaträumen zu führen schien. Auch der war verschlossen. Ich kehrte zum Wagen zurück, fuhr einmal um den Block und parkte dort.

Warten ist nicht meine Stärke. Ich bin ein Mann der Tat, darum fiel es mir unglaublich schwer, einfach hier zu sitzen und mir vorzustellen, was im Privatraum B wohl vor sich gehen mochte. Als Journalist lernt man, die Story vorauszuahnen, alle möglichen Blickwinkel der Berichterstattung herauszufiltern.

Ich schloss die Augen und stellte mir Abby vor, die lachte, und Tompkins, der ihr aus einem Ring an seinem Finger ein Pulver in ihr Getränk rieseln ließ. Ihre Augen rollten nach hinten, und sie wurde ohnmächtig. Jemand schleppte ihren schlaffen Körper zum Hinterausgang und legte ihn in einen dunklen Wagen. Vielleicht war Abby aber auch bei vollem Bewusstsein und schrie um Hilfe, während Tompkins und seine Freunde sie überwältigten.

Vielleicht unterhielten sie sich aber auch nur.

Etwa dreißig Minuten nachdem er hineingegangen war, kam der blonde Mann wieder aus dem Club. Auffallend war seine lange, gekrümmte Nase. Sein Gang ließ auf einen militärischen Hintergrund schließen. Er stieg in den Wagen ein, zog die Blenden herunter und wartete. Genau wie ich.

Eine überwältigende Furcht machte sich in mir breit. Ich hatte Ellen aufgefordert, für Adrian zu kämpfen. Ich war dazu bereit. Aber als Realist und Reporter wusste ich: Selbst wenn die Transplantation genehmigt würde, war fraglich, wie Adrians Körper auf das fremde Organ reagieren würde. Obwohl wir alle das Beste hofften, hatten die Ärzte in aller Deutlichkeit erklärt, dass er sehr geschwächt war. Meine Angst wandelte sich langsam in Resignation, vor allem nach Ellens Worten. Sie war die größte Kämpferin auf Adrians Seite, und wenn sie bereit war, ihn gehen zu lassen, musste ich einen Weg finden, das auch zu tun.

Meine düsteren Gedanken wanderten nun weiter zu Abby. Dass ich hier saß und mich fragte, was wohl da drinnen im Club vorging, trug auch nicht zur Verbesserung der Situation bei.

Ich habe von Vätern gehört, die in gefährlichen Situationen übermenschliche Kräfte entwickeln und zum Beispiel ein Auto hochheben, unter dem ein geliebter Mensch eingeklemmt ist, und genau solche Kräfte entwickelte ich nun, als ich die Autotür öffnete. Ich stieg aus und lief mit dem Mut eines Captain America durch die mondbeschienene Straße. Ich war bereit, alles zu tun, was nötig war.

Vor mir war eine Gruppe von etwa fünf Männern, die auf den Club zusteuerten. Sie waren ausgelassen und rüpelhaft, eine Junggesellenparty, die um die Häuser zog. Die Männer schwankten und taumelten, als hätten sie bereits einige Bars aufgesucht. Ich überquerte die Straße und steckte unterwegs die Kappe in meine hintere Hosentasche. Der Anführer, ein Mann von gut 1,90 Metern Größe und mit kurz geschnittenen Haaren, war eindeutig zu erkennen. Ich war oft genug mit Militärs zusammengetroffen, um zu wissen, dass die anderen diesem hier hinterherliefen. Als er sich dem Club näherte, griff er nach seiner Brieftasche.

„Hey Jungs, was dagegen, wenn ich mich euch anschließe?", fragte ich.

Der Mann drehte sich um und ich reichte ihm meinen letzten Zehner.

„Das ist eine Scheidungsparty", erklärte er. Er deutete auf einen Freund, der etwas nüchterner zu sein schien als die anderen. „Tim hier hat auf so ziemlich alles verzichten müssen, um eine Einigung zu erreichen. Wir wollten ihn ein wenig aufheitern."

„In ein oder zwei Monaten könnte ich ein paar Freunde wie euch gebrauchen", sagte ich.

Tim schlug mir auf den Rücken und murmelte etwas, das ich nicht verstand. Es war eine Mischung aus Lachen und Tränen und Bierseligkeit. An der Tür erklärte der Anführer, wir seien zu sechst, und wir schoben uns durch die Tür, ich mit gesenktem Kopf. Während die anderen einen Tisch in der Nähe der Bühne ansteuerten, johlten und Bemerkungen über die Tänzerin fallen ließen, die gerade auf der Bühne stand, ließ ich mich von der Musik wieder zur Toilette tragen. Dieses Mal ohne Text.

An der Wand der Männertoilette fand ich, wonach ich suchte. Ich wickelte die Baseballkappe um meine Hand und schlug damit gegen den Feueralarmmelder. Nichts passierte. Ich schlug noch einmal zu. Diesmal splitterte das Glas. Ich drückte den Hebel nach unten, und sofort schrillte der Alarm los. Als ich aus der Toilette kam, flammten die Lichter auf, und die Leute strömten drängelnd und schubsend zur Tür. Das Mädchen, das gerade seine Darbietung zum Besten gab, stöckelte mit seinen hohen Absätzen über die Bühne und sammelte die Teile ihrer Schulmädchenkleidung ein. Ich gesellte mich zu den anderen und hielt Ausschau nach Abby.

Die Stroboskoplichter hatten die Hässlichkeit dieses Raumes abgemildert, aber das grelle Licht offenbarte eine üble Spelunke. Die Stühle waren bunt zusammengewürfelt, die Tische verkratzt. Aber leider entlarvte das Licht nicht nur den Zustand des Raumes, sondern auch mich, und ich duckte mich zwischen die anderen. Tim, die Scheidungsruine, setzte zu einer Schimpftirade an. Er verfluchte sein Schicksal, seine Ex-Frau, die Leute, die sein Leben ruiniert hatten und einige Persönlichkeiten aus der Politik und bezog auch den Feueralarm in seine Schmähungen mit ein, bis wir den Ausgang erreichten.

„Entschuldigen Sie die Unannehmlichkeiten, Sir“, sagte Zahnstocher. „Jemand muss den Feueralarm ausgelöst haben. In einigen Minuten können Sie wieder hinein.“

Die frische Luft draußen tat gut, doch ich spürte einen unangenehmen Druck an meinem Ellbogen und meiner Schulter, als mich jemand reichlich grob packte.

„Sir, wir hatten Sie doch gebeten, hier zu verschwinden“, sagte Zahnstocher. Sein Atem stank wie eine verfaulte Frucht auf einem Wochenmarkt.

Der Militärtyp drehte sich um und legte eine Hand auf Zahnstochers Schulter. „Er gehört zu uns.“

Das reichte mir aus, um mich aus seinem Griff zu befreien und in der Dunkelheit zu verschwinden. Ein Feuerwehrtruck kam mir entgegen. Ich gebe zu, diesen Teil meines Planes hatte ich nicht durchdacht. Als ich die Straße überquert hatte, drehte ich mich im Schatten um und beobachtete, wie ein Polizeiwagen vor dem Club anhielt und Zahnstocher erregt auf einen Polizeibeamten einredete, der mittlerweile aus dem Wagen ausgestiegen war. Einen flüchtigen Blick erhaschte ich auch auf Abby. Sie stand an der Seitentür, lachte und hatte eine Hand auf die Brust eines bärtigen Mannes gelegt. Mein Instinkt riet mir, zu ihr zu laufen und sie da wegzuholen, aber da Zahnstocher in meine Richtung deutete, entschied ich mich doch lieber dafür, ein freier Mann zu bleiben.

Zügigen Schrittes bog ich um die Ecke, dann rannte ich los und verschwand in einer kleinen Gasse, die zu der Straße zu führen schien, in der ich das Auto abgestellt hatte. Ich holte mein Handy hervor und schickte Abby eine SMS. *Alles okay?* Um die Nachricht zu verfassen, musste ich stehenbleiben, denn ich bin kein Teenager.

Hinter mir nahm ich ein Geräusch wahr, und als ich mich umdrehte, entdeckte ich ein Polizeiauto am Ende der Gasse. In der Rückschau muss ich sagen, ich hätte das nicht tun sollen; ich hätte bleiben sollen, wo ich war. Meine Kommunikationsfähigkeiten sind sehr gut, ich war nicht betrunken, hatte allen Grund, mir Sorgen um meine Tochter zu machen, und wie viele Jahre bekommt man schon als Strafe, weil man einen Feueralarm ausgelöst hat? Aber irgendwie hatte ich das Gefühl, dass dies die einzige Möglichkeit sei, meine Tochter zu retten, und so sprintete ich los und bog in die Straße ein, in der mein Wagen stand. Der Polizeiwagen beschleunigte. Ich hatte mein Auto schon fast erreicht und betätigte die Fernbedienung an Ellens Schlüsselanhänger. Der Wagen leuchtete auf wie ein Weihnachtsbaum. Ich sprang hinein, schloss die Tür, löschte das Licht, beugte mich so weit es ging über den Beifahrersitz und betete, dass der Polizeibeamte mich nicht gesehen hatte. Ja, in Notsituationen bete ich tatsächlich.

Blaue und rote Blinklichter strichen über mich hinweg, und es gelang mir mit zitternden Fingern, den Schlüssel in die

Zündung zu stecken. Mein Handy vibrierte. Ich richtete mich auf, schaute in den Rückspiegel. Der Polizeiwagen hatte abgebremst; seine Bremslichter mischten sich mit rot und blau.

*Feueralarm. Fahren zu Tompkins' Wohnung*, lautete die Nachricht.

„Nein!", schrie ich das Telefon an. Ich legte den Gang ein und raste mit ausgeschalteten Scheinwerfern in Richtung Club davon. Die Straße war durch den Feuerwehrlöschzug versperrt. Beim Vorbeifahren warf ich einen schnellen Blick auf den Parkplatz, der vom zuckenden Blaulicht erhellt wurde, aber in dem Gewirr konnte ich meine Tochter nicht entdecken. Ein zweites Polizeifahrzeug fuhr vor.

Ohne anzuhalten bog ich nach rechts ab, schaltete das Licht ein und raste in vollem Tempo über eine gelbe Ampel. Immer wieder blickte ich in den Rückspiegel. Zehn Minuten später bog ich auf den fast leeren Parkplatz eines Bäckers ab und wählte die Nummer, die ich in den letzten paar Minuten bestimmt schon fünfzig Mal eingegeben hatte. Doch wieder bekam ich nur die Ansage zu hören: „Hallo, hier spricht Abigail; hinterlass doch eine Nachricht."

Ich rief Ellen an und fragte sie, ob sie ihren Laptop zur Hand hätte. „Was ist los?", fragte sie.

„Abby ist mit diesem Typen abgezogen, und ich weiß nicht, wo sie stecken." Von dem Feueralarm erzählte ich ihr lieber nichts.

Sie tippte seinen Namen in die Suchmaschine ein, die ich ihr genannt hatte. „Ich bekomme nur die Adresse des Salons", erklärte sie. „Hast du schon versucht, sie anzurufen?"

„Ich glaube, sie hat ihr Handy ausgeschaltet."

„Lass mich es mal probieren. Ich rufe dich zurück."

Ich sah auf die Uhr, orientierte mich und starrte zu dem Café hinüber, in dem ganze drei Leute saßen und Kaffee tranken. Ein Mann betrat den Laden. Mit wildem Blick, Haare bis auf die Schultern, schwenkte er ein Buch über seinem Kopf –

vermutlich eine Bibel. Die drei Gäste hoben kurz den Blick, konzentrierten sich aber sofort wieder auf ihren Kaffee. Der junge Mann hinter der Theke, der aus dem Mittleren Osten zu stammen schien und einen Bart trug, kratzte sich am Hals und verschränkte dann die Arme in der Erwartung, etwas Unvergleichliches mitzuerleben.

Ich hatte keine Ahnung, was der Mann redete, aber er schien eine Mission zu haben. Die Adern an seinem Hals traten hervor, so sehr ereiferte er sich. Schließlich sagte der Junge am Tresen etwas und deutete zur Tür. Die Konfrontation schien den Mann neu zu beleben, denn er nahm Kampfstellung hinter einem Barhocker ein. Der kleine Laden wurde zum Schauplatz der Schlacht von Armageddon.

Mein Handy vibrierte in dem Augenblick, als ein Wagen neben mir anhielt. Ich blickte zur Seite und sah ein Polizeiauto. Ich klappte mein Handy auf und hielt es mir betont lässig an mein Ohr, doch mein Herz klopfte zum Zerspringen. Der Polizeibeamte stieg aus dem Wagen aus, ohne auch nur zu blinzeln oder mit dem Kopf zu nicken.

„Hallo?", meldete ich mich so ruhig wie möglich, während ich darauf wartete, dass der Mann seine Pistole zog und mich aufforderte, den Wagen mit erhobenen Händen zu verlassen.

„Ich habe gerade mit ihr gesprochen", erklärte Ellen. „Sie haben den Club verlassen, weil irgend so ein Idiot den Feueralarm ausgelöst hat."

„Leute gibt´s", bemerkte ich spöttisch.

Der Beamte rückte seinen Gürtel gerade, setzte seine Mütze auf und trat an meinen Wagen.

„Sie sagte, es sei alles in Ordnung", erklärte Ellen weiter. „Kein Grund zur Sorge."

„Hast du die Adresse bekommen?"

Der Polizist klopfte an meine Scheibe. Ich hörte nicht, was Ellen als Nächstes sagte. Ich hatte zu viel damit zu tun, meinen Herzschlag unter Kontrolle zu bekommen.

„Haben Sie die Szene beobachtet?“

Es dauerte einen Augenblick, bis ich schaltete. „Ach, Sie meinen den Bibel-Schwenker da drin? Ja, er hat vor ein paar Minuten den Laden betreten.“

„Könnten Sie mir vielleicht Platz machen? Wie wäre es, wenn Sie ganz da drüben am Ende parken?“

„Sicher, Officer.“

Ich fuhr den Wagen zum Ende des Parkplatzes. Ellen fragte, was los sei, und ich erzählte es ihr. „Wie war das? Hast du die Adresse?“

„Tru, Abigail geht es gut. Sie begreift nicht, warum du dich so anstellst.“

„Ich weiß, dass ich nicht oft für sie da war, aber jetzt bin ich es. Sag mir einfach, wo sie ist.“

„Sie fährt hinter ihm her. Irgendwo in der Altstadt.“

„Und das macht dir nichts aus? Hast du eine Ahnung, mit was für einem Menschen sie es da zu tun hat? Es geht um Drogen, Striptease, vielleicht Mord!“

Sie hielt inne. „Ich glaube ihr und vertraue ihrem Urteilsvermögen.“

Stille. Der Polizeibeamte redete jetzt mit dem Prediger. Sie standen vor dem Laden, und der Mann streckte seine Bibel in die Höhe und gestikulierte wild mit der anderen Hand.

„Ich sage ihr, sie soll dich anrufen, wenn sie angekommen ist“, sagte Ellen.

„Gut.“

„Noch was, Tru“, fuhr sie fort. „Ich habe einen Anruf von Townsends Assistent bekommen.“

„Lass mich raten. In der augenblicklichen politischen Situation sehen sie sich außerstande, ihr Versprechen zu halten.“

„Das wäre der Inhalt des Gesprächs vor einigen Stunden gewesen. Aber jetzt hat sich alles geändert.“

„Wie das?“

„Terrell hat ein Geständnis unterzeichnet.“

# Kapitel 33

Unterwegs musste ich Ellens Worte erst einmal verdauen. Was mir am Morgen noch unmöglich erschienen war, war eingetreten.

„Hat er dir das Geständnis vorgelesen?“, fragte ich.

„Nein, er sagte nur, die Nachricht sei an den Gouverneur weitergeleitet worden. Damit ist die Transplantation genehmigt. Es klang so, als hätte Townsend noch während seines Gesprächs mit dem Rechtsausschuss davon erfahren. Ohne dieses Geständnis hätte es übel ausgesehen. Adrian bekommt jetzt doch ein neues Herz!“

Irgendwie hatte ich kein gutes Gefühl dabei. Vielleicht lag es an Ellens Stimme, die so leidenschaftslos klang. Sie hätte vor Freude hüpfen und schreien sollen. Doch sie war sehr reserviert.

„Das ist es doch, worauf wir gewartet haben“, sagte ich. „Warum fühle ich mich nur so leer?“

„Vielleicht weil du das Gefühl hast, dass du jemanden zu etwas gezwungen hast, das das Gegenteil von dem ist, wofür er steht.“

„Mag sein. Oder ist dir der Gedanke schon einmal gekommen, dass er vielleicht endlich die Wahrheit gesagt hat?“

Ein tiefer Seufzer von der anderen Seite. „Ich rufe Abigail noch einmal an und bitte sie, sich bei dir zu melden, wenn sie seine Wohnung erreicht.“

Ich fuhr in die Nacht; Straßenlaternen erhellten meinen Weg, und mit diesem leeren Gefühl in meiner Brust fragte ich mich, ob Terrells Geständnis wohl Raum für Zweifel ließ oder ob er eindeutig zugegeben hatte, Diana umgebracht zu haben. Offensichtlich hatte es den Gouverneur und seine Freunde von beiden Seiten des Flügels überzeugt. Hatte Terrell sich zu dem Geständnis gedrängt gefühlt oder betrachtete er es einfach als das, was es war: die einzige Chance, aus einem schlimmen Ereignis noch etwas Gutes entstehen zu lassen?

Mein Handy vibrierte, und ich klappte es auf in der Annahme, Abbys Stimme zu hören. „Also gut, sag mir, wo du bist."

Eine kurze Pause. „Wie konnten Sie das tun, Mr Wiley?" Es war nicht Abby. Ich konnte die Stimme und die Nummer auf meinem Display nicht einordnen.

„Wie konnte ich was tun? Wer spricht da?"

„Wie konnten Sie Terrell dazu bringen, ein Geständnis zu unterschreiben?"

Oleta. Mit ihr hatte ich am wenigsten gerechnet. „Sehen Sie, ich weiß, dass das schwer für Sie sein muss-"

„*Schwer* für mich?", unterbrach sie mich. „Sie denken, die Tatsache, dass Sie meinem Mann auch den letzten Rest Würde genommen haben, sei *schwer*? Die Wahrheit ist das Einzige, was er noch hatte. Seine Geschichte war seit seiner Verhaftung jede Sekunde jeder Stunde stimmig. In einem Augenblick haben Sie ihm alles genommen."

„Oleta, ich bin genauso überrascht wie Sie. Ellen hat es mir gerade erzählt."

„Sie wollen sagen, dass Sie nichts damit zu tun hatten?"

„Ich habe heute Morgen mit ihm darüber gesprochen, was der Gouverneur Ellen und mir ans Herz gelegt hat."

„Und das wäre?"

„Er ließ keinen Zweifel daran, dass die Transplantation nur genehmigt werden könne, wenn er ein Geständnis hätte. Ich habe nicht versucht, auf Terrell einzuwirken. Aber ich dachte, er sollte es wenigstens wissen."

„Genau. Und vermutlich haben Sie ihm auch nicht vorgeschlagen, diesen Wünschen nachzukommen."

„Als ich ihn verließ, war sein Standpunkt eindeutig: Er könne kein Geständnis unterschreiben, sagte er, und ich habe das respektiert. Aber offensichtlich hat er-“

„Ja klar, und Sie werden das in seiner Biografie natürlich nicht ignorieren können“, zischte Oleta. Sie murmelte etwas vor sich hin und setzte zum nächsten Angriff an. „Wie kann ein Mensch wie Sie sich selbst überhaupt ertragen? Wie können Sie nachts Schlaf finden angesichts von allem, was Sie Ihrer eigenen Familie zugefügt haben? Und jetzt das!“

Wenn ein Mensch sich abreagieren möchte, dann lässt man ihn am besten reden. Als Reporter habe ich das häufiger erlebt, als ich zählen kann. Ich schwieg und hörte zu und hoffte, Oleta würde ihren Zorn nicht an Murrow auslassen.

„Ich habe Ihnen vertraut. Warum haben Sie ihm nicht einfach die Kehle durchgeschnitten? Denn im Grunde genommen haben Sie genau das getan.“

Sie verstummte. Ich bemühte mich um einen aufrichtigen Tonfall. „Falls das von Bedeutung für Sie ist, ich möchte Ihnen sagen, dass ich selbst inzwischen Zweifel an seiner Schuld habe. Von Anfang an haben die Fakten nicht zusammengepasst, obwohl die Beweise gegen ihn waren.“

„Und warum haben Sie dann Druck auf ihn ausgeübt, ein Geständnis abzulegen?“

„Sprechen Sie doch am besten selbst mit Terrell und lassen Sie sich von ihm erzählen, was ich gesagt habe. Ich denke, ihm war einfach klar, dass das der einzige Weg ist, seine Wünsche durchzusetzen. Adrian ist ihm wichtig, und er möchte ihm unbedingt helfen. Dafür setzt er sich über seine eigenen Bedürfnisse hinweg. Darauf sollten Sie stolz sein.“

Schweigen am anderen Ende, dann das Schluchzen einer Frau, ein vertrautes Geräusch, immer die erste Stimme auf der Tonspur meines Lebens. Weinende Frauen verfolgen mich.

„Sie haben mir heute etwas genommen, Mr Wiley“, schniefte sie.

„Was denn, Oleta?“ Ich sah ihr Gesicht vor mir, tränennass und verzerrt vor Schmerz.

„Hoffnung“, erwiderte sie. „Sie haben mir heute die Hoffnung genommen.“ Ihr Schluchzen wurde heftiger und ging in ein lautes Weinen über. „Ich weiß, ich habe Ihnen gegenüber immer behauptet, ich hätte keine Hoffnung mehr. Ich hätte mich mit der Tatsache abgefunden, dass er dieses Gefängnis in einem Leichenwagen verlassen würde. Aber in meinem Hinterkopf war immer die Hoffnung, dass jemand wie Sie auf etwas stoßen könnte, das beweist, dass er die Wahrheit sagt.“

„Glauben Sie mir, ich hatte nicht vor, ihm zusätzliche Probleme zu bereiten. Und was das für Sie bedeutet ...“

Mein Telefon vibrierte, und ich sah Abbys Nummer aufleuchten.

„Sie haben ihn nie anders gesehen als in seiner Gefängniskluft. Ich weiß, Sie fragen sich, warum sich jemand an einen solchen Mann hängt, aber Sie kennen ihn nicht.“

„Oleta-“

Sie redete weiter, erzählte mir, wie sanft Terrell mit den Kindern umgegangen sei, und obwohl ich sie nicht gern abhängte, durfte ich diesen Anruf doch nicht verpassen. Ich nahm das Gespräch entgegen und sagte: „Abby?“

„Dad? Hast du den Feueralarm ausgelöst?“

Ich ignorierte die Frage. „Wo bist du?“

Nur widerwillig nannte sie mir die Adresse. Diese Straße kannte ich nicht. Sie erwähnte die nächste Kreuzung, die ich wiederum kannte. Etwa zehn Minuten entfernt.

„Verschwinde da. Dieser Kerl ist mir nicht geheuer.“

„Ich kann nicht, Dad. Ich werde das jetzt durchziehen. Ich habe etwas über Diana herausgefunden. Dem muss ich nachgehen.“

„Du kannst das doch morgen recherchieren. Sag Curtis, dass es dir nicht gut geht und du nach Hause fährst. Was auch immer. Wenn er herausfindet, dass du-“

„Ich kann schon selbst auf mich aufpassen. Ich komme später nach Hause. Dann reden wir."

„Abby!"

Sie hatte das Gespräch bereits unterbrochen. Ich trat das Gaspedal durch und schaltete zu Oleta zurück. „... und die ganze Zeit konnte ich diese Erinnerungen in Briefen und Besuchen mit ihm teilen. Seine Mutter hat mich angerufen, Mr Wiley. Sie fragte mich, was das alles bedeute. Was soll ich ihr denn sagen?"

„Sagen Sie ihr, dass ihr Sohn sehr selbstlos handelt. Er stellt die Bedürfnisse meines Sohnes über seine eigenen. Für mich ist das eine Heldentat."

„Es fühlt sich nicht besonders heldenhaft an. Es fühlt sich einfach nur miserabel an."

Was konnte ich darauf antworten? „Oleta, ich wünschte, ich könnte vorhersagen, wie diese Sache ausgeht. Ich werde alles tun, was in meiner Macht steht, um der Öffentlichkeit mitzuteilen, was tatsächlich geschehen ist. Und wenn ich damit fertig bin, werden Sie stolz auf ihn sein."

„Ich bin auch ohne Ihre Hilfe stolz auf ihn."

„Natürlich. Aber ich brauche Ihre Hilfe, um seine Geschichte aufzuschreiben. Und die Wahrheit ans Licht zu bringen. Lassen Sie mich jetzt nicht im Stich."

Noch mehr Tränen, Schniefen, nach Luft schnappen. „Sie haben keine Ahnung, wie weh das tut."

„Das stimmt. Aber ich weiß, dass Ihr Glaube Sie bis hierher gebracht hat. Halten Sie sich daran fest."

„Aus Ihrem Mund klingt das sehr ungewohnt, Mr Wiley."

„Glauben Sie mir, es hat mich auch Überwindung gekostet, das auszusprechen. Aber ich meine es aufrichtig."

„Wollen Sie sagen, dass Sie an Gott glauben?"

„Nein. Ich möchte ehrlich sein. Aber ich erkenne in Ihnen und Terrell etwas, das ich nicht erklären kann. Halten Sie sich daran fest, und wir werden das gemeinsam durchstehen."

„Wenn Sie recht haben und Terrell dies getan hat, um die Transplantation möglich zu machen, dann müssen Sie mir etwas versprechen“, sagte sie.

„Was Sie wollen. Sprechen Sie es nur aus.“

„Sie müssen mich zur Hinrichtung begleiten.“

Alles, nur nicht das. Nach dem, was bei der letzten geschehen war, hatte ich mir vorgenommen, mir keine Hinrichtung mehr anzusehen.

„Aber natürlich“, erwiderte ich. „Das versteht sich doch von selbst.“

# Kapitel 34

Es war fast Mitternacht, als ich Tompkins' Wohnhaus erreichte, ein dreistöckiges Gebäude. Die unteren beiden Stockwerke waren dunkel. Das Haus lag in einem heruntergekommenen Stadtteil in einer dunklen Straße, in der es keinen einzigen Parkplatz gab. Ich suchte in den Seitenstraßen und fand Abbys Wagen und eine Parklücke auf der Rückseite des Gebäudes. Seitlich führte eine Feuerleiter nach oben. Die mickrige Rasenfläche und das Nebengebäude waren mit einem Maschendrahtzaun eingezäunt. Dieser Garten schien das perfekte Versteck für einen Leichnam zu sein, und ich fragte mich, ob Diana wohl jemals hier gewesen war. Vielleicht am letzten Tag ihres Lebens?

Durch die mickrigen Blätter einer Palme hindurch konnte ich in die Küche sehen. Es gab keine Vorhänge vor den Fenstern, und die Lichter in der Wohnung waren gleißend hell. Im Mondlicht fiel mir der Balkon ins Auge, der einzige an diesem Haus. Gestützt wurde er von mehreren Holzbalken, die an lange Zahnstocher erinnerten. Insgesamt wirkte das Haus ziemlich baufällig. Eine Holztreppe führte vom Balkon in den Garten hinunter.

Ich wählte Abbys Nummer und bekam wieder nur ihre Mailbox. In der Küche entstand Bewegung, und ich sah Tompkins' Gesicht. Vermutlich beugte er sich über das Spülbecken. Er lachte und sagte etwas, trat vom Fenster zurück, öffnete kurz die Balkontür und schloss sie wieder.

Manchmal hat man so ein unbestimmtes Gefühl, dass etwas geschehen wird. Ich habe einmal über ein Drogenkartell in

Mexiko berichtet, und Sie wären überrascht, wie leicht es ist, einen Angriff auf Zivilisten vorauszuahnen, wenn große Lastwagen mit bewaffneten Männern auf der Ladefläche angefahren kommen. Dieses unbestimmte Gefühl empfand ich auch in diesem Augenblick, aber es war nicht nur ein Gefühl. Etwas hatte sich verändert im Garten, ein Geräusch, das Knacken der Stufen, ein Schnaufen wie von einer Maschine. Plötzlich sprang ein schwarzer Pitbull am Zaun hoch. Aus seinem Maul tropfte Speichel, und er bellte bösartig. Ich hatte schon Angst, er würde den Maschendraht durchbrechen und sich in meiner Aorta verbeißen, aber der Zaun hielt den Hund zurück.

Ich rutschte wieder auf den Fahrersitz, während der Hund weiterhin versuchte, den Zaun für einen spätabendlichen Imbiss zu überwinden. Die Balkontür wurde aufgerissen, jemand brüllte etwas, und gehorsam drehte sich der Hund keuchend und sabbernd um und trottete zum Haus zurück. Die Silhouette im Türrahmen konnte ich als Tompkins erkennen. Eine kleine Flamme leuchtete auf, und dann stand er am Geländer. Seine Zigarettenspitze glühte orange. Ich regte mich nicht. Wenn ich ihn sehen konnte, konnte er mich auch sehen. Der Hund schnüffelte im Garten herum.

Mein Handy vibrierte in meiner Hemdtasche. Ich bückte mich unter das Armaturenbrett und nahm es heraus.

„Dad, ruf mich bitte nicht ständig an“, flüsterte Abby.

„Ich bin in der kleinen Seitenstraße auf der Rückseite des Hauses. Komm jetzt runter. Ich fahre hinter dir her nach Hause.“

„Quatsch. Ich bin doch endlich mit ihm allein. Wir haben gerade über Conley gesprochen. Das ist meine Chance, aber du musst mir vertrauen.“

„Er raucht gerade eine – verschwinde dort.“

„Dad, weißt du, was in den unteren Stockwerken untergebracht ist? Ich habe herausgefunden, dass dort *Filme* produziert werden. Und ich ahne, welche Art von Filmen!“

*Vermutlich keine lustigen Zeichentrickfilme.* Mein Herz sank. Ich sah jetzt glasklar alles vor mir, was mit Diana passiert war und was meiner Tochter passieren könnte. „Abigail, lass das Telefon an und leg es in deine Tasche oder sonst wohin. Lass mich mithören, was geredet wird."

„Das fällt doch auf", wandte sie ein. „Er wird dich hören."

„Ich werde mein Telefon lautlos schalten. Lass mich mithören."

Ich blickte auf, als die Tür geöffnet wurde und die glühende rote Zigarette in den Garten flog. Der Hund verschwand im Haus. Ich schaltete mein Handy auf stumm.

„Was war denn?", fragte Abby. Der Mann sagte etwas, das ich nicht verstehen konnte, und Abby lachte.

Er trat in den Raum und sagte: „Er bellt alles an, was sich bewegt. Und jemand hat seinen Wagen unten in der Seitenstraße geparkt. Vermutlich irgendwelche Jugendlichen, die da drin rummachen."

„Sie sollten mit ihnen in den zweiten Stock gehen", schlug sie vor.

Er lachte. „Hey, keine schlechte Idee. Du denkst ziemlich schnell. Aber woher weißt du vom zweiten Stock?"

„Einer der Jungs im Club hat es mir gesteckt. Dünner Schnurrbart."

„Larry. Ja, Larry sollte lernen, den Mund zu halten. Kann ich dir auch bestimmt nichts zu trinken anbieten?"

„Alles prima", erwiderte sie. Ein knirschendes Geräusch, als würde ein Stuhl über einen Holzboden gezogen.

„Hat Diana da mitgemacht? Sie wissen schon, unten im zweiten Stock. Die Filme?"

„Das ist jetzt schon das zweite Mal, dass du ihren Namen nennst. Warum interessierst du dich so für ein totes Mädchen?"

Seine Wortwahl ließ mich erschaudern.

„Ich habe was über den Mord gelesen und mich gefragt, wie ihr Leben wohl ausgesehen hat. Wer sie war. Ihre Träume."

Seine Stimme kam noch näher. „Ich kann mir sehr viel schönere Dinge vorstellen, über die wir uns unterhalten könnten."

Abby kicherte, und ihre Stimme entfernte sich. Vielleicht war sie aufgestanden, als er näher gekommen war. *Gutes Mädchen. Geh ganz weit weg von ihm.*

„War sie jemals hier? Hat sie bei einem Video mitgemacht?"

Tompkins sagte nichts. Vielleicht trank er etwas. Vielleicht überlegte er auch, wo seine Pistole lag oder Klebeband und Seil.

„Diana war prüde. Ein Mama-Kind. Hat immer zu Hause gehockt. Du hast ja ihr Foto gesehen. Nicht gerade eine Schönheitskönigin. Wobei ihr Körper gar nicht so schlecht war."

„Hat sie Botengänge für Sie erledigt?", fragte Abby.

„Nein. Ich habe sie ein paar Mal gefragt, um ihre Nebentätigkeit zu meinen Gunsten zu nutzen – so in der Art: ‚Wenn du am Dienstagnachmittag frei haben willst, dann liefere für mich ein Päckchen aus', solche Sachen. Sie wäre geradezu perfekt gewesen. Sauber. Keine Vorstrafen."

Seine Worte wurden undeutlich. Es klang so, als rieb er sich während des Sprechens das Gesicht.

„Dann hatte sie also eine Nebentätigkeit?", fragte Abby. „Verdiente nebenher Geld."

„Ja, alle paar Wochen wollte sie frei haben, drei oder vier Stunden während einer Schicht. Normalerweise hat sie mir das früh genug mitgeteilt, aber manchmal war es so, dass sie einen Anruf bekam und dann direkt davoneilte. Ich habe ihr sogar mal vorgehalten, sie würde wohl auf den Strich gehen, doch sie hat nur gelacht. Ein paar Mal habe ich sogar überlegt, ihr zu folgen. Ich will nicht entschuldigen, was der Kerl getan hat, aber wenn man zur falschen Zeit am falschen Ort ist, dann kann es schon mal hässlich werden. Verstehst du, was ich meine?"

Abby antwortete nicht.

„Ich kann nicht so ganz begreifen, warum du dich überhaupt für sie interessierst", sagte er.

„Sie war ungefähr in meinem Alter. Ein Leben, das so plötzlich ausgelöscht wird. Solche Dinge beschäftigen mich, verstehen Sie? Ich meine, was hat sie getan, dass sie es verdient gehabt hätte, umgebracht zu werden?"

„Leben und Tod, kleines Mädchen. Das gehört zum Plan. Du kannst ihm nicht entfliehen. Du musst einfach leben. Vorwärts, wir wanken und schwanken nicht; vorwärts, zu gehorchen ist einzige Pflicht."

*Oh, verschone mich. Wenn du schon Tennyson zitierst, dann doch wenigstens richtig. „Gehorchen ist einzige Pflicht", du Hohlkopf.* Ich hasse Männer, die versuchen, junge Frauen mit Gedichten zu beeindrucken.

„Es hat uns alle sehr schockiert", fuhr Tompkins fort. „Das Foto in der Zeitung. Die Reporter vor dem Laden."

„Wie war sie?"

Er seufzte. „Ein bisschen schüchtern. Sehr zurückhaltend. Und ein wenig sonderbar. Lief immer mit einem Notizbuch herum. Wenn im Salon nicht viel los war, setzte sie sich auf einen Stuhl und schrieb. Vermutlich ihre Art, mit dem Leben fertig zu werden. Wir alle haben unsere Mechanismen."

Es entstand eine unbehagliche Stille; dann lachte Abby nervös. „Nein, danke", sagte sie und bewegte sich noch weiter vom Telefon fort. „Denken Sie, dass dieser Conley es wirklich getan hat?"

Tompkins fluchte. „Machst du Witze? Die Leiche war in der Nähe seines Wohnwagens vergraben. Die Mordwaffe wurde bei ihm gefunden. Du gehörst doch nicht etwa zu diesen Leuten, die die Todesstrafe ablehnen, oder? Warte, antworte nicht. Ist schon klar. Du studierst am College." Er lachte.

„Irgendwie interessiert mich das."

„Dieser Conley lungerte ständig draußen auf der Straße herum, erbettelte sich Geld für Alkohol, hat Streit gesucht. Er war wie ein Uhrwerk. Er kam jeden Tag zur selben Zeit, wurde wütend, wenn er seine Tagesration nicht bekam, wie ein verwöhntes Kind. Ein paar Mal habe ich die Polizei gerufen, und sie haben ihn in irgendein Heim gebracht, doch am nächsten Tag war er wieder da."

„Haben Sie nicht bei der Verhandlung als Zeuge ausgesagt?"

*Vorsicht, Abby.*

„Woher weißt du das?"

„Ich bin im Netz auf einen alten Artikel gestoßen."

„Vermutlich hast du mehr gelesen, als ich in Erinnerung habe. Ich will echt nicht mehr darüber reden. Der Typ sollte braten. Er hat die Todesstrafe verdient, wenn nicht für dieses Mädchen, dann vermutlich für etwas anderes, bei dem sie ihn nicht geschnappt haben."

Etwas knarrte. Vielleicht sein Stuhl. Seine Stimme klang jetzt weiter entfernt. Er schien neben Abby zu stehen.

„Sieh mal, es ist schon spät", sagte er leise, verführerisch. „Es ist doch nicht sinnvoll, jetzt noch zurück zu deiner Wohnung zu fahren. Das ist viel zu weit. Bleib doch einfach heute Nacht hier. Ich habe ein Gästezimmer."

„Lieber nicht."

„Ich mache ein hervorragendes Omelette. Wir stehen früh auf und sehen uns den Sonnenaufgang an. Oder wir gehen gar nicht erst schlafen."

Er sagte noch etwas, das ich nicht verstehen konnte, und Abbys Stimme wurde lauter. „Hören Sie auf damit!"

Mein Blut, das bereits in Wallung war, kochte jetzt über vor Adrenalin, und ich schnappte mir das Telefon und öffnete die Tür, schaltete den Lautsprecher ab und hielt es an mein Ohr. Wenn ich das Telefon auf laut stellte, könnte ich den Kerl sofort stoppen – dann könnte ich ihm klar machen, dass er beobachtet wurde. Aber damit würde ich gleichzeitig Abby verraten.

Ich rannte keuchend zur Feuertreppe und versuchte gleichzeitig zu verstehen, was Tompkins sagte. Hinter mir wurde die Sprinkleranlage lebendig und wässerte den Rasen und die kleine Seitenstraße. Der Hund im Haus begann zu bellen, und Tompkins brüllte ihn an, er solle still sein.

„Tut mir leid", entschuldigte sich Abby. „In der Schule habe ich eine schlechte Erfahrung gemacht. Ein Junge nahm mich mit nach Hause und sagte dasselbe. ‚Bleib doch hier heute Nacht.'"

„Was ist passiert?", fragte er. Der Mistkerl tat doch tatsächlich so, als ginge ihm das nahe.

„Er gab mir etwas zu trinken. Am nächsten Morgen wachte ich im Appartement des Jungen auf und erinnerte mich an nichts mehr."

„Ich hasse solche Kerle. Ich sage immer, man muss ein Mädchen mit seinem Charme gewinnen, nicht mit Chemikalien."

Wie ritterlich.

„Es tut mir leid, dass du so etwas erleben musstest. Aber du solltest nicht alle Männer verurteilen, nur weil du eine schlechte Erfahrung gemacht hast."

„Das tue ich nicht. Aber manchmal ist dieses Gefühl einfach übermächtig, und damit kann ich nicht so gut umgehen."

„Das verstehe ich." Tompkins war wieder in die Nähe des Telefons getreten.

„Ich gehe jetzt dann besser mal. Sehen wir uns morgen im Salon?"

Er seufzte, als hätte er gerade eine Wette verloren. „Ich bin morgen erst spät da. Hast du Lust, später noch mit mir auf einen Drink irgendwohin zu gehen?"

„Ich denke darüber nach. Und meine Überreaktion tut mir leid."

*Entschuldige dich nicht, Abby.*

Ich eilte zu meinem Wagen zurück und beobachtete, wie sie in ihren einstieg und wegfuhr. Sie nahm das Telefon zur Hand und sagte: „Hast du das gehört, Dad?"

„Ja. Wie viel von dieser Geschichte aus dem College stimmte?“

„Das sage ich nicht. Aber hast du mitbekommen, dass er gesagt hat, Conley verdiene es zu sterben, selbst wenn er Diana nicht getötet hätte?“

„Ja. Er schien Diana die Schuld daran zu geben, dass sie umgebracht wurde. Und was hat es mit diesem Notizbuch auf sich?“

„Muss wohl ein Tagebuch sein. Hast du so etwas in ihrem Zimmer gefunden?“

„Nicht, dass ich wüsste. Vielleicht hat sie es versteckt.“

„Oder vielleicht hat es auch die Polizei. Vor der Arbeit morgen werde ich noch mal bei ihrer Mutter vorbeifahren.“

„Du willst tatsächlich weiter für ihn arbeiten?“

„Dad, da gibt es noch mehr, von dem wir noch nichts wissen. Und ich glaube, wir sind nah dran.“

Ich blickte in den Rückspiegel, um zu sehen, ob uns jemand folgte. Etwas in meinem Innern sagte mir, dass sie recht hatte, dass wir tatsächlich nah dran waren. Dass wir *zu nah* dran waren.

Abby hob die Stimme, um den Straßenlärm zu übertönen. „Dad, danke, dass du da warst. Auch wenn du mir nicht vertraut hast.“

Die Worte gingen über mich hinweg wie eine Taufe. Es war, als gäbe sie mir noch eine Chance. Als wären die Fehler der Vergangenheit genau das – Vergangenheit.

„Ich gebe dir Rückendeckung, kleines Mädchen.“

# Kapitel 35

*12 Tage vor der Hinrichtung*

Als ich erwachte, schien die Sonne in mein Zimmer, und aus der Küche drang das Gurgeln der Kaffeemaschine. In dieser Phase der Entstehung eines Buches bin ich in der Regel vor der Sonne wach und setze den Kaffee selbst auf, aber am gestrigen Abend war es spät geworden. Ich traf Abby im Bademantel in der Küche an. Um ihre nassen Haare hatte sie ein Handtuch geschlungen, und sie hing über dem Toaster wie ein Löwe, der überlegt, welches Gnu er anspringen soll.

„Du bist aber früh auf", sagte ich. Ich testete die Beziehungsgewässer aus. Nach der Heimfahrt hatte sie sich sofort auf ihr Zimmer zurückgezogen und wir hatten nicht mehr miteinander gesprochen.

„Ich will Mrs Wright aufsuchen."

„Soll ich mitkommen? Ich habe eine intensive Beziehung zu ihrem kleinen Hund aufgebaut."

„Nach dem, was du von eurer ersten Begegnung erzählt hast, ist es wohl besser, wenn ich es dieses Mal allein probiere."

Ich nickte, obwohl sie es nicht sah, weil sie sich darauf konzentrierte, genau die richtige Menge Butter auf ihren Bagel zu streichen. Schließlich wandte sie sich um und deutete mit dem Messer, von dem etwas Butter zu Boden tropfte, auf mich.

„Ich dachte, du könntest dich vielleicht mit dem Ermittler in Verbindung setzen, von dem du erzählt hast, und nach dem Tagebuch fragen."

„Als wir gestern Abend nach Hause gekommen sind, habe ich eine Nachricht in seinem Büro hinterlassen. Auch Sawyer, dem anderen Detective, habe ich auf die Mailbox gesprochen.“

„Zwei Dumme, ein Gedanke“, sagte sie und wandte sich wieder ihrem Bagel zu.

„Ich habe das Gerichtsprotokoll durchgesehen und bin alle Beweise durchgegangen, die vorgelegt wurden. Aber von einem Tagebuch war nicht die Rede.“

Abby drückte das Messer auf die knusprige Oberfläche ihres Bagels und strich darüber, bis die Butter geschmolzen war. „Tompkins sagte, sie hätte das Buch immer mit sich herumgeschleppt. Dann müsste sie es in ihrer Tasche gehabt haben, und wer immer sie getötet hat, hat es weggeworfen.“

„Wir könnten ja Conley danach fragen.“

„Das ist nicht lustig, Dad.“

Ich goss mir eine Tasse Kaffee ein, und sie schimpfte mich aus, weil er noch gar nicht fertig durchgelaufen sei. Doch der Duft war zu himmlisch, ich konnte einfach nicht länger warten. „Wir wissen nicht, ob sie an jenem Abend nach Hause gegangen ist. Vielleicht sollten wir versuchen, etwas über ihre Nebentätigkeit herauszufinden.“

„Ich glaube, Tompkins weiß viel mehr, als er sagt. Ich vermute, dass er ganz genau weiß, welche Nebentätigkeit Diana hatte, und ich glaube auch, dass sie in ihrer Freizeit für ihn arbeitete. Wenn wir uns seine Videos ansehen würden, dann würden wir vielleicht Diana-“

„Abby, auf keinen Fall gehst du noch einmal in seine Wohnung.“

Sie deutete auf den Kalender. „Die Zeit läuft uns davon.“

Irgendwie hatte ich das Gefühl, dass wir zu etwas Größerem hingezogen wurden, wie die Wellen, die unablässig an die Küste rollen und den Sand und die Muscheln überspülen. Vielleicht bewegten wir uns auch aufeinander zu. Vielleicht ging es bei dieser ganzen Sache ja auch darum. Der Abby-Kontinent und mein Kontinent trieben aufeinander zu. Die zerklüfteten Klippen und Bruchlinien endlich in Sichtweite, aber immer noch weit entfernt.

Sie biss in ihren Bagel und sprach mit vollem Mund. „Denkst du vielleicht, ich würde mich darum reißen, noch mehr Zeit mit diesem Ekel zu verbringen?“

„Nein. Was du getan hast, ist bewundernswert. Für eine Story muss man schon mal Dinge machen, die einem nicht behagen. Du hast das getan, und es hat sich ausgezahlt, aber jetzt musst du damit aufhören.“

Sie blickte mich an. „Hast du das auch erlebt? Bei der Hinrichtung dieses Mannes?“

Ich betrachtete mein Spiegelbild im Kaffee. „Das ist kein gutes Thema.“

„Was ist damals geschehen? Warum hat dich das so tief getroffen?“

Erstarrt in der Zeit begannen die Erinnerungen zu schmelzen und mich zu überfluten. Erinnerungen, die ich nicht haben wollte, die sich aber in meinem Geist festgesetzt hatten. Gefühle und Chaos. Geräusche. Gerüche. Gesichter. Verdunkelte Räume, plötzlich hell erleuchtet wie bei einer Vorstellung im Zirkus.

„Wenn du hättest dabei sein können, wenn du diesen Mann kennengelernt hättest, dann könnte ich dir das vielleicht erklären.“

„Ich habe sein Foto gesehen“, erklärte Abby. „Und nicht nur das. Ich habe einen Aufsatz darüber für den Englischunterricht geschrieben.“

„Ich hoffe, du hast eine gute Zensur bekommen.“

„Meine Lehrerin sagte, es sei der beste Aufsatz gewesen, den sie seit Jahren gelesen hätte. Sie sagte, er sei bewegend gewesen.“

„Wenn dieser Aufsatz eine solche Wirkung auf sie hatte, dann weißt du vermutlich genug.“

„Nein. Mom hat mir erzählt, woran sie sich erinnert und wie sehr dir das zugesetzt hat. Wie du dich danach verändert hast. Aber ich möchte es in deinen Worten hören."

Ich atmete flach, als müsste ich durch einen schmalen Korridor kriechen. „Das war der Tiefpunkt meiner Karriere. Er hieß Ronnie James Lawson und war siebzehn, als er das Verbrechen beging. Es war noch ein älterer Junge beteiligt, der ihm gesagt hat, er solle abdrücken. Er hatte einen Deal mit der Staatsanwaltschaft gemacht und Ronnie bekam die Todesstrafe. Es war ein entsetzliches Verbrechen. Der Mann, der die Leiche des Mädchens ein paar Tage nach dem Mord gefunden hatte, gab kurz darauf seine Arbeit auf."

„Die Verteidigung behauptete, Ronnie hätte psychische Probleme gehabt."

„Niedriger IQ. Hart an der Grenze zum Schwachsinn. Ein paar Tage vor der Hinrichtung habe ich ein Interview mit ihm geführt. Er hatte Schwierigkeiten, sich auszudrücken. Die Familie sagte, er litte an einer degenerativen Gehirnerkrankung, doch der Staat ließ die medizinischen Indikationen nicht gelten. Wenn es jemals einen Menschen gegeben hat, der Gnade verdient hätte, dann war es dieser Junge, aber der Gouverneur stellte sich auf die Seite der Geschworenen."

„Und damals wurde für die Hinrichtung noch keine Sedierung verabreicht."

„Nein, es war der elektrische Stuhl. Hinrichtung durch Stromschlag. Er sprach seine letzten Worte, sie zogen ihm die Kapuze über ..."

Die Kapuze und Ronnies zuckende Finger standen mir wieder vor Augen. Es gibt Dinge, die erzählt man seiner Tochter lieber nicht. Es gibt Dinge, an die möchte man sich gar nicht erinnern. Es gibt Dinge, die kann man nicht vergessen. Und gerade wenn du denkst, du hast sie überwunden, klopfen sie an deine Tür oder stehen am Fußende deines Bettes und warten darauf, dass du aufwachst.

„Und du warst als Vertreter der Medien dabei?", fragte sie.

„Unglücklicherweise, ja. Ich wurde aus der Menge ausgewählt. Ich erinnere mich, dass ich dasaß, bevor der Vorhang zurückgezogen wurde, und mich fragte, ob dies tatsächlich geschehen würde. Würden sie diesen fünfundzwanzigjährigen Jungen in den Raum führen und ihn einfach umbringen? Und genau das haben sie getan. Sie führten ihn hinein, setzten ihn auf den Stuhl und schnallten ihn an, so fest sie konnten. Dann fragten sie ihn, ob er noch letzte Worte zu sagen hätte."

„Erinnerst du dich daran, was er gesagt hat?"

Bis zum Tag, an dem ich sterbe, werde ich in der Lage sein, das Wort für Wort zu wiederholen. „Etwas über Vergebung, die Gott ihm gewährt hätte und dass er nun an einen besseren Ort ginge. Er erwähnte seine Familie und dankte uns Anwesenden, dass wir jetzt bei ihm wären. Und die ganze Zeit klopfte sein Finger auf die Armlehne des Stuhls. Das war so ungefähr der einzige Körperteil, den er bewegen konnte. Und dann nickte der Gefängnisdirektor einem anderen Mann zu, und er zog ihm die Kapuze über den Kopf, drückte auf den Knopf, und die Lichter wurden dunkel. Der Stromfluss dauerte eine Minute, dann wurde er wieder unterbrochen."

„Und das war es?"

„Der Arzt untersuchte ihn, ob noch ein Pulsschlag zu fühlen war, dann erklärte er ihn für tot, und sie rollten ihn auf einer Bahre hinaus. Es war, als würden sie einen Sack Kartoffeln transportieren."

Sie hatte nur einmal von ihrem Bagel abgebissen. „Ich würde mir Sorgen machen, wenn dich das unberührt gelassen hätte."

„Das haben mir viele Menschen gesagt."

Schweigen legte sich auf uns. Ich hätte das Thema gern fallen gelassen, doch etwas in mir sagte mir, dass es besser sei, darüber zu reden, als alles in mir zu verschließen.

„Ronnies Anblick hat mich lange Zeit verfolgt. Diese Kapuze. Wie sein Körper sich aufbäumte, als der Stromschlag kam. Bevor ich das erlebte, hatte ich keine richtige Meinung zur Todesstrafe. Ich dachte, nur wer tatsächlich etwas verbrochen hat, kommt an diesen Punkt. Und an Ronnies Schuld bestand kein Zweifel. Es war richtig, die Gesellschaft vor ihm zu schützen. Aber das ... was da getan wurde, das war falsch. Und dasselbe wird mit Conley geschehen. Und mit anderen."

„Kommt das wieder hoch, wenn eine Hinrichtung anberaumt ist?"

Ich nickte. „Ich habe den Tod auf dem Schlachtfeld erlebt. Ich habe am gelben Absperrband um Mordschauplätze gestanden. Ich habe Leichen auf Bäumen gesehen nach einer Flut oder einem Tsunami. Sterben ist ein Teil des Lebens. Das ist mir klar. Aber das an jenem Tag war etwas anderes. Es ging darum, einem Mann das Leben zu nehmen."

„Hast du danach therapeutische Hilfe in Anspruch genommen?"

„Nicht sofort. Ich habe einfach damit gelebt. Machte es wie im College. Und diese Story ebnete mir den Weg zum Fernsehen. Ich nutzte Ronnies Tod für mein eigenes Fortkommen. Selbst das belastete mich. Ich bekam Schlafstörungen. Und nicht nur ein paar Wochen oder Monate lang, sondern über Jahre."

„Depressionen?"

„Ja, und Panikattacken. Das ganze Programm. Ich hatte das Gefühl, die Welt würde sich um mich zusammenziehen. Ich bekam keine Luft mehr, mein Herz begann zu rasen. Deine Mutter bekam natürlich mit, dass ich litt, aber ich hatte nicht den Mut, Hilfe zu suchen. Das kam erst, als es mir so schlecht ging, dass mein Körper nicht mehr funktionierte. Eines Tages sollte ich auf Sendung gehen, und als das Kameralicht aufleuchtete, sah ich nur Ronnies Gesicht und dann die Kapuze vor mir. Das war die längste halbe Stunde meines Lebens."

„Wann hast du das überwunden?“

„Ich bin nicht sicher, ob ich es überwunden habe. Ich kann jetzt besser damit umgehen und habe keine Flashbacks mehr, aber als ich bei meinem Besuch bei Conley das Gefängnis betrat, begannen eine Menge Alarmglocken zu läuten. Und jetzt möchte Oleta, dass ich bei der Hinrichtung dabei bin. Ich habe es ihr versprochen. Ich weiß nur nicht, ob ich es schaffe.“

Abby stellte ihren Teller auf den Tisch und setzte sich, schlang einen Fuß um das Stuhlbein. Ihre Zehennägel waren rot lackiert. Ich erinnerte mich, sie ihr lackiert zu haben, als sie klein war, Wattebäusche zwischen den Zehen. In einem meiner wenigen engagierten Momente als Vater.

„Wenn wir beweisen können, wer es wirklich getan hat, würde die Hinrichtung nicht stattfinden.“

„Er hat gestanden.“

„Das hat er nur für Adrian getan.“

„Ja, aber was ist mit Adrian? Was geschieht mit ihm, wenn wir tatsächlich beweisen könnten, dass Conley unschuldig ist?“

Sie blickte mich mit feuchten Augen an. „Ich weiß es nicht. Vielleicht wird es Adrians Gesicht sein, das du für den Rest deines Lebens vor dir siehst, und nicht die Kapuze oder Conley auf einem Operationstisch.“

„Mir gefällt keine der Möglichkeiten“, sagte ich.

Abby brach allein auf, und anstatt im Internet zu surfen, informierte ich mich auf altmodische Weise: Ich holte mir die Zeitung aus der Einfahrt eines Nachbarn. Ich würde sie später zurückgeben.

Auf der Titelseite war Terrells Geständnis abgedruckt, zusammen mit einem Foto von dem linierten Blatt, auf dem er es verfasst hatte. Ich las zwischen den Zeilen und spürte seinen verzweifelten Wunsch, meinen Sohn zu retten und sich gleichzeitig seine Würde zu erhalten: *Hiermit gestehe ich den Mord an Diana Wright. Gleichzeitig bitte ich nicht um weiteren*

*Aufschub und reiche auch keine Gnadengesuche ein. Ich hoffe, dass die Behörden die Transplantation, die ich möglich machen möchte, genehmigen werden.*

Ich fragte mich, was Dianas Mutter wohl von seinem Geständnis halten mochte. In dem Artikel wurde deutlich, dass dies für den Gouverneur und seine Freunde im Rechtsausschuss eine Win-Win-Situation war und sie das Geständnis voll und ganz akzeptierten. Aus einigen Kommentaren anonymer Quellen wurde deutlich, dass die Räder der Justiz pflichtgemäß geölt worden waren.

„Ich sehe keinen Grund, warum wir jetzt nicht schnell zur Tat schreiten sollten", sagte die Quelle. „Mit diesem Geständnis ist klar, dass es keine weiteren Gesuche mehr geben wird. Die Mediziner haben uns grünes Licht gegeben. Wir werden uns mit ihnen zusammenschließen, um die Prozedur möglichst human und geordnet über die Bühne zu bringen."

Das hatte bestimmt Reginald verfasst. Oder ein anderer Bürokrat hinter den Kulissen. Aber diese Worte ließen die Hinrichtung und die Herztransplantation wie eine Mandeloperation erscheinen, genau wie Terrell gesagt hatte.

# Kapitel 36

Ellen schleppte sich ihre Einfahrt hoch, nachdem eine Krankenschwester sie nach Hause gefahren hatte – sie gehörte zu ihrer Gemeinde und hatte sie zufällig im Krankenhaus getroffen. Sofort hatte sie angeboten, Ellen nach Hause zu bringen. So lief es in der Gemeinschaft der Kinder Gottes. Solche Dinge geschahen einfach, ohne dass sie sie organisieren musste. Warum konnte nicht auch ihr restliches Leben so einfach sein?

Adrian war stabil und schlief. Sein Zustand hatte sich kaum verändert, und sie hatte das Gefühl, ihn allein lassen zu können. Eine schnelle Dusche und frische Kleidung würden ihr gut tun. Aber um ihren Kopf klar zu bekommen war mehr als Wasser nötig. Ihre Energie, alle ihre stummen Gebete, die sich normalerweise auf Adrian konzentrierten, teilten sich nun zwischen ihrem Sohn und dem Rest ihrer zerbrochenen Familie auf. Schwächte das die Macht ihrer Gebete oder vervielfältigte es sie? Sie war nicht sicher.

Irgendetwas brodelte und kochte im Familientopf hoch, und Ellen freute sich über die neuen Möglichkeiten, fürchtete sie gleichzeitig aber auch. Normalerweise wusste sie über das Leben ihrer Tochter Bescheid, sogar Dinge, die sie eigentlich gar nicht wissen wollte. Sie kommunizierten jeden Tag entweder per Telefon oder über Facebook und SMS, ein ständiger Strom an Informationen floss hin und her. Die meiste Zeit konnte Ellen mit den Dingen umgehen, die Abigail ihr erzählte, konnte die Furcht unterdrücken, dass ihre Tochter dieselben Fehler machte in der Beziehung zu ihrem Freund, die sie mit Truman begangen hatte. Sie war fest und unabänderlich davon überzeugt, dass Gott sogar ihre Fehler von früher gebraucht hatte, um sie zu sich zu ziehen, aber es fiel ihr schwer mit anzusehen, dass Abigail eine ähnliche Last trug. Aber aus ihrem eigenen Leben wusste sie, dass manchmal die Dinge, die sie nach unten zogen, auch Klarheit über ihre Bedürfnisse schufen. Und so schwer es ihr fiel, einfach zuzuhören, sie gab sich Mühe, genau das zu tun. Einfach dazusein als Resonanzboden – eigentlich als betender Resonanzboden.

Doch nachdem jetzt Truman wieder aufgetaucht war, war Ellen nicht mehr über alles informiert, und das machte ihr zu schaffen. Es war eine Sache, ihre Probleme und Ängste vor Gott zu bringen. Etwas anderes war es, nicht zu wissen, was zwischen Truman, Abigail und dem Mann vom Frisiersalon geschah. Die Gefahren, denen sie sich aussetzten, nicht zu kennen. Selbst zu erleben, wie ihr Mann nun plötzlich für ihre Tochter immer wichtiger wurde, fiel ihr schwer. Es kam ihr beinahe vor wie ein Betrug.

Wenn Truman einer Story nachjagte oder wie in den vergangenen Monaten im Strandhaus lebte, konnte sie ihn innerlich loslassen, ihn der anschwellenden Flut seines Lebens überlassen. Aus den Augen, aus dem Sinn. Aber jetzt war er wieder zu Hause, erneuerte die Beziehung zu beiden Kindern. Egal, wie unvollkommen dieses Wiederaufleben auch war, seine Nähe brachte Angst und Unsicherheit mit sich. Ihr war es lieber gewesen, wenn ihr Mann nicht merkte, dass seine Entscheidungen sie tief verletzten. Die Sonne ging jeden Morgen im Osten auf, und Truman merkte nichts von ihrem Schmerz.

Aber in den vergangenen Tagen hatte sie eine Veränderung bei ihm gespürt, eine Offenheit, die früher nicht da gewesen war. Ein Blick, ein Gefühl, dass sie sich aufeinander zubewegten statt voneinander weg. Sie kämpften gemeinsam. Das hatte sie schon lange nicht mehr so empfunden, nicht seit der ersten Zeit ihrer Beziehung, als sie noch an einem Strang gezogen und nicht in Konkurrenz miteinander gestanden hatten.

Sie blieb an der Haustür stehen und blickte ihrer davonfahrenden Bekannten nach. Vielleicht bildete sie sich das alles auch nur ein, produzierte Hoffnung aus Hoffnungslosigkeit. Vielleicht war das Gefühl, das sie gehabt hatte, als sie neben Truman auf dem Bett gesessen hatte, nur eine hormonell bedingte Regung gewesen, die in ihr zum Leben erwacht war. Sie waren schon so lange nicht mehr *so* zusammen gewesen. Sie hatte schon so lange keine Wärme mehr gefühlt. Vielleicht war es nur der Wunsch gewesen, etwas anderes zu fühlen als Schmerz. Neben ihm zu sitzen mit nichts zwischen ihnen als ihrem Handtuch und der Vergangenheit hatte etwas Ursprüngliches und Drängendes in ihr angefacht. Etwas Gefährliches. Und sie brauchte nicht noch mehr Gefahr oder Drama. Sie brauchte Stabilität. Stärke. Glauben.

Sie brauchte Liebe.

Beim Hereinkommen machte sie etwas mehr Lärm als nötig und schlich nicht auf Zehenspitzen herein. Zwei Kaffeebecher standen auf dem Küchentisch, eine zusammengefaltete Zeitung lag daneben. Abigails Wagen war fort, sie ging also davon aus, dass sie und Truman allein waren.

Anstatt nach ihm zu rufen oder zu warten, bis er aus seiner Schreibhöhle auftauchte, ging sie ins Bad und stellte sich unter den heißen Wasserstrahl, beinahe hoffend, er würde sich zu ihr gesellen. Aber sie fürchtete sich auch vor der Peinlichkeit dessen, was geschehen könnte, wenn er es täte. Natürlich konnte sie auch zu ihm gehen. Einfach das Bad verlassen und tropfnass durch den Flur laufen und ihn an seinem Computer überraschen. Niemand brauchte davon zu erfahren.

Lustig. Ein heimliches Stelldichein mit einem Fremden, mit dem sie zufällig verheiratet war. Allein der Gedanke brachte sie zum Schmunzeln. Dann fragte sie sich, wie er wohl reagieren würde. Wenn er nun vor ihr zurückschreckte?

Sie wartete, ließ das Wasser auf ihren Körper prasseln, dann das Shampoo, das sich anfühlte wie eine warme Befreiung. Sie drehte das Wasser ab, schnappte sich ein großes Handtuch und verließ das Bad. Beinahe rechnete sie damit, ihn wartend vorzufinden. Doch da war nur ein leeres Zimmer. Ein leeres Bett. Fotos und Erinnerungsstücke, die sie von ihrer Kommode aus anstarrten. Und ihr Spiegelbild auf der anderen Seite des dunklen Raums.

Eilig kleidete sich Ellen an und ging in die Küche. Sie hatte sich ein Handtuch über die Schultern gelegt, um das Wasser aus ihren Haaren aufzufangen. Die Zeitung war verschwunden. Sie suchte nach etwas halbwegs Gesundem zu essen, doch sie war seit Tagen nicht mehr zum Einkaufen gekommen und es gab nichts Frisches mehr. In einem Anfall von Heißhunger steckte sie eine gefrorene Waffel in den Toaster. Die hatte sie in einem Augenblick der Schwäche für Adrian gekauft, als er Lust auf Waffeln mit Sirup gehabt hatte. Seit der Diagnose damals hatte sie größten Wert auf eine gesunde Ernährung gelegt, die beste Nahrung für sein Herz. Nicht nur das Zeug in den Regalen, auf dem *Bio* stand, sondern tatsächlich natürliche Nahrungsmittel, die organisch und unverfälscht waren.

All das kam ihr jetzt nutzlos vor, und sie fragte sich, ob Kefir aus Ziegenmilch und hausgemachtes Dinkelbrot Adrian tatsächlich geholfen hatten oder ob das nur ihr etwas gegeben hatte, auf das sie sich konzentrieren konnte, statt darauf zu warten, dass er zusammenbrach. Ob es nur darum gegangen war, dass sie einen Beitrag leisten konnte? Sie wusste die Antwort darauf nicht und würde sie vermutlich nie erfahren.

Truman trat lächelnd durch die Haustür und erklärte, er hätte dem Nachbarn seine Zeitung zurückgebracht. Da war ein Aufblitzen aus der Vergangenheit, ein Schimmer des alten Truman, verbindlich und offen. Er erkundigte sich nach Adrian, und sie berichtete ihm, was sie vom Ärzteteam erfahren hatte. Den Begriff „Ärzteteam" hasste Truman, weil er ihm das Gefühl vermittelte, er müsse eine ganze Footballmannschaft bezahlen. Doch er hörte aufmerksam zu und schien aufrichtig interessiert zu sein, nicht gedanklich woanders wie sonst, wenn er an einem Projekt arbeitete.

Ellen fragte ihrerseits nach Abigail und erfuhr ein paar Einzelheiten, die sie noch nicht kannte. Truman erzählte von dem Abend im Club. Seine Version von den Ereignissen in Tompkins' Wohnung war noch ungenauer und knapper als Abbys, doch sie beschloss, nicht nachzufragen.

„Ihr zwei scheint gut zusammenzuarbeiten", sagte sie.

„Ich weiß nicht, ob ich das so ausdrücken würde", erwiderte er. „Aber es ist gut, dass vier Augen auf die Dinge sehen und nicht nur zwei. Hast du Terrells Geständnis gelesen?"

Sie nickte. Sie hatte es im Krankenhaus gelesen, als die Zeitungen in den Warteraum gebracht wurden. „Auf mich wirkte es extrem knapp. Gezwungen. Was meinst du?"

Er erklärte es ihr, doch sie hörte nicht richtig zu, sondern verlor sich in seiner Stimme, dem weichen, glatten Fluss der Konsonanten und Vokale, die über seine Zunge und Lippen kamen. Das war sein größtes Talent. Er konnte nicht nur wunderbar mit Wörtern umgehen, sondern besaß auch die Fähigkeit, das große Ganze zu sehen. Er konnte ein Problem, ein Weltereignis oder eine komplizierte rechtliche Auseinandersetzung auf eine klar verständliche Kernbotschaft herunterschrumpfen. Das war eine ihm angeborene Fertigkeit. Und er konnte Fragen stellen, die den Kern jeder Geschichte trafen. Diese Fähigkeit hatte er schon in den Seminaren im College bewiesen, wenn die Studenten erklären sollten, welche Themen am Anfang einer Nachrichtensendung stehen sollten, welche Prioritäten angesichts der knapp bemessenen Zeit zu setzen seien. Warum nur konnte er diese Fähigkeit nicht auch auf ihre Familie anwenden?

Er wusch sich die Hände und goss sich noch eine Tasse Kaffee ein. Sie trat näher an ihn heran und berührte sein Gesicht ganz leicht mit dem Daumen. Er zuckte vor ihrer Berührung nicht zurück, sondern schien sich ihr entgegenzustrecken. Ob es doch nicht so unmöglich war? Ob die toten Zweige ihrer Ehe herausgeschnitten werden könnten, um Raum zu schaffen für neues Wachstum?

„Was macht die Wunde?", fragte sie.

„Tut nicht mehr so weh, wenn ich kaue", erwiderte er. „Allerdings bin ich noch nicht wieder bereit für ein Familienfoto."

Ellen strich mit dem Zeigefinger über die Wunde, das getrocknete Blut und die verfärbte Haut und sah ihm in die Augen. Sie hätte am liebsten gesagt, dass es ihr leid tat. Aber was eigentlich? Sie wusste es nicht. Es gab nichts, was ihr leid tun musste. Trotzdem war da etwas tief in ihrem Innern, das sie drängte, diese Worte auszusprechen.

Sein Handy vibrierte, noch bevor sie den Mund öffnen konnte. Es war Abigail, die aufgeregt etwas erzählte. Ellen nahm die halb verbrannte Waffel aus dem Toaster und brach die verkohlten Stücke ab, bis nur noch ein Bissen übrig blieb. Truman lachte am Ende des Gesprächs, schüttelte den Kopf und klappte das Telefon zu.

„Worum ging es?", fragte sie.

„Sie ist vor der Arbeit zu Dianas Mutter gefahren. Mrs Wright ist nicht gerade die gesprächigste Person, vor allem, wenn man sie aus dem Schlaf holt. Aber Abby hat es geschafft." Seine Augen funkelten.

„Wonach hat sie gesucht?"

„Diana hat wohl immer und überall in ihr Tagebuch geschrieben. Sie hatte es immer bei sich und machte Eintragungen. Abby hat sich bei Mrs Wright eingeschmeichelt und gefragt, ob sie ein paar von Dianas Tagebüchern sehen könnte, und Mrs Wright sagte, es gäbe keine."

„Und Abigail hat sie gefunden?"

„Einen ganzen Stapel Spiralblöcke, in der hintersten Ecke ihres Schranks verborgen."

„Sie hat die Hälfte davon mitgenommen, die neuesten. Mrs Wright gab ihr vierundzwanzig Stunden Zeit. Abby sagte, sie würde sie lesen und mir berichten, was drin stehe. Sie meinte, zum Glück sei Dianas Handschrift gut lesbar, im Gegensatz zu meiner."

„Und du denkst, das könnte was bringen?"

„Es ist mühsam, aber so ist es nun mal. Jeder kleine Stein, den man umdreht, kann zu einer neuen Erkenntnis führen oder aber in eine Sackgasse. Aber man darf nicht aufhören, Steine umzudrehen."

Er war wieder ganz der Reporter, dachte nur an die Story und nicht an die Auswirkungen. Er lebte immer irgendwo in seinen Aufträgen, und sie musste sich mit der realen Welt auseinandersetzen. Aber das hatte sie ja an Gott abgegeben, richtig? Es lag alles in seinen Händen.

„Ich hoffe nur, dass euch nicht die Zeit davonläuft", sagte Ellen.

Truman blickte ihr in die Augen. „Selbst wenn wir auf etwas stoßen sollten, das Terrells Geschichte untermauert, bleiben uns nicht viele Möglichkeiten, nachdem er jetzt ein Geständnis abgelegt hat. Der Zug hat gerade die Höchstgeschwindigkeit erreicht, und bremsen ist nicht mehr möglich."

# Kapitel 37

Als Ellen in der Küche mein Gesicht berührte, geschah etwas, das mich erschreckte. Es war wie ein Stromschlag. Und als ich mich wieder an den Computer setzte, konnte ich an nichts anderes denken als an diese Berührung und den Schmerz, den sie geweckt hatte. Nicht der Schmerz, an Versprechen gebunden zu sein, die vor langer Zeit gegeben und gebrochen wurden, sondern die Sehnsucht nach etwas anderem als meiner Ziellosigkeit. Danach, einen Halt zu finden. Wieder ein Wir zu sein, auf gemeinsamem Boden zu stehen und gemeinsam mit ihr weiterzugehen und nicht gegen sie.

Der knatternde Auspuff des Postautos riss mich aus meinen Gedanken. Wie erwartet fand ich im Briefkasten eine Rechnung der Autoversicherung, eine Erinnerung, dass die Rate meiner Lebensversicherung überfällig sei, verbunden mit der Mahnung, sie doch bitte innerhalb des Zeitrahmens xy zu begleichen, da meine Familie im Ernstfall sonst möglicherweise nicht ausreichend versorgt sei. Ein freundlicher Brief aus der Buchhaltung des Krankenhauses, bei dem mich ein warmes Gefühl durchströmte. Und gleich danach die Benachrichtigung eines Inkassounternehmens, sie hätten meine Krankenhausrechnungen übernommen und ich solle mich doch bitte schnellstmöglich mit ihnen in Verbindung setzen. Ich beschloss, der Aufforderung nachzukommen, aber heute war definitiv kein guter Termin dafür. Ein Brief von der Zulassungsstelle von Abbys College bot finanzielle Hilfe an und eine gebührenfreie Nummer. Nette Menschen. So großzügig. Und die Großzügigkeit erstreckte sich auch auf einen gepolsterten Umschlag mit der Nachricht von einer Kreditkartengesellschaft, die Adrian zu seiner neuen Karte und der nicht unerheblichen Kreditlinie gratulierten, die sie ihm eingeräumt hätten.

All diese Briefe hatten einen gemeinsamen Nenner: Geld. Und da ich keins mehr besaß, machte es keinen Sinn, meine Zeit damit zu vergeuden. Aber seit wann machte überhaupt etwas in meinem Leben Sinn? Ich stapelte die Umschläge in der Küche bei der anderen ungeöffneten Post, die wir in den vergangenen Tagen bekommen hatten, und zog mich in meine Höhle zurück.

Abby rief später am Tag an und berichtete, sie hätte in den Tagebüchern nichts über Tompkins gefunden, aber aus dem, was Diana geschrieben hatte, spräche so viel Einsamkeit und Angst, dass selbst eine Jane Austen davon Depressionen bekommen hätte. Sie las mir einen Abschnitt daraus vor. Er steckte voller Sehnsucht und Fragen über das Leben und die Liebe und danach, warum dies alles an ihr vorbeigegangen sei. Diana erzählte auch von den üblichen Auseinandersetzungen mit ihren Kolleginnen, ihrem Vorgesetzten und Kunden, die geizig mit dem Trinkgeld waren.

„Kein Wort darüber, dass sie für Curtis als Drogenkurier gearbeitet hat?"

„Sie erzählt höchstens von den zwielichtigen Typen, die er in den Salon mitgebracht hat, und von seinen Annäherungsversuchen, obwohl er sich wohl mehr für andere Mädchen aus dem Salon interessiert hätte, wie sie schreibt. Sie arbeiten aber nicht mehr da."

„Vielleicht kannst du Kontakt zu ihnen aufnehmen", sagte ich. „Sind die Einträge mit Datum versehen?"

„Ja. Das letzte Tagebuch endet sechs Monate vor ihrem Tod."

„Welchen Zeitraum umfasst so eines?"

„Ein paar Monate. Einige Einträge sind mehrere Seiten lang, vorne und hinten beschrieben, andere sind sehr kurz, und oft liegen längere Zeiträume dazwischen. Sie erzählt von Schwärmereien und Enttäuschungen. Vieles davon kann ich dir erzählen – sitzt du im Wagen?"

„Ja, ich hatte etwas zu erledigen. Du musst die Tagebücher morgen früh Dianas Mutter zurückgeben, nicht? Schaffst du es denn, alles durchzulesen?"

„Ja, aber ich habe nicht viel Hoffnung, dass wir noch auf etwas stoßen. Ich frage mich, ob nicht das Wichtigste fehlt, das letzte Tagebuch."

„Ich rufe Sawyer an und überprüfe das", sagte ich, während ich auf den Parkplatz des Kasinos abbog. „Ich muss los. Sag Bescheid, wenn du sonst noch etwas herausfindest."

# Teil III

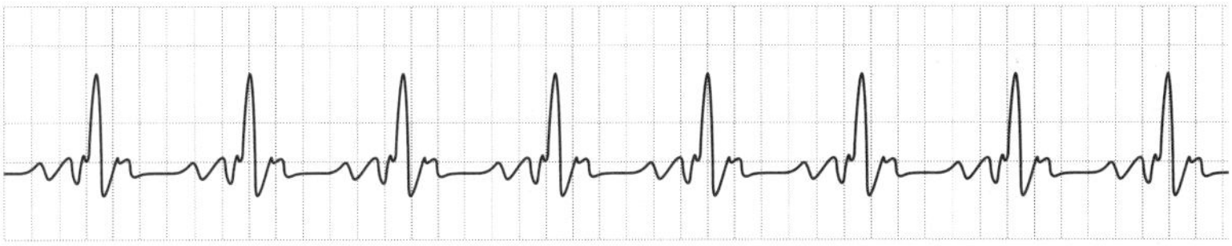

*Vor allem aber behüte dein Herz,*
*denn dein Herz beeinflusst dein ganzes Leben.*
Sprichwörter 4,23

# Kapitel 38

*8 Tage vor der Hinrichtung*

Sagen wir, dass die nächsten Tage nicht so gut verliefen. Abigail und Ellen hatten irgendwie gemerkt, dass ich am folgenden Tag erst frühmorgens nach Hause gekommen war und sie hatten den aufgerissenen Umschlag von Adrians neuer Kreditkarte gefunden, den ich leider ganz oben im Küchenmüll liegen gelassen hatte. Es ist nicht leicht, wenn die eigenen Angehörigen Bluthunde sind, aber vermutlich liegt das in den Genen. Meine Tochter weinte, und Ellen strich nicht mehr mit dem Daumen über mein Gesicht oder setzte sich in ein Handtuch gewickelt auf ihr Bett. Ich entschuldigte mich, räumte ein, Hilfe zu brauchen, und versicherte ihnen, dass ich bald wieder aus ihrem Leben verschwunden wäre. Sie widersprachen mir nicht.

Das fehlende Tagebuch tauchte nicht mehr auf, und auch meine Würde blieb verschüttet. Abby meldete sich krank, als Tompkins wegen des Engagements in seinem Club Druck auf sie ausübte. Dianas Mutter ärgerte sich über unsere Suche nach dem letzten Notizbuch, und weder Chandler noch Sawyer konnten sich daran erinnern, in Dianas Tasche oder Terrell Conleys Wagen ein Tagebuch gefunden zu haben.

Ich zog mich in meine Höhle zurück, stürzte mich in Terrells Story und stieß noch auf einige Lücken in der Erzählung, die ich füllen musste. Oleta vereinbarte ein letztes Treffen mit ihm, doch am Tag davor führte ich noch ein Gespräch mit dem Arzt, der das medizinische Team bei der Hinrichtung leiten würde.

Dr. Lyle Granger war klein, hielt sich sehr gerade, in erster Linie wohl darum, weil er seit seiner Kindheit eine Skoliose hatte. Er gab mir auf meine Fragen sehr direkte Antworten. In allen Einzelheiten erklärte er mir, wie sie vorgehen würden, wies darauf hin, wie schwierig es sei, die Forderungen des Staats zu erfüllen, wenn sie Terrell für tot erklärten, und trotzdem das Herz so funktionstüchtig zu erhalten, dass es transportiert und transplantiert werden konnte.

„Für den Transport stellt uns der Gouverneur seinen persönlichen Helikopter zur Verfügung. Uns bleibt ein Zeitfenster von vier Stunden, und wir schätzen, dass vom Durchtrennen der Aorta bis zur Transplantation zwischen zweiundfünfzig und sechsundfünfzig Minuten liegen werden. Die Flugzeit eingerechnet."

Seine Stimme ließ mir einen Schauer über den Rücken rieseln. Wenn das Leben des eigenen Sohnes auf dem Spiel steht, wünscht man sich einen Arzt, der so genau weiß, wie lange es dauert, ein menschliches Herz von A nach B zu transportieren.

„Sie werden also die eigentliche Prozedur ..."

„Die Entnahme", erklärte er. „Ja."

„Wie funktioniert das?"

„Wie bei jeder Hinrichtung sind wir auf den Zeitplan des Staates angewiesen. Wir werden Terrell für die Operation vorbereiten. Er wird noch die Gelegenheit bekommen, seine letzten an seine Familie und die anwesenden Zeugen gerichteten Worte zu sprechen. Dann bringen wir ihn in den Operationssaal, narkotisieren ihn und erhalten ihn bis nach der Entnahme am Leben. Dann wird er von den lebenserhaltenden Geräten abgeschaltet."

„Nicht die übliche Zeitspanne, die die Zeugen abwarten müssen."

„Nein, aber dies sind auch keine üblichen Umstände. Wenn wir nicht Terrells uneingeschränkte Kooperation hätten, wäre es nicht möglich."

Er musste ein gewisses Zögern auf meiner Seite gespürt haben, das auf meine wachsende Sorge zurückzuführen war, dass Terrell unschuldig sein könnte.

„Mr Wiley, ich habe in den vergangenen dreißig Jahren fast siebentausend Patienten operiert. Diese Erfahrung begleitet mich in jenen sterilen Raum im Gefängnis. Terrell wird mit allem Respekt behandelt werden, den er verdient hat. Und ich verspreche Ihnen, wenn sein Herz zu den Ärzten gebracht wird, die Ihren Sohn operieren, haben sie alles, was sie brauchen, um ihm ein neues Leben zu ermöglichen."

„Ich zweifle nicht an Ihren Fähigkeiten. Wird die Umgebung ein Problem darstellen?"

„Ich war Notfallchirurg in einem der größten Krankenhäuser Chicagos. Wir haben unzählige Leute mit Schusswunden behandelt, die bluteten wie angestochene Schweine. Ich habe Soldaten operiert, die vom Schlachtfeld kamen. Ich garantiere Ihnen, dass Terrell Conleys Herz Ihren Sohn im bestmöglichen Zustand erreichen wird."

Bei unserem letzten Interview wirkte Terrell müde und ausgebrannt. Seine Augen waren so leer, wie ich es noch nie bei ihm erlebt hatte. Ich hatte ihm die ersten Seiten des Buches geschickt, und er dankte mir für meine Arbeit.

„Es klingt beinahe so, als würde ich auf diesen Seiten reden. Sie haben Ihre Sache wirklich gut gemacht."

„Das ist mein Ziel – ich möchte Ihre Stimme durchklingen lassen. Ich muss in den Hintergrund treten."

„Nun, auf jeden Fall bin ich froh, dass wir uns für Sie entschieden haben."

Ich starrte ihn an und überlegte, wie ich formulieren sollte, was ich sagen wollte. „Das Geständnis, das Sie abgelegt haben ... ich weiß, wie schwer Ihnen das gefallen ist. Danke."

Er legte den Kopf zur Seite und lächelte mich schwach an. „Es dauerte eine Weile, aber dann habe ich mich dazu durchgerungen. Ich weiß, dass es nicht wirklich um mich geht. Wichtig ist nur, Ihrem Sohn die Chance auf ein neues Leben zu geben. Ich werde sowieso sterben, auf die eine oder andere Weise. Aber die Leute werden durch das, was Sie schreiben, die Wahrheit erfahren. Das ist meine Motivation."

Ich stellte meine Fragen, um die Lücken in seiner Geschichte zu füllen, einige zu seinem früheren Leben, ein paar zu dem Abstieg in den Alkoholismus und die Zeit auf der Straße.

„Eine Quelle stellt das ein wenig anders da als Sie. Der Mann behauptet, Sie seien pünktlich wie ein Uhrwerk draußen auf der Straße vor dem Salon erschienen. Sie seien fast jeden Tag dort gewesen, zur selben Zeit am selben Ort."

Terrell blinzelte und runzelte die Stirn. „Ich kann das nicht mit Sicherheit sagen, denn am Ende war ich schon ziemlich abhängig von der Flasche. Könnte aber sein, denn dort bekam ich meist Geld. Sie verstehen?"

„Die Frau, die umgebracht wurde, hat Tagebuch geführt. Erinnern Sie sich daran?"

„Wenn ich sie umgebracht hätte, vielleicht. Ihre Tasche wurde in meinem Wagen gefunden. Wenn es da drin war, dann hat es die Polizei. Und bei der Gerichtsverhandlung wurde es nie erwähnt. Sie hatte es bei sich?"

„Ich habe gehört, sie hätte ständig Einträge gemacht."

„Sehen Sie sich doch das Überwachungsvideo an. Es wurde während der Verhandlung auf der großen Leinwand gezeigt. Damit ließ sich nicht mehr leugnen, dass ich Streit mit ihr hatte."

„Ist nicht so wichtig", sagte ich und bedauerte, dass ich mich auf eine falsche Spur hatte leiten lassen. Die Frage schien ihn aufzuregen. Das hatte ich nicht beabsichtigt, denn die Zeit lief, und die wichtigste Frage stand noch aus. „Haben Sie schon über Ihre letzte Mahlzeit nachgedacht?"

„Vielleicht wünsche ich mir einen von diesen großen Burgern, die in teuren Restaurants serviert werden. Und vielleicht ein ganzes Pfund Shrimps. Aber natürlich möchte ich nichts essen, das meinem Herz schadet. Wie geht es übrigens Ihrem Sohn?“

„Nicht gut, um ehrlich zu sein. Dieser letzte Krankenhausaufenthalt hat ihm ziemlich zugesetzt.“

„Soll die Transplantation vorverlegt werden?“

Interessant, dass er es „Transplantation“ nannte und nicht „Hinrichtung“. Terrell ging es wirklich nur um ein neues Leben für Adrian.

„Ich bezweifle, dass das möglich ist, egal wie schlecht sein Zustand ist. Aber danke, dass Sie es anbieten.“

„Ich tue, was immer notwendig ist.“

„Danke, Terrell“, sagte ich, und die Emotionen, die in meiner Stimme mitschwangen, verblüfften mich selbst. Er lächelte mich traurig an.

„Schon über Ihre letzten Worte nachgedacht?“, fragte ich schnell und wandte den Blick ab. Das war die große Frage. Ronnie Lawson hatte seine Rede genau einstudiert gehabt. Ich wollte wissen, ob Terrell das auch so machen würde, ob er jede wache Minute darüber nachdachte, was er sagen würde, bevor er diese Erde verließ.

Er überlegte kurz. „Ich arbeite an einer Rede. Ich hoffe doch, dass Sie da sind, um sie zu hören.“

„Das werde ich. Wie wäre es mit einer Vorschau?“

Er nickte. „Ich denke, ich werde den Menschen danken, die dabei sind, den Ärzten, den Freunden, der Familie. Den Presseleuten. Und ich werde Oleta danken. Sie war das Beste in meinem Leben. Punkt. Und dann natürlich meinen Kindern. Ich habe meine Chance mit ihnen verpasst, und die Reue darüber werde ich mit ins Grab nehmen. Aber ich möchte ihnen sagen, dass sie sich durch das, was mir passiert ist, nicht runterziehen lassen sollen. Ich werde dem Gefängnisdirektor und dem Gouverneur danken, weil sie es möglich gemacht haben, dass aus dem Bösen doch noch Gutes entsteht. Und natürlich werde ich Gott danken, dass er während all der Jahre bei mir gewesen ist."

„Kein Wort darüber, dass Sie unschuldig sind?"

Er lachte und hustete. „Vielleicht weise ich auf das Buch hin, das bald auf den Markt kommen wird."

„Ich glaube nicht, dass es gestattet ist, mit Ihren letzten Worten Werbung für ein Buch zu machen."

„Die können ja versuchen, mich daran zu hindern. Haben Sie schon einen Titel gefunden?"

Mehrere Möglichkeiten waren mir durch den Sinn gegangen. Manchmal steht einem der Titel eines Buches in einem kreativen Augenblick bereits vor Augen, bevor man mit der Arbeit begonnen hat. Doch meistens fällt er einem erst nach Fertigstellung des Buches ein. „Ich hatte gehofft, Sie könnten mir einen Titel nennen."

Er lächelte und schwieg einen Augenblick. Der Wärter hinter ihm sah auf die Uhr. Die Besuchszeit war beinahe um. „In den Evangelien steht ein Vers", sagte er schließlich. „Von Jesus. Es geht um einen Mann, der sein Leben für seine Freunde gibt. Damit möchte ich anfangen, verstehen Sie, als Einleitung. Könnten Sie den Vers nachschlagen und mit einflechten? Dafür wäre ich Ihnen sehr dankbar."

„Sehr gern."

Ich wollte aufstehen, aber Terrell war noch nicht fertig. „Eins noch, bevor Sie gehen", sagte er. „Ich möchte Ihnen noch eine Frage stellen."

„Schießen Sie los." Ich zuckte zusammen, als ich meine eigenen Worte hörte. Keine gute Wortwahl.

„Wenn mein Blut aufhört, zu meinem Gehirn zu fließen, wenn die Hauptschlagader durchtrennt wird, die mich am Leben erhält, dann weiß ich, was geschehen wird. Ich werde in der Gegenwart meines Erlösers sein. Daran besteht für mich nicht der geringste Zweifel. Aber wie sieht es bei Ihnen aus? Welche Hoffnung haben Sie für die Ewigkeit?"

„Mir geht es gut, Terrell. In den vergangenen Wochen habe ich mich meiner Familie wieder angenähert. Und was immer auch geschieht, ich denke, ich komme schon klar."

Er schüttelte den Kopf. „Das reicht nicht aus. Wenn Ihr letztes Stündlein geschlagen hat, dann brauchen Sie schon mehr als ein gutes Gefühl. Sie müssen wissen, wohin Sie unterwegs sind."

„Falls es Gott gibt und ich mal vor ihm stehe, werde ich sagen, dass ich mein Bestes getan habe. Ich habe mein Leben gründlich vermasselt, aber ich habe mir Mühe gegeben, es zu ändern. Habe versucht, ein paar Angewohnheiten abzulegen, Erlebnisse aus meiner Vergangenheit zu überwinden."

Terrell begann einen Monolog über Blut und Sünde und Vergebung. Es war nicht leicht, meine Ohren bei den letzten Worten eines Mannes, der bald sterben würde, auf Durchzug zu stellen, aber irgendwie gelang es mir. Ich blendete ihn einfach aus. Ich wollte nichts weiter, als hier zu verschwinden.

„... und bitten Sie Gott, Ihnen zu vergeben", sagte Terrell. „Er wird Ihnen zeigen, was Sie tun müssen."

Ich behauptete, ich würde das ernsthaft in Erwägung ziehen.

„Bitte, Truman. Jesus ist der einzige Weg."

Der Aufseher trat näher und legte ihm die Hand auf die Schulter. Ich versprach ihm, dass ich versuchen würde, ihn vor dem großen Tag noch einmal zu sehen, aber wir beide wussten, dass dies das letzte Mal war.

„Was immer auch geschieht, ich danke Ihnen für das, was Sie getan haben, Mr Truman."

Ich nickte und hätte gern noch etwas gesagt, aber die Worte wollten mir einfach nicht über die Lippen kommen.

Wieder zu Hause suchte ich nach der DVD in der Einkaufstüte von Oleta. Während ich sie auf meinen Computer lud, tippte ich in meine Suchmaschine ein *Jesus gibt sein Leben hin*, und sofort bekam ich die Bibelstelle, Johannes, Kapitel 15,

Verse 12-13 angezeigt: *„Ich gebiete euch, einander genauso zu lieben, wie ich euch liebe. Die größte Liebe beweist der, der sein Leben für die Freunde hingibt.“*

Ich habe nichts gegen Jesus. So weit ich weiß, war er ein guter Lehrer und trat für Frieden und Liebe ein. Mein Problem sind seine Jünger. Die meisten glauben zu wissen, wie alle anderen leben sollen. Sie schneiden mit der Wahrheit um sich wie mit einem Skalpell und richten es gegen Homosexuelle und Ehebrecher. Und dann wird der Pastor mit einer Prostituierten erwischt. Plötzlich reden sie von Vergebung und Neuanfang. Entweder das, oder der Pastor wird davongejagt und ein neuer gesucht.

Ich weiß, das klingt hart, und es gibt auch Christen, die keine Idioten sind. Ellen zum Beispiel. Sie gibt sich Mühe, die Menschen so zu lieben, wie sie sind, und nicht, sie so zu verändern, wie sie sie haben möchte. Nehmen Sie doch nur mich. Es ist wahrhaftig schwer, mich zu lieben. Ich bewundere Ellen für ihre übermenschlichen Kräfte.

Ganz ehrlich, ich kann mit dieser ganzen Kirche/Jesus-Sache nichts anfangen. Vielleicht würde sich mein Leben tatsächlich verändern, wenn ich es probieren würde. Das ist der Grund, warum ich es nicht versucht habe. Ich denke, Gott, falls er tatsächlich dort oben ist, nimmt uns so an, wie wir sind und hat kein Problem mit Leuten, die sich einfach nur bemühen, mit ihrem Leben zurechtzukommen. Sollte ich mich jedoch irren, dann wartet wohl eine Enttäuschung auf mich, wenn ich in den Gefilden der Ewigkeit ankomme. Ich glaube nicht, dass ich als Ameise oder Raupe wieder auf die Erde komme. Irgendwo betrete ich eine Küste, wo das Wasser auf goldenen Sand schwappt. Entweder das oder nichts – man lebt, man stirbt, und das war es dann. Es sei denn ...

Es sei denn, Terrell und meine Frau hätten recht, und es gäbe einen Gott, der die Menschen so sehr liebt, dass er ihnen einen Weg zu sich gebahnt hat. Von allen Möglichkeiten ist das eine schöne Alternative. Falls das stimmt, stehen Abby und ich allerdings draußen und schauen hinein, und ich werde diese Küste nicht betreten.

Ich hatte mir die Aufzeichnung der Überwachungskamera schon einmal angesehen, aber eher flüchtig, um mich in die Story einzufühlen. Die längere Version, die auch die Zeit vor und nach dem verbalen Angriff zeigte, hatte ich mir geschenkt. Auf der DVD war in der unteren rechten Ecke des Bildschirms die Zeit eingeblendet. Da die Kamera keinen Ton aufgenommen hatte, war eine Expertin im Lippenlesen hinzugezogen worden, die übersetzt hatte, was gesagt worden war. Die Verteidigung erhob Einspruch, aber die Frau wiederholte im Großen und Ganzen das, was von Augenzeugen, die die Szene auf der Straße miterlebt hatten, bereits ausgesagt worden war. Terrells Schimpftirade am Schluss und sein wilder Blick waren grimmige Erinnerungen an sein vorheriges Leben.

Er ging auf Diana zu, als sie aus dem Laden trat, und folgte ihr. Terrell hatte damals ganz anders ausgesehen als jetzt. Er hatte dunklere und längere Haare, die wirr von seinem Kopf abstanden und blickte wild um sich. Mit einem Wort, er wirkte Angst einflößend, und als er Diana etwas zurief, wurde mir ganz elend. Als er dann auf sie zuging, hätte ich das Video am liebsten angehalten. Selbst ich konnte von seinen Lippen ablesen, dass er sie bedrohte. Sie schüttelte unablässig den Kopf und wollte ihm entkommen, aber er hörte einfach nicht auf.

„Ich werde dich töten!“, rief er.

In der ersten Kameraperspektive war Diana zu sehen, wie sie den Salon verließ und Terrell sie anpöbelte. Die zweite Perspektive war von oben aufgenommen. Der Zuschauer sah, wie Diana über den Bürgersteig eilte. Es waren noch andere Personen auf der Straße. Eine Frau mit einer Einkaufstüte und eine junge Mutter mit Kind in einem Sportwagen. Warum hatte sich Terrell ausgerechnet Diana ausgesucht?

Ich hielt die DVD an und konzentrierte mich auf das, was Diana bei sich trug. In der Vergrößerung war das Bild so körnig, dass ich nicht einmal ihr Gesicht erkennen konnte. Es war seltsam, eine sich bewegende Diana zu sehen. Ich hatte sie bisher ja nur auf dem Foto gesehen, auf einem Bild, das eingefangen und in der Zeit eingefroren war. Aber das Video zeigte, wie sie ging, wie sie gestikulierte, wie viel Angst sie vor diesem Mann hatte. Das erkannte man daran, wie sie mit dem Handrücken ihre Brille hochschob, an ihren ungelenken Bewegungen. Statt selbstbewusst weiterzugehen, wirkte sie zögernd, unsicher, drückte sich an die Mauern. Ihre Handtasche hing über ihrer Schulter. Ihre Hände waren frei. Vielleicht steckte das Tagebuch in ihrer Tasche. Vielleicht hatte die Person, die sie getötet hatte, auch das Tagebuch mitgenommen und in den Müll geworfen. Vielleicht hatte die Polizei es gefunden, ihm aber keine Beachtung geschenkt. Oder es versehentlich vernichtet. Egal was passiert war, das hier war eine Sackgasse.

Ich konzentrierte mich auf Terrell, als der wieder ins Bild kam. Er überquerte die Straße, schreiend und mit den Armen wedelnd, als würde er sich ergeben. Ich wollte die DVD gerade aus dem Laufwerk nehmen, als mir ein Gedanke kam. Auf dem Weg zur Bushaltestelle blickte Diana immer wieder zurück. Ich hatte gedacht, sie würde zu Terrell hinschauen.

Ich spulte die DVD vor, aber der Ausschnitt war zu kurz. Ich brauchte die längere Version der Ereignisse von jenem Tag, von der im Gerichtsprotokoll die Rede gewesen war. In der Tasche fand ich die zweite DVD. Darauf war eine lange Videodatei, von oben aufgezeichnet. Aus dieser Perspektive hatte man den besten Blick auf die Straße. Das Video begann ganze 45 Minuten bevor Diana den Salon verließ, und ich spulte ein Stück vor, bis ich Terrell entdeckte, der auf der Straße hin und her schlenderte. Er lehnte an einem Maschendrahtzaun, schließlich setzte er sich auf die Bordsteinkante. Sein Kopf kippte nach vorn, besoffen oder im Halbschlaf; nach einer Weile legte er sich auf dem heißen Asphalt auf die Seite und schließlich lang hin. Die Fußgänger, die vorbeikamen, machten einen Bogen um ihn, wechselten sogar die Straßenseite, um ihm nicht zu nahe zu kommen.

Ich wollte gerade weiter vorspulen, als ein Schatten auf Terrell fiel. Eine Person, die nicht von der Kamera erfasst wurde. Terrell bewegte sich, stützte sich auf dem Ellbogen hoch, sprach mit dem Schatten. Schließlich setzte er sich auf, schüttelte den Kopf und deutete mit dem Finger zum Laden. Der Schatten blieb gerade wie ein Telefonmast, und wenn ich nicht gesehen hätte, dass er sich bewegt hatte, hätte ich ihn für ein Straßenschild oder einen Baum gehalten.

Terrell erhob sich und trat aus dem Bild, kam wieder hinein, tänzelnd und hüpfend wie ein Boxer, der auf seinen Titelkampf wartete. Ich behielt ihn im Blick, wünschte, ich könnte die Kamera nach all diesen Jahren anders ausrichten. Er kam für ein paar Sekunden zurück und verschwand wieder. Als er auf der rechten Seite des Bildschirms wieder auftauchte, stoppte ich die DVD. Er hielt in seiner Tirade inne und schien jemandem zuzuhören. Ich ließ weiterlaufen, und er verschwand wieder aus dem Bild. Es war quälend. Die Sonne versteckte sich hinter einer Wolke. Autos parkten ein, und Fußgänger eilten über den Gehweg.

Ich drückte die Schnellvorlauftaste und behielt die rechte Seite des Bildschirms und die beiden Schatten im Blick, die dort verharrten. Ein Auto hielt am Straßenrand an. Terrell trat ins Bild, gestikulierend, grinsend, zog sich wieder zurück und wandte sich einem Mann zu, der langsam auf den Wagen zuging. Ich hielt die DVD an und versuchte, das Gesicht des Mannes zu erkennen. Er trug ein Poloshirt und eine Jeans, die Baseballkappe tief ins Gesicht gezogen. Terrell folgte ihm zu dem Wagen, nickend und lächelnd, sich beinahe hämisch die Hände reibend. Der Mann öffnete die hintere Tür des Wagens, deutete zur angrenzenden Straße. Terrell nickte und gab eine Antwort.

Etwas an dem Mann mit der Kappe kam mir seltsam vertraut vor. Vielleicht war es seine Haltung oder eine Geste, die eine Erinnerung bei mir auslöste. Aus dieser Perspektive war das Nummernschild unmöglich zu erkennen, und die Scheiben des Wagens waren getönt. Den Fahrer konnte ich also nicht erkennen. Erst als der Mann beim Einsteigen in das Fahrzeug seine Baseballkappe abnahm, fielen mir seine blonden Haare ins Auge, die bis zu seinen Schultern reichten.

Ich spulte die DVD noch einmal zurück und konnte sein Gesicht nun deutlich erkennen. Mit klopfendem Herzen wurde mir klar, dass ich auf etwas gestoßen war, das die anderen übersehen hatten. Eine Verbindung zwischen Terrell und diesem geheimnisvollen Mann.

Der Wagen fuhr davon, und Terrell schien neuen Elan bekommen zu haben. Er schlenderte auf der dem Salon gegenüberliegenden Straßenseite auf und ab und behielt die Eingangstür im Blick. Der Wagen verschwand. Einige Minuten später trat Terrell auf den Parkplatz und winkte zur Straße, als würde er jemanden grüßen.

Zwanzig Minuten später verließ Diana den Salon, und die bekannte hässliche Szene begann. Dieses Mal sah ich sie mir von vorn bis hinten an. Als Terrell aus dem Aufzeichnungsbereich der Kamera verschwand, waren Menschen auf der Straße, die die Seite wechselten, ihm aus dem Weg gingen, schockiert und abgestoßen von dem, was sie gehört hatten. In dieser Menschengruppe war niemandem die einsame Gestalt aufgefallen, die wie ein Wächter hinter dem Maschendrahtzaun stand, die Baseballkappe tief ins Gesicht gezogen, und die Szene von der anderen Straßenseite aus beobachtete. Als Terrell Diana hinterherlief und sie beschimpfte und bedrohte, verließ der Mann seinen Beobachtungsposten und verschwand aus dem Bild in die andere Richtung.

Terrell kam nach der Auseinandersetzung wieder ins Bild, mit zielgerichteten Schritten, als suche er jemanden, doch dann stockte er, und schließlich lief er auf dem von der Sonne aufgeheizten Gehweg wieder auf und ab. Die DVD war zu Ende, und es blieben mehr Fragen als Antworten. Hatte die Polizei dieser Szene keine Beachtung geschenkt? Oder sie vielleicht sogar ganz übersehen? Könnte dieses Video Terrells Erinnerungsvermögen anstoßen? Und welche Verbindung gab es zwischen diesem blonden Mann, Diana und Tompkins?

Ich hätte gern mit jemandem gesprochen – mit Abby oder Ellen, der Polizei. Ich musste jemandem erzählen, was ich herausgefunden hatte. Aber wem? Und falls das bedeutete, was ich glaubte, dass es bedeutete ... könnte ich diese neue Information preisgeben in dem Wissen, dass sie die Chance meines Sohnes auf ein neues Leben zunichte machte? Wäre es nicht besser, wenn das Ganze einfach unter den Tisch fiel?

Ich lehnte mich zurück und schaltete den DVD-Player aus. Terrell lief die Zeit davon. Auch für Adrians krankes Herz lief die Zeit ab. Und ganz plötzlich überfiel mich eine große Angst. Auch mir lief die Zeit davon. Ich musste entscheiden, was ich tun wollte.

# Kapitel 39

Ich riss mich zusammen und arbeitete das, was Terrell mir erzählt hatte, in das Manuskript ein, während ich gleichzeitig versuchte, das Bild des blonden Mannes aus meinen Gedanken zu verdrängen, und auf einen Rückruf von Detective Sawyer wartete. Und die ganze Zeit quälte mich dieser unbestimmte Druck in meinem Magen, der nicht verschwinden wollte. Man nennt es Hunger. Aber es war noch mehr. Eine wachsende Erkenntnis, dass ich wichtigere Entscheidungen zu treffen hatte als die, ob ich etwas essen sollte oder nicht.

Alle paar Minuten stand ich auf und ging zum Kühlschrank, wo ich dasselbe vorfand wie fünfzehn Minuten zuvor. Das waren sechs Eier, ein Kohlkopf und ein gefrorenes Hühnchen. Was kann man aus diesen Zutaten kochen? Ich überschlug, wie lange es dauern würde, zum nächsten Imbiss zu fahren, doch dabei würde mir zu viel Zeit verloren gehen, darum zog ich mich wieder in mein Zimmer zurück.

Ich überlegte gerade, welche Konsequenzen es wohl nach sich ziehen würde, wenn ich ins Haus eines Nachbarn einbrechen und Aufschnitt und Brot stehlen würde, als die Tür zu meinem Zimmer aufflog und Abby mit wildem Blick, einem schwarzen Buch in der einen und einer Pizzaschachtel in der anderen Hand hereinstürmte.

„Ich bin auf etwas gestoßen", sagte sie und warf das Buch vor mir auf den Schreibtisch.

„Würstchen oder Salami?"

„Nein, Dad, das hier."

„Ihr Tagebuch?"

„Nein, das ist einer dieser Terminkalender – ganz altmodisch aus Papier, wie man sie verwendete, bevor Handys die Welt übernahmen."

Meine Tochter. Noch vom alten Schlag.

„Sieh dir das an", sagte sie.

Sie schlug eine Seite auf und deutete auf einen dunklen Kreis um den 22. Januar, während ich die Pizzaschachtel öffnete und eine Käsepizza mit dünner Kruste darin entdeckte. Wer bestellte denn eine Pizza nur mit Käse? Und einer dünnen Kruste? Da drängte sich mir die Frage auf, ob dieses Mädchen vom alten Schlag tatsächlich mit mir verwandt war.

„Alle zwei oder drei Wochen finden sich in den Monaten Januar und Februar solche eingekreisten Daten."

„Blätter mal zurück", sagte ich. Meine Worte waren kaum zu verstehen, da ich den Mund voller Pizza hatte. „Wo hast du den gefunden?"

„In Dianas Schrank lag eine Plastiktüte. Die Beweisstücke, die ihrer Mutter nach der Verhandlung zurückgegeben worden waren. Sie hat die Tüte nicht angerührt. Einfach in den Schrank gelegt und dort vergessen. Dianas Handtasche samt Inhalt."

„Kein Tagebuch."

„Nein, aber das hier ist interessant." Sie schlug den Terminkalender auf und hielt ihn mir vor die Augen, vermutlich damit ich keine Pizzasoße auf die Seiten kleckerte. Jetzt konnte ich mir im Prinzip mit beiden Händen die Pizza in den Mund stopfen, doch so ungehobelt bin ich nun auch wieder nicht.

„Im Januar hat sie sich unten auf der Seite Notizen gemacht; Einkaufslisten, Bestellungen für den Salon, solche Sachen."

„‚Nebentätigkeit'", sagte ich und starrte auf die Notizen des toten Mädchens. Ihre Handschrift war nicht viel besser als meine. Ein verschnörkeltes *N* und keine richtige Form, wenn Sie mich fragen. Hinter dem Wort stand ein Fragezeichen.

„Und jetzt sieh dir den Februar an“, meinte Abby. „Der zwölfte ist dick eingekreist und auch da steht *Nebentätigkeit* am Ende der Seite.“

„Um halb fünf“, sagte ich. „Vermutlich einer dieser Tage, an denen sie früher gehen wollte. Aber es gibt keinerlei Hinweise darauf, was sie gemacht hat.“

Abby blätterte um. „Und Ende Februar siehst du die Initialen *CT*. Und hier wieder, am vierten März.“

„Curtis Tompkins. Das bedeutet, dass er dich angelogen hat. Er wusste sehr wohl, wie ihre Nebentätigkeit ausgesehen hat. Aber was hat sie für ihn gemacht?“

„Wer weiß? Vielleicht Botengänge? Drogen transportiert? Was immer es war, ich glaube, es war der Grund, warum sie umgebracht wurde. Und jetzt sieh nur, wie oft das vor ihrem Tod vorgekommen ist. Im März und April häufen sich die eingekreisten Termine, es gab mehr Treffen. Zwischen den Aufträgen liegen nur wenige Tage.“

Meine Gedanken überschlugen sich und versuchten, die Informationen zu verarbeiten. Ich stopfte den Rest des Pizzastücks in den Mund, wischte mir die Finger an meiner Shorts ab, nahm den Kalender in die Hand und blätterte zum 28. April vor, dem Tag, an dem Terrell sie vor dem Salon beschimpft hatte. Das Datum war eingekreist, und wieder standen darunter die Initialen *CT*.

Ich starrte einen Augenblick darauf, wartete, dass mir eine Erkenntnis kam. Wartete darauf, dass das Bild von Diana, die über den Gehweg huschte, in meinem Kopf klar wurde. Fragte mich, wie ihre letzten Augenblicke ausgesehen hatten und wer abgedrückt hatte.

Mein Telefon vibrierte – Detective Sawyer. Während ich ihm erklärte, was Abby herausgefunden hatte, zog ich das Video auf meinen Computer. Abby beugte sich über meine Schulter, womit ich gerechnet hatte, weil sie sich genauso für Schatten und Gesichter der Vergangenheit interessiert wie ich. Ich spulte ein wenig vor, erklärte dem Mann meine Beobachtungen zu Dianas letztem Tag auf dieser Erde. Terrells letztem Tag als freier Mann.

„Haben Sie sich die Aufzeichnung nach Terrells Verhaftung angeschaut?“, fragte ich.

„Ja, wir haben sie gesehen. Sie bestätigte nur Chandlers Meinung. Untermauerte den Fall.“

„Ist Ihnen auch der Mann aufgefallen, der Terrell angesprochen hat? Der Mann mit den blonden Haaren?“

Sawyer klang verärgert. „Was meinen Sie?“

Ich erklärte, was ich auf dem Überwachungsvideo entdeckt hatte und sagte, ich glaubte, genau diesen Mann in den vergangenen Tagen gesehen zu haben.

„Wie heißt er?“

„Ich weiß nicht, wer er ist, aber es sieht auf dem Video so aus, als würde er Terrell einen Auftrag geben, und dann beobachtet er ihn.“

„Warten Sie ... hat Conley nicht bereits gestanden?“

„Das hat er, aber nur, damit die Transplantation für meinen Sohn genehmigt wird.“

„Und Sie versuchen jetzt, den Gouverneur zu überzeugen, seine Meinung zu ändern?“

„Detective, ich weiß nicht, was ich tue. Ich sage nur, was ich gerade entdeckt habe, und dieser Typ auf der Straße ist in meinen Augen suspekt.“

„Was hat er Ihrer Meinung nach denn zu Conley gesagt? Denken Sie, sowas wie: ‚Geh zu dem Mädchen, wenn sie aus dem Salon kommt, und sag ihr, dass du sie töten wirst‘?“

„Ich weiß nicht, was er zu ihm gesagt hat, aber er redete ziemlich lange mit Terrell. Das ist wirklich verdächtig.“

„Verdächtig bringt Sie an diesem Punkt nicht weiter, Mr Wiley. Während der Verhandlung oder vor ein paar Jahren hätte es vielleicht als neuer Beweis gegolten, aber jetzt wird es nur so aussehen, als greife jemand nach dem letzten Strohhalm.“

„Ich bin nicht sicher, dass er es getan hat, Detective."

Der Mann seufzte so tief, als hätte er gerade eine ganze Pizza verputzt. Moment mal, das war ja ich. *Ich* hatte die Pizza verdrückt.

„Haben Sie mit Terrell gesprochen?", fragte er. „Erinnert er sich an den Mann?"

„Er sagte, er erinnere sich nur an das, was an jenem Tag geschehen ist, weil er das Video gesehen hat."

„Zeigen Sie es ihm. Probieren Sie, ob das vielleicht seine Erinnerung weckt. Vermutlich müssen Sie sich an seinen Rechtsanwalt wenden, ihm die Beweise vorlegen. Aber ich schätze, dass Sie nichts erreichen werden, und Sie bringen vermutlich nur die Transplantation in Gefahr, wenn Sie etwas unternehmen."

„Eins noch. Kennen Sie jemanden, der für mich den Halter eines Wagens ermitteln kann?"

„Wiley, ich denke, es ist an der Zeit aufzugeben. Es tut mir leid, das sagen zu müssen."

Ich legte auf. Abby starrte auf den Bildschirm und behielt die Zeit im Blick. „Du musst das der Polizei übergeben. Seinem Rechtsanwalt. Dem Richter. Irgendjemandem."

„Wir haben gerade mit dem Ermittlungsbeamten gesprochen, der mit uns einer Meinung ist. Für Polizei und Staatsanwalt war das der Beweis für Terrells Schuld."

„Ja, aber ihnen ist diese Szene bestimmt nicht aufgefallen. Sie haben nicht genau genug hingeschaut. Und wenn die Polizei nicht tätig werden will, wende dich an den Gouverneur."

„Abby, Terrell hat gestanden. Er hat auf alle seine Rechte auf ein Gnadengesuch verzichtet."

„Und warum zeigst du mir das dann? Du kannst das doch nicht einfach zurückhalten."

„Du denkst, das hätte ich vor?" Ich stand auf, ging zum Fenster und blickte hinaus in unseren Garten. Die alte Schaukel stand noch da, die ich mit Beton im Boden verankert hatte.

Sie hatte sich zur Seite geneigt. Abbys Handabdrücke waren im Beton verewigt, Adrians auch. Schaukeln war so ziemlich das Einzige, was er tun konnte, und ich erinnere mich, ihn so sanft angestoßen zu haben, wie ich konnte, und an das Quietschen und Knirschen von Metall auf Metall.

Aus irgendeinem Grund musste ich an meinen Vater denken. Vielleicht weil ich mich daran erinnerte, wie ich im Dunkeln auf der Schaukel hinter unserem Haus saß. Wenn er sonntags betrunken nach Hause kam, ging er nach unten und schaute Fußball. Anschließend kam er nach oben. Ich lernte die Sonntage zu hassen. Doch dann wurden aus den Sonntagen auch Montage und fast jeder Tag der Woche war gut für einen Drink, und die Abwärtsspirale begann.

Obwohl ich mich bemüht hatte, es anders zu machen, war die Schaukel für mich ein Mahnmal meiner eigenen Fehler geworden. Nicht durch Drogen oder Alkohol hatte ich meiner Familie Schmerz bereitet. Ich hatte meiner Frau und meinen Kindern weh getan, indem ich mich in etwas anderes, genauso Schädliches geflüchtet hatte. In meine Arbeit. Meinen Ehrgeiz. Mich selbst. Und die Schaukel war die düstere Erinnerung an all das, was ich verpasst hatte, was ich geopfert hatte, um dem Ruhm hinterherzujagen. Und nun hockte ich allein in meiner Höhle, um eine Story zu schreiben. Wie bereits mein Vater war ich vor dem Schmerz geflohen, oder ich hatte ihn zumindest für eine Weile durch meine Arbeit und das Glücksspiel betäubt, aber am Ende hatte ich doch verloren, wonach ich eigentlich gesucht hatte.

„Was wirst du machen?“, fragte Abby.

Ich überlegte eine schlagfertige, humorvolle Antwort. Ich wollte sie mit stahlhartem Blick ansehen, wie man ihn in Anzeigen für Luxusautos oder teure Uhren sieht, und ihr versichern, dass alles gut werden würde. Aber das Einzige, das herauskam, als ich den Mund aufmachte, waren die Worte: „Ich weiß es nicht.“

# Kapitel 40

*6 Tage vor der Hinrichtung*

Abigail beobachtete, wie sich die Zeiger der Uhr der Neun näherten und warf einen Blick zurück in die leeren Kabinen und zu dem Mann, der noch einen Haarschnitt bekam. Nach der Szene in Tompkins' Wohnung hatte sie den Job eigentlich aufgeben wollen, doch eine innere Stimme sagte ihr, sie solle noch etwas länger durchhalten. Und natürlich war es auch gar nicht so übel, nebenher ein wenig Geld zu verdienen.

Tompkins war am Nachmittag gekommen, und sie überreichte ihm einen Stapel Telefonnotizen, darunter auch einen Zettel von ihr, auf dem stand: „Ich muss nach der Arbeit mit Ihnen reden." Er hatte sie über das Festnetz angerufen und sie ihre ganze Litanei herunterbeten lassen: „Ein wunderschöner Tag für einen Besuch im Schönheitssalon auf der Mane Street. Sie sprechen mit Cheryl; wie kann ich Ihnen helfen?"

„Ich habe deine Nachricht gefunden. Was ist los?"

„Ich muss mit Ihnen reden. Nach der Arbeit, wenn das in Ordnung ist."

„Sicher. Schließ ab, wenn alle weg sind, und dann komm nach hinten."

Schon bei der Art, wie er das sagte, drehte sich ihr der Magen um, doch sie verdrängte dieses Gefühl und half Dexter, die Haare vom Boden aufzufegen und die Stühle abzuwischen.

„Du brauchst mir nicht zu helfen", sagte Dexter.

„Ist mir klar. Ich kann hier fertig machen, wenn du möchtest."

Der Mann blickte sie an, als hätte sie ein drittes Auge auf der Stirn. „Echt?“

„Ja, alles prima. Geh nur.“

Diese Gelegenheit ließ er sich nicht entgehen. Sofort schnappte er sich seinen Rucksack und stürzte nach draußen.

Abigail schloss hinter ihm ab und drehte das leuchtende „Geöffnet“-Schild um. Dann schaltete sie das Radio aus, das auf einen Klassik-Rock-Sender eingestellt war. Sie knipste die Lichter aus, atmete tief durch und klopfte an die Bürotür.

„Komm rein“, forderte Tompkins sie auf. Er legte die Hand auf die Muschel des Telefonhörers und deutete mit dem Kopf zum Stuhl. Der Raum wurde durch eine kleine Tischleuchte mit einem grünen Lampenschirm spärlich erleuchtet.

„Okay, ich habe gerade jemanden hier. Vielleicht können wir später darüber reden.“

Er hatte das Telefon laut gestellt, vermutlich weil sein Gehör von dem hohen Lärmpegel im Club geschädigt war.

„Was kann ich für dich tun?“, fragte er, nachdem er aufgelegt hatte.

„Ich habe über Ihr Angebot nachgedacht. Sie sagten, ich könnte mehr tun als am Empfang zu arbeiten.“

„Bist du knapp bei Kasse oder auf der Suche nach einem Abenteuer?“ Er lehnte sich grinsend auf seinem Stuhl zurück. „Nach dem, was in meiner Wohnung geschehen ist, hatte ich den Eindruck, dass du kein Interesse hast.“

„Doch, ich bin interessiert“, erwiderte sie.

„Also gut. Es läuft folgendermaßen: Ich gebe dir einen Auftrag. Du erledigst ihn. Du stellst keine Fragen. Ich bezahle dich. Alle sind glücklich.“

„Wie oft?“

„Ich weiß nicht; wie oft möchtest du? Vielleicht einmal alle paar Wochen?“

„Und was bekomme ich dafür?“

„Anfangs gebe ich dir einen Hunderter. Ich schlage es einfach auf dein Gehalt drauf. Sobald du das nicht mehr willst, sag Bescheid, dann bist du draußen." Eine Pause. „Was ist?"

„Ich habe nur ... ich meine, ich kann das Geld gut gebrauchen, aber ich habe Bedenken wegen dieses Mädchens."

Er verdrehte die Augen. „Diana? Deswegen brauchst du dir keine Gedanken zu machen. Das war ein dummer Zufall. Der Kerl, der das getan hat, wird demnächst ins Gras beißen. Das hat nichts mit diesem Job zu tun."

Sie rutschte auf ihrem Stuhl ein Stück vor und machte ein besorgtes Gesicht. „An dem Abend im Club – da hab ich einen Mann gesehen. Ich habe diesen Typ schon mal irgendwo gesehen, aber ich weiß nicht, wo."

„Ein Mann? Schätzchen, im Club gibt es viele Männer. Du verstehst, was ich meine? Wie sah er denn aus?"

Sie gab Tompkins die Beschreibung des Mannes, die sie von ihrem Vater hatte, und behielt dabei Tompkins' Gesicht genau im Auge. Besonders betonte sie die langen, blonden Haare.

„Da klingelt nichts bei mir. Ich bin übrigens kein Freund von langen Haaren bei Männern."

„Er war mir unheimlich. Ich dachte, dass Sie ihn vielleicht kennen."

„Wenn du ihn noch mal siehst, zeig ihn mir doch. Wie wäre es übrigens, wenn du mich heute Abend begleitest? Wir könnten uns gemeinsam auf die Suche nach diesem geheimnisvollen blonden Mann machen."

„Wenn ich ehrlich bin, würde ich lieber einen dieser Aufträge übernehmen."

„Na ja, das geht nur, wenn gerade die Notwendigkeit besteht. Nach meinem Terminplan, nicht nach deinem."

„Ich verstehe", erwiderte sie.

Er blickte sie an, als wäre sie ein außergewöhnlich schön verpacktes Geschenk. „Was geht dir sonst noch durch den Kopf? Warum bleibst du so lange, anstatt nach Hause zu fahren? Da muss doch noch etwas sein." Sein Blick war wissend, einladend, verführerisch, und wieder drehte sich ihr der Magen um. „Na los, sag schon."

Abigail zuckte die Achseln. „Ich weiß nicht. Dieses Mädchen geht mir ständig im Kopf herum. Ich kann einfach nicht damit aufhören. An einem Tag arbeitet sie noch hier, ganz normal, und am nächsten ist sie schon tot, auf einem Schrottplatz vergraben."

Sein Telefon vibrierte, und er warf einen Blick auf das Display. „Du musst wirklich aufhören, in der Vergangenheit zu leben. Bist du etwa mit ihr verwandt oder so? Versuchst du, die Teile zusammenzubringen?" Er drückte einen Knopf auf seinem Telefon. „Ja? ... In Ordnung. Ich bin schon unterwegs."

Abigail erreichte vor ihm die Tür und trat hindurch. Sie spürte seinen Blick in ihrem Rücken. „Nein. Es ist nur so eine Geschichte, die mich einfach nicht loslässt."

Er ging an ihr vorbei zur Ladentür. Sie holte aus der obersten Schublade des Empfangstresens ein zerlesenes Notizbuch. „Ich lese gerade ihr letztes Tagebuch."

Er blieb abrupt stehen und drehte sich um. „Ihr was?"

Sie hielt es in die Höhe, damit er es sehen konnte. „Ich denke, vielleicht würde sich die Polizei dafür interessieren. Oder die Anwälte von Conley."

„Wo hast du das gefunden?"

Sie entzog es ihm und schaute nach draußen. „Haben *Sie* danach gesucht?"

„Nein, nicht ich. Kurz nach ihrem Tod hat sich jemand aus ihrer Familie mit mir in Verbindung gesetzt und wollte es haben. Wir haben an ihrem Arbeitsplatz nachgeschaut, aber in den Schubladen war es nicht. Zeig mal." Er streckte seine Hand aus. „Hör zu, es wurde eine Belohnung ausgesetzt. Vielleicht könntest du dir ein paar Dollar verdienen."

„Ihre Familie hat eine Belohnung ausgesetzt? Ihre Mutter ernährt sich doch sozusagen von Katzenfutter." Sie wich einen

Schritt zurück. „Welcher ihrer Angehörigen hat sich mit Ihnen in Verbindung gesetzt?“

„Ich weiß nicht mehr. Es war ein Mann. Kurz nachdem ihre Leiche gefunden wurde. Und dann noch mal vor ein paar Tagen.“

„Vor ein paar Tagen?“

„Ja. Ich bekam einen Anruf von einem Mann, der erklärte, sie wären nach wie vor auf der Suche nach diesem Tagebuch, und ob ich da helfen könnte. Ich sagte ihm, ich wüsste nichts von einem Tagebuch. Und jetzt tauchst du damit auf. Was soll das alles?“

„Was, wenn ich sage, dass alles drin steht? Was Sie getan haben. Und dass Sie Conley die Schuld in die Schuhe schieben wollten. Wie Sie sie für Ihre kleinen Botengänge benutzt haben.“

„Ich würde sagen, du bist verrückt, denn sie hat nie für mich gearbeitet außerhalb des ... Hey, was soll das alles?“ Er ging mit ausgestreckter Hand auf sie zu. „Gib mir dieses Tagebuch. Wenn du es hier gefunden hast, darfst du es nicht einfach behalten.“

Abigail umrundete den Empfangstresen und stürzte zur Ladentür. Tompkins folgte ihr. Sie steckte im Laufen das Notizbuch in ihre Tasche. Es war nicht Dianas Tagebuch, sondern ihr eigenes, das sie in der Mittelstufe geführt hatte. Ihr Vater hatte vorgeschlagen, sie sollten versuchen, ein Notizbuch, das sie gerade gekauft hatte, älter aussehen zu lassen, doch Abigail hatte eine bessere Idee gehabt.

„Wo hast du es gefunden?“

„Sagen *Sie* es mir“, erwiderte Abigail. „Vielleicht in Ihrem Safe?“

Sein Gesicht verzog sich ungläubig. „Jetzt redest du dumm daher. Warum sollte ich ihr Tagebuch in meinem Safe aufbewahren, wenn ich eine Belohnung dafür hätte kassieren können?“

„Sie haben recht. Sie hätten es nicht behalten; Sie hätten es vernichtet. Was wollen Sie verbergen, Tompkins? Warum haben Sie Diana Wright umgebracht?“

Tompkins sprang auf sie zu und packte ihren Arm. In diesem Augenblick zersplitterte Glas vor ihnen, und ein Ziegelstein landete auf einem Stuhl in der Nähe der Zeitschriften. Tompkins warf sich schützend die Arme vor das Gesicht, wobei er zwangsläufig ihren Arm loslassen musste. Abigail trat hinter den Tresen, während eine maskierte Gestalt davonrannte.

„Hey!“, schrie Tompkins. Er schloss die Tür auf und rannte nach draußen, wo er zur Verfolgungsjagd ansetzte.

Abigail folgte ihm, wandte sich aber schnell nach rechts und eilte davon. Ihr Wagen parkte in der Nebenstraße. Sie würde am verabredeten Treffpunkt auf ihren Vater warten. Ein paar Mal blickte sie zurück, um sich davon zu überzeugen, dass Tompkins ihr nicht folgte, dann begann sie zu rennen, mit klopfendem Herzen. Ein Lächeln umspielte ihre Lippen. Ihr Plan hatte funktioniert. Sie müsste die Aufnahme, die sie mit dem kleinen Recorder aufgezeichnet hatte, noch einmal anhören, aber sie war ziemlich sicher, dass sie nützlich sein würde.

Ihr Wagen parkte genau an der Stelle, die ihr Vater ihr genannt hatte, doch als sie ihn erreichte, hörte sie Schritte hinter sich und eine Stimme. Sie drehte sich um und sah eine Gestalt direkt hinter ihr, die sie zu Boden stieß. Metall blitzte im Licht der Straßenlaterne auf. Sie hob die Hände und schrie, und dann war der Angreifer verschwunden, zusammen mit ihrer Tasche und allem, was sich darin befand. Ihren Schlüsseln. Dem Tagebuch, das sie als Köder verwendet hatte. Und ihrem Portemonnaie mit ihren Ausweisen und Karten.

Sie rappelte sich hoch, während die Gestalt zu einer Straßenlaterne rannte. Der Typ hielt vor einem Mülleimer an, nahm etwas aus der Tasche und stopfte sie dann in den Abfalleimer. Das Letzte, das Abigail von dem Mann sah, waren die blonden Haare, die ihm über den Rücken fielen.

# Kapitel 41

Ich stand auf dem Gehweg, einem *Subway*-Restaurant gegenüber, schwitzte wie ein Schwein, keuchte wie ein Hund und roch ein wenig nach beidem. Während ich darauf wartete, dass die Polizei angerast kam, machte ich mir Sorgen um Abby und fragte mich, wo sie wohl steckte. Aus meiner Sicht war der Plan gelungen. Ich hatte keine Ahnung, wie das Gespräch gelaufen war, aber als sie das Tagebuch hervorgeholt hatte, kippte Tompkins' Blatt. Wie ich angenommen hatte, war er mir hinterhergerannt. Doch bei seinem Übergewicht würde er sehr bald aufgeben, und Abby würde verschwinden können, hatte ich gedacht. Doch ich war erstaunt gewesen, wie viel Ausdauer er an den Tag legte, und es gelang ihm sogar, den Abstand zwischen uns zu verringern. Je näher er kam, desto heftiger klopfte mein Herz, desto mehr begann ich zu keuchen. Schließlich hatte er mich fast eingeholt und schnaufte wie ein Güterzug.

Zum Glück für mich bekam er einen Wadenkrampf und musste stehen bleiben. Ich wurde langsamer. Er zog sein Handy hervor, und ich rannte wieder los, sprintete um eine Ecke, warf die Skimaske weg, die ich mir besorgt hatte, und machte mich auf den Weg zum Treffpunkt. Als Abby nach einer ganzen Weile immer noch nicht aufgetaucht war, wäre ich am liebsten zu ihrem Wagen zurückgelaufen, doch angesichts der kreischenden Sirene und der pulsierenden roten und blauen Lichter duckte ich mich lieber in den Schatten. Schließlich überquerte ich die Straße, um mir im *Subway* etwas zu trinken zu kaufen.

Einige Minuten später tauchte Abby auf, zeigte mir den durchgeschnittenen Riemen ihrer Handtasche und beschrieb den Mann, der sie zu Boden gestoßen hatte. Sie hatte eine hässliche Schürfwunde an der Wange. Jetzt waren wir wirklich ein besonders adrettes Pärchen. Die Rasierklinge hätte gut auch gegen sie gerichtet sein können statt gegen den Riemen ihrer Handtasche, und diese Tatsache ließ mich frösteln.

Wir verließen den Stadtteil, und ich dachte über das Geschehene nach. Der blonde Mann und Tompkins mussten wohl zusammenarbeiten. Aber vielleicht auch nicht. Vielleicht hatte der blonde Mann den Salon genauso aufmerksam beobachtet wie ich. Und den Club ebenfalls.

Abby bog auf einen leeren Parkplatz ab. Der dazugehörige Laden schien bereits vor einer Weile geschlossen worden zu sein. Der perfekte Ort für ein Vater-Tochter-Gespräch. Sie erzählte mir von ihrem Gespräch mit Tompkins und wie sie versucht hatte, ihm mehr Informationen über Diana zu entlocken, aber dass er nicht angebissen hätte.

„Er ist ein Lügner und Drogendealer und ein Betrüger; daran besteht kein Zweifel“, sagte sie. „Aber einige seiner Antworten ... Ich weiß nicht. Entweder ist er ein richtig guter Schauspieler, oder er weiß wirklich nichts über Diana.“

„Irgendwie hängt er mit drin“, meinte ich.

Sie spielte mir die Aufnahme des ganzen Gesprächs vor, bis zu der Stelle, als der Stein durch das Schaufenster flog. Sie wollte das Gerät schon abschalten, doch ich bat sie, es weiterlaufen zu lassen. Auf ihrer Flucht hatte sie die Aufnahme nicht unterbrochen. Man hörte ihren keuchenden Atem. Ich war froh, dass ich keine Aufnahme von mir selbst hatte, nachdem ich den Stein geworfen hatte. Der Ton war gedämpft und rasselte in Abbys Handtasche, doch als sie sich umdrehte, ertönte die Stimme eines Mannes. Ich schnappte mir den Recorder, um diesen Teil noch einmal abspielen zu lassen, und erwischte den falschen Knopf, der die Aufnahme wieder zum Anfang zurückspulte. Abby verdrehte die Augen und suchte die Stelle, an der die Stimme zu hören war.

„Noch mal“, bat ich sie.

Sie spielte es noch einmal ab.

„Er sagte: ‚Abigail‘. Er kennt deinen Namen.“

„Das ist unheimlich“, meinte Abby. „Tompkins habe ich einen falschen Namen genannt, woher kennt dieser blonde Mann meinen richtigen?“

„Vielleicht wissen sie mehr, als wir denken. An dem Tagebuch war er jedenfalls außerordentlich interessiert.“

„Vielleicht steht etwas drin, das ihn belastet – was die Vorgänge im Frisiersalon betrifft. Alle, die dort arbeiten, wissen, dass da noch viel mehr hinter den Kulissen geschieht.“

„Da fragt man sich doch, warum er bisher noch nie erwischt wurde.“ Ich strich mir durch meine Haare und stellte mir die möglichen Szenarien vor. „Vielleicht hat sie ihm gedroht. Er hat sie dazu gebracht, Botengänge für ihn zu übernehmen, und dann hat sie Angst bekommen und ihm gesagt, dass sie zur Polizei gehen würde.“

„Was Sinn machen würde, da er ja gesagt hat, sie sei prüde gewesen. Aber was ist mit diesem Mann mit den blonden Haaren?“

„Vielleicht hat Tompkins ihn angeheuert, ihr zu folgen und dafür zu sorgen, dass sie nicht zur Polizei ging. Er konfrontiert sie, und plötzlich eskaliert die Situation.“

„Aber warum haben sie sich so viel Mühe gemacht, den Mord Conley in die Schuhe zu schieben?“, fragte Abby. „Und der Blonde war schon da draußen, noch bevor sie überhaupt ermordet wurde.“

„Ja, und warum treibt er sich nach all diesen Jahren immer noch hier herum? Im Club, und auch heute Abend hat er dich beobachtet.“

Abby legte die Hand auf meine Schulter. Entsetzen zeigte sich in ihrem Gesicht. „Dad, dieser Wagen bei unserem

Haus … vielleicht hat jemand eine Wanze installiert. Vielleicht werden wir abgehört."

Ich blickte sie ausdruckslos an. „Meine Post können sie ruhig lesen. Vielleicht übernehmen sie ja einige der Krankenhausrechnungen. Wir haben es hier nicht mit einer großen Verschwörung zu tun. Hier geht es um einen kleinen Kriminellen, der seine Spuren verwischen will." *Das hoffe ich zumindest.*

„Mord ist kein geringfügiges Verbrechen, und es ist auch kein geringfügiges Verbrechen, den Mord einem Unschuldigen in die Schuhe zu schieben. Falls Conley hingerichtet wird, gehen zwei Todesfälle auf deren Konto."

Sie hatte nicht ganz unrecht.

„Was sollen wir machen?", fragte sie.

„Wenn wir diesen Mann mit den blonden Haaren aufstöbern, der deinen Namen kennt, haben wir es mit der scharfen Rasierklinge zu tun."

„Wenn er es riskiert, wegen dem, was er für das Tagebuch hält, aus seinem Versteck zu kommen, dann hat er Angst vor dem, was drinsteht. Dad, was ist, wenn die Polizei in die Sache verwickelt ist? Was wenn einer der Beamten das Tagebuch gefunden und einfach unterschlagen hat?"

Ich verdrehte die Augen. „Und das Motiv?"

„Geld. Vielleicht sind sie von Tompkins bezahlt worden."

„Du hast zu viele Filme über böse Polizisten gesehen. Nicht alle Polizisten sind sauber, aber-"

Abby schnippte mit den Fingern. „Warte! Du hast gesagt, Diana hätte auf dem Video immer wieder über die Schulter zurückgesehen. Vielleicht hat sie durch das Schaufenster den Mann mit den blonden Haaren auf der Straße entdeckt? Vielleicht hat ihr das Angst gemacht, und sie hat das Tagebuch versteckt, bevor sie den Salon verlassen hat."

„Wanda sagte, sie sei an diesem Tag sehr aufgeregt gewesen, aber sie dachte, Conley sei die Ursache dafür gewesen. Aber wenn sie den blonden Mann gesehen hat …"

„Auf der Überwachungsaufnahme ist er deutlich zu erkennen. Und wenn sie Angst gehabt hat, dann hat sie es vielleicht wirklich im Salon versteckt."

„Warum?"

„Um aus dem Grab zu reden. Um allen zu erzählen, wer sie ermordet hat."

„Das ist aber eine ziemlich gewagte Annahme."

„Ich jedenfalls hätte mich so verhalten."

„Nun, aber da ist leider kein Tagebuch."

„Woher wissen wir das?"

„Abby, es sind – entschuldige bitte, Abigail –, es sind viele Jahre vergangen. Alles, was sie vielleicht in den Schubladen oder einem Geheimfach versteckt hatte, ist längst verschwunden."

„Aber denk doch nur mal nach. Wenn du Beweismaterial sichern wolltest, wo würdest du es verstecken? Direkt vor die Nase des Typen, dem es am meisten schaden würde. Richtig?"

„Nein, ich hätte es in einem versiegelten Umschlag an meine Mutter geschickt mit dem Vermerk: ‚Im Falle meines vorzeitigen Todes öffnen'. Aber das bin eben ich."

„Dad, das Tagebuch ist in Tompkins' Büro. In irgendeinem Aktenschrank versteckt, mit Klebeband unter seinem Schreibtisch befestigt, hinter einem Bücherregal verborgen – ich weiß nicht wo, aber es ist da."

„Nun, es sollte keine allzu große Mühe machen, hineinzukommen, nachdem wir das Schaufenster zerbrochen haben und die Polizei dort herumschwirrt."

„Wir müssen zurückfahren."

*Gute Idee. Lass mich noch eben meine Skimaske suchen.* „Das ist verrückt. Wir werden uns nicht mal in die Nähe dieses Salons wagen."

„Dad, wir werden etwas finden."

„Vielleicht, aber nicht heute Abend. Bring mich nach Hause."

„Nein, ich fahre zurück."

„Abby, du brauchst nichts mehr zu beweisen. Lass uns fahren."

Sie lächelte. Zum ersten Mal entdeckte ich eine Art Befriedigung in ihren Augen, als hätte sie die Spitze eines Berges endlich erklommen.

# Kapitel 42

Abby parkte in der Nähe der Stelle, wo ich ihren Wagen früher am Abend abgestellt hatte. Sie hatte einen Dickkopf und war bereit, ihrem Instinkt zu folgen. Unglücklicherweise genau wie ihr alter Herr.

Einige der Straßenlaternen surrten und flackerten. Die gegenüberliegende Straßenseite lag in beinahe vollkommener Dunkelheit. Wir überquerten die Straße und machten uns auf den Weg zum Salon, tasteten uns vorsichtig über den unebenen Bürgersteig. Ein Polizeiwagen parkte davor, und quer über das zerbrochene Schaufenster war ein gelbes Band gespannt.

„Kann man von einem Stein Fingerabdrücke nehmen?", fragte ich.

„Du hättest dir mit der Skimaske auch noch Handschuhe besorgen sollen", meinte Abby.

„Lass uns hier verschwinden."

„Nein, warte. Ich könnte den Taschendiebstahl melden und der Polizei eine Beschreibung des Täters geben."

„Wenn Tompkins da ist, wird er dafür sorgen, dass du verhaftet wirst."

„Das soll er mal versuchen. Ich werde behaupten, er hätte versucht, mich zu vergewaltigen. Die Polizei wird mir glauben."

Es gab keinen Weg, diesem Mädchen etwas auszureden, trotzdem versuchte ich es noch einmal.

„Dad, das könnte meine letzte Chance sein, in diesen Salon hineinzukommen. Er wird die Schlösser auswechseln und mich rausschmeißen."

„Gut. Ich möchte auch nicht, dass du noch mal hingehst."

Sie blickte mich an mit jenem Blick, den die meisten Frauen in meinem Leben mir in kritischen Momenten zugeworfen haben. Alle, von meiner Mutter bis hin zu Abby, haben bei den Dingen, die wichtig waren, die richtigen Entscheidungen getroffen. Leider habe ich das erst jetzt erkannt.

„Soll ich deine Tasche halten?", fragte ich. Es war eine stumme Billigung ihres Plans.

„Das passt nicht zu deiner Skimaske. Außerdem brauche ich sie." Sie ging zum Salon, drehte sich noch einmal um und flüsterte: „Bleib in Deckung."

Ich hockte mich hinter einen alten Pontiac, dessen Stoßstange von einem Drahtbügel und einem Gebet zusammengehalten wurde. Das rechte Bremslicht bestand aus einem Stück roten Klebebandes. Ich beobachtete, wie Abby mit wippenden Haaren die Straße überquerte. Sie klopfte an die Scheibe und winkte. Ein Polizeibeamter kam heraus und schob sie in den Salon. Das Licht war eingeschaltet, darum konnte ich gut erkennen, wie sie miteinander redeten. Abby gestikulierte, beugte sich vor und deutete auf ihre Stirn, zeigte ihm die Tasche. Tompkins hielt sich außerhalb meines Blickfeldes, aber ich sah seinen Schatten, der sich bewegte.

Ich konzentrierte mich so auf die Szene in dem Frisiersalon, dass ich die Schritte hinter mir nicht wahrnahm. Allerdings hätte der Geruch mich alarmieren müssen.

„Entschuldigen Sie, Sir", sagte ein Mann mit hoher, rasselnder Stimme. Meine Augen hatten sich mittlerweile an das Mondlicht und den Dunst der Stadt gewöhnt, und als ich mich umdrehte, sah ich seinen grau melierten Bart, der mit etwas Rotem oder Schwarzem besudelt war. Er trug mehrere Schichten Kleidung, zu viel für den lauen Abend. Seine Schuhe, falls man sie denn so nennen konnte, sahen nur wenig besser aus als die Rückfront des Pontiac. Ich war froh, dass es nicht der blonde Mann mit der Rasierklinge war.

„Entschuldigen Sie, Sir“, wiederholte er.

Ich habe noch niemals etwas Gutes erlebt, nachdem jemand diese drei Worte an mich gerichtet hat. In der Regel führen sie dazu, dass ich entweder weggehe und Schuldgefühle habe oder der Person etwas Geld gebe und mich genauso schuldig fühle, weil ich die Bettelei unterstütze.

„Verschwinden Sie einfach“, sagte ich ruhig, aber mit fester Stimme.

Er hob ergeben die Hände. „Ich will Ihnen nichts tun. Ich will Ihnen bestimmt nichts tun. Ich bewundere nur die hübsche kleine Dame, die in Ihrer Begleitung ist. Es muss schön sein, so einen heißen kleinen Feger zu haben.“ Er hustete verschleimt, ohne den Mund zu verdecken.

„Gehen Sie weiter, mein Freund“, sagte ich und legte so viel Autorität in meine Stimme, wie ich aufbringen konnte.

Er nickte, dann wanderte sein Blick zum Salon hinüber. Am liebsten wäre ich seinem Blick gefolgt, aber ich wollte ihn nicht aus den Augen lassen.

„Ich frage mich, was da wohl los ist“, sagte er laut. „Sieht nicht gut aus, was da drüben geschieht. Polizei und all das. Sieht gar nicht gut aus.“

„Seien Sie doch bitte still!“, sagte ich.

„Sicher, sicher. Muss sowieso weiter. Sie haben nicht zufällig etwas Kleingeld, oder, Sir? Ich will nur ein wenig Kleingeld.“

Ich steckte die Hand in meine Tasche und warf einen schnellen Blick zum Salon hinüber. Abby war immer noch drin. Wenn ich in diesem Augenblick eine Zwanzigdollarnote gehabt hätte, hätte ich sie als Investition betrachtet, um den Mann endlich zum Schweigen zu bringen. Doch ich hatte nur noch das Wechselgeld von dem Getränk im Subway.

„Das ist alles, was ich habe; und jetzt halten Sie bitte den Mund und lassen Sie mich in Ruhe, okay?“

Er nahm das Kleingeld in seine schmutzige Hand und schnaubte. Im Ernst, der Mann schnaubte, als hätte ich ihn aufgefordert, in Elefantenmist nach Pennys zu suchen. „Mann, wenn das alles ist, was du hast, dann behältst du das besser“, murmelte er. Und mit lauterer Stimme sagte er: „So weit ich weiß, ist dies ein freies Land, und ein Mann kann stehen, wo er will.“

„Sehen Sie, das da drüben ist meine Tochter. Sie hat Geld in ihrer Tasche. Wenn Sie ein Stück weitergehen, dann verspreche ich Ihnen ...“ Die Worte brachten irgendwo in meinem Inneren eine Saite zum Klingen.

„Dann versprechen Sie mir was?“, rief er. Bleckte die Zähne. Die Augen traten hervor.

„Mir ist gerade etwas klargeworden.“ Ich erhob mich. Er wich ängstlich zurück, wie ein Kind, das einen tollwütigen Hund am Schwanz gezogen hat. Seine wässrigen Augen verrieten ihn als das, was er war, ein verängstigter, alkoholabhängiger Mann auf der Straße, der von einem anderen Süchtigen Geld haben wollte.

„Danke“, sagte ich und klopfte ihm auf die Schulter. Die Berührung löste etwas in ihm aus. Wie oft war er wohl in den letzten Jahren von einem anderen Menschen berührt worden? Wie viele Menschen hatten stattdessen die Straßenseite gewechselt, um seinem Anblick oder Geruch oder seinen Schimpftiraden zu entkommen?

„Danke“, wiederholte ich und meinte es ernst.

„Nun, wenn ich Ihnen so geholfen habe, warum geben Sie mir dann nicht einfach einen Fünfer, dann sind wir quitt.“

„Warten Sie unten an der Ecke“, forderte ich ihn auf. Ich konnte kaum glauben, was ich sagte. „Wenn meine Tochter herauskommt, bringe ich Ihnen einen Fünfer. Gehen Sie jetzt sofort, dann mache ich zehn daraus.“

„Ein Zehner wäre gut. Der würde seinen Zweck erfüllen.“

„Dann gehen Sie.“

„Sie versprechen es? Wirklich?“

„Hand aufs Herz“, beteuerte ich.

Er schlurfte davon, murmelnd und gestikulierend. Ich hockte mich wieder hin und rückte weiter nach rechts, um die Szene, die sich im Salon abspielte, weiter beobachten zu können. Von Abby keine Spur mehr, doch der Polizeibeamte und Tompkins standen vorne am Empfangstresen und waren in ein lebhaftes Gespräch vertieft.

„Und vergessen Sie nicht, es mir zu bringen", rief der Betrunkene und schlurfte weiter.

Der Polizeibeamte wurde auf die Bewegung aufmerksam und blickte durch das Fenster dem Mann hinterher, konzentrierte sich dann aber wieder auf sein Gespräch. Der Betrunkene taumelte gehorsam zur Ecke, kopfschüttelnd und vor sich hin brummelnd. Autos fuhren auf der Straße an ihm vorüber. Er winkte ihnen zu, dann mir, sagte etwas, das mit den Worten endete: „... Sie haben es versprochen!"

Ich sagte Ihnen ja, dass die Worte „Entschuldigen Sie, Sir", nichts Gutes verheißen. Aber gerade war meine Behauptung widerlegt worden. Es war doch etwas Gutes herausgekommen.

Abby tauchte wieder im Salon auf, und Tompkins wandte ihr seine Aufmerksamkeit zu. Der Polizeibeamte trat näher an sie heran, als wolle er sie schützen. Sie deutete zur Straße, zum Schaufenster, dann hielt sie die Hände in die Höhe. Sie zeigte dem Beamten ihre Tasche und ihre Stirn. Kurz darauf verließ sie den Salon und ging auf ihren Wagen zu, ohne mir auch nur einen Blick zu schenken.

Ich rannte zum Wagen und sprang hinein, als Abby den Motor anließ. „Hast du eine Zehndollarnote?"

Sie blickte mich an, als hätte ich gerade verkündet, ich hätte beschlossen, Benediktinermönch zu werden.

„Ich brauche sie für den Mann da hinten. Er hat mir geholfen, etwas zu begreifen."

„Ich habe etwas Besseres als das", sagte sie und holte ein altes, feuchtes Notizbuch mit Stockflecken aus ihrer Tasche und hielt es in die Höhe. „Ich habe es gefunden."

Ich starrte sie verblüfft an. Sie fuhr los. Der betrunkene Mann rannte hinter uns her, brüllend und schreiend, Arme schwenkend und einen Schuh zurücklassend. „Sie haben es versprochen!"

Einen halben Straßenzug weiter bat ich sie anzuhalten. „Hast du etwas Bargeld?"

Sie reichte mir einen Zwanziger, und ich bat sie, zurückzusetzen. Ich hielt den Geldschein in die Höhe, zeigte ihn dem Mann und klemmte ihn unter den Scheibenwischer eines geparkten Autos.

„Das ist es!", schrie der Mann, während er auf mich zu rannte. „Ich wusste, Sie würden Wort halten."

Ich sprang wieder ins Auto, und Abby fuhr davon.

# Kapitel 43

Ich hielt das Notizbuch im Arm wie ein heiliges Artefakt, das Jahrhunderte lang verschollen gewesen war. Ein Stück von Dianas Kreuz, sozusagen. Ich wollte es nicht aufschlagen, konnte aber nicht anders, als es auf der Heimfahrt im Dunkeln bereits durchzublättern. Die gewellten Seiten knisterten und gaben einen muffigen Geruch ab.

„Wie hast du ...? Wo ...?“

Abby hielt den Blick auf die Straße gerichtet, griff aber herüber, nahm mir das Notizbuch ab und legte es wieder auf ihren Schoß. „Ich habe von dem Taschendiebstahl berichtet und eine Beschreibung des Täters gegeben. Ich erklärte dem Polizisten, dass Tompkins und der Kerl sich meiner Meinung nach kennen würden, aber er hat das natürlich abgestritten. Er behauptete, ich hätte das alles nur erfunden.“

„Wie hat der Polizeibeamte reagiert?“

„Er meinte, ich solle Anzeige erstatten. Das würde ich tun, antwortete ich. Ich blickte Tompkins direkt an und sagte, der Mann hätte meinen Geldbeutel und mein Handy nicht angerührt, aber ein Notizbuch gestohlen.“

„Wie hat Tompkins reagiert?“

Sie zuckte die Achseln. „Das schien ihn nicht zu tangieren, aber wer weiß. Wie auch immer, ich wollte nachdenken, darum fragte ich, ob ich mal die Toilette benutzen könnte. Ich ging nach hinten, verschloss die Tür, setzte mich und schloss die Augen.“

Ich mache das auch oft, aber in diesem Augenblick behielt ich das lieber für mich.

„Ich versuchte mich in Dianas Situation hineinzuversetzen. Sie hatte große Angst, dass jemand ihr etwas antun wollte. Sie hatte irgendein Geheimnis. War vielleicht etwas paranoid. Sie hatte Dinge aufgeschrieben, die sie nicht hätte zu Papier bringen dürfen. Sie wollte nicht, dass jemand das Tagebuch fand; sie wollte es an einem Ort verstecken, wo niemand nachschauen würde, und es sich später wieder holen."

„Wo?"

„Der Fußboden in der Toilette wurde ein Stück angehoben. Die Decke in diesem Gebäude ist sowieso ziemlich niedrig, und da der Boden noch ein Stück höher gelegt wurde, fühlt man sich darin ziemlich beengt. Ich schaute mir die Deckenfliesen an – übersät mit Wasserflecken, zum Teil gerissen und lose. Aber die Fliese unmittelbar oberhalb der Toilette stand ein wenig hoch. Und ich dachte, wenn ich Angst hätte, würde ich vermutlich hier verstecken, was mir besonders wertvoll wäre. Also habe ich mich auf die Toilette gestellt, die Fliese hochgedrückt und hineingegriffen."

„Du solltest niemals in ein dunkles Loch greifen."

„Glaube mir, ich hätte es am liebsten nicht getan. Zuerst ertastete ich nur Spinnweben und Feuchtigkeit. Doch als ich mir die andere Seite vornahm, bin ich darauf gestoßen."

„Hast du schon darin gelesen?"

„Nur so viel, um mich davon zu überzeugen, dass es ihres ist. Der Wasserschaden hat vieles unleserlich gemacht. Mir war klar, dass ich nun schleunigst verschwinden musste. Als ich herauskam, unterhielten sich der Polizist und Tompkins gerade über einen Betrunkenen auf der Straße."

„Er hat mich um Geld angebettelt. Aber dabei ist mir etwas klargeworden."

Sie warf mir einen schnellen Seitenblick zu, denn immerhin saß sie am Steuer.

„Es ist doch so, dass Betrunkene jeden um Geld oder anderes anbetteln. Sie folgen dir, bis sie bekommen, was sie wollen.

Mir fiel auf, dass das auf dem Überwachungsvideo nicht geschehen ist. Der blonde Mann folgte Terrell. *Er* war der Initiator."

„Du meinst, er hat Terrell auf Diana angesetzt?"

„Ich bin sogar sicher. Und vielleicht erzählt uns das Tagebuch ja auch, warum."

Mein Handy vibrierte. Es war Ellen. Doch als ich mich meldete, war es nicht ihre Stimme. „Mr Wiley, wie nett, Sie endlich kennenzulernen."

Ein ausgeprägter osteuropäischer Akzent. Geräusche im Hintergrund – vielleicht das „Pling" eines Aufzugs? Oder eine Ansage?

„Wer spricht da?"

„Ich bin der Mann, der im Bilde ist über die Schwärmerei Ihrer Tochter für ... wie hieß er noch gleich? Tommy Spence?"

„Wer ist das, Dad?", fragte Abigail.

Ich deckte die Muschel ab und fragte mich, ob ich Abby verraten sollte, dass der Kerl mit Ellens Handy telefonierte. „Unser Freund hat dein Notizbuch gelesen. Hast du wirklich für Tommy Spence geschwärmt?"

„Der blonde Mann?", flüsterte sie und hielt am Straßenrand an.

Ich nickte und formte mit den Lippen die Worte: „Fahr weiter zum Krankenhaus."

„Das ist alles ja wirklich höchst interessant", fuhr der Mann fort. „Ich gebe Ihrer Tochter eine Eins für ihre Handschrift. Aber leider ist dies nicht das Buch, was sich angeblich in ihrem Besitz befindet."

Manche Menschen machen dicht, wenn sie Angst haben. Andere schreien. Bei mir ist es so, dass der Sarkasmus übernimmt. „Hören Sie zu, Igor – es ist doch okay, wenn ich Igor zu Ihnen sage, oder? Ich nehme an, Ihren richtigen Namen möchten Sie mir nicht nennen."

Er grunzte nur.

„Gut, Janko. Erstens: Ich weiß gar nicht, wie Sie auf den Gedanken kommen, dass sich etwas Bestimmtes in unserem Besitz befindet, es sei denn, Sie haben eine Wanze im Frisiersalon installiert. Oder Sie arbeiten mit Tompkins zusammen. Hat er mit Ihnen gesprochen?"

„Das denken Sie?" Es lag Hohn in seiner Stimme.

Ich hasse Hohn in der Stimme eines bösartigen Menschen. Vor allem in der Stimme eines Menschen, der im Besitz des Handys meiner Frau ist und meine Tochter überfallen hat.

„Ich bin neu in diesem Metier, Waczek. Meine Aufgabe ist es, die Geschichte eines Mannes zu erzählen, dem die Schuld an einem Verbrechen, das er nicht begangen hat, in die Schuhe geschoben wurde."

„Sie haben keine Ahnung, was Sie da tun." In seiner Stimme lag ein Anflug von Mitleid. „Sie haben keine Ahnung, in welche Gefahr Sie sich und Ihre Familie bringen."

„Das klingt wie eine Drohung, Jaroslaw. Wie sind Sie an das Handy meiner Frau gekommen?"

„Die Tasche Ihrer Tochter aufzuschlitzen war kein Problem. Ich hätte ihr Gesicht zerschneiden sollen. Sie sind ein kluger Mann. Sie wissen, wenn Sie zu tief drinstecken."

„Erleuchten Sie mich, Andreij. Wo stecke ich drin?"

„Der Zustand Ihres Sohnes ist ziemlich kritisch. Wenn Sie diese Sache nicht aufgeben, wird er die Transplantation nicht mehr erleben. Und Ihre Frau wird ebenfalls die Konsequenzen zu tragen haben."

Ich überlegte, ihm zu erzählen, dass wir das richtige Tagebuch gefunden hatten. Ich überlegte, ihm mit einem Igelhaarschnitt im Salon zu drohen. Ich überlegte, ob ich mein Fenster herunterdrehen und mich übergeben sollte, weil mein Magen das am liebsten getan hätte. Aber stattdessen schwieg ich.

„Dies ist die letzte Warnung", fuhr er fort. „Wenn Sie dieser Spur weiter folgen, dann wird Ihr Leben noch schwieriger werden, als es bereits ist. Ihre Schulden haben sich gerade erhöht."

Dieser Kerl wusste viel mehr, als mir lieb war. Ich wappnete mich innerlich, denn wir hatten das Krankenhaus schon fast erreicht.

„Vielen Dank, dass Sie sich um uns Gedanken machen, Pjotr. Das weiß ich sehr zu schätzen. Allerdings muss ich sagen, dass Sie auf dem Überwachungsvideo mit Terrell wirklich sehr telegen wirken. Ich glaube nicht, dass der Polizei oder Terrells Verteidiger das damals aufgefallen ist. Ihre Haare waren noch ein wenig kürzer, aber der großspurige Gang ist noch derselbe. Helfen Sie bei der Farbe jetzt ein wenig nach? Oder haben Sie vielleicht Extensions machen lassen?"

Ich spürte seinen Zorn durch das Telefon, was gut war. Ich wollte, dass er Emotionen zeigte. „Sie sind ein Narr, Wiley."

Ich wollte großspurig sein und etwas sagen wie: „Sie und Tompkins werden für das bezahlen, was Sie Diana angetan haben", aber mir waren der Heldenmut und die osteuropäischen Vornamen ausgegangen.

Der Anruf wurde unterbrochen, und Abby ließ mich am Eingang der Notaufnahme aussteigen. Ich sah mich um, rannte durch die Flure und Korridore, dann zum Aufzug und fuhr in den achten Stock. Ellen saß nicht im Warteraum. Mit klopfendem Herzen eilte ich zu Adrians Zimmer. Mein Atem ging noch mühsamer als vor einigen Stunden, als ich auf der Flucht vor Tompkins gewesen war.

Ellen saß nicht an Adrians Bett. Sein Zimmer war verdunkelt. Die Monitore und Maschinen machten Überstunden, um ihn am Leben zu erhalten. Sein Gesicht war aschgrau, leblos und eingefallen. Ich legte sanft meine Hand auf seine Brust, gerade so fest, dass ich spürte, wie sie sich bewegte. Vielleicht hauchte ich ein Gebet. Vielleicht war die Berührung mein Gebet. Er rührte sich nicht, und ich hatte mich gerade umgedreht, um sein Zimmer wieder zu verlassen, als mein Blick auf etwas fiel.

Auf dem Bett neben Adrians Hand lag Ellens Handy.

# Kapitel 44

Obwohl ich es am liebsten nicht getan hätte, erzählte ich Ellen von dem Mann, der sich ihr Handy ausgeliehen hatte. Sie wurde blass, als sie hörte, wo ich es gefunden hatte. Sie versuchte, ihre Schritte genau nachzuvollziehen und zu überlegen, ob sie ihn vielleicht gesehen hatte. Die Vorstellung regte sie sehr auf, und ich beruhigte sie, der Mann wolle nur, dass wir still halten. „Er ist wie der große böse Wolf, der viel Wind macht und droht, unser Haus umzupusten."

„Aber vergiss nicht, wie diese Geschichte endete", sagte Ellen. „Er fraß zwei der Schweinchen."

Schlechte Analogie.

Sie blickte mich neugierig an. „Das bedeutet, dass du auf etwas gestoßen bist. Jemand hat Angst bekommen."

„Ich weiß nicht, was das bedeutet, aber ich kann jetzt nicht einfach aufhören."

Sie nickte und nahm mich zitternd in den Arm.

Vom rein literarischen Standpunkt war es nicht gerade das Tagebuch der Anne Frank. In der Rechtschreibung hätte Diana höchstens eine Drei bekommen. Sie offenbarte wenig über ihr Seelenleben und ihre inneren Kämpfe; ich konnte nicht entdecken, was sie zu der Person machte, die sie war, nichts über ihre Hoffnungen, Ängste und Verluste. Ihre Einträge waren Beobachtungen und Listen von Dingen, die sie getan hatte, die sie noch zu tun hatte, und sie beschrieb ab und zu, wie sehr manche Kunden sie ärgerten. Aber sie gab auch manche Dinge preis, zeigte Kreativität, ging gelegentlich auch in die Tiefe.

Natürlich war nie vorgesehen gewesen, dass andere Leute ihre Einträge lasen, und da an vielen Stellen die Schrift wegen der Wasserflecken und des Schimmels nicht mehr lesbar war und manche Seiten zusammenklebten, drang ich gefühlt nicht allzu sehr in sie. Doch kleine Bruchstücke aus ihrem Leben boten Einblick in ihre glücklichen Momente und ihre Furcht.

*4. März*

*Habe CT heute getroffen. Hatte einen freien Tag im Salon, und wir konnten ungestört zusammen sein. Unsere Beziehung entwickelt sich, aber er sagt, wir sollten es noch geheim halten. Ich kann den Tag, an dem wir unsere Liebe nicht mehr zu verstecken brauchen, kaum erwarten. Eines Tages wird es so sein, und ich freue mich schon darauf, welche Freiheiten wir dann haben werden.*
*Er sagt [mehrere Zeilen unlesbar]. Ich gebe mir Mühe, auf mein Herz zu hören, bis das alles gut wird. Einerseits fühle ich mich deswegen sehr schlecht, und sollte es bekannt werden, wird sehr viel darüber geredet werden. Ich weiß, es ist falsch, aber ich kann nicht anders.*

Allein schon beim Lesen dieser Zeilen wurde mir übel, was in letzter Zeit häufig geschah. Angesichts der Anspannung und Unsicherheit und der dichten Wolken über meinem Leben in beziehungsmäßiger, emotionaler, physischer und finanzieller Hinsicht wäre ich am liebsten in die Apotheke gerannt, um mir eine Medizin zu holen, die meinen Magen beruhigte und mir gleichzeitig einen anständigen Nachtschlaf bescherte.

Nach einem schnellen Anruf bei Oleta gestattete sie uns, den alten Kopierer in ihrem Büro zu benutzen, um die lesbaren Seiten zu kopieren. Abby fuhr mit dem Tagebuch hin, verriet Oleta aber nicht, was wir gefunden hatten, weil sie keine falschen Hoffnungen bei ihr wecken wollte.

Während der folgenden paar Tage arbeitete ich Dianas Worte in einem separaten Teil in das Buch ein, fügte die Teile, die ich verstand, zusammen, merkte gleichzeitig aber auch, dass es da noch vieles gab, das ich nicht einordnen konnte.

Abby und ich interessierten uns besonders für die Tage, die in ihrem Terminkalender eingekreist waren. Leider waren einige dieser Tagebucheinträge unleserlich. Aber das, was sie an dem ersten eingekreisten Tag geschrieben hatte, war lesbar.

*22. Januar*

*Gelegenheit für eine Nebentätigkeit heute Nachmittag. Sehr aufregend. Ich wurde am Montag nach der Arbeit angesprochen. Keine Ahnung, worum es geht oder für wen, aber das könnte ein paar Hundert Dollar jeden Monat zusätzlich bedeuten. Soll geheim bleiben, schätze ich. Ich muss mich nur bereithalten, dann bekomme ich das Geld. Damit kann ich umgehen. Vielleicht können Mom und ich uns ein neues Fernsehgerät kaufen.*

Abby und ich überlegten hin und her, was wir mit unserem Fund tun sollten. Ich wollte das Tagebuch Mrs Wright zeigen, aber Abby war der Meinung, es würde Dianas Mutter nur traurig machen, wenn sie das Tagebuch ihrer Tochter in die Hand bekäme.

Die Polizei war eine andere Sache. Es war eindeutig, dass sie mit dieser Angelegenheit nichts zu tun haben wollten; der Täter war gefasst und verurteilt, und mit Terrells Tod würde dieser Fall abgeschlossen sein. Ich nahm an, dass Detective Chandler die Informationen aus dem Tagebuch nicht ernst nehmen würde. Abby meinte, einen Versuch sei es wert.

Doch unsere ganzen Überlegungen waren nutzlos, wenn wir keine Antwort auf die Frage nach dem geheimnisvollen blonden Mann fanden.

Am nächsten Nachmittag redeten Abby und ich in einem Coffeeshop fern von allen möglichen Wanzen in unserem Haus (obwohl ich die Telefone überprüft hatte) über das, was wir wussten.

„Bei der Nebentätigkeit muss Tompkins seine Hände im Spiel gehabt haben, richtig?“, meinte sie.

Ich nahm mir einen Eintrag von Anfang Februar vor, den ich in mein Manuskript eingearbeitet hatte. Dort schrieb Diana: *Ich habe keinen Vertrag, es läuft alles per Handschlag, aber für Januar bekam ich 500 Dollar.*

„Netter Handschlag“, bemerkte Abby. „Was hat sie wohl für fünfhundert Dollar gemacht? Im Ernst, Dad, sie hat bestimmt Drogen oder so etwas für Tompkins ausgeliefert. Sie schreibt seine Initialen überall hin. Ich kann nicht begreifen, wie sie auf einen solchen Typen reinfallen konnte.“

„Geld lässt einen alten Sack gleich viel ansprechender aussehen. Und wer weiß, vielleicht hatte er sie irgendwie in der Hand.“

Es gab eine Stelle in dem Tagebuch, auf die wir nur am Rand eingingen, eine, die ich am liebsten vor Abby versteckt hatte. In Bezug auf Sex bin ich nicht prüde, aber es gibt Dinge, mit denen möchte man seine Tochter lieber nicht konfrontieren, obwohl mir klar ist, dass sie einen Freund hat ... na ja, wie auch immer.

Ich lese keine Liebesromane. Diana dagegen offensichtlich schon. Sie schrieb jedenfalls ebenso schwülstige, fehlerhaft zitierte Prosa über Dinge, die sie und Tompkins getan hatten und wo sie sie getan hatten, in allen Einzelheiten. Dass sie nie vorgehabt hätte, so etwas zu tun, vor allem nicht mit einem Mann wie ihm. Wie erstaunt ihre Mutter wäre, wenn sie davon wüsste. Wie erstaunt alle wären. Sie beschrieb auch detailliert das Tattoo ihres Liebhabers an einer ungewöhnlichen Stelle. Am liebsten hätte ich mich im selben Sportstudio angemeldet wie Tompkins und ihn im Umkleideraum überrascht, doch selbst wenn ich das Tattoo gefunden hätte, bedeutete das nicht unbedingt, dass Tompkins Diana umgebracht hatte; es wäre nur ein weiterer Verdachtsmoment.

Natürlich lenkten mich alle diese Gedanken vom Schreiben ab, doch dies war ja ebenfalls Terrells Geschichte, irgendwie. Ich hatte das Gefühl, über die B-Seite der Schallplatte eines Hits aus früher Zeit gestolpert zu sein, und beide Songs zusammen könnten zu einer Lösung führen, mit der keiner von uns gerechnet hatte.

Besonders beunruhigend waren die letzten Einträge. Diana stellte ihre Beziehung zu „CT“ infrage, und in ihren Worten lag Reue, gemischt mit Verwirrung, Zweifel und unverhohlener Angst: *Ich glaube, ich wurde gestern Abend nach der Arbeit verfolgt. Ich kapiere nicht, warum dies geschieht.*

In einem anderen Eintrag schrieb sie: *Heute Morgen war mir wieder übel. Morgen treffe ich CT, und ich überlege, ob ich mit ihm über meine Befürchtungen reden soll.*

Gegen Abbys Einschätzung, von der ich im Grunde viel halte, beschloss ich, noch einmal zu Mrs Wright zu fahren und mit ihr zu reden. Ihr räudiger Köter verbellte mich an der Haustür, bis sie aufgeschlossen hatte und durch den schmalen Spalt mit mir sprach.

„Kann ich hereinkommen und Ihnen noch ein paar Fragen stellen?“

Sie öffnete die Tür nur einen kleinen Spalt und stellte eines ihrer unförmigen Beine vor den Hund. Ich trat ein, und sie drehte die Lautstärke des verstaubten Fernsehgeräts herunter.

„Hat Diana den Fernseher angeschafft?“, fragte ich, als ich auf der zerschlissenen Couch Platz nahm.

Sie nickte und ließ sich in ihrem Kunstledersessel nieder. „Sie hat ihn kurz vor ihrem Tod gekauft. Wann immer ich ihn einschalte, denke ich an sie.“

Was für ein trauriges Vermächtnis. „Woher hatte sie das Geld dafür?“

Sie zuckte die Achseln. „Ich habe sie nicht gefragt. Sie wirkte so glücklich, dass sie ihn für *uns* kaufen konnte."

Ich rutschte auf die Sofakante vor, nachdem ich die Hundehaare und den stechenden Gestank darauf wahrgenommen hatte. „Haben Sie in den letzten Monaten ihres Lebens eine Veränderung bei Diana wahrgenommen?"

„Was für eine Veränderung?"

„Was auch immer. War sie glücklicher als sonst? Traurig? Nervös?"

Sie fuhr mit der Zunge über ihre untere Zahnreihe und starrte die Wand an. „In diesen letzten Monaten wirkte sie glücklicher. Etwas schien sie zu beschäftigen, aber sie hat nie darüber gesprochen."

„Haben Sie vermutet, dass sie sich mit jemandem trifft?"

„Der Gedanke ist mir gekommen. Ich habe sie sogar gefragt, ob sie jemanden hätte, aber sie hat mich ausgelacht. Doch es war die Art von Lachen, die mich vermuten ließ, dass ich nicht ganz unrecht hatte. Aber wir werden es nie erfahren, nicht? Und es ist jetzt doch sowieso egal."

„Warum haben Sie mir das nicht früher erzählt?"

„Sie haben mich nicht danach gefragt. Und ich war eingeschüchtert von Ihnen. Schließlich kannte ich Sie aus dem Fernsehen."

Seltsam, auf mich hatte sie nicht im Geringsten eingeschüchtert gewirkt. Ich ließ es so stehen. „Wer könnte es Ihrer Meinung nach gewesen sein?"

„Weil sie nichts gesagt hat, nahm ich an, dass es Curtis aus dem Salon war. Sie wusste, dass ich ihn nicht mochte, und hätte mir bestimmt nichts davon erzählt."

„Ist Ihnen je der Gedanke gekommen, dass er etwas mit ihrem Tod zu tun haben könnte?"

„Es ist mir durch den Sinn gegangen, als sie verschwand, doch als sie gefunden wurde und dazu alle diese Beweise gegen Conley auftauchten, wusste ich, dass Curtis es nicht getan hatte. Außerdem war er sehr freundlich zu mir, das habe ich Ihnen ja erzählt."

Ich schwieg so lange, bis sie mich anschaute. „Wir haben Dianas Tagebuch gefunden. Das aktuelle Tagebuch."

„Ich weiß. Ihre Tochter hat die Bücher aus dem Schrank genommen."

„Nein, nicht die. Das letzte, an dem sie bis zu ihrem Tod geschrieben hat. Sie hatte es versteckt."

Mrs Wright schloss die Augen. „Tun Sie das nicht. Wühlen Sie nicht alles wieder auf. Es ist doch jetzt fast vorbei, und Sie bringen alles wieder zurück, was ich vergessen will."

„Mrs Wright, Ihre Tochter wurde ermordet. Das hatte sie nicht verdient. Ihr Tagebuch ist ihr Vermächtnis an uns. Ich glaube, da gibt es vieles, was wir nicht wissen."

„Was schreibt sie?"

„Eine ganze Menge. Aber wir sind ziemlich sicher, damit beweisen zu können, dass Terrell Conley nicht ihr Mörder war."

„Und warum hat er dann ein Geständnis abgelegt?"

„Weil er meinem Sohn helfen möchte. Er zweifelt nicht daran, dass seine Hinrichtung geschehen wird, und er möchte am Ende seines Leben noch etwas Gutes tun. Aber wenn er es nicht getan hat, dann möchte ich ihm helfen."

„Was für ein Vater sind Sie, wenn Sie Ihrem Sohn dadurch die Chance nehmen, ein neues Herz zu bekommen?"

Ich starrte sie an. „Denken Sie, das würde mir nicht zu schaffen machen? Alle drei Minuten sage ich mir: *Lass es auf sich beruhen, dein Sohn soll leben, halt den Mund.* Aber was für ein Mensch wäre ich, wenn ich einen unschuldigen Mann sterben ließe?"

Darüber dachte sie nach. Ich dachte ebenfalls darüber nach. Ich erinnerte mich an ein Buch, das auf Ellens Nachttisch lag. Von einem Reporter, der Atheist gewesen war und Christ wurde. Er behauptete, Jesus sei die einzige Person in der Geschichte gewesen, die den Tod nicht verdient hätte, die aber bereitwillig in den Tod gegangen sei. Ich habe es gelesen. Es hatte mich nicht dazu bewegt, mich kopfüber in den Glauben zu stürzen, doch es hatte etwas in mir angestoßen.

„Was schreibt sie in dem Tagebuch?"

Wo sollte ich beginnen? Bestimmt nicht bei dem, was sie mit Tompkins gemacht hatte. „Sie erzählte von der Liebe, die sie gefunden hatte, und wie sehr sie sich auf die Zukunft freute. Sie erzählte von einer Nebentätigkeit und dass sie damit gutes Geld verdiente. Daher hatte sie vermutlich das Geld für das Fernsehgerät. Und dann wurde es ziemlich düster."

„Was meinen Sie?"

„Wir wissen nicht genau, was los war, aber sie klang, als hätte sie Angst."

„Wir?"

„Meine Tochter Abby und ich."

„Sie sind die Einzigen, die das Tagebuch gesehen haben?"

„Bisher ja."

„Ihre Tochter ist ein nettes Mädchen. Es wundert mich, dass sie von Ihnen abstammt."

„Die Gene ihrer Mutter sind besser als meine."

Sie lächelte, zumindest so, wie sie unter den gegebenen Umständen lächeln konnte.

„Nach dem, was wir uns zusammenreimen konnten", fuhr ich fort, „hatte sie eine Beziehung mit Tompkins, die irgendwie schief ging. In einem Eintrag spricht sie davon, dass ihr morgens übel war und dass sie ihm davon erzählen wollte. Abby ist nicht mit mir einer Meinung, aber ich frage mich, ob die Möglichkeit bestand, dass sie schwanger war."

Helen legte ihren Kopf an das Polster und stieß einen schmerzerfüllten Schrei aus, dann barg sie ihr Gesicht in den Händen. „Oh, um Himmels willen, warum erzählen Sie mir das? Wollen Sie mir das Herz aus der Brust reißen?"

Der Hund sprang auf ihren Schoß, und sie drückte ihn an sich.

„Ich habe den Autopsiebericht gelesen. Sie war nicht schwanger. Aber sie glaubte, es zu sein."

„Warum ist das wichtig?"

„Falls Tompkins wusste, dass Diana glaubte, schwanger zu sein, dann wollte er sie vielleicht überreden, eine Abtreibung vornehmen zu lassen und-"

„Das hätte sie nie getan. Auf keinen Fall hätte sie das getan."

„Ich verstehe. Aber nehmen wir einmal an, sie hätte sich geweigert und er hätte Druck auf sie ausgeübt, das würde zumindest teilweise ihre Angst erklären. Wenn sie sich auf Tompkins' zweifelhafte Geschäfte eingelassen hat, dann war sie vielleicht bereits zu tief darin verstrickt. Die Situation spitzte sich zu, und Tompkins hat jemanden angeheuert, der sie aus dem Weg schaffen sollte."

„Angeheuert?"

„Tompkins hat ein Alibi für jede Minute des Tages, an dem sie getötet wurde. Das erscheint mir verdächtig für einen Mann, der sehr viel Zeit allein verbringt. Außerdem gibt es Hinweise auf einen Mann, der Diana gefolgt sein könnte."

Darüber dachte sie eine Weile nach. „An dem Abend, bevor sie verschwand, hat sie immer wieder aus dem Fenster geschaut. Mehrmals."

„Wieso erinnern Sie sich daran?"

„Weil wir uns *Jeopardy!* angesehen haben, und sie stand immer an den spannendsten Stellen auf. Ich sagte ihr, sie solle Ruhe geben, und das tat sie auch, dann ging sie wieder zum Fenster und sah hinaus, genau in dem Augenblick, als die letzte Frage gestellt werden sollte."

„Sie wusste, dass sie in Schwierigkeiten steckte."

Die Ohren des Hundes richteten sich auf, und sein Körper versteifte sich. Er legte die Vorderpfoten auf Helens Schultern und knurrte. Helen rappelte sich hoch und reichte mir den Hund.

„Wo wollen Sie hin?", fragte ich.

„Wir müssen die Polizei anrufen."

Mein Blick wanderte zur Haustür, und ich glaubte, einen Schatten zu sehen. „Warten Sie, ich habe mein Handy hier."

Ich hörte etwas klicken und blickte in den Lauf einer geladenen und entsicherten 38er. „Sie rufen die Polizei. Ich bin bereit für Tompkins."

Ich stellte den Hund auf den Boden, und er rannte sofort bellend und schnüffelnd zur Haustür. Genauso schnell verkroch er sich auf der Rückseite des Hauses. Das Fell in seinem Nacken hatte sich aufgestellt. Murrow hatte das nie getan. Vielleicht ist diese typische Eigenart der Hunde doch nicht so übel.

Helen wandte sich um und hielt die Pistole im Anschlag, als wäre sie bereit für einen Kampf mit einer rivalisierenden Gang von Großmüttern. Unwillkürlich empfand ich Bewunderung für die Frau. Ich zog den Vorhang zur Seite und sah zum Fenster hinaus. Nichts. Kein Mann mit langen blonden Haaren.

„Wenn Sie recht haben, Mr Wiley, wird es einige Leute geben, die gar nicht damit einverstanden sind, dass Sie diese Geschichte aufdecken. Ich denke immer noch, dass Conley es getan hat. Aber falls Sie irgendwann tot am Straßenrand liegen oder Ihre hübsche Tochter vermisst wird, dann will ich vorbereitet sein."

Was für ein tröstlicher Gedanke.

„Eigentlich sollten Sie die Pistole mitnehmen. Sie werden sie brauchen. Ich habe noch eine in meinem Nachttisch."

Wirklich eine eher ungewöhnliche ältere Dame. Ich dachte einen Augenblick darüber nach, aber nur einen kurzen Augenblick, bevor ich die Waffe einsteckte.

Helen blickte zum Fenster hinaus und flüsterte: „Was werden Sie jetzt tun? Die Hinrichtung ist doch bereits am Dienstag."

„Ich werde mir was überlegen", erwiderte ich unsicher.

Auf der Rückfahrt blickte ich ständig in meinen Rückspiegel und Seitenspiegel und wartete halbwegs darauf, dass mich ein bewaffneter Mann von der Straße drängte. Obwohl nichts passierte, hatte ich ein mieses Gefühl, und ich habe gelernt, diesem Gefühl zu vertrauen und es nicht zu unterdrücken, wie abwegig es auch sein mochte.

Abbys Wagen parkte nicht in der Einfahrt, trotzdem stand die Haustür einen Spalt offen. Sobald ich das Haus betrat, wusste ich, dass etwas nicht stimmte. Die im ganzen Haus verstreuten Gegenstände bestätigten das. Ich marschierte schnurstracks in meine Schreibhöhle, und genau wie ich vermutet hatte, waren mein Laptop und meine externe Festplatte verschwunden. Auch die Seiten neben meinem Drucker. Ich eilte in Abbys Zimmer. Alle Bücher waren aus dem Bücherregal geworfen worden. Das Tagebuch fehlte. Ellen hatte einen kleinen Safe in ihrem Zimmer, und dort bewahrten wir die Kopien auf. Das Schlafzimmer war dunkel und leer, eine Geisterstadt vergessener Erinnerungen. Der Safe war nicht geöffnet und durchsucht worden, sie hatten ihn einfach komplett mitgenommen.

Ich rief Ellen an, und sie meldete sich. Angst lag in ihrer Stimme, und ich fragte sie, was los sei.

„Ach, das Übliche. Weitere Tests. Weitere Vorbereitung. Die Überlegung, ob sein Herz durchhalten wird. Was gibt es Neues bei dir?"

„Du musst auf deinem Laptop etwas für mich nachsehen."

„Im Ernst? Tru, im Augenblick habe ich nicht die Nerven dafür."

„Schon gut, ich verstehe." Ich sagte das mitfühlend, aber mein Herz raste.

„Was brauchst du denn?"

„Ich werde Abby anrufen."

„Tru, Abigail ist hier. Sag mir, was du brauchst. Ich habe den Laptop jetzt hochgefahren."

Ich nannte ihr die Websites und mein Passwort und bat sie, meinen Mailaccount zu öffnen. Sie loggte sich erfolgreich ein und fragte, wonach sie suchen solle.

„Klicke auf den Posteingang und sag mir, was du siehst."

„Da ist nichts, Tru. Die Eingangsbox ist leer. Eigentlich gibt es da überhaupt keine Mails."

Abgesehen von den wenigen Seiten, die ich Terrell gegeben hatte, hatte ich alles verloren. Meinen Computer, alle Akten, meine Festplatte, das Überwachungsvideo, alles außer der blöden Tüte. Dieser Mistkerl hatte alles mitgenommen.

Sie denken vielleicht, dies war der Punkt, an dem ich aufgab. Sie irren sich. Dies war der Punkt, an dem ich böse wurde. Und ein zorniger Reporter kann sehr unangenehm werden.

# Kapitel 45

Vielleicht hätte ich die Polizei informieren sollen. Ich hätte sie holen und den Diebstahl aufnehmen lassen sollen. Ich hätte schon vor langer Zeit zu den Anonymen Spielern gehen oder mit einem Therapeuten über meine schlimme Kindheit und meinen alkoholabhängigen Vater reden sollen. Aber ich habe nichts dergleichen getan und ich tat es auch jetzt nicht.

Stattdessen fuhr ich, mit Helen Wrights Pistole bewaffnet, zum Zentrum des Bösen: Tompkins' Wohnung. Ich hatte eine kleine Ansprache vorbereitet und war bereit, die Pistole zu benutzen oder sie zumindest in der Hand zu halten, damit er sie bewundern konnte, und ihm zu schildern, was passieren würde, wenn er mir nicht meine Sachen zurückgab. Ich rechnete halbwegs damit, dass er in einem emotionalen Zusammenbruch den Mord an Diana gestehen und schwören würde, alles zu tun, um das Unrecht wiedergutzumachen.

Die Dämmerung war angebrochen, und am Horizont ging die Sonne auf. Natürlich konnte ich den Horizont wegen der Gebäude und Bäume nicht sehen, aber ich spürte den orangen Schimmer in meinen Knochen.

Ich suchte nach einer Türglocke, doch die Haustür war nicht verschlossen. Ich nahm die Treppe zum dritten Stock und trat in einen langen, schwach erleuchteten Flur. Vorsichtig, um nicht auf knarrende Bodendielen zu treten, schlich ich voran, aber manches kann man eben nicht ändern. Nach einem besonders lauten Knarren blieb ich stehen und hoffte, dass mich kein bewaffneter Verrückter von hinten anspringen würde. Doch ich hörte nur undefinierbare Geräusche.

Als ich näher kam, wurde mir klar, dass das nicht nur Musik war, sondern auch die Klangeffekte eines jener Filme, die vermutlich im zweiten Stock produziert wurden. Die Tür stand ein paar Zentimeter offen, und ich klopfte, obwohl ich wusste, dass mich bei dem Dröhnen der Bässe und den spitzen Schreien, die genauso unecht waren wie die Holzdielen im Wohnzimmer, niemand hören würde.

Ich stieß die Tür mit dem Fuß hinter mir zu und fragte: „Hallo?"

Der Lärm übertönte meine Stimme, und ich schob mich in Richtung Wohnzimmer. Ich rechnete damit, Tompkins vorzufinden, der sich an dem Film aufgeilte oder im Morgenmantel aus der Küche kam.

Die Rollos waren heruntergelassen, es brannte kein Licht, das Zimmer wurde nur von dem Licht erhellt, das vom Bildschirm kam. Mein Blick fiel auf den Boden, wo Tompkins in einer immer größer werdenden Blutlache lag. Frischem Blut.

Ich wich zur Tür zurück, wollte davonrennen und wusste doch gleichzeitig, dass ich das nicht konnte und dass mein Leben jetzt noch komplizierter werden würde, als es ohnehin schon war.

# Kapitel 46

*7 Stunden vor der Hinrichtung*

Terrell Conley war ruhig und gelassen, so weit das bei einem Menschen, der nur noch wenige Stunden zu leben hatte, überhaupt möglich war. Das Gefängnispersonal hatte alle seine Aufgaben und Wünsche erledigt und ihn vorbereitet. Er zog einen Infusionsständer hinter sich her und sah nicht aus wie ein zum Tode verurteilter Strafgefangener, sondern eher wie ein Patient, der nicht ganz am richtigen Ort war. Eigentlich war es durchaus zulässig, noch einmal mit ihm zu sprechen, allerdings bat mich der Gefängnisdirektor, seinen vorbildlichen Gefangenen in den letzten Stunden seines Lebens nicht noch aufzuregen.

„Wie ich hörte, haben Sie Ihre Henkersmahlzeit bereits bekommen“, sagte ich in einem schwachen Versuch, das Eis zu brechen. Ich hatte selbst mehr Angst als er. Die Art von Angst, die entsteht, wenn der Sand in der Sanduhr beinahe durchgelaufen ist und meine Entscheidungen für einen anderen nicht mehr von Bedeutung waren.

Er lächelte. „Ja, vor der Operation muss ich nüchtern sein, darum habe ich sie bereits gestern bekommen. Frittierte Shrimps und Steinbeißer und in Fett gebackene Maismehlfladen. Nicht so gut wie die von meiner Mutter, aber ganz okay. Ihr Junge wird vermutlich ein paar Tage lang einen hohen Cholesterinwert haben, aber das wird er überstehen.“ Er lachte kurz und hohl. „Ich habe gehört, Sie haben wegen dieses Tompkins einige Zeit bei der Polizei verbracht.“

„Ja, das waren lange Tage."

„Weiß man schon, wer es gewesen ist?"

„Ich schon, aber sie nicht. Die Polizei meint, nach dem Material, das im Gebäude gefunden wurde, sei der Kreis der Verdächtigen sehr groß. Ihrer Meinung nach hat der Mord mit einem missglückten Drogendeal zu tun. Oder mit seinen Videoproduktionen. Vielleicht war jemand zu der Überzeugung gekommen, dass er doch lieber kein Filmstar werden wollte."

„Das ist aber nicht Ihre Theorie."

„Nein. Doch leider sind die Beweise, die ich zusammengetragen hatte, verschwunden. Das war meiner Meinung nach der eigentliche Grund. Es ging darum, alles verschwinden zu lassen."

„Wer immer das war, hat gute Arbeit geleistet."

„Ja, leider. Pech für Sie."

„Ich danke Ihnen für alles, was Sie getan haben", sagte Terrell. „Ich weiß, Sie haben Ihr Bestes gegeben, und mehr kann man nicht verlangen. Machen Sie sich keine Vorwürfe, dass nun alles umsonst gewesen ist. Sie haben mehr getan als alle anderen."

Seine Worte brachten mir Erleichterung, aber auch Qual, weil ich nichts mehr tun konnte. Ich fragte ihn erneut nach jenem Tag mit Diana, versuchte die Erinnerung an den Mann mit den blonden Haaren aus ihm herauszukitzeln, aber das gelang mir nicht. Die ersten paar Seiten des Buches würden nach alledem Oleta ausgehändigt werden. Wenigstens die hatte ich noch.

„Sie werden heute Abend doch hier sein, nicht?", fragte Terrell ein wenig flehentlich.

„Ich habe es Ihnen versprochen", sagte ich.

„Ich wusste, dass ich mich auf Sie verlassen kann. Oleta wird froh sein, Sie an ihrer Seite zu haben – Sie und den Reverend. Ich spüre die Gebete, wissen Sie?"

„Was meinen Sie?"

„Die Gebete von all den Leuten, denen ich wichtig bin. Ihre Gebete helfen mir, stark zu sein und das hier durchzustehen. Auch die Gebete für Ihren Sohn."

Ich konnte kaum glauben, dass ein Mann, der den Tod vor Augen hatte, die Fähigkeit besaß, in einem solchen Maß über sich hinauszuwachsen, aber so war Terrell. Er war nicht verbittert. Er war nicht zornig. Er empfand Frieden.

Der Wärter blickte auf die Uhr, und ich versprach, am Abend mit Oleta hier zu sein.

„Gut. Und Gottes Kinder werden auf Oleta und meine Kinder aufpassen. Noch einmal vielen Dank für das, was Sie getan haben mit dem Buch, auch wenn es jetzt gestohlen ist. Ich bete, dass Sie es zurückbekommen."

„Ich habe es noch hier drin", sagte ich und tippte mir an die Schläfe. „Das kann mir niemand nehmen. Ich bin traurig, dass Sie für dieses Verbrechen bestraft werden."

„Morgen wird in den Zeitungen stehen, dass ich tot bin. Dass man mir mein Leben genommen hat. Glauben Sie es nicht. Ich werde lebendiger sein als je zuvor. Ich werde einfach nur hier einschlafen und in der Herrlichkeit aufwachen."

„Wie können Sie da so sicher sein, Terrell?"

„Weil es ist, wie ich gesagt habe – ich gehe nicht in den Himmel, weil ich gut gewesen bin, sondern weil Gott gut zu mir gewesen ist. Freundlich und barmherzig und voller Gnade. Er steht zu seinem Wort, immer. Wenn Gott uns etwas verspricht, dann tut er es. Ich setze meinen Glauben voll und ganz darauf, dass wir bei ihm sein werden. Darum kann ich meiner Hinrichtung erhobenen Hauptes entgegensehen."

Der Wärter wies darauf hin, dass die Zeit bereits überschritten sei, und Terrell und ich verabschiedeten uns noch einmal. „Wir sehen uns heute Abend."

Ich traf mich noch kurz mit Dr. Granger, der für die Transplantation am Abend bestens vorbereitet war. Adrian hing jetzt seit vierzehn Tagen an den lebenserhaltenden Geräten. Sein Zustand verschlechterte sich zusehends. Ellen war bei ihm. Ich natürlich nicht, aber da er im Koma lag, hatte ich deswegen keine Gewissensbisse.

Am Abend vorher hatte ich es geschafft, ihn zu besuchen. Ich hatte an Adrians Bett gesessen und seine Hand gehalten. Nur er und ich und das Ticken der Uhr. Mich quälten Reue und Scham, weil ich nicht für ihn dagewesen war. Ich empfand Hoffnung für die Zukunft, wusste aber nicht, warum.

„Auf die eine oder andere Weise werden wir dich hier herausholen", flüsterte ich. „Dein Herz wird kräftig schlagen und du wirst die Schwestern durch die Flure scheuchen."

Ich sah beinahe ein Lächeln auf seinen Lippen. Beinahe.

Nach dem Besuch im Gefängnis hatte ich mich mit Abby zu einem späten Mittagessen verabredet, obwohl ich überhaupt keinen Appetit hatte. Ich saß auf dem Parkplatz und wartete auf sie. Ein für den Norden Floridas typischer Sturm braute sich zusammen, und ich war froh, dass ich eine Jacke mitgebracht hatte, damit ich Kavalier für meine einzige Tochter spielen und sie vor den bösartigen Regentropfen schützen konnte.

Mein Telefon vibrierte. Die Nummer war unterdrückt. Ich erwartete, eine Stimme mit osteuropäischem Akzent zu hören, doch mein Reporterinstinkt hatte mich wohl im Stich gelassen. Die Stimme klang nach Südstaaten.

„Truman, schön Ihre Stimme zu hören. Heute ist ein großer Tag für Sie und Ihre Familie."

„Ja, danke für die Anteilnahme. Haben Sie Blumen geschickt?"

„Ich habe darüber nachgedacht. Im Ernst. Geben Sie mir die Adresse. Ach nein, eigentlich kenne ich Ihre Adresse ja."

Wie lustig.

„Ich glaube, wir hatten eine Vereinbarung, Truman. Und die Frist für diese Vereinbarung ist fast abgelaufen."

„Sie haben wirklich ein perfektes Timing, Mickey."

Er lachte trocken auf. „Ja, das wurde mir schon öfter gesagt. Haben Sie Fortschritte bei der Beschaffung des Geldes gemacht?"

„Oh ja, ich habe noch mehr Schulden beim Krankenhaus angehäuft, bei den Spezialisten, bei meiner Bank ... Sie müssen sich hinten anstellen."

„Und was ist mit diesem Buch? Dafür bekommen Sie doch sicher einen Vorschuss, nicht?"

„Wenn ich noch ein Manuskript hätte, dann bestimmt, aber leider wurde es gestohlen. Sie wissen nicht zufällig etwas darüber?"

„Das wäre wirklich sehr intelligent. Ich stehle das Einzige, mit dem mein Klient zu Geld kommen kann. Sie werden auf Ihre alten Tage wohl ein wenig paranoid."

„Das passiert, wenn Menschen um mich her wegen Schusswunden tot umfallen."

„Nun, wie Sie das Geld beschaffen, ist nicht mein Problem. Mir ist es egal, ob Sie eine Bank ausrauben oder eine Erbtante um die Ecke bringen."

„Das mit dem Erben können Sie vergessen."

„Wie ich schon sagte, das ist nicht mein Problem. Aber Sie sollten wissen, dass wir uns das Geld holen werden."

Abby fuhr knatternd neben mich und schaltete den Motor aus.

„Und wie soll das gehen?", fragte ich. „Kommen Ihre Schläger wieder mit einem Brecheisen?"

„Ich wünschte, es müsste nicht so enden, Truman. Was für ein tragisches Vermächtnis für Ihre Familie."

„Nun, wie heißt es so schön: Wie man sich bettet, so liegt man. Tun Sie, was Sie tun müssen, Mickey, und ich tue, was ich tun muss. Ich werde heute Abend im Gefängnis sein und einer ungewöhnlichen Hinrichtung beiwohnen. Sie können sich gern zu mir gesellen."

Er lachte, und es schwang Mitleid darin mit. „Es tut mir leid, dass es so kommen muss, mein Freund. Ihre Frist ist abgelaufen."

Ich unterbrach das Gespräch und stieg aus, um Abby zu begrüßen. Dabei versuchte ich, meine Gefühle vor ihr zu verbergen, aber in den vergangenen Wochen war sie oft genug in meiner Nähe gewesen, um den inneren Aufruhr zu erkennen. Trotz allem, was wir gerade erlebten, war ich dankbar, dass sie wieder ein Teil meines Lebens war. In dieser Zeit hatte sie sich enorm weiterentwickelt. Vielleicht war sie aber auch noch dieselbe und ich hatte gelernt, sie so zu lieben, wie sie war.

Ich reichte ihr meine Jacke und hielt sie ihr über den Kopf, während wir zur Tür rannten.

„Wir brauchen nichts zu essen", meinte sie. „Mir ist sowieso nicht nach Essen zu Mute."

„Wir setzen uns rein und trinken was", schlug ich vor.

Wir nahmen in einem Restaurant Platz, das wir uns nicht leisten konnten, um uns herum Menschen, die keine Ahnung hatten, was gerade geschah; Menschen, die keine todkranken Kinder oder zum Tode verurteilten Freunde hatten. Nette Menschen, die nicht an Spielsucht litten. Deren Ehe intakt war. Die ihre Zinsen bezahlen konnten. Die noch nie in der Todeszelle zu Besuch waren.

Abby fragte, wie mein Besuch bei Terrell gelaufen sei, und ich berichtete ihr davon. Der Kellner, ein junger Mann mit einem stacheligen Bart und blauen Augen, konzentrierte sich auf Abby und schenkte mir keine Beachtung. Ich hasse stachelige Bärte und blaue Augen. Aber unsere Bestellung, die zwei Wasser mit Zitrone umfasste, schien ihn nicht zu verärgern, darum hielt ich mich zurück.

Abby zog die neuste Ausgabe der Zeitschrift *People* aus ihrer Tasche und blätterte sie durch, während wir redeten. Die Ausgabe enthalte einen Artikel über die Hinrichtung und die Rolle, die der Gouverneur dabei spielte. Für die Medizinethik sei eine neue Zeit angebrochen, und die Mehrheit der Menschen in der von öffentlichen Umfragen gesättigten Gesellschaft befürworte diese Vorgehensweise für den Verurteilten.

Sie schob mir den Artikel hin. Wenig Text und jede Menge Fotos, als könnte die amerikanische Öffentlichkeit nicht ohne eine bunte Collage leben, die jeden Punkt und jedes Komma illustrierte. In gewisser Weise war es bei den Fernsehnachrichten ähnlich. Man setzte auf einen erschütternden Filmbeitrag, der die Trümmer eines Flugzeugabsturzes zeigte, oder einen Stier, der auf seinem Weg durch die Straßen Spaniens Leute angriff.

Abby erzählte mir, sie wolle ins Krankenhaus fahren, um bei Ellen zu sein, wenn Adrian operiert wurde. „Du holst Oleta doch ab, richtig?“, fragte sie.

„Ja, das ist der Plan ...“

An einem der Fotos blieb mein Blick hängen. Eine wirre Abfolge von Bildern schoss durch meine Großhirnrinde, eins nach dem anderen, ein Gesicht nach dem anderen. Etwas passte nicht. Ein Bild, das nicht da war, wo es hingehörte. Puzzleteilchen, die ich der oberen linken Ecke zugeordnet hatte, passten ganz plötzlich in der rechten unteren Ecke. Die Randstücke hatte ich gefunden, und der Rest lag vor mir ausgebreitet.

„Dad, wirst du das heute Abend schaffen?“, fragte Abby besorgt, mitfühlend und mit einem großzügigen Maß an Liebe. Es war wie Wasser für meine durstige Seele. Aber ich konnte das Gefühl nicht genießen, weil die Welt sich plötzlich drehte und die Dominosteine in meinem Gehirn durcheinanderpurzelten. Konsequenzen von Taten, die vor langer Zeit begangen wurden.

Ich sah auf meine Uhr. „Ja, ich komme schon klar. Alles wird gut werden, für uns alle.“ Ich sah ihr in die Augen. „Liebes, es tut mir sehr leid, aber ich muss sofort los.“

„Was? Ich bin extra-“

„Vertrau mir, Abigail.“

Ich nahm die Zeitschrift mit.

Ich hinterließ eine Nachricht auf Ellens Mailbox, dann rief ich im Schwesternzimmer an und bat darum, sie zu suchen. Mein Handy vibrierte.

„Ich habe gerade mit Abigail telefoniert“, erklärte Ellen. „Sie macht sich Sorgen um dich, Tru.“

Ellen stand vor Adrians Zimmer. Natürlich. Ich sagte ihr, sie solle ihm für mich einen Kuss geben, dann bat ich sie, sehr genau zuzuhören. „Ich möchte dir eine Frage stellen, die für dich vielleicht nicht viel Sinn macht. Eine sehr persönliche Frage.“

„Truman, jetzt machst du mir Angst. Was ist los?“

„Es geht um Terrell. Es kam wie aus heiterem Himmel, und du wirst mich vielleicht für verrückt halten, aber bitte vertrau mir.“

„Okay.“

„Wie gut kanntest du den Gouverneur? Im College, bevor ich daherkam? Warst du mit ihm ... intim?“

Sie hielt inne und senkte ihre Stimme. „Das hatten wir doch abgehakt, dachte ich. Du weißt doch, dass ich eine Geschichte habe.“

„Es geht nicht um deine Geschichte. Die hat keinen Einfluss auf meine Liebe zu dir. Und ich liebe dich. Ich weiß, ich sage es dir nicht oft genug, und ganz bestimmt habe ich es dir nicht gezeigt. Aber bitte gib mir eine Antwort. Hast du mit ihm geschlafen?“

„Wir gingen so weit, wie man gehen kann, ohne ... du weißt schon ...“

„Okay. Danke. Und jetzt denk nach. Hatte er irgendwelche ... besonderen Merkmale an seinem Körper? Irgendetwas, an das du dich erinnerst?“

Es knisterte im Telefon, als drücke sie es noch fester an ihr Ohr, als hätte ich eine unsichtbare Linie überschritten.

„Bitte“, sagte ich. „Fällt dir irgendetwas ein?“

„Was meinst du mit Merkmale?“

„Ich möchte nichts sagen und dir etwas suggerieren, das-“

„Er hatte ein Tattoo.“

Mein Herz machte einen Sprung. „Wo?“

Sie beschrieb es mir. Ich brachte kein Wort über die Lippen. Konnte nicht atmen. Stattdessen drückte ich das Gaspedal bis zum Anschlag durch.

„Truman, was soll das Ganze?“

„Es geht um den Mord an Diana. Jedes Puzzlestückchen hat jetzt seinen Platz gefunden. Jetzt macht alles Sinn.“

„Was macht Sinn? Was wirst du tun?“

„Etwas, das ich bereuen werde. Etwas, das bedeuten könnte, dass wir Adrian verlieren.“

„Tru ...“

„Etwas, das ich tun muss.“

Sie schwieg, und ich hörte das Piepen der Maschinen an Adrians Bett. „Um eins möchte ich dich noch bitten“, sagte ich.

„Worum?“

„Ruf Oleta an. Sag ihr, ich hätte eine gute und eine schlechte Nachricht. Die schlechte Nachricht ist, dass ich es nicht zur Hinrichtung schaffen werde.“

„Du hast es ihr doch versprochen“, erwiderte sie.

„Aber du hast die gute Nachricht noch nicht gehört. Ich kann vielleicht noch etwas tun, um Terrells Leben zu retten.“

# Kapitel 47

*48 Minuten vor der Hinrichtung*

Ein Schritt nach dem anderen, einen Fuß vor den anderen, sollte die Wahrheit mich hintragen, wohin sie wollte, ich war auf dem Weg zum Anwesen des Gouverneurs. Der Regen, der sich auf den Straßen sammelte, in den Rinnsteinen, auf meiner Windschutzscheibe, und den Wasserspiegel allgemein um ein paar Zentimeter ansteigen ließ, behinderte mich auf meinem Weg. Wenn es in Florida regnet, dann ist es kein beschaulicher, gleichmäßiger Nieselregen. Es ist ein alles auf eine Karte setzender Generalangriff von niederprasselnden Tropfen, die so groß sind, dass sie kleine Tiere erschlagen könnten.

Der Empfang meines Telefons war immer wieder mal gestört, doch es gelang mir, mich mit dem Assistenten des Gouverneurs in Verbindung zu setzen und ihn darüber zu informieren, dass ich unbedingt mit dem Gouverneur sprechen müsste. Daraufhin wurde ich kurz und knapp in die Warteschleife geschickt, es folgte ein: „Das ist leider unmöglich, Sir, fürchte ich."

Eine Dinnerparty mit einem ausländischen Würdenträger, vermutlich aus einem entlegenen, exotischen Land wie Pennsylvania. Reginald lachte sogar laut auf, als ich sagte, ich sei bereits auf dem Weg zu einem privaten Gespräch unter vier Augen. Ich erklärte, es handele sich um eine dringende Angelegenheit im Zusammenhang mit der Hinrichtung und meinem Sohn. Er gab weitere Erklärungen von sich. Ich stieß Drohungen aus und spielte dann die eine Karte aus, die ich noch im Ärmel hatte, nämlich die Öffentlichkeit, die für den Gouverneur zum Albtraum werden könnte, falls mein Sohn die Operation nicht überlebte. Denn eigentlich sollte der Gouverneur im Warteraum des Krankenhauses unsere Hände halten, anstatt mit der Königin von Saba zu speisen.

Ich sagte einfach, ich sei bereits unterwegs und beließ es dabei, hoffte, dass jemand da sein würde, der mich in Empfang nehmen würde oder dass zumindest niemand mit einer Pistole am Sicherheitscheck auf mich wartete.

Etwa eine Meile vor der Ausfahrt zog ein Wagen neben mich, was an den meisten Tagen keine große Sache oder besonders ungewöhnlich wäre. Doch unter diesen Umständen und angesichts der Geschwindigkeit, mit der ich mich fortbewegte, erschien es mir doch ein wenig verdächtig, dass jemand den Wunsch hegte, mit mir ein Rennen zu veranstalten. Anstatt mich zu überholen, hielt sich der Wagen an meiner Seite und bespritzte mich mit Regenwasser.

Bei dem wolkenbruchartigen Regen konnte ich kaum etwas erkennen. Die Sonne war untergegangen, und es war stockdunkel. Durch die Wasserströme hindurch, die an meinem Seitenfenster herabliefen, erkannte ich, dass bei dem Wagen neben mir die Scheibe der Beifahrerseite heruntergelassen wurde. Bei näherer Betrachtung entdeckte ich einen Mann, der lächelte – ein weiteres Indiz dafür, dass hier etwas nicht stimmte, denn normale Menschen lächeln nicht aus offenen Fenstern bei Wolkenbrüchen. Der Mann trug einen Schnauzbart. Ganz plötzlich erinnerte ich mich an das Aufblitzen eines Wagenhebers und einen sengenden Schmerz in meinem Gesicht.

Ich trat in die Eisen, und der Wagen neben mir schoss noch ein Stück weiter, dann bremste er ebenfalls. Wir hatten mittlerweile die Autobahn verlassen und waren auf dem Weg zur Stadt. Ein erhöhter Mittelstreifen trennte uns von der Gegenfahrbahn. Aber so eine Kleinigkeit kann doch einen entschlossenen Reporter von seinem Vorhaben nicht abhalten.

Ich überquerte holpernd den Mittelstreifen, fuhr auf die Gegenfahrbahn und raste einfach in der falschen Richtung weiter. Sehen konnte ich nichts. Im Rückspiegel beobachtete ich, dass meine neuen Freunde dasselbe Manöver vollführten und mir wagemutig folgten.

*Wissen diese Typen denn nicht, dass ich etwas Wichtiges zu tun habe?*

Der erste Lieferwagen, dem ich begegnete, hupte, und ich flutete beinahe meinen Fahrersitz, falls Sie verstehen, was ich meine. Er wich mir aus, und meine Freunde holten mit aufgeblendetem Fernlicht und Lichthupe auf. Das war keine üble Idee. Ich stellte mir vor, gleich eine dieser Verfolgungsjagden aus den Actionfilmen zu erleben, in denen der Hauptdarsteller dem entgegenkommenden Verkehr meisterhaft ausweicht und seinen Weg unbeirrt fortsetzt, doch als ich die nächste Kreuzung erreichte, sah ich mich mit einer ganzen Reihe von Autos konfrontiert, die meinen Weg blockierten, hupten und insgesamt bei meiner Flucht nicht sehr hilfreich waren.

Im Rückspiegel beobachtete ich, wie sich die Beifahrertür des Wagens hinter mir öffnete. Ich trat wieder aufs Gaspedal und überquerte erneut den Mittelstreifen, diesmal eine Betonbarriere, die gerade hoch genug war, um die Autofahrer von einem solchen Manöver abzuhalten, doch der alte Wagen machte bewundernswert gut mit. Das heißt, bis mein Rückfenster zersplitterte. Ich duckte mich viel zu spät, ein verzögerter Reflex. Als ich mich wieder aufrichtete, fuhr ich in Richtung Norden, dieses Mal mit dem fließenden Verkehr. Es hat seine Vorteile, wenn das Rückfenster zerschossen wurde, denn dann kann man richtig gut sehen. Und was ich sah, war, dass der Wagen, der mich verfolgte, ein anderes Auto rammte. Dieser Wagen geriet ins Schleudern, während mein Verfolger unbeirrt weiterfuhr.

Genau in diesem Augenblick erinnerte ich mich an das Geschenk, das ich von Helen bekommen hatte. Ausgepackt und gebrauchsfertig. Anstatt Gas zu geben, bremste ich ein wenig ab. Mein Herzschlag beschleunigte sich, mein Körper war aufs Äußerste gespannt. Ich drehte die Scheibe herunter und ließ den Verfolger zu mir aufschließen.

Die Typen in dem Wagen schienen hoch erfreut, mich endlich eingeholt zu haben, doch diese Freude erlosch, als sie Helens 38er entdeckten. Eins der Dinge, die mein Vater wirklich gut gemacht hatte, war, dass er mir beigebracht hat zu schießen. Zwar hatte ich seit 20 Jahren keine Schusswaffe mehr in den Händen gehalten, aber ich zielte und feuerte drei Mal, bis ich sah, dass die Luft aus ihrem rechten Vorderreifen entwich. Sie schlingerten in meine Richtung. Ich trat das Gaspedal durch. Im Rückspiegel beobachtete ich, wie der Fahrer versuchte, den Wagen wieder unter Kontrolle zu bekommen, bevor der Reifen platzte. Der Beifahrer gab einen weiteren Schuss durch das Beifahrerfenster ab, doch ich war bereits außer Reichweite. Unterwegs zu einer Verabredung im Haus des Gouverneurs.

# Kapitel 48

*31 Minuten vor der Hinrichtung*

Ein Sicherheitsbeamter im Trenchcoat erwartete mich am Tor und wies mich an, mein Auto auf dem Parkplatz abzustellen. Mit einem Blick auf die Löcher in der Seite meines Wagens und das fehlende Rückfenster schaute er mich fragend an, doch ich kümmerte mich nicht darum. Auf dem Parkplatz erwartete mich ein Bediensteter mit einem Regenschirm von der Größe eines Dreimannzelts und brachte mich zu einem der Nebeneingänge, während der Regen auf das Dach trommelte und durch die Regenrinnen plätscherte. Mit wild klopfendem Herzen blickte ich immer wieder zurück, in der Erwartung, Mickeys Schläger zu sehen, und erreichte die Tür, bevor mir Helens Pistole in meiner Jackentasche wieder einfiel. Zum Glück war es ein Hintereingang, und dort gab es keinen Metalldetektor.

Klassische Klänge drangen durch die Lautsprecher in dem kleinen Zimmer im hinteren Teil des Gouverneurssitzes. Ich hängte meine Jacke über einen Kleiderständer und sah zu, wie das Wasser auf den kostbaren Teppich tropfte. An einer Seite war deutlich eine Ausbuchtung zu erkennen, wo das Gewicht der 38er die Tasche nach unten zog. Ich rückte sie gerade, so gut ich konnte, nahm die Zeitschrift heraus und legte sie auf den Tisch.

Der Regenschirmträger verschwand, und jetzt war ich mit Mozart und meinen Gedanken über das bevorstehende Gespräch allein. Ich hatte mich bisher ausschließlich darauf konzentriert, hierherzukommen, und mir keine Gedanken über die Auswirkungen meines Handelns gemacht. Konnte ich tatsächlich durchziehen, was ich vorhatte? Wenn ich die Hinrichtung stoppte, bedeutete das, dass Adrian sterben würde. Die Transplantation war seine letzte Chance. Mit welcher Entscheidung könnte ich besser leben? Welche Entscheidung würde mir mehr zu schaffen machen, wenn ich alt und grau war?

Ich habe von Atheisten gehört, die sich noch auf dem Sterbebett bekehrt haben. War es so eine Situation wie meine, die sie veranlasste, sich Gott zuzuwenden, oder waren solche Berichte nur der Fantasie von optimistischen Christen entsprungen, die die letzten gehauchten Worte als ein ehrliches Bekenntnis werteten?

Anstatt mich mit der Ewigkeit zu beschäftigen oder ein halbherziges Gebet nach oben zu schicken, wandte ich mich Mozart zu. Klassische Musik wirkt eigentlich beruhigend auf mich. Wenn ich klassische Musik höre, möchte ich mir einen gemütlichen Sessel suchen und mich in *Jane Eyre* vertiefen oder einen doppelten Latte schlürfen – was auch immer, um das Ganze richtig zu genießen. Aber an diesem Abend verursachten die Violinen bei mir nur Stress, und es gelang mir nicht, mich zu konzentrieren. Dieses ganze *ba da ba bum bum bum bum* ging mir auf die Nerven. Das ist das Seltsame an Mozart: Man kann ihn nicht ausblenden wie Billy Joel oder U2. Mozart sickert in deine Seele ein und zwingt dich, dich mit ihm auseinanderzusetzen.

In dieser Hinsicht ist es mit Mozart ähnlich wie mit Gott, schätze ich, denn während der aufregenden Ereignisse dieses Tages konnte ich das Gefühl nicht abschütteln, dass ich verfolgt wurde, nicht nur von Mickeys Schlägern, sondern auch von einem unsichtbaren Wesen. Vielleicht hatte Ellen ja recht. Vielleicht war doch etwas dran an dieser Sache mit Jesus. Ganz sicher hatte es ihr einen gewissen Frieden inmitten des Sturms gebracht. Es hatte auch Terrells Leben verändert und ihm eine Freiheit in diesem Gefängnis geschenkt, die ich draußen nie erlebt hatte. War Gott am Ende besser als die Spielautomaten? Konnte ich ihm vertrauen?

Was war das denn? Ich konnte doch nicht in diesem Augenblick über Gott nachdenken ... aber genau so war es. Und wenn ich ihm nun eine Chance gäbe? Wenn ich einfach sagen würde: „Gott, wenn du dort oben bist, ich bin offen für dich“ – was würde wohl passieren?

Aus nachvollziehbaren Gründen hielt ich mich vom Fenster fern und sah auf meine Uhr. Nach dem vom Staat in Gang gesetzten Zeitplan müsste Terrell Conley in genau diesem Augenblick auf einer Bahre in seiner Zelle liegen, angeschnallt und für die Operation vorbereitet, die ihm das Leben nehmen würde. In weniger als 30 Minuten würden zwei vor der Hinrichtungskammer versammelte Gruppen seine letzten Worte hören. Terrell würde die Gelegenheit bekommen, diese Worte mit zur Seite gelegtem Kopf zu sprechen und seine Freunde und Familie dabei anzusehen. Dann würde der Vorhang zugezogen, und er würde in den sterilen Operationssaal gebracht, der auf die Bitte des Gouverneurs hin vom Gefängnisdirektor vorbereitet worden war. Die Kosten dafür würden die Steuerzahler aufbringen. Wenn die Organentnahme stattgefunden hatte, würde der Gefängnisdirektor mit einem Arzt kommen und den Gefangenen für tot erklären, und alle würden entweder feiern oder trauern.

Ich fand die Fernbedienung für das Radio in der obersten Schublade des antiken Tisches, an dem vermutlich einst Ponce de León auf seiner letzten Fahrt gesessen hatte. In diesem Augenblick tänzelte der Gouverneur in einem schwarzen Cut und auf Hochglanz polierten Schuhen herein. Reginald trottete hinter ihm her, außerdem ein durchtrainierter Mann, Typ Bodyguard, dem ich durchaus zutraute, dass er nach seinem Arbeitstag noch einen Ringkampf absolvierte.

„Truman, ich bin überrascht, dich hier zu sehen. Warum bist du nicht im Gefängnis?“

„Das war der Plan. Aber der Plan hat sich geändert.“

„Du solltest aber zumindest bei Ellen sein. Das ist ein großer Abend für deinen Sohn.“

„Es ist auch ein großer Abend für dich, nicht?“ Mein Tonfall war nicht versöhnlich.

Es wurde ein wenig eng im Raum mit vier Personen, und der Gouverneur beschloss mit einem Blick und einem Kopfnicken, die Gruppe auszudünnen. Widerstrebend verließen die beiden anderen den Raum. Townsend deutete mit der Hand auf den nächsten Sessel, doch ich zog es vor, auf ihn herabzublicken.

„Was meinst du damit, dass es ein großer Abend für mich ist? Das Dinner?“

„In wenigen Minuten werden alle deine Probleme erledigt sein. Du wirst als der edelmütige Held gefeiert, der Jauche in Wein verwandelt.“

„Ich bin nicht sicher, ob ich dich verstehe. Du hast doch erreicht, was du wolltest. Dein Sohn bekommt eine neue Chance. Wo liegt das Problem?“

„Das Problem ist, dass Terrell Conley Diana Wright nicht getötet hat, und du weißt das.“

„Das ist doch Unsinn. Ich habe ein unterschriebenes Geständnis.“

„Von einem Mann, der wusste, dass er sowieso sterben wird. Ein Geständnis, das du erzwungen hast.“

Er fuhr sich mit der Hand durch sein perfekt frisiertes Haar. „Nach allem, was ich getan habe, nach allen Risiken, die ich eingegangen bin ... Ich stehe unter beträchtlichem politischen Druck, und ich bin dieses Risiko eingegangen, um dir und deiner Familie zu helfen.“

„Du bist das Risiko eingegangen, um deinen Fehler zu vertuschen.“

„Welchen Fehler?“, fragte er mit hochgezogenen Augenbrauen.

„Deine Beziehung mit Diana.“

*Ba da ba bum bum bum bum.*

Er starrte mich an.

„Du hast sie beauftragt, dir einmal monatlich die Haare zu schneiden. Du hast die Limousine geschickt, um sie abzuholen, hast sie zur Geheimhaltung verpflichtet. Sie gut dafür bezahlt.“

Sein Gesicht wirkte jetzt angespannt. „Ich weiß nicht, wovon du redest, und mir missfällt die Andeutung, ich würde dieser Verschwörung angehören, die du aufgedeckt hast.“

„Nun, lassen wir die Formalitäten doch einfach beiseite, Carl. Steh auf und lass die Hosen runter.“

„Wie bitte?“

„Diana hat dein Tattoo detailliert beschrieben und auch, wo genau es sich befindet. Lass mal sehen, ob-“

„Das beweist doch gar nichts.“

„Diana schrieb, ihr beide wärt Seelenverwandte und wolltet einen gemeinsamen Neuanfang wagen. Eure Herzen würden im Einklang schlagen. Sie hätte sich noch nie so geliebt und vollständig gefühlt, wie wenn sie mit dir zusammen sei. Wie fühlt sich das an, Townsend, dass du dieses Mädchen auf dem Gewissen hast? Du hast es gut verborgen. Du hast einen Alki zum Sündenbock gemacht und gedacht, es würde niemanden interessieren.“

„Das habe ich nicht getan!“

„Conleys Verteidigung hielt ihn für schuldig. Die Staatsanwaltschaft folgte blind dem mit Brosamen bestreuten Weg. Du und dein blonder Freund, ihr habt gute Arbeit geleistet.“

Ich warf ihm die Zeitschrift auf den Schoß und deutete auf das Foto, auf dem der blonde Mann bei einer Kundgebung vor einigen Jahren hinter Townsend stand. Er gehörte offensichtlich zum Gefolge des Gouverneurs.

„Das ist der Mann, der uns gefolgt ist, der meine Tochter überfallen hat. Vermutlich ist er auch in mein Haus eingebrochen, hat möglicherweise Wanzen installiert."

Etwas wie Furcht trat in Townsends Augen. Sein Mund öffnete sich, doch es kam nichts heraus. Sicher zum ersten Mal in seinem politischen Leben.

„Diana hat dir nicht nur die Haare geschnitten, nicht wahr? Sie glaubte den Mist, den du ihr in den Weg geschaufelt hast, genau wie deine Wähler."

Er beugte sich vor, die Hände vor den Mund geschlagen. Dann blickte er auf. „Ich habe sie nicht getötet oder umbringen lassen. Unsere Beziehung war unschuldig. Zuerst. Sie war nicht gerade eine Schönheitskönigin. Wir einigten uns darauf, dass sie sich mit dem zufrieden gibt, was sie bekam. Und sie stellte keine Bedrohung dar wie andere vielleicht."

„Bedrohung?"

„Eine Gefahr für meine Ehe, Truman. Du hast doch sicher von meinen Indiskretionen gehört. Es gibt noch andere, die von meinem Tattoo wissen."

*Ja, ich weiß.*

„Aber mit ihrem Tod habe ich nichts zu tun. Ich war genauso schockiert wie alle anderen, als ihre Leiche gefunden wurde. Du kannst dir nicht vorstellen, was das mit mir gemacht hat."

Mozart war einer beschwingteren Melodie gewichen. Die richtige Untermalung für die herzerweichende Geschichte, die Townsend da von sich gab.

„Ich an deiner Stelle würde im Zeugenstand nicht von deinem Schmerz reden."

Townsend fuhr fort: „Ich ging von derselben Annahme aus wie die Behörden. Conley ist der Mörder und hat die Strafe verdient."

„Nun, Carl, das kaufe ich dir nicht ab. Es gibt zu viele Spuren, die zu dir führen."

Es klopfte an der Tür.

„Nicht jetzt“, rief der Gouverneur kurz angebunden.

Die Tür ging trotzdem auf, und Mrs Townsend trat ein, in einem atemberaubenden schwarzen Kleid mit tiefem Ausschnitt und glänzenden Schuhen wie die ihres Göttergatten.

„Was ist denn, Liebling?“, fragte sie. „Wir warten auf dich.“

Er sah sie mit dem Blick eines an Diabetes erkrankten Kindes an, das mit der Hand im Bonbonglas erwischt worden ist. „Truman glaubt, ich sei verantwortlich für den Tod dieser Friseurin. Ich habe ihm gesagt, sie hätte meine Haare geschnitten, aber ...“

Jennifer kam auf mich zu, den Kopf kerzengerade erhoben, perfekte Haltung. „Truman, was soll das? Das ist der Lage Ihres Sohnes nicht besonders zuträglich. Es ist unsinniges Geschwätz. Mutmaßungen der Regenbogenpresse.“

„Mrs Townsend, wussten Sie von dem Verhältnis Ihres Mannes mit Diana Wright?“

Sie sah zuerst ihn an, dann mich.

„Ich sage das nur ungern, aber er bekam von ihr mehr als nur einen Haarschnitt“, sagte ich.

In gespieltem Entsetzen legte sie die Hand an den Mund. „*Mein* Mann? Eine *Affäre*? Das ist ein Schock. Truman. Glauben Sie wirklich, ich hätte davon nichts gewusst?“

„Ich weiß nicht, wie Ihr Kenntnisstand ist, aber es stimmt. Und wenn die Medien davon erfahren, dann können Sie Ihre Pläne für einen Umzug nach Washington begraben.“ Ich wandte mich an den Gouverneur. „Und jetzt schlage ich vor, du rufst den Gefängnisdirektor an und sagst ihm, er solle die Hinrichtung stoppen.“

„Nein“, widersprach Jennifer. „Er hat doch keine Beweise. Ein arbeitsloser Reporter, der eine haarsträubende Geschichte erfindet, um wieder ins Geschäft zu kommen. Er ist doch offensichtlich emotional verstört.“

„Nehmen wir einmal an, ich würde mich irren“, sagte ich. „Nehmen wir einmal an, CT hier hatte ein Verhältnis mit einer jungen Friseurin, die es verstand, ein Geheimnis für sich zu behalten. Das allein schon reicht aus, um die öffentliche Meinung abstürzen zu lassen. Und dann die Vertuschung. Das ist nicht gerade das, was das amerikanische Volk von einem Leiter erwartet. Das hat es ja bereits erlebt. Und die Tatsache, dass diese junge Dame ihr Leben aushauchen musste, wird noch zusätzlich Öl ins Feuer gießen."

„Woher wollen Sie wissen, wen sich das amerikanische Volk als Präsidenten wünscht?", schnaubte sie. „Mir ist vollkommen egal, was Sie denken oder wissen oder zu wissen glauben."

„Nun, das wird noch von Interesse für Sie sein, das kann ich Ihnen versichern." Ich war so weit gegangen, wie ich nur konnte.

Jennifer streckte die Hand aus und kam näher, berührte meine Brust. „Truman, seien Sie doch vernünftig. Natürlich wirft dies beunruhigende Fragen auf. Aber denken Sie doch an Ihren Sohn. Für ihn geht es hier um Leben oder Tod."

Ich blickte ihr direkt in die Augen. Hinter dem Lidschatten und Eyeliner sah ich tote, blaue Tümpel.

„Vielleicht denke ich zum ersten Mal an ihn. Er würde das Herz eines Mannes, der unschuldig gestorben ist, nicht wollen. Selbst wenn es ihn sein eigenes Leben kostet. Und falls er das irgendwie übersteht, soll er wissen, dass sein alter Herr endlich einmal etwas richtig gemacht hat."

Ich sah auf meine Uhr. Weitere kostbare Sekunden verstrichen. Ich hoffte, dass meine Worte wahr waren. Ich hoffte, Adrian würde mir verzeihen. Ich hoffte, Ellen und Abby würden mir verzeihen. Und, um ehrlich zu sein, ich hoffte, auch Gott würde es tun.

Und in diesem Augenblick öffnete ich mich einen kleinen Spalt für den Gedanken, dass Gott vielleicht bei allem, was geschehen war, seine Hände im Spiel gehabt hatte. Vielleicht hatte er mich nicht gejagt, sondern die ganze Zeit gerufen.

*Vergib mir,* betete ich. *Zeig mir, was ich tun soll.*

Sieh mal an. Das war ja gar nicht so schwer. Und etwas geschah in mir, sobald ich das in Gedanken ausgesprochen hatte. „Ruf den Gefängnisdirektor an."

Jennifer drehte sich um und öffnete die Tür. „Ron? Würdest du kurz hereinkommen?"

Townsend hielt den Kopf gesenkt. Jennifer lächelte über den Ausdruck auf meinem Gesicht, als der blonde Langhaarige an ihr vorbeiging. Er trug keinen Cut und keine glänzenden Schuhe, aber auch keine Tarnkleidung. Er lächelte, und nachdem er mir etwas Zeit gegeben hatte, seinen Anblick zu verdauen, griff er in meine Jackentasche und holte Helens Pistole heraus. Schon früher hatte ich das Gefühl gehabt, es sei ein bisschen zu leicht gewesen, an den Sicherheitsleuten vorbei ins Haus zu gelangen. Jetzt wusste ich auch, warum: Ich war ein Fisch, der in ein Netz gelockt worden war. Und Mozart, der gute alte Amadeus höchstpersönlich, würde das Schlusslied bei meinem Abscheiden spielen. *Ignoramus et ignorabimus.*

„Jennifer, was tust du?", fragte der Gouverneur. Das war die glaubwürdigste Frage, die ich den ganzen Abend über von ihm gehört hatte.

„Ich kümmere mich um die Angelegenheit", gab sie kurz angebunden zurück. „Das hättest du schon vor langer Zeit tun sollen."

Der Gouverneur starrte seine Frau und ihren Assistenten an. „Du?"

Sie verdrehte die Augen. „Bitte, Carl, du warst so diskret wie ein räudiger Hund. Ich musste die Sache beenden."

Townsend erhob sich. „Du hast sie umbringen lassen?"

„Nachdem die Geschichte ans Licht gekommen war, haben wir ihr ein Angebot gemacht. Aber sie wollte nicht von ihren Fantasien lassen."

„Warten Sie", sagte ich, obwohl ich mich nicht in der Position befand, Fragen zu stellen. Trotzdem, ich bin schließlich Reporter. „Sie und *Ron* hatten vor dem Mord Kontakt zu Diana?"

„Das war kein Mord. Es war ein guter Plan, der ... aus dem Ruder lief."

Meine Gedanken überschlugen sich. „Dann waren Sie es also, Jennifer. Sie haben eine etwas altbackene Friseurin für ihn gesucht. Eine, bei der Sie das Gefühl hatten, dass Ihr Mann sich nicht für sie interessieren würde. Aber er und Diana begannen eine Affäre ..."

„Das reicht jetzt", ging Ron dazwischen.

„Nein, ich möchte das gern verstehen." Die Hand an den Kopf gelegt wie Columbo lief ich im Zimmer herum. „Sie haben die Friseurtermine kontrolliert, aber Carl hat noch andere, heimliche Treffen vereinbart. Sie entdeckten, dass er eine Affäre mit ihr hat und versuchten, sie zu beenden, aber Diana wollte nicht mitspielen. Sie haben ihr gedroht. Doch sie glaubte, es gäbe eine Zukunft für sie und Carl."

„Ich wollte sie nicht täuschen", sagte der Gouverneur. „Und ich wollte dir nicht weh tun." Er schaute seine Frau mit einem Hundeblick an. „Ich hätte nie gedacht, dass du-"

„Du hast es immer gewusst, Carl. Tu nicht so."

„Nein, ich hatte keinen Verdacht." Er blickte sie niedergeschlagen an.

„Denkst du wirklich, ich würde zulassen, dass ein kleines Dummchen, eine *Friseurin*, die *ich* auch noch ausgesucht habe, uns von unserem Ziel ablenkt? Ja, es war bedauerlich, was passiert ist. Ron wollte ihr nichts tun. Wir wollten, dass sie verschwindet, und boten ihr ... Hilfe an."

„Vor allem, da sie das Kind des zukünftigen Präsidenten erwartete", bemerkte ich.

„Aber das stimmt ja gar nicht", fuhr sie mich an. „Der Autopsiebericht bestätigt, dass sie nicht schwanger war."

„Aber sie glaubte es." Ich blickte Townsend an. „Und das hat sie dir gesagt."

„Ich versprach ihr, für sie und das Kind zu sorgen. Sie solle sich keine Sorgen machen. Es würde alles gut werden."

Ron richtete Helens Pistole auf mich. Was für ein unpassender Name ist eigentlich *Ron* für einen so gefährlichen Mann?

„Dieses Mädchen durfte uns den Weg ins Weiße Haus nicht versperren, und Sie werden das auch nicht“, sagte Jennifer.

„Und Ron versprach Conley eine Flasche Schnaps, wenn er Diana an jenem Tag nach der Arbeit anpöbeln würde“, spann ich den Faden weiter. „Oder vielleicht auch einen Geldschein.“

Ron lächelte, aber es erwärmte nicht mein Herz.

„Und wie endet das nun?“, fragte ich. „Hier gibt es keinen Betrunkenen auf der anderen Straßenseite, dem Sie die Schuld zuschieben können.“

„Wir haben versucht, Sie zu warnen, Mr Wiley“, sagte Ron. Seine Worte hörten sich an, als läse er aus einem Skript für einen schlechten Krimi vor.

Ich starrte zur Decke. „Dann wird es also heißen, dass ein durchgedrehter Vater mit einer Pistole hier aufgetaucht ist? Aber warum sollte ich durchgedreht sein, wo du doch so viel für meinen Sohn getan hast und alles gerade gut zu werden schien?“

Jennifer lächelte. „Jetzt kannst du im Gefängnis anrufen, Carl.“

„Was?“, fragte der Gouverneur.

„Er hat recht. So ist es passiert: Truman hat gehört, dass du einen Aufschub der Vollstreckung in Erwägung ziehst. Da ist er Amok gelaufen.“

Ich trat einen Schritt vor. Manchmal wartet man besser ab, manchmal muss man Dinge vorantreiben. „Und der liebe Ron, vertrauenswürdiger Assistent der First Lady, schritt heldenhaft ein und rettete dem Gouverneur das Leben.“

„Ehemals vertrauter Assistent“, korrigierte Ron. „Der zufällig im richtigen Augenblick dazukam.“

„Richtig. Nach dem Mord mussten Sie ja freiberuflich arbeiten. Distanz halten. Woher wussten Sie, dass ich eine Pistole habe?“

„Vielleicht habe ich nur richtig geraten", erklärte Ron. „Vielleicht habe ich Sie aber auch ein wenig genauer unter die Lupe genommen, als Sie gemerkt haben."

„Und Tompkins? War das auch Ihrer Hände Werk?"

Er lächelte, antwortete aber nicht.

Jennifer starrte ihren Mann an. „Ruf den Gefängnisdirektor an."

Ron hob die Pistole und zielte auf meine Brust. In diesem Augenblick sah ich es, während Mozart zu einer anderen bekannten Zeile sprang: den Zufall, die Hand Gottes, die die Schachfiguren unseres Lebens so geschoben hatte, dass ich zu dieser Stunde an diesem Ort war. Mein Sohn in einem Krankenhausbett. Meine Frau an seiner Seite. Meine Tochter und ich versöhnt. Und ein Mann auf einer Bahre im Gefängnis, zusammen mit einem Arzt und den scharfen Skalpellen, die volle Last des Gesetzes über allen. Über uns allen. Wirkte Gott tatsächlich so schnell? War das seine Antwort? Ich musste es glauben.

Ich musste es einfach glauben.

Ich blickte Ron an, dann Mrs Townsend, dann die Pistole. „Bitte nicht ins Herz."

Bevor der Mann abdrücken konnte, schrie der Gouverneur: „Nein!" Er sprang aus seinem Sessel auf und fiel Ron in den Arm, aber die Pistole ging los, und ich empfand ein ganz seltsames Gefühl. Es war kein sengender Schmerz, wie ich erwartet hatte. Ich taumelte gegen die Wand und anscheinend gegen die Stereoanlage, denn Mozart verstummte. Doch in meinem Kopf hörte ich ihn noch.

*Ba da ba bum bum bum bum bum.*

Zumindest klang es wie Mozart.

Das Gefühl war unbeschreiblich, als übte mein Bruder, den ich nie hatte, Druck auf eine Arterie aus. Und ein tiefes Gefühl des Friedens durchströmte mich, über alle Fragen und Zweifel und Hartherzigkeit hinweg.

Die Tür öffnete sich, und Menschen eilten herein. Ein Funkgerät knackte. Jemand rief nach einem Rettungswagen. Jetzt waren noch mehr Menschen im Raum. Jemand drückte fest seitlich auf meinen Hals.

„Oh Gott, so viel Blut!“, sagte jemand.

„Sir, können Sie mich hören?“

Blitzende Lichter. Bewegung.

*„Halt durch“*, hörte ich jemanden flüstern. *„Halt durch.“*

# Kapitel 49

Ellen drückte die Hand ihres Sohnes, bevor die Bahre fortgerollt wurde, bekam aber keine Reaktion. Ihr Pastor war da, zusammen mit seiner Frau und mehreren Mitgliedern der Gemeinde. Sie hielten eine stumme Mahnwache im Warteraum.

Abby kam aus dem Aufzug und sank ihrer Mutter in die Arme. „Irgendetwas ist mit Dad", sagte sie.

Ellen hatte dasselbe Gefühl, eine drohende Furcht oder eine wachsende Gewissheit, dass sein Leben in Gefahr war, und sie konnte es einfach nicht abschütteln. Sie erzählte Abby von seinem letzten Telefonanruf. Seither hatte er nichts mehr von sich hören lassen und auch auf keine ihrer SMS reagiert.

Eine andere Familie kam in den Warteraum. Ellen und Abby verzogen sich ans Fenster, von wo aus man die Notaufnahme im Blick hatte. Eine Schwester trat auf sie zu, und es wurde still im Raum. Die Frau teilte ihnen mit, dass Adrian für den Eingriff vorbereitet sei. Jetzt hieß es warten.

Alle im Raum blickten auf die Uhr. Ellen dachte an Oleta und daran, was sie jetzt im Gefängnis durchmachte. Der Ton am Fernsehgerät war abgeschaltet, aber man sah die Protestierenden vor dem Gefängnis mit ihren Plakaten. Ellen konnte das nicht länger ertragen. Sie drehte sich zum Fenster um und sah einen Rettungswagen, der gerade angerast kam.

„Mom", sagte Abby und Ellen drehte sich um. Im Fernsehen sah man eine Reporterin, die vor der Villa des Gouverneurs stand und in höchster Erregung Informationen von einem Notizblock ablas. Ellen zog ihre Tochter an sich, und beide weinten zusammen.

Augenblicke später kam Dr. Fanelli in den Warteraum gestürmt und zerrte Ellen in einen verlassenen Flur. Er wirkte tief erschüttert, doch sie konnte seinen emotionalen Zustand nicht einordnen, bis er das Wort ergriff.

„Ellen, hören Sie mir gut zu. Die Hinrichtung ist aufgeschoben worden."

„Was?"

„Der Gouverneur hat gerade den Aufschub angeordnet. Terrells Herz steht uns nicht zur Verfügung."

Als reichten diese Worte nicht schon aus, um ihr den Atem zu rauben, sprach er weiter, bedächtig, sanft. „Ellen, auf Ihren Mann ist geschossen worden. Truman ist schwer verletzt. Er wird gerade in den Operationssaal gebracht. Aber so weit ich weiß, sieht es schlecht aus."

Der Raum drehte sich um sie wie ein Karrussell. Da war keine Luft. Kein Geräusch. Kein Licht. Nur Tod. „Was ist passiert? Hat er es ... selbst verschuldet?"

„Nein. Es ist in der Villa des Gouverneurs passiert. Einzelheiten kennen wir noch nicht. Aber ich brauche Ihre Entscheidung. Truman ist Organspender ... Sind Sie in der Lage, diese Entscheidung zu treffen? Möchten Sie, dass Ihr Pastor dabei ist?"

„Welche Entscheidung?"

„Falls er nicht zu retten ist ..."

Ellen hörte zu, verarbeitete die Information und nickte unter Tränen. Der Arzt eilte davon, brüllte Befehle. Abby trat zu Ellen. Die anderen kamen dazu, und Ellen sank schluchzend zu Boden.

Nach der Operation führte Dr. Fanelli Ellen in den Raum, in dem Truman lag. Der Leichnam war in aller Eile zugedeckt und der Raum gesäubert worden. Da lagen keine blutverschmierten Kleidungsstücke herum, da waren keine klaffenden Löcher zu sehen. Er war bis zum Kopf verdeckt. Sie sah nur sein Gesicht und die zerzausten Haare und die Falten, die die Zeit und die Anspannung in sein Gesicht gegraben hatten.

„Ich habe so etwas noch nicht erlebt, Ellen“, sagte Dr. Fanelli. Der Mann war den Tränen nahe. „Es war, als ob er genau wüsste, wie lange er durchhalten musste.“

Ellen brachte kein Wort über die Lippen. Sie bekam keine Luft.

„Die Kugel hat das Herz knapp verfehlt, aber eine Hauptschlagader verletzt“, fuhr er fort. „Er hatte nie wirklich eine Chance. Das Blut hat seinen ganzen Brustraum ausgefüllt ... eigentlich hätte er bei seiner Einlieferung längst tot sein müssen. Doch durch Willenskraft oder eine andere Macht, die größer war als seine eigene, hat er durchgehalten.“

Der Arzt ließ sie allein mit Truman, und Ellen berührte seine Wange. Eine Träne tropfte auf sein Gesicht. Sie hatte davon geträumt, dass sie wieder zusammen sein würden, sie hatte gebetet, Gott möge ihnen eine zweite Chance geben und sie würden zusammen alt werden und Enkelkinder haben. Aber hier lag Truman, aschfahl, sein Leben in einem kurzen Augenblick ausgehaucht.

Sie konnte nicht denken, konnte den Verlust ihres Mannes und die Rettung ihres Sohnes in einem Atemzug nicht verkraften – falls es denn tatsächlich passieren würde. Wie sollte sie damit fertig werden? Dazu würde sie den Rest ihres Lebens brauchen.

Durch einen Schleier aus Tränen und Erinnerungen fiel ihr etwas auf, das sie schon lange nicht mehr auf Trumans Gesicht gesehen hatte. Vielleicht noch nie zuvor.

Es war ein Ausdruck tiefen Friedens.

# Epilog

„Stell das sofort hin!“, forderte Abigail Wiley ihren Bruder auf, als er eine Kiste in den Flur schleppte.

„Ist doch gar nicht so schwer“, erwiderte Adrian. Er wischte sich den Schweiß von der Stirn. „Dr. Granger hat gesagt, ich kann alles tun, was ich möchte. Und es stehen noch zwei weitere davon draußen.“

Sie schüttelte den Kopf über ihn und konzentrierte sich auf die Kiste. Das vertraute Logo des Verlagshauses stach hervor, und etwas wie ein Stromschlag ging durch ihren Körper. Wie zu Weihnachten, ihrem Geburtstag und ihrem Hochzeitstag auf einmal.

„Mom! Sie sind da!“

Ellen kam herbeigeeilt und blieb abrupt stehen, als sie die Kiste im Flur entdeckte. Schnell holte sie eine Schere und schnitt das durchsichtige Klebeband entzwei. Adrian ging das zu langsam. Er schnappte sich den Karton und riss den Deckel auf.

Darin lagen sie, die bunten Buchdeckel mit dem griffigen Titel. Terrell Conleys Gesicht auf einem Foto, das um die Welt gegangen war. Mit erhobenen Händen und ausgestreckten Armen wurde er von seiner Frau umarmt – es war das bittersüße Foto, das die Freude einfing, aber nicht den Verlust, den Abigail, Adrian und Ellen erlitten hatten.

Abigail nahm ganz vorsichtig ein Exemplar heraus und hielt es in ihren Händen, als wäre es ein Stück ihres Vaters. Und das war es ja auch. Es war ein Stück von ihnen allen und von dem, was sie im vergangenen Jahr erlebt hatten.

Adrian schlug den Bildteil in der Mitte des Buches auf. „Sie haben Fotos von der Beerdigung eingefügt." Er deutete auf die bekannten Persönlichkeiten, die Truman die letzte Ehre erwiesen hatten, und sah dann seine Mutter an. „Weißt du mittlerweile, von wem der Kranz aus New Orleans kam?"

„Nein", erwiderte ihre Mutter. Sie schlug ein Buch auf. Abigail sah, wie sie die Hand an den Mund legte und sich abwandte, als sie die Widmung las.

Abigail starrte auf die Worte auf der ersten Seite: *Von Truman und Abby Wiley*. Es kam ihr vor wie ein Betrug, ihren Namen dort zu lesen, aber dass sie „Abby" geschrieben hatte, ergab Sinn. Es war ein kleiner Tribut an ihren Vater.

Sie hatte mit Gina Lessinger, der früheren Agentin ihres Vaters, die ihre Meinung über ihn nach seinem Tod geändert hatte, hin und her überlegt. Bei all der Arbeit, die sie in das Manuskript gesteckt hatte, und die Interviews, die mit Sicherheit noch folgen würden, war es nur fair, ihren Namen zu nennen. Aber sie hatte das Gefühl, es nicht verdient zu haben.

„Wir sollten Oleta anrufen", schlug ihre Mutter vor, doch bevor sie zum Telefon greifen konnte, klopfte es an der Tür. Oleta stand dort, hielt ein Exemplar des Buches in den Händen, und Tränen der Freude schimmerten in ihren Augen. Hinter ihr wartete Terrell, zurückhaltend, aber strahlend.

„Wir wollen gar nicht hereinkommen, weil wir vermutlich Katzenhaare an uns haben", sagte sie. „Aber wir mussten gleich zu euch fahren, als der Postbote uns das hier gebracht hat."

Die drei Wileys traten zu Oleta und Terrell vor die Tür. Es entstand eine nervöse Pause, während sich alle auf das Buchcover konzentrierten und dann die Rückseite lasen.

„Ich hätte nie gedacht, dass ich meinen Mann noch einmal in Freiheit sehen würde", sagte Oleta zu Abigail. „Das haben wir deinem Vater zu verdanken."

„Dein Vater wäre stolz", sagte Terrell mit seiner tiefen, schwermütigen Stimme.

„Er wäre sicher gern dabei gewesen, als dieses Foto gemacht wurde“, bemerkte Abigail.

„Wie gern hätte er miterlebt, dass Ron im Knast die blonden Haare abrasiert wurden“, meinte Adrian. „Und was das Ganze für Townsend und seine Frau bedeutete.“

„Ich glaube nicht, dass er sich über ihren Untergang gefreut hätte“, sagte Oleta. „Ich denke, er hätte sogar ein wenig Mitleid mit ihnen empfunden.“

„Seine Besuche bei mir werde ich nie vergessen“, sagte Terrell.

„Und ich werde nie vergessen, wie der Detective Dads USB-Stick gefunden hat.“ Das kam von Abigail. „Er hatte Tränen in den Augen. So etwas sieht man nicht alle Tage.“

Ihre Mutter drückte das Buch an ihre Brust und blickte zu den Bäumen hinüber. Die Vögel wurden langsam unruhig; sie wollten die Küste verlassen und nach Norden fliegen.

„Was denkst du, Mom?“, fragte Adrian.

„Dass wir an den Strand gehen sollten. Wir machen einen Spaziergang, um das Buch zu feiern. Ich denke, das würde Truman gefallen.“

Und das taten sie auch. Als Terrell und Oleta sich verabschiedeten, sprangen sie ins Auto und fuhren direkt zum Strand. Unterwegs erzählten sie sich Geschichten von Truman. Sie sprachen über sein Versagen, die Liebe, die sie für ihn empfanden, ihr Bedauern und das, was er sie auf seine unvollkommene Weise gelehrt hatte.

Als die Sonne unterging, wateten Adrian und seine Mutter Arm in Arm in die Brandung, mit hochgerollten Hosenbeinen, lachend und den Augenblick genießend. Aber Abigail blieb zurück, ihre Füße außer Reichweite des hereinkommenden Wassers. Sie dachte an das Herz ihres Vaters und dass es jetzt in der Brust ihres Bruders schlug. Sein letztes Geschenk an ihn.

Sie wünschte, sie könnte ihrem Vater mitteilen, was sie gelernt hatte. Über das Leben. Über ihn. Sogar über Gott und seine Möglichkeiten. Es war, als brauchte Gott nur eine geöffnete Tür. Ein offenes Herz.

Und dann stand sie doch auf und rannte zu ihrer Familie in den Ozean.